唐朝

那些事兒

景點—著

U0084549

酷

穿上唐裝的樣子，有點兒酷！

可是我們需要的酷不是酷，

而是唐朝的繁榮富強與國際影響力！

你只有強大了，才沒有反傾銷，沒有經濟制裁，沒有所謂的「三等公民」！

於是，我們努力著，並開始強大起來！

我要用最樸實的語言，去講述那段最酷的故事！故事裡的唐高祖李淵出生了，上學了，青春期了，打工了，挨整了，革命了，成功地創造了「大唐帝國」！

他擁有了很多妃子，生了很多兒女，多得以至於死幾個也不心疼了！

於是，因為接班的問題，發生了著名的「玄武門事變」！

長江後浪推前浪，李世民把父親拍到沙灘上，開始了他的仁政治國，便有了貞觀之治，太平盛世，也因此美國有了唐人街，也就有了我們現在的唐裝而不是清裝！

反正就是那些事兒，很多人都說過了，但我的唐朝肯定與別人的唐朝不同。這種不同需要你來鑒別，如果你有時間的話，就看看吧！

汗

汗！我終於明白，書是寫給讀者看的了！

在以前創作時，我過多地考慮了小說的文學性、藝術性、思想性，講究語言的張力，出版了幾部所謂的「純文學」，同行們都說：寫得不錯！我就有點兒得意了！

一天，我去一個搞文學的朋友家裡，有點得意地問他兒子，看過我的書嗎？

他不以為然地搖搖頭說：我又不失眠，為甚麼要看你跟我爸寫的那種小說呢？

我汗！他扔給我一本書說：我爸老是說這是垃圾，可我就愛看垃圾，就不愛看你們的拽文！我汗！我去書店裡買了幾本「垃圾」耐心地讀了，發現並不是垃圾！人家用最普通的、最容易接受的語言，同樣表達出了思想，叫出了讀者！

於是，我把正準備送出版社的唐朝歷史小說，趕快塞進垃圾桶裡！汗！

我決定向流行戰線上的大哥大姐們學習，哪怕他們剛剛開始寫作！我不準備考慮這部小說的體裁，反正怎麼好看怎麼寫。於是，就有了這本書！

 目錄

Contents

Contents

第一章

超級男孩

公元五六六年的春天，唐國公李昞家添了一個男孩，這就是未來的唐高祖李淵。他並沒像別的皇帝出生那樣又颳風又下雨甚麼的，要說與眾不同的話，就是他有三個乳頭，腦門兒比別的孩子高一些（新唐書說的），也就這麼多了！

當時沒人想到他會當皇帝，李昞夫婦也沒有多麼高興，因為他們已經有兩個兒子了！獨孤氏要老公給孩子起個名字，他說我上班去了，你隨便起個吧！獨孤氏就給他起了「李淵」這個名字。這名字除了字面意思外，沒有任何別的寓意！

李淵的出生並沒有給家裡帶來好運，別說好運，不出事就阿彌佗佛了，還老出事，先是李昞的馬突然瘋了，把他的腿給摔斷了，在家裡躺了幾個月。不久，李淵的兩個哥哥就得了怪病，看了很多醫生吃了很多藥，也都沒有任何效果！

一連發生了這麼多怪事兒，怎麼也得找個算卦的問問吧，找了，算卦的知道家裡要出皇帝，可他不敢說，因為他還想要個大紅包。在那個年代，說某人是皇帝命，讓政府知道了，說的就是妖言惑眾，被說的就是未來的造反頭子，都得掉腦袋！

問題沒有得到根本的解決，倒楣事兒還在繼續上演呢！

在李淵三歲那年，他大哥就夭折了。李昞兩口子哭，哭也解決不了甚麼問題，還得去埋孩子。好在情況並不算太糟糕，他們還有兩個兒子，可是大兒子的墳上沒長出草來，二兒子又病死

了，他們又抱頭痛哭，哭還是沒用，擦擦眼淚還得去埋！

現在就剩李淵這根獨苗了，李昞夫婦生怕他有任何閃失，對他精心呵護。為了以防萬一，兩口子商量多生幾個孩子。質量不好就多生幾個，總會有個長命的吧！可是由於獨孤氏遭受了多次沈痛的精神打擊，身體不成了，始終沒有再懷孕的光景。

獨孤氏對丈夫說：趁著年輕，你再娶個小的吧！

李昞搖頭說：我不要、我不要！

獨孤氏說（有些感動）：哎，你真不要啊？

李昞撓撓頭說：要不——就找一個？

獨孤氏撇嘴說：要找就多找幾個！

李昞搖頭說：不要那麼多，那麼——就找兩個吧！

聽丈夫說出這種話來，獨孤氏心裡很不痛快，不要不要，張口就要兩個。不過她很賢惠，並沒有計較這些，親自張羅著給丈夫娶了兩個小妾。從此，李昞把大多數心思，都放到兩個小老婆身上，而獨孤氏則把所有的心思，都放到阿淵的身上了。

可是李昞的兩個小妾並沒有多麼爭氣，只給他生了幾個閨女。這並不是說她們就生不出男孩，而是沒機會了！因為在五七三年，李家發生了一件天塌地陷的事情，這就是李昞跑去見閻王老子了。至於甚麼原因，史書上沒有說，我不好亂猜。

獨孤氏哭得很凶，她不想活了，她真不想活了！

老天，你夠狠，怎麼可以把這麼沈重的打擊砸在我婦人頭上呢？你還砸起來沒完沒了，你就不怕我尋短見嗎？以為我不會是嗎？我會！獨孤氏確實想過自殺的問題，不過她還是選擇了堅強地活下去，必須活下去，因為還有阿淵呢！

這一年，李淵才七歲，由於兩個哥哥夭折了，父親去世了，

政府因此下達文件，批准他承襲父親唐國公的名號，這就是後來他當了皇帝把國號改為「唐」的原因。

如果從迷信角度來說，李淵家發生的這些禍事就不那麼簡單，要不是兩個哥哥早走了，肯定輪不到我們的阿淵來當唐國公，當不上，也就沒有後來的「唐」了。至於父親早逝，這是上天對他的磨鍊，擺明的是要對他委以重任！孟子他老人家不是說過嗎？天降大任於斯人，必先苦其心志，勞其筋骨，餓其體膚，空乏其身嘛！

事情到了這種地步，擺在獨孤氏面前的只有三條路：(1)是改嫁；(2)是守著阿淵過著單親的生活；(3)是自殺。

最終這位偉大的母親決定，守著李淵，守到鐵樹開花！

孤獨的獨孤氏把眼淚擦乾，把凌亂的頭髮綁了一條馬尾，意志堅決地對李淵進行培養了！她對李淵沒有過高的期望，也沒想過讓李淵大福大貴，更不要說把他培養成皇帝。她只想讓阿淵學點立身之本，將來找個工作能夠自食其力，好在他們家世代都是貴族，家裡值錢的東西多，還有存款，生活問題、教育問題，都不是問題。

她擁有經濟實力，可以請家教來培養李淵！

當時的中國正處於內憂外患的形勢下，人才的標準就是你可以是文盲，但不可以不會騎馬、耍刀、舞槍甚麼的。如果沒有這兩下子，肯定找不到好工作，也不容易贏得姑娘的芳心。所以大家都在耍把式上下功夫！

李淵算不上是聰明的，他的文科都不及格，至於武學，由於他太胖了，動作大了容易上喘，玩槍弄棒的也不成！可是俗話說，不怕樣樣會，就怕一門兒精。李淵別的技藝不成，但他射箭

很準，準得在街道上小有名氣！

　　我們現在說很準一般會說：那人真牛，指鼻子不打眼睛，或者說：那是神槍手，百發百中、百步穿楊甚麼的？這些跟人家阿淵比起來，差遠去了！人家一箭就把林黛玉似的美眉從天上給射下來了，厲害吧！

　　事情還得從李淵的親事說起！那時候沒有婚姻法，國家也不提倡晚婚遲育，誰想結婚就結，只要你樂意還捨得花點兒錢，就是給還在肚子裡的孩子娶媳婦也沒人管，給家裡的流鼻涕小兒娶個老婆也沒人問！

　　李淵的父親雖然去世了，但他還是貴族子弟，有很多人家都樂意把女兒嫁他。

　　在李淵十歲那年，就有人來家裡提親了！

　　獨孤氏心裡高興啊！因為馬上就要熬成婆了，可是她覺得提上門的那些姑娘家的地位都太低，便用頭把人家搖走了，搞得媒人挺煩的，從他家出來便呸呸呸了，啊呸！你們家地位高也就剩個虛名，人都快死光了，地位高有甚麼用？你想跟人家那些權貴成親，問題是人家鳥你嗎？

　　這個道理誰都懂，獨孤氏也明白，但她還是不肯在兒子的婚事上降低標準。雖然她也擔心高不成低不就的，很容易就會前不著村後不著店的，但她還是對阿淵的親事，抱有美好的理想！

　　在五八一年二月，天下發生了一件翻天覆地的大事，這件事直接影響到了李淵的婚姻質量。那就是李淵當柱國大將軍的七姨夫楊堅，突然奮發了起來，逼迫北周靜帝下詔禪讓，登基當了皇帝，成立了隋朝公司，把國號改成開皇，對新的國家進行了**轟轟烈烈**的大改革！

　　一人得道，雞犬升天，何況李淵家跟楊堅有親戚關係啊！太好啦，真是太好啦！李淵家有了皇帝親戚，底氣頓時長了不少。這時候，有些權貴也肯將閨女嫁給李淵了，可是獨孤氏並沒有多麼激動，還是很冷靜地對待李淵的婚姻大事。

　　獨孤氏感到為難的是，那些社會地位合適的，閨女又不怎麼樣，不是長得難看就是沒有德才，都配不上自己的兒子。沒辦法，天下的父母都認為自己的孩子好，至少比別人家的孩子要好。就這樣，高不成低不就的，問題就出現了。

　　轉眼之間，李淵已經十六歲了，在當時的社會，16歲已經算大齡青年了！

　　我們都知道，在古時候都流行零歲訂婚（指腹為婚），你想：16歲的李淵算不算大齡呢？獨孤氏急了，她真急了，開始後悔把標準定得太高，把媒人都給得罪透了！現在你去求人家，人家還愛搭不理地說：你兒子那麼好，誰能配得起啊！

　　一個皇帝坯子怎麼可以找不到媳婦呢？如果按封建迷信來說，上天早就給他安排好了。這不，就在獨孤氏老著臉皮去求人給李淵說親時，李淵的桃花運就動了，而且還大動哩！因為獨孤氏聽說，定州總管竇毅為了給女兒選女婿，專門請人在門板上畫了一隻小孔雀，並放出話去，如果有優秀未婚的社會青年，能用箭射中孔雀的眼睛，就可以向他家女兒提親了！

　　獨孤氏聽到這個感興趣了，她早就知道，人家這個竇家姑娘可特別的優秀！

　　這個姑娘確實與眾不同，據說她一生下來就一頭披肩髮，五個月就會唱歌，四歲時那頭烏髮瀑下去都拄著地了，梳頭的時候都得站在凳子上。姑娘的模樣兒雖然不算絕色，也多虧不絕，否則不讓皇帝給弄到手了。雖然不是絕色，但清秀端莊，還會女

紅，還有文化。正因為她優秀，父親才不肯把她隨便嫁了，要給她選個神射手的丈夫，才畫了那個鳥！

太好啦，真是太好啦！獨孤氏想：這姑娘不就是替我兒子預備的嗎？誰不知道我兒子別的不行，射箭可是一把手啊！別說在門板上畫個孔雀，就是畫了個「麻雀」，俺兒子也能射中牠的眼睛。於是她把李淵叫到跟前，對他說：阿淵，馬上、立刻，去你竇叔叔家，照他家門板上那個孔雀的眼睛射一箭。娘知道你能行，你一定能行，一定要行！

「娘，咱家又不是沒靶子，為甚麼去射人家的門板啊？」

「你傻啊，沒聽說射中了那小鳥，就能娶他家的閨女啊？」

李淵的臉騰地就紅了，用手撓得頭皮哧哧響，難為情地說：我不去！

獨孤氏把臉上的笑容抹下，瞪著眼睛說：你不去就不是我的兒子！獨孤氏還想說你去了，射不準就不是我兒子。她知道這麼說會讓阿淵感到壓力，可能就真射不準了。她的想法是對的，在奧運會上有多少選手，因為有了壓力而喪失了冠軍啊！

去吧去吧，要不去母親肯定生氣，肯定沒完沒了地生氣！

於是，阿淵就去了。他來到竇家，發現院裡早擠了二十多位公子哥，每個人都打扮得光鮮靚麗，手裡提著弓，歪著頭在盯門板上畫的那個孔雀咋舌。門板上那是孔雀嘛，怎麼還真的像麻雀大小，不過就多了個好大的尾巴（又不是要射尾巴），實在太小了。那眼睛還是眼睛嗎？要是近視，把鼻子頂扁在門板上，都怕看不到哩！

竇家的管家說：各位公子們，注意了，我宣布一下規則，誰能一箭射中孔雀的眼睛，誰就有資格跟我們家小姐談婚論嫁，但不是說，你就可以立刻把小姐給領走的哦！

有人問：幾個小姐啊，要是我們都射中了怎麼辦？

管家說：都射中了，我們小姐就有得挑了！

那些公子哥們都爭先恐後地去射，只有阿淵不往前擠，站在一旁觀看別人裝腔做勢！那些公子哥們端著箭瞄著，手都瞄酸了，眼都虛花了，還會準嗎？能夠射中門板的就很不錯了，更不用說射眼睛了！問題是就沒有瞎貓碰到死耗子的嗎？要是有，我們就去寫那人了，為甚麼要寫李淵呢？所以不能抬死槓！

好啦，現在輪到李淵射了，看他的吧！

李淵歪著頭看著那個模糊的孔雀，他沒有任何把握射準，不過他想：射吧射吧，好回去交差。於是，他拉開弓，也沒大瞄準就鬆了弦，誰能想到那箭就像長了眼睛，搖頭擺尾地奔門板去了，「噹」地一聲就插在孔雀的眼睛上！

這一箭，把二十多位公子哥射得垂頭喪氣，把寶家人射得用力拍巴掌。管家笑嘻嘻地去請李淵進房喝茶，李淵拔腿就跑了！

接下來的事情順理成章了，就這樣，李淵訂婚了，就這樣，李淵成親了，就這樣，李淵由一個青澀的小夥子變成了男人。在古時候，一旦成親就表明這男子是男人了，那麼五十歲的光棍，就不叫男人了嗎？

「阿淵，你為什麼不去找個工作？」

當李淵與寶氏度過了蜜月，寶氏很嚴肅地對他說：阿淵，作為男人，不應該每天圍著老婆轉，而是應該出去做番事業。去吧，去吧！我知道你一定行的！

「家裡不愁吃不愁穿的，為甚麼要工作？」

「你說這話還算男人嗎？」

「嘻嘻，我是不是男人，你還不知道啊！」

竇氏白了他一眼，隨後又勸了幾次，見阿淵嬉皮笑臉的不當回事，她感到這樣下去不成。一個男人怎麼可以沈迷在溫柔鄉裡不求上進呢！所以她到了婆婆獨孤氏那兒說：娘，我想……讓阿淵出去工作！

　　「去啊去啊，當然男人就得工作嘛！」

　　「我說了，他就是不聽，還說家裡不愁吃不愁穿的！」

　　聽兒媳婦說出這番話來，獨孤氏心裡就像灌了蜜似的美。這媳婦太好啦，真是太好啦！要是換了別人，肯定跟丈夫黏糊著坐吃山空，吃空了過不了窮日子就要鬧離婚了。

　　她憐愛地摸摸竇氏滑不溜丟的臉蛋兒，笑著說：是啊，是男人就得做出番事業，哪能變成家裡蹲呢？

　　獨孤氏聽了，馬上到當皇后的妹妹獨孤迦羅那兒去，首先哈啦說了妹夫當皇帝，那是天下人的福氣甚麼的，還說了，妹妹，你的命就是好！

　　最終她說出了最想說的話──給阿淵安排個工作吧！

　　作為第一夫人，替一個人找個工作當然很容易，何況那個人又是自己的姐夫，她說要不給阿淵弄個官做吧！獨孤氏想了想，輕輕地搖了搖頭。並不是她不想讓阿淵當官，天下的父母沒有不想讓兒子當官的，當得越大越好。但她明白阿淵太年輕了，由於早年失去父親，在單親家庭的生活背景下，養成了懦弱的性格，如果一旦有了權力可能會把持不住，會犯甚麼錯誤的！

　　她說：妹妹，隨便給他安排個事做做，讓他能得到鍛鍊鍛鍊就成了！

　　就這樣，十六歲的李淵走進隋朝政府大院，擔任了千牛備身（帶刀侍衛）！

這就是李淵生平的第一份工作，雖然說不上多麼好，工資也不見得有多麼高，但對於李淵的職業生涯來說太重要了。所以重要，是因為他在這裡學到了未來用得著的知識。有時候，工作的好壞可以這麼論斷，能夠拿著低工資學到真本領的活兒，這份工作就是好工作！

李淵學到的本領那可不是一般的本領，而是——治理國家的經驗。

楊堅登基後重新治定了國家的政策、路線、方針，有力地推行落實，想盡快地把經濟搞上去，把國防實力提上去，準備拓展疆土，實現中國的統一。所以，政府部門的工作很忙。這等於對李淵演示了從建國到治國的整個過程……

李淵雖然是侍衛，但也不是普通的保全人員，主管領導沒有安排他像木樁那樣站在門旁，也沒有讓他跟在內閣大臣屁股後面像條尾巴，內閣大臣也不樂意讓他跟，因為他是皇后的外甥，皇帝又是妻管嚴，所以李淵的身分挺特殊。

這種特殊的身分，讓李淵感到很不舒服，因為他明白自己不是考進來的，而是走後門進來的，大家雖然見著他點頭笑，對他客氣——但是過於客氣，也是一種疏遠。

領導不安排李淵做事，李淵主動找事做，他幫著各個辦公室裡抄寫東西、傳送文件、提壺送水甚麼的。大家都說李淵是個好青年，警衛團長也多次向皇帝反映，應該提拔李淵一下。團長所以這麼要求，是他感到領導著皇后的親戚很不方便，他很希望李淵去別的部門幹！

其實，總統楊堅也不想讓李淵在跟前晃來晃去的，主要怕他跟皇后通風報信！

於是，總統楊堅跟第一夫人商量，想給阿淵在外頭弄個小官

去混！

獨孤皇后冷笑說：是不是想把我的人調走，以後做壞事的時候就方便了？

楊堅怕婆子，忙說：那，那就讓他繼續當下去吧！

可以說，李淵是在當侍衛的這段時間，拿著工資學會了治理國家的經驗，在他成為皇帝的時候不用學習不用培訓，就知道了皇帝工作的全部流程。但絕不像有些書上寫的那樣，李淵在這段時間拼命地學習治國經驗，他沒有，因為他從來都沒想過當總統，別說當總統，連當鎮長都沒想過，他就想待在家裡跟老婆竇氏比翼雙飛！

李淵是在不經意中學到的治國經驗。沒辦法，上天降大任於你，你不學也不成啊！當然了，如果後來李淵當不成皇帝，他當千牛備身的這段經歷，也許並沒有多大的意義，可人家後來不是當了嗎？不是把這段時間學的經驗用上了嗎？

所以說，我們不應該小瞧任何一個卑微的人，沒有人，生下來就偉大……

第二章

總統打工

在中國歷代開國皇帝當中，隋總統楊堅執政的時間並不長，但他卻讓歷史學家們都豎起大拇指！因為他在很短的時間內，落實了卓有成效的改革方案，把隋朝給治理得經濟繁榮，軍事強大，政權穩定，社會和諧，經濟持續增長，人民安居樂業。

這段時間，我們的主人公李淵也有進步，就是被派往京郊某個區裡當了一個小鎮長。官是小了些，但李淵已經很滿足了。他確實應該滿足，因為他的姨夫楊堅並不喜歡他，要不是有層親戚礙著面子，早把他給炒魷魚了，更不用說提拔他！

楊堅所以不喜歡李淵，是有原因的。

事情是這樣的，楊堅發現叛臣尉遲的孫女長得很正挺漂亮的，就在仁壽宮裡的大床上把她給「讀」了，由於「復習功課」做得很頻繁了些，所以被獨孤皇后知道了。她喝了三大缸的醋，氣得差點兒吐血，好你這個不要臉的，這仁壽宮還沒竣工呢？你就管不住褲襠裡的那玩意，就在裡面風流，這要是建成了還叫仁壽宮嗎？不變成夭壽宮了！

獨孤皇后在楊堅上朝後，派人把那位可憐的，也是漂亮的正妹給砍了。

楊堅知道美眉被皇后給殺了，悲憤交集，一狠心、一咬牙，離家出走了！沒辦法，因為他有很嚴重的妻管嚴，只能用這種方式表達情緒。大臣騎著馬狂追，追出去幾十里才把楊堅給攔住。

楊堅站在荒野裡望著天際，淚流滿面，他說：老天爺啊，我貴為天子連這點自由都沒有，還算甚麼狗屁皇帝！他除了發牢騷之外，似乎沒別的辦法，還得回去當皇后的丈夫，往後還像以前那麼怕婆子，怕得就像耗子娶了貓！

那麼，皇后是怎麼知道這件事情的？

她當然有很多渠道，可是楊堅卻認為一定是阿淵這小子告的密，其實並不是！

可以說自李淵來到政府機關工作以來，楊堅就把他定位成老婆的眼線了，就想把他給弄走，只是怕弄走他讓皇后懷疑，所以就沒弄，結果就出事了！

出事後，楊堅就跟皇后商量說：阿淵也老大不小了，每天掛著一把破刀晃來晃去的有甚麼出息啊，顯得咱們多沒親戚來頭啊，我想給他個鍛鍊的機會，將來好委以重任。

獨孤皇后說：那就給他在政府機關安排個職位！

楊堅說：這樣吧，先讓他到郊區搞兩個月，以後我再把他給調回城裡來。

就這樣，李淵升官了，他高高興興地去郊區當小鎮長了。

到了五八九年，李淵的二表弟楊廣擔任大元帥，率領五十萬大軍南下把陳朝給滅了，還消滅了很多惡勢力以及頑固份子，強有力地結束了中國百年以來的分裂局面，平息了中國三、四百年的戰爭紛亂，讓中國真正意義上進入了和平強盛的年代，楊廣也因此聲名鵲起！

同樣是在五八九年，李淵也有收穫，那就是他的大兒子李建成出生了。

可以說，在楊廣轟轟烈烈地爭奪太子之位、弒父奪位的整個

過程中，李淵都在京城外的某個區裡做他的鎮長。除此之外，沒有做出任何撐起眼皮的事情，史書上很少提到他的名字。

楊廣當了皇帝後，幾乎忘了還有個表哥了，忘了也就忘了，李淵並不在乎，有個小官做，有工資拿，全家圍著桌子熱湯熱飯的，他就已經很知足了。

這就是未來的唐朝開國皇帝李淵，當時的真實想法，他沒有理想，也沒有抱負，不用說遠大的抱負了，更不用說想當皇帝！

李淵對自己這種安於現狀、不求進取的態度，並沒有感到不好，可妻子竇氏看不下去了，一個男人怎麼可以沒有野心呢？怎麼可以不求上進呢！你一味地安於現狀，這現狀早晚都保不住，在弱肉強食的時代，不進則退是硬道理，你怎麼就不懂呢！

竇氏問：阿淵，你打算一輩子這麼混下去嗎？

李淵驚訝地問：咱們這樣不是挺好嗎？

她說：是男人就應該幹番事業啊！

李淵搖頭說：知足常樂吧，別提那個了！

竇氏嘆口氣說：阿淵，你這種狀態可不成，趁著年輕找個合適的職位，幹出一番事業才是啊！你表弟不是喜歡馬嗎？把你養的那幾匹好馬送給他吧，讓他重新給你安排個職位。

李淵連想都沒想，十分果斷地搖頭說：拉關係走門子的事，我不幹！

你不幹是吧？那你就當你的小官，一幹就是多少年，沒有人提拔你，甚至沒有人提起你的名字。

事情就這樣給耽擱下來了……

直到楊廣要攻打高麗了，需要有個可靠的人掌管糧草，有人向他推薦說：在郊區任職的唐公很合適啊！楊廣問：唐公，誰是唐公？那人說：你表哥啊！楊廣想了想笑了，說：噢，對啦！我

還有個表哥啊？那人說：是的，是有一個，他名叫李淵。

楊廣點頭說：馬上讓他來見我。

就這樣，李淵當了遠征軍的軍需科科長！

如果這次攻打高麗成功的話，也許楊廣一高興會把表哥李淵提拔一下的，非常不幸，楊廣親自率領大軍去打了，非但沒把高麗給打下來，還讓人家給打得夠嗆。楊廣感到很丟臉，泱泱大國，去打巴掌大的高麗還敗得這麼慘，這臉還有法兒要嗎？當然得要，不過也沒法看了，拉得尺半長，上面寫滿了殺意！

沒有人敢在這時候主動去找楊廣商量事情，請示工作，去了說不定明天就得辦喪事兒。可是李淵很單純，沒考慮那麼多，晃啊晃地去找表弟了。因為自從打高麗回來後，他沒有事做了，沒事做他不在乎，可是不知道去哪兒領工資就有問題了。因為他還想賺錢讓老婆孩子過上好的生活，他需要工作！

他找到楊廣後笑嘻嘻地說：表弟，給我安排個事做吧！

楊廣皺著眉頭說：想做事是嗎？去亳縣地區做個刺史吧！

一句話不要緊，李淵一家老小顛簸了半個多月才到任！

在接下來的幾年裡，李淵先後做過陝西與甘肅交界地區的刺史，陝西省岐山縣東北地區的刺史。在他擔任這些職務的時間裡，沒有人知道他具體幹了些甚麼，史書上很少記載。不過有件事不能不提，那就是在隋朝開皇十八年（公元五九八年）十二月二十二日那天，李淵的次子在武功舊宅裡出生了！

這孩子出生時鬧的動靜還挺大的！據說有兩條龍在產房外就像開水燙了似的，瘋狂地扭擰了三天才消失。為甚麼會有這種現象，因為這孩子是李世民，是中國歷史上模範生的好皇帝！

這麼了不起的皇帝，只有兩條龍扭扭秧歌是不夠的，於是在

他四歲那年家裡來了一位算命的書生，這書生見到李淵後就說：唐公是貴人之相，應該還有個貴子！

李淵聽到這話心裡高興，說：你看看我哪個孩子貴？哪個比較值錢？

書生瞇著眼睛照量李淵幾個兒子，當看到李建成時輕輕地搖了搖頭，當看到李世民時，眉毛頓時揚起來了，吃驚地叫道：哇噻，這孩子不得了，不到二十歲就能夠定國安民啊！

李淵聽到這句話，嚇得差點兒坐到地上！

要命，這句話太要命了！要是讓孩子的表叔楊廣聽到這話，這孩子還有活頭嗎？別說活到二十歲，怕是兩天都活不過去。他想：我必須把這個書生殺了滅口，以防他出去亂說！他把書生領進客廳，笑著說：先生，您先喝點兒茶，我去準備點酒菜。

當他招呼家人握著刀棍回到客廳時，書生不見了！不放心啊，派人滿城裡找，白天黑夜裡找，還是沒有找到。他為此事心驚膽顫了很長時間，連晚上睡覺都做噩夢！

不就這麼一句話嘛，李淵值得這麼害怕嗎？

嚇不死他才怪呢，楊廣這人多狠啊！他為了奪取皇位都把父親給殺了，還是用很鈍的刀子殺的，在脖子上就像拉鋸那樣，來回了N次才給弄死了，慘叫聲就像過了擴音器從喇叭裡喊出來的。另外他還很果斷地把一母同胞的大哥楊勇也給殺了，當然幾個親侄子也不得不做掉，還宰了許多跟隨他大哥的人——何況再加個表哥家的小孩啊！

李淵本來就長得老相，楊廣都曾笑話他是阿婆臉，現在的臉更沒法看了，皺得就像苦瓜皮似的。一天，李淵正在書房裡咳聲嘆氣，李建成哭著跑進來說：父親，阿民他打我。李淵聽到這裡火了，吼道：他打你，你不會打他嗎？

李建成抹抹眼淚，說了一句：我媽說了，要是我敢欺負弟弟，她就打我！

李淵氣呼呼地說：真沒用！

看到沒有，李建成的失敗並不是在玄武門，在童年的時候就失敗了。如果他在這時候把世民打得哇哇哭，可能不會在玄武門事件中死掉了，我說的是可能。有時候，童年時候養成的某種東西，會深深地影響著你一生，童年對於一個人來說很是關鍵！

書生事件過後，李淵又過上了知足安樂的日子。他身為地區領導，沒有造福一方，也沒有得到提拔，悠然自得地過著他的生活。他從來都不關心國家大事，更不關心民間大事。當竇氏告訴他，聽說你表弟帶著百萬大軍去攻打高麗了！

李淵點頭說：好啊好啊，打吧打吧！

當竇氏告訴他，你表弟失敗了，只帶回了兩千多人。

李淵咂咂嘴道：是嗎？沒想到，真沒想到！

竇氏說：你表弟肯定很痛苦，去看看他吧！

李淵搖頭說：已經失敗了，去看又有甚麼用呢！

時間就在李淵平凡而又滿足的生活中，不知不覺地流失著，他的孩子們慢慢長高，他臉上的皺紋越來越密，不變的是他的心態與他的官職。

就在他這樣的平凡生活中，隋朝發生了很多不平常的事情，比如繁榮富強的隋朝已經開始衰落，突厥開始對隋朝虎視眈眈，楊廣越來越追求感官上的快樂……這些變化就像跟李淵沒關係似的，他依舊每天樂呵呵地對待工作、對待朋友、對待家庭，過得平淡而又幸福。

直到公元六〇四年，李淵確實痛苦了一下下。這一年他的結

髮妻子竇氏去世了，李淵也就痛苦了幾天，隨後就在小老婆那裡找到慰藉了！

在竇氏臨終前，曾拉著李淵的手斷斷續續地說——

阿，阿淵，我最不放心的是你的生活態度，你都到這個歲數了，還這麼麻木不仁，不求進取，這樣不行啊！你想過沒有，我們像皮球那樣被從這個地區踢到那個地區，除了遷居之外，你的職務沒有任何升遷！我希望你跟領導搞好關係，爭取到好的平台，為國家做點事吧！這不只對你有好處，對我們孩子的將來也有好處啊！阿淵，如果你不聽我的話，將來肯定會後悔的！

李淵點頭說：我搞，我一定搞！

可是等竇氏入土為安後，李淵就把老婆的話忘到腦後了，當他再一次想起的時候已經到了六一六年。他所以能夠想起竇氏臨終的話，並不是他的記性多麼好，而是楊廣提醒了他。

在六一六年，社會上開始流傳一首兒歌，這就是著名的「桃李歌」。這首歌的大體意思是——「不久的將來，有李姓人家將替代隋朝擁有天下！」

楊廣聽了這首民歌後一蹦多高，這還了得，我們爺們兒千辛萬苦打下來的江山，怎麼可以落到李姓人家手裡，他奶奶的！不行，我得防患於未然。怎麼防？成立「殺李小組」，親自擔任小組長，專殺有本事的李姓人，越有本事越殺。在這場運動中，李姓人都倒楣了，裝傻子都來不及！楊廣把有能力的李姓人殺得差不多了，他皺著眉頭問身邊的人：你們再想想，還有沒有李姓的能人啊？

親信忙說：沒啦沒啦，就剩些傻子了！

楊廣瞪眼道：李淵是不是也姓李啊？

親信聽到這句話忙說：是姓李，可他是您親戚啊！

我問你他是不是姓李？又沒問是不是我的親戚？

是姓李，可就他那種心態，就是給他皇帝，他都不會做！

楊廣想想表哥自當千牛備刀來的表現，感到他確實沒甚麼出息，於是就沒有殺他。

看到沒有？多虧李淵沒有過早地顯出才能來，否則這一關就過不去了。雖然沒殺，可楊廣心裡還是惦記著李淵，因為他姓李！正是因為李淵姓李，楊廣才會對他越來越不放心，竟然派人去調查李淵，如果發現他有甚麼動向，趕緊扼殺，絕不能讓那桃李歌唱出甚麼結果來！去的人回來說，他沒有任何動向。

楊廣皺著眉頭問：「他現在是甚麼狀態啊？」

「跟以前差不多，不求上進，每天跟一幫狐群狗黨的朋友，吃吃喝喝混日子！」

「甚麼，他還有很多朋友？」

「是的，聽說唐公的人緣不錯！」

他的人緣為甚麼這麼好？

楊廣心想：他是不是想拉攏人造反啊？那個造反頭子李密，不就是被朋友楊玄感給發展成的造反派！

從此，他對李淵的疑心越來越重了，現在就差一個殺他的理由了。

一天楊廣去行宮裡小住，傳李淵前來覲見。去的人回來說：唐公說感冒了，怕傳染，不來見駕了。楊廣心裡更不痛快了，你是真感冒還是假感冒，是傷風感冒還是流行感冒，還是甚麼禽流感腸病毒啊？無論是真是假，只要朕讓你來，就是你的腿被驢給啃了也得來，就是剩半口氣抬著也得來，無論是甚麼情況，只要你不來就是抗旨。

行宮裡有個妃子王氏是李淵的外甥女，楊廣打發人把她叫

來，梗著脖子瞇著眼睛問：我問你，你舅舅為甚麼不來見我？

張氏忙說：我舅舅他病了，真的病了！

楊廣冷笑說：他這一次會不會病死啊？

張氏聽到這話驚得目瞪口呆，忙說：陛、陛下，他真病了！

當楊廣離開行宮後，張氏去找李淵差點兒跑掉了鞋。當她氣喘吁吁地把楊廣的話以及凶狠的表情，很形象地演繹過後，李淵臉上的血色就像被無形的吸血鬼給吸了，變成一張白紙，汗水勢不可擋地咕嘟就冒出來，滴滴答答就像撒豆子！

現在李淵終於明白，老婆為甚麼在臨終前叮囑他跟領導搞好關係，原來搞不好關係並不只是升官發財的問題，還很要命！他後悔沒有聽老婆的話，可是現在再搞來不及了，怎麼辦？不能再這樣等死了。因為楊廣的話充滿了殺意，現在就差落實了，等落實了，他就該去天上找竇氏了，見到竇氏之後怎麼跟她交代啊！

怎麼辦？得想個辦法啊！

一般情況下，當人面對死亡時都會把金錢的位置擺正，如果還把錢財看得很重，那就該死！李淵把生命與金錢擺來擺去，還是感到生命比較重要些，於是把錢拿出來把好東西搬出來，一古腦地送到楊廣那裡，楊廣連門都不讓他進，還傳出話說，朕擁有天下，還差你這幾件破爛東西，再來煩我，別怪我對你不客氣！

李淵終於明白，現在再搞關係是有些晚了！

他並沒有把東西拉回去當陪葬品，而是把東西送給了楊廣的親信，求他們給自己說說好話。那些親信們看在東西的面上對他說：老李，你回去吧，我們會在總統面前給你說好話的！李淵回去後，不再跟朋友喝酒聊天了，在這種形勢下再扎堆（呼朋引伴一起喝酒作樂）很危險，很容易被定位成拉幫結派，圖謀不軌，蓄意謀反甚麼的……

他明白現在需要做的是頹廢，最好頹廢得像把爛泥！

問題是他李淵從來都沒有激進過，也從來也沒有頹廢過，還真不會頹哩！

他採用的辦法是猛往肚子裡灌酒，爭取把自己灌得爛醉，要是醉得不爛，到時候可能會說醉話，會說出自己對楊廣的不滿來，那很麻煩！

事實上，他這種做法並沒有收到好的效果，當楊廣聽說他每天把自己灌得醉醺醺地，還緊閉大門，不跟朋友們來往了，就想了，他李淵為甚麼這麼做？如果他心裡沒有鬼何必要掩飾呢？哼！裝瘋賣傻，是從古至今最大最可惡的陰謀！

楊廣現在的決心是寧願錯殺天下人，也不放過任何一個小小的可能！

他跟幕僚們商量怎麼除掉李淵，這些幕僚的家裡都有李淵送的東西，他們自然得為人家說好話。於是忙說：陛下，現在正是用人之際，不能再殺了。再說李淵並沒有甚麼過錯，殺他也沒有理由啊，沒由就殺，影響多不好啊！

楊廣瞪眼道：怎麼沒理由？誰說沒理由了？把李淵的朋友抓幾個過來，讓他們告發李淵結黨營私、蓄謀造反，這不就是很棒的理由了！

幕僚說：人家是朋友，能這麼說嗎？

楊廣冷笑道：你往他肘條上插一刀，看看是不是朋友？

幕僚見保不住李淵了，現在能做的就是給李淵送信，讓他趕緊帶著全家逃跑。李淵得知楊廣執意要殺他，不由悲憤交加！他跑到竇氏的墳前像瘋了似地拔墳上的草，哭得一塌糊塗。這是竇氏死後，李淵第一次來拔草，可是就算把墳拔成禿子頭也沒用了，竇氏也不會從裡面爬出來，給他甚麼主意了！

當天晚上，李淵就把全家人召集起來，商量逃跑的事情。他抹著眼淚說：我每天夾著尾巴做人，最終還是招來了殺身之禍。

李世民刷地把刀抽出來，怒道：我現在就闖進宮裡，把楊廣這王八蛋給殺了！

李淵瞪眼道：胡鬧，你能闖得進去嗎?!

李世民梗著脖子說：就算死也要死得壯烈些！

李建成說：趕緊逃吧，趕緊逃吧，晚了就來不及了！

李淵越想越生氣，我招誰惹誰了你就想把我給殺掉。我姓李也不是我自己決定的，是因為我阿爸姓李、我阿公也姓李，又不是我自己給自己姓的。

第二天早晨，他騎馬直接去了都城，想當面問問總統大人，自己除了姓李之外，到底哪兒錯了？

他到了京城才知道，人家楊廣一大早就去行宮了。

他又去拜訪了自己賄賂過的官員，拜訪了幾家，沒有人敢接見他。有個平時跟李淵挺合得來的官員，打發下人給他送來了信，信裡說：老李啊，總統已經密令，在七天內把你的問題給解決了，我們沒有立刻行動就是想給你個跑路的時間，希望你在三天內就搬到安全地方去。

李淵看著這樣的信，用眼淚把信濕透了！

哪兒安全？哪兒都不安全！李淵想，你不逃就得死，你逃了就說明你真有問題，隋朝就把你當通緝犯捉拿，他們就得過逃亡的日子。就在李淵一籌莫展時，有根生存的稻草擺在他的面前，他不由欣喜若狂！

這個機會就是楊廣去行宮的路上被突厥人包圍了，現在生死一線，如果誰能把他給救了，那功勞可大了！

李淵想：我不去救他，等突厥人把他給殺掉，以後不就沒人為

難我了？

　　他隨後感到不妥，如果楊廣僥倖不死那自己就不僥倖了。想來想去，他還是帶著幾個兒子，帶著自己那點兒可憐的兵，很賣力地把楊廣給救了！楊廣被救之後才感到這表哥還挺不錯的，還有點兒親戚來頭，於是就把李淵提拔成太原太守。

　　這是李淵在隋朝公司裡當的最大的官了！

　　李淵所以得到提拔，救楊廣只是原因之一，更重要的是，隋朝連著三次攻打高麗，每次都是慘敗而歸，又加上在皇城裡大搞超標辦公場所與豪華行宮，把國家給折騰得半死不活的。你不強大了，你窮了，突厥人不怕你了，並且多次侵犯晉陽。楊廣想派人前去保護晉陽（太原），可是找不到可靠的人，就把救了自己的表哥派去了！

　　通過後來的事情來看，楊廣對李淵的這次提拔太沒眼光了，因為李淵不但不會保證晉陽的安全，還會把晉陽作為根據地對付隋朝，並成功地推翻隋朝建立自己的王國……可以說隋朝自楊廣派李淵去晉陽的那刻起，就已經宣布走上滅亡了！

　　其實楊廣確實走到盡頭了，他把國家給折騰得千瘡百孔了，也不舔舔國家的傷口，胡亂把國防大事吩咐了一通，竟然要去南方旅遊了！

　　大臣們知道，總統在這時候擅離職守國家就真完了，然而，他們更知道自第三次攻打高麗失敗後，楊廣的精神就好像不正常了，動不動就殺人，沒有人敢提！就這樣，楊廣帶著一群漂亮的美眉，一路歡聲笑語著奔往江都（揚州），奔向他的墳墓，而這個掘墓人李淵，正奔向太原，這是不是很可笑啊……

第三章

生死妥協

從長安到晉陽不算遠，如果坐汽車是不算遠，可隋朝沒這玩意兒，交通工具就是馬或馬拉車。李淵與幾個兒子騎著高頭大馬行在前面，家屬們都坐在馬車裡，再後面就是他的兩千步兵。最苦的就是這些小當兵的了（甚麼時候都苦），他們扛著武器背著乾糧，用兩條腿量啊量啊，從長安開始量，都量了七、八天了，還沒有看到晉陽城的鬼影兒！

李淵對這次提拔並未感到高興，反倒感到無比的悲壯。

這麼多年來，我就像踩著薄冰那樣走著每一步，樹上掉個葉子我都捂著頭，每天就像踩著薄冰似的生活。我安分守己與世無爭，可是誰想到因為一首民歌的流行差點就喪命，而又因為救了別人才獲得了生存權利。

這生死的轉換這麼可笑，他李淵能不悲壯嗎？

正是盛夏的季節，沒有風，太陽過分地烤著大地。草木的葉子泛著亮，像抹了把油，眯著辣辣的眼睛望去，天際處是蒸騰的熱浪。李淵不時用手擼把臉上的膩汗，舔舔鹹鹹的嘴唇，只盼著早點兒到達晉陽，洗個澡，吃點兒熱乎飯，好好地睡一覺。

他回頭對那些可憐的士兵們喊道：快點快點，到晉陽後我放你們三天假！

俺娘喲，別說放三天假，就是放六天，也快不了啦！

他們遇到條河就給攪渾，遇到片樹林子就用枝葉編帽子戴，

就這樣走走停停，終於看到晉陽城那個灰色的方塊了。雖然是灰色的，但大家就像看到沙漠裡的綠洲那麼高興，他們打起精神，兩條細腿快速地交替，奔向那美妙的三天假期。

就在這時，他們看到晉陽城西南方，冒出浩浩蕩蕩的人馬來，他們拖著濃烈的塵煙奔來了。大家都站在那裡伸長著脖子，猜測著這是甚麼性質的部隊？李淵看到這場面，首先想到是來迎接他的部隊，不由有點兒感動，這場面可真夠排場的⋯⋯

嗯，沒想到晉陽副守王仁恭還挺會來事兒，把迎接工作搞得這麼誇張！

隨後他感到不對勁兒了，天下有這麼拍馬屁的嗎？你把守城的軍隊全部拉出來迎接新領導，要是老窩被敵人給端了，這不是拍到馬蹄子上了？壞啦壞啦，不會是楊廣提前給晉陽下了通知，讓他們在這裡把我給幹掉吧？他的擔心並不是多餘的，當初楊廣把大哥楊勇殺死後，就把幾個侄子派到基層去鍛鍊，隨後就派人暗示地方領導，把所有的侄子都給砍了！

看著逼近的部隊，李淵感到無比的悲憤！噢，我好心好意把你楊廣救了，是讓你來殺我的啊，我他娘的真是吃飽了撐著？悲哀，我太悲哀了！姓楊的你給我等著，我做鬼也不會放過你。可是就現在的形勢，除了做鬼竟沒有別的選擇了。

他能做的就是狂噴眼淚，或者跳高起來咒爹罵娘，但這些都不能解決問題！

隨著部隊越來越近，李淵發現來軍的旗子上繡有狼頭圖案，便知道不是楊廣派來的人，可是他的心更涼了，因為來軍是突厥人，是比楊廣更狠的主兒！

現在擺在李淵的面前，只有三個選擇——

(1)是擼起袖子來跟人家幹架！

(2)是投降當漢奸！

(3)是像被獵手追著的兔子那樣狂逃！

最讓李淵心動的是逃跑，因為逃跑還有好聽的解釋叫做「轉進」——一點也不丟臉！

但李淵明白，你是陸軍，得用兩條腿快速地交替，人家突厥人是騎兵，四條腿追你，你跑得了嗎？跑不了那就得幹架，可士兵們走這麼遠路，累得夠嗆，兩千人不頂一千用！人家突厥兵有三千多呢，這三千兵還都是吃牛肉喝羊奶長大的！歷來食肉動物都比食草的有力氣，還要狡猾！這個咱們在Discovery頻道的《動物世界》裡，早已見識過了！

李淵感到很痛苦，因為要想保命只能把家什扔到地上，舉起手來，低著頭跟人家回去。這樣的話命是保住了，可幾輩子的光榮歷史都丟了，怕是到了陰間，列宗列祖得往我臉上啐唾沫！他說我不能當漢奸！

於是，他決定讓大兒子建成帶著家人逃進晉陽城，由他親自帶領兩千命苦的阿兵哥拖住突厥，堅持那麼幾下，然後讓人家的馬踏過他們的屍體去追趕建成他們，最後沒追上，建成他們在晉陽城給他們開個隆重的追悼會，說他是英雄壯烈犧牲甚麼的！

可人家突厥人就像知道了李淵的想法，突然兵分兩路，劃著弧向他們包抄過來，把去往晉陽的路給截死了。面對這種情況，李淵感到生命挺重要的，人死了，說好與壞都聽不到了。他正要宣布投降之際——李世民卻招呼了十多個騎兵迎著敵人就去了。李淵扯著嗓子喊：阿民啊，你回來，別壞了我的計畫！

甚麼計畫？李世民才不管那些呢！

他帶人衝進突厥陣營裡，跟小蝶蛾撲火沒甚麼區別，沒撲楞幾下就被突厥兵包圍住了，眼看著阿民就要命喪黃泉……但我們

都知道他肯定死不了，至少現在已知道了，因為他以後還當皇帝呢！他所以能夠活著走進晉陽城，並不是他多麼勇敢，也不是老天助他——而是晉陽副守王仁恭帶著軍隊前來接應了。

王仁恭知道近幾天唐公要來晉陽上任，當他聽守城的士兵們彙報說：突厥有三千多人奔向晉陽南方去了，不由聯想到唐公來晉陽的事情，於是馬上出兵了。於是很及時地把李淵給救了，這讓李淵百感交集，拍著他的肩膀說：兄弟，真是我的好兄弟！

王仁恭問：唐公，你不跟大軍同行，這多危險啊！

李淵疑惑地問：大軍，哪兒來的大軍？

王仁恭吃驚道：甚麼甚麼，就這點兒兵？

就在突厥侵犯晉陽地區的那天起，王仁恭就派人去京城向總統彙報，要求派兵前來救援。當他聽說唐公來晉陽任職，以為怎麼也得帶萬兒八千的兵馬來吧？如今只帶來兩千人，看著還病快快的。這些阿兵哥跟晉城裡的守軍加起來也就五千人，想把晉陽守住都困難，要想把突厥人趕回草原，讓他們老老實實地去放牧，連門兒都沒有！

王仁恭痛苦地說：完了完了，就這點兒兵，晉陽怕是守不住了。李淵看到王仁恭那失魂落魄的樣子，他笑了，伸手拍拍王的肩膀說：我說老王啊，你也不用擔心，其實咱們的兵很多，何止五千啊，有好幾萬人呢！

在哪兒在哪兒，我怎麼沒看到？王仁恭把脖子伸得像長頸鹿。李淵摟住他的肩膀說了句：好啦好啦，回去後我再告訴你在哪裡！

他們回到晉陽後，王仁恭追問那幾萬兵在哪兒？李淵笑道：老王我問你，兵是哪來的，不是從廣大人民中徵來的嗎？晉陽地

區的人口這麼多，徵幾萬兵還不容易！

王仁恭聽到這裡哭笑不得，這事兒要是放到從前是成立的，現在想徵兵哪容易？政府三打高麗都慘敗了，去的人幾乎都沒回來，再向老百姓徵兵，這根本就不可靠！

當他把這個道理說出來，李淵也感到有點問題了。但有問題也得做這個工作，不做哪來的兵？

當他們真正進行這個工作時，發現老百姓的覺悟挺高，很多人聽說打突厥，都自願參軍保衛家園。當然了，很多人當兵僅是為了吃口飯，可這有甚麼呢？卑微的初衷並不會影響偉大的結果，一個醫生為了治好母親而學醫，卻治好了很多別人的母親，一個兵為了吃飯參軍照樣能殺侵略者。

李淵看到踴躍參軍的群眾有些感動，政府老是對不起老百姓，可老百姓卻總是這麼愛國，老百姓好啊！

他心裡在想：我一定要帶領大家把突厥給趕出中國，讓老百姓們安居樂業。這是李淵活到五十多歲了，第一次產生了偉大的想法，可是隨後就被楊廣給摁住了。楊廣猛不丁派來了兩個軍事代表，堅決不允許他們徵兵——半個兵也不能徵！

事情是這樣的，楊廣去了揚州後，王世充便針對李淵去晉陽的事情進行了分析，他說：陛下，晉陽可是歷代兵家必爭之地，是出進中原地區的重要關口，如果李淵在那兒有甚麼非分之想，可就不容易控制了，您還是把他調到別的地方去吧！

楊廣搖頭說：李淵，不會不會！

王世充說：陛下沒忘了「桃李歌」裡是怎麼唱的吧？

那首曲調悠揚的歌彷彿在他耳邊響起了，他這才感到派李淵去晉陽還真有點兒問題，可問題是把他給調走，又派誰去晉陽呢？他委實沒有相信的人了。他想來想去，決定派兩個人去晉陽

監督李淵的工作。這兩個人就是王威與高君雅。

在兩人臨行前，楊廣祕密地交代他們說：我派你們前去晉陽主要是為了監視李淵的。

「放心吧，我們一定完成這個工作！」

「記住，晉陽守軍編制不能超過五千，如果多了就不容易控制了，如果你們發現李淵有甚麼不對勁，就馬上向我彙報！」

「來不及回報怎麼辦？」

「來不及嘛，你們可以先斬後奏！」

「好的，我們一定光榮完成任務！」

「去到晉陽後要多想想你們的家人，他們可都盼著你們立功揚名的呢！」

這句話很厲害，「弦外之音」是你們家人可都在我手裡攥著呢！如果出了甚麼紕漏我就拿他們是問！王威與高君雅有壓力了，他們肩負著楊廣的密令，背負著全家的性命來到晉陽，當聽說李淵正在徵兵，不由嚇了一跳。

總統曾經交代過，為了以防李淵有甚麼野心，把晉陽的守軍控制五千人內，現在他徵兵想幹甚麼，不會有甚麼企圖吧？

倆人差點跑掉了鞋來到徵兵現場，扯著嗓子狂喊道：喂！喂！喂！停！停！停！

李淵回頭看到是滿頭大汗的王威與高君雅，不由皺起眉來，不過他還是在臉上堆滿了笑說：喲喲喲，老王、老高，你們怎麼來了，是不是路過啊？

王威把楊廣的詔書遞給李淵，他們的樣子就像楊廣那麼神氣。李淵看到信裡說，為了配合你的工作，朕特派王威與高君雅兩位擔任晉陽副守，配合你的工作，希望你們要團結一致，以國家利益為重，盡快把突厥趕出我大隋邊境……李淵心想：娘的，

還大隋呢，都快成雜碎了！他明白，這兩人前來並不只是配合那麼簡單，真實的目的怕是來監視他的，說白了楊廣對他並不放心，很不放心。

「走吧，咱們去辦公室裡坐！」李淵說。

「別忙著回去，先把徵兵工作給停了！」

「不徵兵怎麼打突厥，怎麼把他們趕走？」

「反正總統說了，就給晉陽五千人的編制！」

「用五千人對付突厥那是螳臂擋車！」

「就是用雞蛋碰石頭也得碰，反正咱們不能超編啊！」

李淵感到無比的悲哀，甚至是絕望。不徵兵，用五千兵去打擊突厥，最後的結果是挨打。但他明白，如果再強行徵兵肯定被扣上招兵買馬蓄意謀反的罪名，這帽子太重，戴上壓死人。李淵心裡煩，跑上去把徵兵的辦公桌給掀了，吼道：別徵啦，別徵啦！說完，也不理會王威與高君雅，倒背著手就走！王仁恭不知道發生了啥事兒讓唐公發這麼大的火，他湊到王威與高君雅跟前問：兩位老兄，發生甚麼事了？

王威翻白眼說：你算老幾啊？

王仁恭在心裡呸道：有啥了不起，不就是上級派來的嗎？

從此，擁有五千兵的太守李淵不好過了，因為他沒有任何把握可以守住晉陽，更談不上把突厥趕出中國大地。他不得不考慮晉陽失守之後，將要去哪裡寄身，因為就眼下這點兵，守不住晉陽肯定是沒有任何疑問。他考慮再三，派大兒子李建成、三兒子李元吉，保護著幾個後娘還有小弟弟李智雲，前去河東居住並工作，以備將來晉陽失守還有個落腳之地！

李淵雖然想好了退路，但他還不想走這條路。如果晉陽失

守，總統是不會讓他好過的，肯定會以軍法處置，最終的結果還是沒命。於是他請王威與高君雅喝酒，想讓他們給總統打個報告，說明晉陽的現狀，表明徵兵的必要性。

王威與高君雅把酒喝了，也承諾向總統打報告，但他們沒打，過了半個月，找到李淵說：總統來信說了，晉陽不能再增加半個兵，這是原則問題。不只不增編，還要求咱們盡快把突厥趕出邊境，否則就辦咱們失職之罪！

娘的，你楊廣站著說話不腰疼！李淵想：不給增加編制怎麼打突厥？再說你自己帶著百萬大軍去攻打高麗，還不是失敗了，讓我用五千人去打突厥不就等於是讓我們找死嗎？這話想想可以，但不能對軍事代表說，說了，用不到個半月，楊廣鐵把他給調到甚麼地方去受罪，因為楊廣這人甚麼事都能辦得出來。

怎麼辦，怎麼辦？李淵痛苦地想，難道我就守著這小薄城，看著突厥人在眼皮子底下馳騁往來？問題是你死守是你的問題，守住守不住那是實力問題，是現實問題！李淵想啊想啊用勁想，他終於想到了一個兩全其美的辦法。

你不是不給我增編嗎？那我不會打擦邊球嗎？我打，我要發展民兵組織，把晉陽搞成全民皆兵，然後魚水相依，共同努力把突厥給趕出隋朝邊境，讓他們老實地去放他們的羊，還給晉陽一個平安，還我一個安全！

因此，他命令王仁恭帶領工作大隊下去搞定這件事情。

老王帶著一幫子人去基層發動了幾天，老百姓都不響應，讓我們當民兵是嗎？有工資嗎？甚麼，連飯都不管，我們吃飽了撐的，何況現在都餓得要死了，誰鳥你？不幹，沒人幹！噢，去打突厥人啊，我們去參軍，你們不是不要嗎？現在又讓我們去打，

還不管飯，哪有這麼便宜的事情，我們去打，要你們這些當兵的幹甚麼！

　　李淵沒想到事情是這樣的，他問：老王，晉陽城裡誰的威信最高？

　　「武士彠啊，他是晉陽城裡的首富！」

　　「你去找他，讓他擔任武裝部長發動群眾！」

　　這個武士彠可不是簡單人物，說他不簡單，並不是因為他的生意做得多大，擁有多少財富！天底下把生意做大的人多了去了，有錢的人更多。說武士彠不簡單是在於他有個很厲害的女兒，那就是後來的一代女皇武則天，厲害吧！

　　武則天那是以後的事情了，現在武則天還沒出生呢！現在的武士彠聽王仁恭說讓他擔任武裝部長，發動群眾拿起家什來抗擊突厥，他很同意大家都保衛家園，但他不同意當武裝部長。

　　他說：這個，老王啊，我工作很忙，哪有時間當那個啊，找別人吧！

　　「您老兄作為晉陽商界的領袖人物，再怎麼說也得為晉陽出把力吧！」

　　「我沒出嗎？我向政府繳稅，不就是為政府做貢獻嗎？」

　　「這可是唐公的意思啊，您考慮考慮再下結論不行嗎？」

　　「唐公，唐公他也不能強人所難啊，這是法制社會，是吧，老王？」

　　王仁恭沒有辦法，只得向李淵如實彙報。李淵聽說這姓武的這麼難伺候，心裡就老大不痛快了。我雖然沒有做過大官，可到哪兒上任，哪兒的商人心中都有一把尺，都有桿秤，怎麼就你姓武的沒有呢？老子都來晉陽這麼長時間了，別的商人都知道，怎麼就你姓武的不知道呢！

「你去跟姓武的說，讓他明天想辦法搬家吧！」

「唐公，他為甚麼搬家？」王仁恭問。

「政府為了方便老百姓，準備修條路，這條路就從他家正中央過去！」

這招兒太絕了，王仁恭佩服得五體投地，他感到把這個消息傳達給武士彠，這傢伙肯定會說：我當我當，別說當五（武）裝部長，就是當六裝部長我也當！可是當他神采飛揚地把那條路指給武士彠後，人家冷笑說：晉陽政府既然不給我投資環境，不支持我在這裡創業，我可以搬家，我搬得遠遠的，把稅繳給別的地區政府總行了吧？

「老武，搬家多麻煩啊！」

「我有的是錢，正愁花不了呢！」

「花不了也不能搬家玩是吧？」

「你們不是正好拆了我家房子鋪路！」

武士彠軟硬不吃，這讓李淵很不高興。他想我作為晉陽太守，如果連個商人都對付不了還怎麼去對付突厥人。不行，我得把武士彠這隻肥雞給殺了讓猴子們看看，別拿我這個太守不當幹部。他說：老王，安排幾個人狀告武士彠，然後把他給抓起來。如果不把他給治了，咱們政府還搞個屁！

你想啊，他武士彠能夠把生意做這麼大，心裡沒桿秤怎麼能行呢？

他明白已經把李淵給惹炸了，再不有所表示就出問題了。歷來，每當新的地方領導上任，各界人士都想第一時間拍上馬屁，他武士彠為甚麼不及時去拍呢？都去拍容易撞車不說，領導說不定都記不清你是誰？所以說，拍馬屁也是有技術含量的。

這天，武士護備了一份厚禮，很厚，因為他明白，送禮不是讓人家說：這點爛東西也拿得出門，把我當要飯的啊！送禮就要撐起別人的眼皮來，就要讓別人對你的印象深刻！武士護帶著這份厚禮，在夜色的掩護下運到了李淵家裡。他對李淵說：唐公，不成敬意！

「小武啊，東西你帶回去，多想想國家的安全吧！」

「唐公，我知道國家興亡、匹夫有責的道理！」

「你知道？可你為甚麼就不肯擔任武裝部長呢？」

「我沒說不當啊，本來只是想搬家的事，但只要您唐公讓在下幹點什麼，在下是絕不會推辭的！」

「老武啊，你能夠在國家危難之時站出來，發動群眾武裝，保衛祖國，你就是民族英雄嘛！你放心，我心裡是有數的，以後嘛，這個政府搞甚麼建設，啊，搞甚麼配套，啊，啊！好啦，你把東西帶回去吧！」

他最終還是把空著手的武士護送走了。回到客廳，李淵把武士護帶來的兩個箱子打開，裡面都是些貴重金屬，還有些古董，很能撐得起眼皮來。他滿意地點點頭說道：啊，啊，這個武士護心裡很有桿秤的嘛，這個人還是很不錯的嘛！

從此，辦公室裡的配套，軍隊裡造車、造槍，也不用投標了，全部交給武士護去做。國家的錢就在這樣的賄賂的周轉過程中進入個人的腰包，所以歷來的政府都對貪污受賄深惡痛絕，但貪污腐敗不是頭痛感冒，而是愛滋病、癌症，很不容易根治！

民兵問題解決了，這對於守衛晉陽起到了決定性的作用。

在軍民協作之下，李淵與突厥進行了頑強的鬥爭，雖然沒能把突厥打回草原，但突厥人也沒把晉陽怎麼樣，他們就這樣僵持著，誰都沒有賺到甚麼便宜。這種僵持的日子很難過，李淵每天

都過得驚心動魄，做夢都在打仗，把小妾們嚇得都差點兒穿著盔甲跟他同床共眠。

李淵不知道這種日子何時才能結束？也不知道病快快的隋朝能堅持多久？自己的未來又是怎麼樣的？這時候的李淵感到很茫然，因為他沒有目標，沒有目標的人生是可悲的。

但很快李淵就不可悲了，因為全國發動了多起大規模的農民暴動，隋朝遭遇到外憂內患，形勢變得嚴峻起來。一個王朝面臨倒閉的時候，不只會產生很多英雄，還會產生很多欲望與機會！特別是政府官員，他們必須要考慮自己未來的命運。

李淵也不例外，這段時間他想得最多的是，如果隋朝覆滅後，我的出路在哪裡？

看到沒有？李淵開始在尋求定位目標了！

一天李淵帶著幾個親信站在灰色的城牆上，瞇著眼睛怔怔地望著天際，淡墨樣的山影上懸著一圓桔色的日頭，拖著美麗的晚霞顯得很美麗。而隋朝就像這輪日頭馬上就要落下去了，但是卻沒有晚霞也沒有美麗。李淵雖然執著地看著遠方，但他甚麼都沒看到，他所有的注意力都在心理活動上。

他想：晉陽是唐堯聖帝的屬地啊！我唐公來管理唐地不是天意嗎？如果老天給了不要，這是不吉利的啊！看到沒有，李淵開始進步了，因為他有模糊的目標了。

正是春天的節氣，在李淵身旁的柳樹已經吐出綠芽兒，也許害怕著乍暖還寒的初春，點點的綠色顯得有些羞澀，這點朦朧而羞澀的綠在明天的太陽，在春天的召喚下，必將噴發出勃勃的生機，渲染出新的世界來。

春天知道，我們知道，但李淵身邊的人並不知道……

第四章

尖刀說話

揚州的美早有騷人墨客說過了，但怎麼美，並沒有人家楊廣先生的美。他正被一群香噴噴的漂亮女人包圍著，又悠悠蕩蕩在春水綠煙之中，來點兒酒來點兒絲竹之樂，說神仙不嫉妒楊廣生為人類那才怪哩！有人曾經說過，快樂是需要忘記煩惱的，楊廣就做得很到位！

當全國農民暴動的消息不斷地傳來時，楊廣的心態挺好，他說：都是些泥腿子，能跳多高啊，讓他們可著勁兒跳，我隨便派些兵把他們給摁下去！來來來，張妃你彈琴，劉妃你唱歌，文妃你來給朕揉揉肩，蕭妃你來給我倒酒，我活著，我精彩，我活著，我快樂！

楊廣並不是不知道水能載舟亦能覆舟的道理，但他總認為自己的船很大，一般不會沈沒的，因為他沒看過「鐵達尼號」，看過的話，早就慌了。

如果說農民造反，就像海面上的風浪，那麼隋朝大臣們的躁動，無疑就變成可怕的暗礁與冰山了！

就這樣，在他每天像神仙那樣度過的日子裡，造反的火焰都映到揚州行宮的牆上了，造反的呼聲已經聒著楊廣的耳朵了……

楊廣覺得有些熱了，他端著美酒的手抖了抖，琥珀色的液體從杯子裡滴下來，落在了妃子蟬翼樣的衣服上，就像朵淺淺的粉花兒。

「外面的人在瞎咋呼些甚麼啊？」

「陛下，他們一直在說要把您抓住，好替攻打高麗死去的親人們報仇。」

楊廣感到很委屈，你們的親人是被高麗人殺的，跟我較甚麼勁啊？等我回到長安後，我還會組織人去攻打高麗，第四次打，打死他們，為你們的親人報仇。他現在很想回長安了，倒不是真想回去打高麗，而是感到揚州不美了，因為人人都要抓他，還美個鳥啊！

他剛提出要回去，手下的官員就嚇唬他了，總統您這時候千萬別有這種想法，現在暴亂分子就在路上等著呢！還是先把國家給整太平了再回去吧！楊廣想想也是，我這時候回去幹嘛？在這裡不一樣可以工作嗎？再說這裡的工作環境多好啊！

楊廣下命令說：讓王世充去東都（洛陽）把造反頭子李密給整了！

下屬說：好，我馬上去下通知！

楊廣想了想說：讓代王把長安給我看好嘍！

下屬說：好，我馬上去下通知！

從此，楊廣又恢復了他的神仙生活。他為了更好地取樂，他把所有的妃子住的房子編上號，每天輪著去尋歡作樂，為了得到更多的快樂，有時候他同時跟幾個妃子也搞多Ｐ的聯歡大會！

而就在這時，他收到了晉陽王威與高君雅的密信，看了之後就再也樂不起來了。

信裡說：現在李淵正在搞親民政策，嘴上說是發動民眾保衛祖國，打擊突厥，可是突厥人在晉陽就像在自己家裡那麼隨便，到現在為止，李淵並沒有任何卓有成效的任何行動。

如果是舉報別人，楊廣也可能沒這麼在意，可關係到李淵他

就很在乎了。因為，王世充曾經跟他說晉陽的重要性與李淵與桃李歌的「李氏當興，代隋為王」的關聯性。楊廣心想：造反頭子李密就是唱著這首民歌跟我作對的，如果李淵再唱著這首歌跟我作對，那隋朝就真的得要變成碎朝了！

這時候楊廣更後悔自己心太軟，心太軟了，沒有把李淵早點殺掉，還把他派往晉陽。他知道這樣下去不成，必須盡快把表哥李淵幹掉，永絕後患。於是他找來兩個侍衛，對他們說：你們倆馬上動身去太原，一定要把李淵給我押過來！

「好的，我們馬上就去！」

「知道怎麼對李淵說嗎？」

「知道，我們就說您讓唐公前來商量國家大事，現在別人您都信不過！」

「記住，到晉陽後要跟王威、高君雅配合好，如果李淵抗旨不來，嗯，就來個就地處決，由王威擔任晉陽太守、高君雅擔任副守。讓他們把晉陽給我看好嘍，這可是我大隋的門戶哦！」

他楊廣雖然是至高無上的皇帝，自認為是天子，高大得不得了，但他卻犯了一個很低級很低級的錯誤，那就是他總是認為自己有腦子，而人家李淵的頭裡裝的是嫩豆腐。當然不是！

當李淵見到兩個特派員後，聽說立刻讓他去江都商量要事，就問了一句：那要帶多少人馬過去呢？

「總統就讓唐公您，自己一個人去！」

「到底甚麼事，這麼急？」

「總統的事情，我們哪知道！」

李淵感到不對勁了，他早就聽說揚州發生了多起農民暴動，如果總統讓他帶著部隊前去救駕，還是可以理解的。可問題是為

甚麼要讓他單獨去江都？他去了有甚麼作用？他想：我必須從特派員的嘴裡把實話套出來。怎麼套？用很傳統的辦法，金錢、古董、美女、美酒當炮彈，對兩個特派員狂轟濫炸，就不信轟不開你的小嘴兒！

兩個特派員被轟得很幸福，對李淵說：總統找您是商量國防大事，他現在信不過別人，所以才專門派我們來請您過去的。

李淵知道這話裡水分大去了，心想：我費這麼多事兒，換來的話水分更大了。他沒搞明白楊廣真實的目的，自然不會輕易動身。他只能說：我得先把手頭上的工作安排安排，收拾收拾東西就動身。

「唐公，事情緊急，您還是盡快動身吧！」

「你們先在晉陽隨便玩玩，我把事情交代好就動身！」

李淵明白這樣拖下去不是辦法，於是他找來裴寂問問他對這件事情的看法。

裴寂是晉陽宮副監，李淵是正監，兩個雖然是上下級關係，但由於裴寂善於拍馬屁，常請李淵喝小酒、聽小曲，或者幹些別的甚麼事情，兩人的關係發展得很知心！

當裴寂聽說總統讓李淵去江都，就笑著說：那唐公今天就多喝幾杯吧，怕是以後沒有機會再喝了！要不，我再找幾個美人唱幾首歌送行，以後您也聽不到了。

「老裴，你甚麼意思，我又不是不回來了！」

「這個，這個，先別說回來的事情，現在全國亂得這麼厲害，路上肯定會有很多造反派堵著，您能否到達江都還未可知？再說了，就算您平安到達江都，至於主子怎麼招待您，那就不好說嘍！主子的辦事風格，您應該比我都知道吧？」

官場上說話就是這副德性，就像打啞謎！

你有水平就能聽懂，沒水平有甚麼必要跟你廢話！

他李淵從十六歲就在隋政府大院工作，經得多見得廣，水平還是有些的，自然明白裴寂的真實意思，那就是——即使你在路上死不了，見到主子也活不成了，還是趁著喘氣吃點兒、喝點兒、玩點兒，以後就沒命享受這個了。

由於李淵拖著不肯起程，兩個特派員雖然吃人家的玩人家的，也老羞成怒了，因為他們在這裡拖得久了，總統肯定對他們有意見，總統可能會批評你，而總統採用的批評，一般都是十分痛快——砍頭。

他們找到李淵發火說：唐公，您作為大臣，應該知道抗旨會是甚麼後果？您作為軍人，應該知道服從命令是天職是吧？您既不遵旨也不聽從命令，這不太好吧！

「我把晉陽的事情安排俐落了，馬上就動身！」

「晉陽離了您，是不是變成遠陽啦？不是有王威與高君雅兩個人嗎？」

「兩位兄弟，突厥人就在晉陽地區，如果我不把工作安排好，讓突厥把晉陽給拿下了，他們就會從此挺進中原，那麼國家就危險了。這個責任我可擔不起，請兩位再多寬限幾天吧！」

「好吧、好吧，那就再給你三天時間，三天後我們就必須起程了！」

李淵很客氣地把兩個特派員送走，回到家裡就像踩著燒紅的地板那樣來回走。

他想：娘的，你們不是催命嗎？早知道你們這麼麻煩，早應該派人把你們給整死，到時候就說沒接到通知。現在李淵也想整死他們，可晉陽的官員們都知道兩個特派員來了，別說親自把他

整死，就算別人把他們整死也會懷疑到我的頭上，所以我還得保證他們的人身安全呢！

現在李淵終於知道甚麼叫「度日如年」了。

就在李淵煩得要死的時候，沒想到兒子李世民又在這節骨眼上給他添了亂子，這可不是小亂子！

那天，李淵正在辦公室裡考慮該怎麼應對去江都的事情，王威與高君雅闖進來了，拍桌子，梗脖子，瞪眼睛，非常氣憤地質問道：唐公，你到底是怎麼想的？總統讓你去江都，你就是拖著不去，還讓你兒子把劉文靜那廝給放了，是不是想造反啊？

「你，你這是血口噴人！」李淵叫道。

「那你敢不敢帶著兵，跟我去你兒子世民的住處抓人？」

李淵當然不敢，他知道李世民這孩子野心大，甚麼事都能做得出來！他心裡暗暗叫苦，我說：你阿民放誰不好，為甚麼要放劉文靜呢？我說你甚麼時候放不成，為甚麼非選在這種時候呢？你這不是急著要給老子披麻戴孝嗎？你這個王八蛋龜兒子！

他——劉文靜是甚麼人，能讓李淵這麼緊張？

劉文靜是前任的晉陽令（縣官），因為與造反頭子李密通婚，是隋政府指名道姓把他抓起來的，馬上就要執行死刑了，你把他給放了是甚麼意思？往輕裡說你是玩忽職守，往重裡說你這是私通叛黨蓄意謀反。

李淵感到問題嚴重了，他把王威與高君雅應付走後，馬上派人把李世民叫來，指著他的鼻子吼道：你為甚麼把劉文靜給放了，是不是想害死我？

「父親，您是不是真的想去江都啊？」

「我是在問你劉文靜的事，跟去江都有甚麼關係？」

「我知道您現在心裡煩，但您也用不著跟我發火啊！」李世民吸吸鼻子說：「其實，就您那點兒事很好解決，關鍵是您自身的問題。」

「我有甚麼問題，你說我有甚麼問題？」

「您最大的問題就是逃避現實，不敢面對！」

「你能！你說怎麼解決？」李淵大吼道。

「這個，以孩兒之見吧，我們也別受這窩囊氣了，把送信的侍衛殺了，把王威、高君雅砍了，帶兵直取大興城，坐上皇位，號令天下，不就有主動權了！」

李淵第一反應是看門窗，然後壓低聲音，把眼睛瞪得老大，用很大的力氣說出很低的聲音——你，你說甚麼，不想要命啦！

李世民勾起指頭彈彈衣服，輕佻地說：父親，我表叔他身為國家領導人，不理朝政，不顧民眾的死活，領著一群漂亮女人去江都玩得沒完沒了。現在到處都在暴動，稱王稱帝的就有十多個，隋朝的滅亡已經是釘子砸進棺材板了，我表叔還不自覺，竟然還有心思來打擊您，您要是不犯傻，為甚麼還要死守著他！

李淵說：不行不行，我必須把你抓起來交給朝廷！

李世民梗起脖子叫道：反正孩兒的命是父母給的，你收回去得了，前提是你只能收回你那一半，我母親的那一半，對不起，我不能給您。

李淵痛苦地說：阿民啊，老虎都不吃自己的孩子，我哪能對你下毒手呢！不過呢，你以後說話可要小心了，千萬別招來殺身之禍！

其實李淵心裡明白，世民這孩子說的沒錯，他楊廣本來就是個卸磨殺驢的主兒，確實不值得為他賣命。要想保護自己，只有

自己開灶掌勺才是最好的辦法。可問題是，無論甚麼年代，想要推翻腐敗政府都要費把子力氣的，他不是不想推，而是感到自己的力量，沒法完成這件事情！

從此，李淵的日子更難過了，兩個特派員老催他起程去楊廣那兒送死，王威與高君雅也三天兩頭催他馬上把劉文靜給抓起來，而阿民則勸他造反！

李淵想來想去，還是裝病吧，我病他個幾個月再說吧！

他打發人去對楊廣的特派員說：我現在病得都起不來床了，暈得看人都是重影，最近是沒辦法起程了，你們先回去吧！等我病好了自己去江都面聖。

為了以防特派員前來察看，李淵把眼睛抹得烏黑，把嘴上抹得灰白，聽到臥室外有腳步聲就痛苦地呻吟。

李淵見來的是阿民，心想：這孩子還是挺孝順的，聽說我病了就來看我。沒想到阿民走到床前，雙手抱著膀子說：父親，裝病是沒有用的，除了能拖延幾天，並不能從根本上解決問題。要想解決問題就必須揭竿而起！

「誰說我裝病了，是不是要我死了，你才相信我真病了？」

「老爸，我就不相信，在這種形勢下，您就沒有甚麼想法！」李世民揶揄他說著。

「煩死啦！煩死啦！」李淵從床上撐起來，看看門窗，對李世民嚷道：「造反造反，誰都會造，可是問題是要能成功。你想過沒有，你造反就會成為隋政府的敵人，他們不打你嗎？你造反，別的造反派能放過你嗎？」說著，又吸吸鼻子，「就憑著五千兵就想謀取天下，扯淡！」

「那您說怎麼辦？」李世民問。

「我如果知道怎麼辦，就不在這裡裝病了。」

「那您就躺在床上任人宰割吧！」

「我求你了，你就讓我清靜一會兒，好好想想成嗎？」

世民前腳離開，兩個江都的特派員就來了。他們進門看到李淵躺在床上呻吟，每個皺紋裡都寫著痛苦，裝來挺像樣兒，便說：唐公，你沒事吧？李淵痛苦地說：對不起啦！沒想到我突然病成這樣，看來最近沒法跟你們去江都了。麻煩你們回去對總統說，過幾天我的病好了後，馬上趕到江都去！

兩人聽了甩袖而去，臉上的表情異常的凶狠！

一路上，他們都在用嘴巴非禮李淵的祖宗八輩，能不非禮嗎？李淵拖著不肯去江都，早晚會把他們倆的小命給拖沒。倆人回去後商量再商量，決定不能把活的李淵帶回江都，就把死的帶回去！他們找到王威與高君雅商量除掉李淵的辦法。

王威與高君雅也明白應該除掉李淵了，因為現在的李淵確實有些謀反的嫌疑，這是必須要扼殺的。他們商量的結果是，侍衛明天前去向李淵告別，就說要回江都，乘機把他摁在床上掐死，給他蓋上被單然後狂逃。等別人發現死唐公後肯定狂追，最後沒有追上他們。為了達到這種效果，四個人開始討論整個計畫的操作性、完整性，不放過任何細節。

當他們把計畫給討論得瓜熟蒂落，就等落實了，沒想到楊廣卻派人前來下通知，不讓李淵去江都了，讓他仍舊在晉陽安心工作，盡快把突厥給趕出邊境！

事實上，楊廣見李淵遲遲不肯來江都，便知道李淵肯定懷疑這次調令的內幕了，再說他並不放心兩個侍衛，要是他們把真相透露出去，說不定真得把李淵給逼反了，倒不如先讓他在晉陽工作，等到隋朝的局勢穩定下來，再慢慢來修理李淵吧！

　　兩個侍衛雖然不理解總統的善變，但終於鬆了口氣，畢竟殺人不是件小事兒，何況是殺國家級的中層幹部啊！

　　李淵也不能理解總統的變化，但他卻沒法鬆口氣，因為他感到總統之所以這麼決定，主要是擔心把他給逼反了，先把他給穩住再找機會除掉。不管是由於甚麼原因讓總統改變了初衷，李淵都不用再裝病了，他很健康地讓手下備了兩份重禮，並很高興地把兩個特派員送到城外，然後心情悲壯地看著兩匹馬遠了，遠到消失。

　　他突然有種想哭的情緒，他想哭就真的流下眼淚來了！

　　他回想這幾年過的日子，那真是驚心動魄，幾次都與死神擦肩而過！他明白運氣不會總這麼好，說不定啥時候就跟死神撞個滿懷。不管怎麼樣，畢竟兩個催命鬼走了，他應該給自己放兩天假，休息休息了。可是現實並不是他想休息就休息的，王威與高君雅每天追在屁股後面，催他把劉文靜這個叛臣賊子給抓起來。

　　李淵當然明白李世民為甚麼把劉文靜給放出來，但他只能對王威說：我問過世民了，他把劉文靜弄出來是有目的，不像你們想的那樣！

　　「甚麼目的，你說出個目的來？」

　　「他劉文靜既然私通李密，在晉陽城內肯定還有同黨是吧？你敢說他們沒有？世民是想對他恩威並施，讓他把同黨交代出來好一網打盡。既然你們急著要執行，那好吧，由你負責把他的同黨抓出來，我現在就把劉文靜給殺掉。怎麼樣？老王，咱就這麼定了，成嗎？」

　　王威忙說：這樣啊，那就等把劉文靜的同黨抓住一塊兒砍頭吧！高君雅梗著脖子問：唐公，如果抓不到同黨怎麼辦？

　　李淵冷笑說：老高，你這種態度可不對啊，工作有困難我們

就不做了嗎？抓到抓不到是一回事兒，做不做這個工作是態度問題。如果在做工作之前老是擔心失敗，那我們就乾脆不要工作了，這樣就不會出錯誤了！

由於這理由聽上去挺充分的，王威與高君雅只得告辭走了！

李淵明白，必須盡快讓阿民把劉文靜關進大牢，要是王威向總統打小報告說我蓄意謀反，說不定馬上就要大禍臨頭了。他打發人把李世民叫來，語重心長地對他說：阿民啊，我不管你是甚麼目的把劉文靜放了，但你必須盡快把他送進大牢！如果你再一意孤行，不只害了自己，還會害了咱們全家哩！

「父親，您有必要懼怕王威與高君雅嗎？他們算哪棵蔥！」

「他們是領導派來的，代表著我大隋的總統！」

「孩兒跟您說過多少遍了，我們為甚麼要過這種擔驚受怕的日子，只要咱們帶兵拿下長安，成立咱們李家的王國，還有誰敢跟咱們說個不字！」

「我不跟你爭論這些了，你回去給我拿出一個可行性分析來！記住，要解決這樣幾個問題：(1)五千兵怎麼通過沿途的城池，怎麼通過李密的地盤；(2)怎麼保證在我們起兵後，晉陽不會落到突厥人手裡；(3)如果造反失敗，我們以後怎麼辦？在你沒辦法解決這些問題之前，就不要再來煩我，懂了嗎？」

「父親，我是想……」

「回去想吧，想好了盡快告訴我，我很想造反，我做夢都想當皇帝了！」

李世民沮喪地回到住處，跟劉文靜把情況說了說，劉文靜皺著眉頭在房裡踱步子。他想：如果李淵不造反，那麼我早晚還得被關進大牢裡，我死也不能再進去了，大牢裡的耗子都長得那麼

噁心！他嘆口氣說：其實這些問題都很容易解決的！

「老劉，你說怎麼解決？」

「您想過沒有，只要咱們以迅雷不及掩耳的速度，先把長安拿下來，到時還在乎甚麼晉陽啊！」

「問題是這五千兵，連李密那一關都過不去！」

「只要唐公能夠揭竿而起，相信很多勢力團體都會前來投奔，就像滾雪球那樣越滾越大。至於李密，他跟王世充爭奪東都（洛陽），哪有時間管咱們的事情啊！如果等他們爭出個高低來，他們就去打長安了，還輪得到咱們！」

「老劉，咱們自己行動成嗎？」

「不行不行，這並不是我懷疑您的能力，而您確實太年輕了，威信與號召力都不能跟唐公相比！如果唐公起義會有人前來投順，而若是您來做這件事情嘛，怕是沒有這種震撼效果！」

「問題他是我老子，而我不是他老子，他不聽我的！」

劉文靜是誰啊？他是人才啊，如果不是，李世民幹嘛冒那麼大的風險把他救出來！劉文靜給李世民出主意，讓他前去找裴寂，讓裴寂去勸說唐公也許能成！因為在晉陽只有裴寂算得上唐公的知心朋友，兩個人無話不談，常常一天到晚喝酒聊天。

李世民搖頭說：老裴這人挺滑頭的，膽子又小，掉個樹葉都會抱著頭，別說讓他去勸，光是把這件事情告訴他，怕是就把他給嚇死了。

劉文靜搖搖頭說：您用金葉子砸他，看他捂不捂頭！

李世民想想也是，很多人就是被黃金給砸死了都不拒絕，他裴寂肯定也不例外。於是他準備了一筐黃金，又找幾個下屬分給他們，把幾個下屬給高興得腮幫都紅了。當聽李世民說，讓他們

把這些錢輸給老裴，還不能讓老裴看出是故意輸的，他們感到哭笑不得，說：我們想贏沒有把握，同樣，想輸也沒有把握啊！

「沒把握也得輸，誰要是輸不出去，別怪我不客氣！」

「好吧好吧，我們幾個商量商量！」

李世民打發人去找裴寂，就說有重要的事情相商。老裴聽說有重要的事，急匆匆地就來了。聽說是賭博，他搖搖頭說：我又沒帶錢來，我不玩。李世民拿出些黃金來放到裴寂跟前說：贏了算你的，輸了算我的，怎麼樣？

「世民啊，你說的是真的嗎？」

「當然了，我當著這麼多人說的話，豈能反悔啊！」

在隋朝時候還沒有撲克牌，也沒麻將，賭博都是擲骰子論大小。大家擁著裴寂圍桌而坐，每當老裴擲的點子小了就說：裴監裴監剛剛我低著頭在地上撿煙屁股沒瞧見，您另擲。如果他們擲的點子小了，臉上笑得就像花兒似的，如果擲出大點子就說：不算不算，我們另擲！

老裴心想：親娘嘞，天下還有這麼賭博的，要是這麼賭法我不早發啦！

當然，他還沒有傻到認為這是新的規則，知道大家是故意輸給他錢，那麼為甚麼要輸給他錢，肯定有甚麼事情讓他幫忙，如果幫不了這些錢就拿不走。他因此感到痛苦！

他突然想到，世民不會是看上晉陽行宮裡的某個俏麗妃子了吧，完啦完啦，如果這樣的話還真幫不上這忙！我總不能拿著總統的妃子用來賣錢吧。想到這裡他痛苦地說：世民，我可以回去了吧？

「回去吧，把你贏的東西全都拿走！」

「世民，你有甚麼事就說吧，如果我能幫上忙就幫！」

「那您要不要先喝碗酒，別等我說出來嚇著您！」

「沒事兒，我辦不到也不至於嚇成這副模樣兒！」

「我想讓您去勸我父親，對您來說不太困難吧？」

裴寂聽說世民並不是想要行宮裡的妃子，高興極了，他說好啊好啊，是不是讓我去勸勸唐公，讓他不要拼命工作，多注意身體啊，沒問題，我一會兒就勸去！

李世民搖搖頭說：不，我讓你勸他造反，造反！

這句話，果然把裴寂給嚇著了，那臉變得煞白，眼睛瞪得老大，結巴著說：世、世、世民，你、你不會，是，開、開玩笑吧？這種玩笑可開不得，要命的！

李世民走到裴寂旁邊，用手拍拍他的肩，卻感受到裴寂渾身劇烈地顫抖了一下。他把嘴湊到裴寂的耳朵說：如果您同意呢？就把這些金子帶回去，如果不同意呢？也把金子帶回去吧，總會用得著的嘛！

聽到這話，裴寂更害怕了，他明白世民讓他帶回去的意思，那就是給他當陪葬品的，因為你知道了人家的祕密了，你不參與就會被滅口！

他用力點頭說：我勸，我去勸！

裴寂懷著沈重的心情提著沈重的黃金，回到家裡把東西悶悶地扔到地上，坐在那裡琢磨開了。雖說我平時跟唐公關係不錯，經常喝喝小酒聽聽小曲，有時候也會請漂亮的美眉助助興，但並不表明唐公就對我真好。在官場，就算心裡懷有甚麼深仇大恨，表面上大家也會表現得很是友好。如果他對我有意見，我勸他造反，他乘機把我給辦了，那我豈不慘了！

最後老裴決定，我不去勸說李淵，過三天後就跟李世民說勸

了，唐公不聽。

這是裴寂為官時慣用的伎倆，平時無論誰求他辦事，辦了辦不了他都會應下來。因為一上來就說辦不了，也可能你真辦不到，可是別人不會認為你辦不了，會說你難求，會嫉恨你的！哪怕是你真辦不成，你很痛快地應下來，耽誤他三天時間，告訴他我盡力了，這樣那人就會對你說：謝謝啊！

事情就像裴寂想像的那樣，當他三天後對李世民說：世民啊，我勸了，唐公把我罵得狗血噴頭。李世民聽了雖然很痛苦，但還是說：麻煩你了，謝謝你了！

李世民也相信，就父親那種性格，想把他勸得跳起來造反，就跟勸一隻羊去跟老虎搏鬥那麼難！可是，劉文靜卻對他說：我敢保證老裴沒有去勸唐公，如果您不信，可以找到唐公對他說：我讓裴監給您捎的東西，您收到了沒有？如果裴寂真去找過唐公了，肯定會批評你，如果裴寂沒去，他肯定會問：是甚麼東西？

李世民就這麼問了父親，終於知道裴寂沒給自己辦事兒。他恨得牙根兒都癢了，你不去還拿走我這麼多錢，這不是詐騙我嗎？看我怎麼收拾你！

其實裴寂這次辦的事情說起來也不高明，太敷衍人家了。因為他的這次不誠實，給李世民留下了很壞的印象，到了貞觀年代，唐太宗李世民根本就不拿裴寂當回事兒，還可著勁兒的往死裡整他！

他李世民是甚麼脾氣啊，當他知道了老裴騙了他，他氣得臉都紅了，馬上就要去把裴寂給砍了！

可是劉文靜給他出主意說：沒必要砍他，讓他從楊廣的行宮裡找兩個唐公不認識的妃子，讓唐公在不知情的情況下發生不雅之事，背上誅滅九族的大罪，相信唐公為了自保必然會同意起

義，不信咱們就試試！

「你？」世民瞪眼道：「你怎麼可以出這麼臭的主意呢？」

「我們需要的是結果，無論甚麼過程結出了結果，都是結果。您想過沒有，現在很多人已經走在咱們前頭去了，比如劉武周、李密、薛舉他們，哪個不是實力非凡？如果讓他們首先拿下隋都大興城，想再從他們手裡奪回來，比從隋朝手裡奪回來難多了。所以呢，我們必須盡快行動，而這個辦法是讓唐公覺悟的最好辦法！」

李世民咂了咂嘴，心想：為了大業就讓我父親失身一次吧，再怎麼說老牛吃嫩草，他也不會吃多大虧嘛！

於是，他打發人把裴寂請來，突然把門關上，刷地把刀抽出來架到老裴的脖子上，老裴一下之間沒法縮脖子了。他吃驚道：世民，世民，別開玩笑了，這玩意兒挺涼，拿開了吧！

「姓裴的，拿我當小孩子耍呢，是不是認為我的刀不夠快啊？我的心不夠狠？」

「世民啊！」裴寂苦笑著說：「我聽不懂你這話啊！」

「我問你，你甚麼時候見的我父親？」

「前天，不，是昨天下午我在辦公室裡見的唐公！」

「編吧，編吧，反正你也是快死的人了！」

「天，天地良心，是真的，就是昨天下午！」

「昨天下午我與父親一直在巡察城防！」

「這樣啊，那、那就是前天下午，我記錯了！」

「你就可著勁兒編吧，反正你以後也沒有機會了！」

裴寂哭了，他抽泣著說：世、世民，我，我不敢說啊！我，我馬上回家去把金子給您送過來！

李世民搖搖頭說：我可以不要金子，但你必須幫我辦件事！

「好好好，我現在就去勸唐公！」

「不用勸了，你在行宮裡找兩個我父親不認識的妃子，讓她們跟我父親搞一檔男歡女愛翻雲覆雨的戲碼，讓我父親背上誅滅九族的罪名，誰都不用勸，他肯定會揭竿而起！如果你把這件事情做好，將來圖成大業，你功不可沒，如果做不了這事，你的命就沒了！」

裴寂最擔心的事情，也是最不好的事情終於發生了。

他結巴著說：世民，你可別開這種玩笑，這、這麼做，要是讓總統知、知道，他，他會把我們兩家、九族，也得殺光！別，你可別嚇我！

李世民冷笑說：你不做這件事也行，可我保證絕對輪不到楊廣來殺你！

意思很明顯了，我會比楊廣更早一步讓你上路！

裴寂說：唐公是你父親啊，你不能這麼對他！

李世民點頭說：我不能對付他，那我對付您得了！

裴寂擼把臉上的汗甩了甩手，扭頭看看房門，房門緊閉，看看窗外，窗外站著幾個人，他明白今天不同意做這件事，明天就看不到太陽了，更不用說等楊廣來殺。因為他世民太狠了，都能想出這種辦法來對付親爹，何況要對付我這個沒有任何血緣關係的外人啊！

思前顧後地想了想，他只得答應下來，然後回到晉陽行宮裡，看著那些在院子裡無憂無慮嬉戲的妃子們——犯愁！

第五章

完美計畫

　　由於隋朝的內亂越來越嚴重，國力不斷下降，突厥人變得越來越猖狂。他們在晉陽地區搶男霸女，掠奪財物。別說糟蹋人了，就連圈裡的牲畜都搶，看到漂亮的花兒都用刀削了，遇到一棵樹都踹兩腳，搞得老百姓很痛苦，也很無奈！

　　這能怨誰呢？在中國歷史上，搬起石頭砸自己的腳的事情太多了！

　　有時候我們總愛窩裡鬥，等把自己的人折騰得精疲力竭了，沒法兒不遭受外人的欺負（歷史上很多不平等條約都可以證明），直到被人家給欺負得活不下去了，哭夠了，抹抹眼淚才想到要團結起來！

　　等把強人給打跑了，揚眉吐氣了，回過頭來又搬起石頭砸自己的腳，不停地重複著這種獲得屈辱的過程。在這種過程中，大家似乎都懂得把筷子捆起來不容折斷的道理！事實上，我們真得應該團結團結，再團結，愛國愛國，更愛國！

　　無論甚麼年代我們都不要搞內亂了，只有這樣才能保住尊嚴啊！所以大家不要搞藍綠；不要搞紅黑，弄得五顏六色，把大多數老百姓都搞成「邊緣人」了！

　　那麼，當突厥在晉陽放肆耍流氓的時候，我們的主人公李淵在做甚麼？他不是搞了民團組織，實行全民皆兵的抗敵策略嗎？是的，李淵剛來晉陽的時候確實是這麼想的，也是這麼做的。可

是當他看到隋朝馬上就要倒閉了，並沒有為了隋朝的崛起而奮鬥，而是在打自己的小算盤了。他對自己說：隋朝都變成這樣了，我還得留點後手，不能把手裡這點兵給折騰光了。

軍事代表王威與高君雅都看不下去了，看不下去也不是奔著國家利益人民安全，而是從個人的利益出發的，因為晉陽失守，總統肯定會砍他們的。倆人找到李淵瞪著眼睛對他說：敵人都踩疼你的腳了，你為甚麼還不採取行動啊，再這樣下去，晉陽還能保得住嗎？

李淵迫於壓力，象徵性地派出了相當於一個加強連的兵力去打突厥，結果沒撲騰幾下，就被人家給全端走了，還把烈士的屍體用馬拉著玩。李淵看到這種結果，對王威他們發火了，我早就知道會是這種結果，所以才遲遲不派兵。現在弄成的死人樣子，你們該滿意了吧？

「你如果親自掛帥全力出擊，還會有這種結果嗎？」

「我不能讓全體將士們都去送死！」

「將士們為國捐軀，這是他們的光榮！」

李淵感到理虧，臉皮燒得厲害，老羞成怒道：我不能拿他們的命當兒戲！

說完氣呼呼地走了，邊走邊自責，我怎麼變成這樣了，為甚麼不為了老百姓的利益而戰，而是為了應付王威與高君雅拿著士兵去送死呢？我還算是個好領導嗎？

他回到家裡摔摔打打的，看著誰都不順眼。

有本事你去打突厥啊，為甚麼老窩在城裡呢！沒辦法，這就是歷史上真實的李淵，他現在的作為並不是偶然，就算他當了皇帝之後，在對於突厥的問題上，似乎從來都沒有強硬過，採用最多的辦法就是屈辱外交！

所謂「屈辱外交」，就是拿著熱臉暖人家的冷屁股！

就在李淵自責、鬱悶、沮喪，為死去的戰友們傷心的時候，裴寂扛著李世民要他辦的計畫來了，他的計畫可不是對付突厥的，是對付李淵的。他臉上堆著笑容說：唐公，您也別在這裡生悶氣了，走，喝酒去，我有好酒！

李淵心裡煩，確實想喝點酒，還想跟朋友吐吐自己內心的不痛快，於是就跟裴寂去了。他發現酒菜早擺到桌上了，也沒有多想，坐到桌前，倒一大碗酒先咕嘟咕嘟地灌了下去。

值得說明的是，隋唐時期還沒有二鍋頭，都是米酒，像現在的低度酒，一般喝飽了也就暈乎點兒。李淵邊喝邊嘆氣，那樣子就像剛受了胯下之辱。他說：我不想把突厥給打跑了嗎？我做夢都想，可是總統只給我五千人的編制，這仗有法打嗎？

裴寂心想：怎麼沒法打了，你剛來晉陽的時候不是打得挺好的嗎？現在為甚麼不打了，不就是看到隋朝不成了有了新想法了嗎？他笑著說：唐公，喝酒不談工作！

「老裴啊，我鬱悶啊！」

「別鬱悶了，我找兩個歌手來解解悶！」

「去找吧，我現在很想聽聽歌！」

他匆匆走出正房，來到廂房，對兩個精心打扮過的妃子說：唐公來了，你們過去吧！兩個妃子輕輕地點點頭，伸手輕輕地撫撫雲鬢，低頭碎步尾隨在裴寂身後！

她們的神情有些慌亂，表情羞澀且透著無奈、裴哀，反正挺複雜的樣子。沒辦法，她們的心情沒法不複雜，這畢竟不是去花園裡看花，也不是去布店裡挑塊綢子，這是去做……甚麼事啊！

她們只能對自己說：我們雖然賣身但不出賣靈魂，所以我們還是高尚的。她們也只能用這種辦法來安慰出身高貴的自己了。

沒辦法，人想活著，想活得好就必須要努力，有時候努力也是一種妥協，你無處不在妥協，這是人無法迴避的！

她們身為皇上的女人，不缺吃不缺喝的，為甚麼會做這種事情呢？這不都是老裴嚇唬人家嗎——「唉，總統在江都被造反派包圍了，怕是沒法回來了。現在晉陽都亂得不像樣了，土匪，突厥番鬼都對晉陽虎視眈眈，都知道咱這大院裡有漂亮女人，哪天他們攻進晉陽城，肯定跑掉了鞋來這裡搶你們。從今以後，就沒好日子過了！」

兩個美人聽到這裡，臉上寒寒的！

裴寂感慨說：「當然了，如果能夠跟唐公搞好關係，以後他無論走到哪兒，他都會照顧你們的，因為這個男人是有這個能力的嘛！」

婦人們本來膽兒就小，哪攔得住這麼嚴重的「嚇唬」啊！

她們最終同意了，因為她們想要安定的生活，還想保證生活的質量。

兩個漂亮女人心情複雜地走進客廳，她們的漂亮頓時把李淵暗淡的目光點燃了，把他臉上的陰霾掃光了。現在的李淵再不是幾分鐘前的他，那張皺紋網絡的臉上，完全是種放電的表情，就像西門慶見了潘金蓮，就像賈璉看到了尤三姐，就像個不正經的好色一代男了！

如果我們從李淵的角度去看兩個美人，她們雲鬢高聳，粉臉兒泛著羞紅，眉眼中有幾分羞澀，舉止有些些慌亂但不失端莊，身上吐著淡雅的溫香，是很能夠打獵捕魚的啊（沈魚落雁）。李淵心中暗驚，他沒想到晉陽城內還有這麼絕色的文藝工作者，如果是這樣的話，他早去關注視察文藝團體了，早就關心這些優秀的女演員了！

一切都不用說了，美色、美聲、美酒的合作，對於官員來說那是雙刃劍，那是瑞士刀，那可是萬用密鑰。如果在這種時候要套用一句成品語言的話，我們應該怎麼說的呢？那就用那種老掉牙的話吧——酒不醉人，人自醉也！

唐公很有情緒喝酒，喝得超High的了！

按照演義類的說法，後來……他糊裡糊塗地被兩個美人攙扶進帳內了！

我感到真實情況好像不是這樣，一般來說是李淵主動的，因為他是男人，因為男人都有這種主動的毛病……管那麼多幹嘛，跟咱們有甚麼關係嗎？反正在早晨的時候，當李淵聽兩位美人說是晉陽行宮裡的張妃與尹妃時，可驚得像個木頭人似的！

搞皇帝的女人！他知道自己的小命沒有了，他知道自己犯下了誅滅九族的大罪了！

李淵不想沒命，他想殺人滅口。他必須把好朋友裴寂殺掉，把兩個美人殺掉，然後對外聲稱裴寂與后妃私通，他為了維護總統的聲譽而把他們正法了。他這麼想過，回頭看看兩個美人，這兩個風情萬種，給予他無上感受的美人，早就嚇得不成樣子了，正捂著臉低聲抽泣著，顯得楚楚可憐……

愛情誠可貴，生命價更高，這是當前李淵的想法。

行動吧！他拔出劍來奔出臥室，想在裴寂的身上刺進去，再擰兩下，看著鮮血就像放禮花似的，他不怕洗衣服。可是客廳裡根本沒有裴寂的影兒。他想打開門出去找，門卻被從外面給鎖住了。完了！完了！李淵心裡拔涼拔涼地，壞啦！壞啦！裴寂這傢伙肯定找人去了。

他神情沮喪地呆站在那裡不知道怎麼辦好？就在這時，聽到窗外傳來裴寂的喊聲——唐公，起這麼早幹嘛？再睡會兒吧！

李淵吸吸鼻子大聲吼道：我今天才明白，甚麼叫朋友？朋友原來是拿來陷害的，是拿來出賣的！

「實話跟你說了吧，是世民逼我這麼做的！」

「為甚麼，他為甚麼要這麼對付我？」

「唐公您應該知道，他為甚麼這麼做！」

「我不知道，我就知道你也不應該這麼對待朋友！」

「世民想要的結果就是讓您犯下誅滅九族的大罪，讓你不得不為了自保而起義！」

當李淵聽說是這事兒，感到情況比原來想像的好得多，他把劍垂下，深深地嘆口氣說：他媽的，這是甚麼事啊！回頭看看兩位美人，她們站在臥室的門口，是那麼的柔弱悲哀。李淵嘆口氣說：老裴你進來吧，事情到了這種地步，咱們好好商量商量。

「唐公，您確定我進去會安全嗎？」

「看來，是該聽聽世民的建議了！」

他明白，從這一刻起，必須把造反拿上日程表了……

之前我們說過，李淵站在城牆上的時候，他曾經想過自己的未來，不過那時候的想是夢想，夢想隨著兩個美人的推波助瀾已經變成理由了，理想是可以追求可以實現的。不過李淵明白這個理想太遠大了，想要實現是需要做大量的功課。

李淵雖然同意造反，但他是不會去打沒把握的仗的。造反誰不會？傻子都會，要飯的都會，至關重要的是要看成效看結果。造贏很不容易，造輸誰不會？三歲的孩子都會！他不想在沒有把握的情況下把五千兵拉出去送死，如果要送死還不如去打突厥呢！死了還是民族英雄，國家還會給你評烈士，家人還會得到撫恤，老百姓還會說你了不起！

　　一天，李淵正瞇著眼睛盯著桌上鋪著的地圖，考慮從晉陽挺進都城大興的路程，他看著地標上標的那些鱗次櫛比的城池，感到帶著軍隊從晉陽抵達長安確實有難度。因為這時候多敏感啊，你放棄晉陽的安全帶著軍隊直奔都城，傻子都知道你想幹甚麼。就在這時，副守王仁恭急匆匆地來了，神色慌張地說：唐公，不好啦，不好啦！劉武周與突厥人狼狽為奸，已經打到汾陽了，汾陽告急，讓咱們派兵前去救援！

　　「你的意思是把兵力全拉到汾陽，讓突厥來攻打晉陽？」

　　「如果不出兵救援，汾陽失守，上級肯定會辦咱們的！」

　　「我們要想著幫助別人，但必須要建立在自保的前提下。」

　　「您的意思是，咱們裝作不知道？」

　　「反正我不知道，你知道嗎？你知道你去，我不去！」

　　「我，我哪知道！」王仁恭搖搖頭說：「您忙您的，我走啦！」

　　由於李淵並不知道汾陽急需要救援，汾陽很快就被劉武周給佔領了，李淵並沒有因此而感到自責或者惋惜，臉上竟然泛出了意味深長的微笑。我們說他甚麼好呢？他為了自己的權益，竟然眼睜睜看著汾陽陷落。

　　李世民終於又找到勸說父親造反的機會了，所以得意地說：父親，由於我們沒有支援支援汾陽，汾陽已經被劉武周給佔領了，這件事傳到我表叔耳朵裡，他不把您放到軍事法庭上過過，我就不姓李了！

　　李淵皺著眉頭問：世民，你究竟想說些甚麼？

　　「我想說的是，我們現在不能再猶豫了，必須馬上發兵攻打大興城！」

「世民，劉文靜這人有才能嗎？」

「有，他滿腦子裡都是計謀！」

「如果他有，你就不應該這時候來找我！」

「孩兒聽不懂您的話！」

「回去問問劉文靜，如果他還讓你來找我，你就把他給辭退了吧！」

等李世民離去，李淵看著他的背影輕輕地搖搖頭，自言自語道：這孩子，就不相信薑還是老的辣這個道理，怎麼能成大事呢？他所以這麼說，就表明他這塊老薑很辣，當然，他辣！他絕不像有些史書上說的那樣沒兩把刷子，奪取天下只是靠運氣、靠幾個兒子。

歷史上，任何開國皇帝都有兩把刷子！

當劉武周把汾陽給佔領後，突厥前來侵犯晉陽，王仁恭找到李淵說：唐公不好啦！突厥就在門外，怎麼辦怎麼辦？李淵並沒有緊張，他說：老王你記住，把城守好了，沒有我的命令絕對不能出擊。等王仁恭去後，李淵馬上造了一份假聖旨，傳達到基層，開始徵兵。理由是總統馬上就要攻打高麗，家有壯男都必須有人參軍入伍。

誰不知道總統親自率領百萬雄師前去攻打高麗，最後只帶回了兩千多人。當老百姓聽說又去打高麗，沒有人肯響應。那些年輕的小夥子們也不敢在家裡待著了，他們逃進山裡當土匪去了，都跳著高在罵楊廣他媽的娘！

那麼，這幾天李淵幹甚麼去了，他在別墅裡正跟張妃、尹妃兩位新寵大玩3P遊戲哩！

李淵左擁右抱著兩個美人越讀越對味，對她們許諾說：啊，

請你們放心吧，你們的付出是值得的，我無論走到哪兒都不會忘了你們，等到機會合適，就把你們接到家裡，讓你們名正言順，跟我享受榮華富貴，如果你們運氣再好點兒，我起義成功，你們的身分就還像以前那麼尊貴。

他這麼一鬼扯，兩個美人的眼睛裡泛出催人暈眩的光芒，拿出似水的柔情，刻意地討好這個對她們山盟海誓的男人、這個又醜又老的男人。雖然長得不好看，但能給她們帶來好的生活，這對於當前的形勢下，她們已經很滿足了！

李淵在別墅裡幸福了幾天，並沒有回家，而是直接去辦公室了。他不想回去面對那幾位老面孔，也不想被她們懷疑。李淵剛坐在辦公桌前，王威他們就來了，他們焦急地問：唐公，您這幾天幹嘛去了，沒看到突厥準備打咱們的晉陽城嗎？

李淵不緊不慢地說：正因為突厥虎視眈眈，我才去巡視城防了啊！

在接下來的會議中，李淵說：同志們，突厥大軍壓近我晉陽，我們面臨著空前的危機，而我們卻沒有任何辦法。為甚麼呢？因為我們只有五千兵，而敵人的兵力是我們的好幾倍。也許有人說了，咱們不是有民兵組織嗎？是的，咱們有，可是由於政府信譽越來越差勁兒，老百姓人心惶惶，我們是沒法兒再利用民兵組織來抵抗突厥了。事情發展到這種情況，我看這晉陽是保不住了！

王威問：唐公，怎麼辦？

李淵說：還能怎麼辦，回去寫遺書吧！

王威說：唐公，我們不能束手就擒吧？

李淵說：難道你有甚麼辦法嗎？

王威搖頭說：我沒有，我沒有！

李淵苦著臉說：如果要保住晉陽或者把突厥人趕走，就得必須招兵買馬增強我們的軍事力量。問題是，如果要擴建部隊就必須跟總統打報告。江都離我們晉陽三千里，路上還有很多造反派把持著，就算我們的人能夠到達，就算總統批准了咱們的申請，來回最快也得半個月。等他們回來，我們早被突厥給殺死了。所以呢？我勸大家趕緊寫遺書，多跟老婆孩子說說話親熱親熱，以後怕是再沒這樣的機會了！

王威也知道就現在的形勢，只五千兵確實保不住晉陽，他說：唐公，您是朝中重臣，又是皇親國戚，完全可以自己做主，招兵買馬，抗擊突厥呀！

「老王，以前我要招兵買馬，你不是跳著高反對嗎？」

「這不是特殊情況，需要特殊處置啊！」

「不成，將來總統知道了，還以為我招兵買馬是造反呢！」

「您放心，以後我們負責跟總統解釋。」

「你的意思是，我現在可以招兵買馬了？」

「招吧、招吧，再晚了就來不及了！」王威說。

得到了王威與高君雅的認同後，李淵馬上下達命令，讓李世民與劉文靜在晉陽地區徵兵。暗裡又派人去通知河東的建成、元吉，讓他們在當地徵兵，原地待命。

由於之前，老百姓都接到攻打高麗的徵兵通知，他們能躲的就躲，能逃的就逃，堅決不去高麗送死。可是當聽說李淵徵兵抗擊突厥，保衛家園，他們感到這個比較實際些，大家開始紛紛應徵入伍，還真的有點兒踴躍！

他們所以積極響應還有個主要原因，由於天災人禍，顆粒未收，他們餓壞了，當兵有糧食吃，說不定還能把突厥人給打跑，打跑了他們就能夠種田，在家裡養點牲畜，發展經濟，有錢蓋新

房娶媳婦，過上安穩的日子！

正因為有這樣的前提，只幾天的時間，李世民就徵了近萬名新兵，還有很多人排著隊要入伍。晉陽政府的領導高興了，照這樣發展下去，晉陽城的安全有保障了。

上級派來的軍事代表王威與高君雅，也高興了！

可是隨後王威與高君雅就高興不起來了，因為他們通過小道消息聽說，河東的李建成也在徵兵。他們就想了，李淵為甚麼把徵兵工作搞得這麼廣泛，這好像不是保衛晉陽打擊突厥那麼簡單啊？那麼李淵徵這麼多兵想幹甚麼？想到這裡，他們頓時目瞪口呆。他李淵不會是造反吧？如果說現在還僅是懷疑的話，可隨著李淵的動作越來越大，他們也就不懷疑了！

事情嚴重了，如果不能制止李淵向錯誤的路線走下去，那他們的罪過就大了。總統把你派來晉陽幹嘛了，是讓你們來度假的嗎？不是吧？把你們派來就是讓你們監督李淵，以防他有甚麼非分之想的，你防不住就是失職！

不行，得想辦法阻止李淵的行動。

怎麼去勸李淵？你去對他說：別造反了？如果李淵說：我想造怎麼了？你管得著嗎？你現在知道我造反了是嗎？算你倒楣，於是就派人把你給砍了滅口。這可不是他們想要的結果。倆人商量來商量去，感到還是應該找個中間人來做這件事，讓他去勸說李淵端正態度，走又紅又專的道路，千萬別做對不起國家、對不起總統、對不起人民的事情來。

他們感到晉陽的首富武士彠出面勸說李淵挺合適，因為武士彠還是守衛家園的武裝部長，能夠代表老百姓的呼聲。

於是，他們找上了武士彠，對他說：老武啊，我們發現唐公要犯錯誤了！

武士彠吃驚道：是嗎，我怎麼沒聽說過？

王威嘆口氣說：他唐公把判了刑的人都給重用了，這不沒王法了嗎？比如劉文靜，他是個謀反之臣，如今竟然變成了唐公的親信，你說這不是很嚴重的問題嗎？再說嘛，唐公在晉陽徵兵也就罷了，可是據說在河東的建成也徵兵，這好像不對勁啊！

「那你們想怎麼辦？」武士彠問。

「我們不能眼睜睜地看著他犯錯誤啊！」

「那你們為甚麼不去勸勸他啊？」

「這個嘛，我們感到由您跟他交流交流比較合適！」

「我挺忙的，不過既然你們說出來了，那我就試試吧！」

「老武你放心，等見到總統後，我們就替你說好話！」

於是，武士彠在家裡準備了酒菜，把李淵請到家裡勸他。

他老兄是怎麼勸的？他說唐公啊！我們都不是外人了，也不說外話了，現在隋朝亂成這種樣子，已經到了改朝換代的時機了。桃李歌與預言裡都說李姓人繼隋為王。想想天下的李姓人，還有誰比唐公您的威信高呢？您為甚麼不揭竿而起，救黎民於水深火熱呢？

「我說老武，這話可不能亂說！」

「唐公，您等等，我有幾件東西送您！」

武士彠從內間裡拿出幾本書還有個精緻的小盒子，放到他的面前。李淵翻了翻，竟然都是珍貴的兵法善本，他高興地說：太好啦，真是太好啦，老武，謝謝你啊！

「唐公，您看看盒子裡是甚麼東西？」

李淵打開這精緻的小盒子，發現裡面是塊黃色的玉石，上面竟然有著天然的「唐王」紋飾。他忙把小盒子摁上，搖頭說：老武，這些書我就收下了，至於這塊石頭嘛，我萬萬不能收留，你

也不要留著了，還是趕緊的處理掉吧！

「唐公，這是天然的，也是天意！」

「老武啊，這些話你對我說可以，可千萬不要對外人說，否則會要命的！」

「唐公，如果在軍費方面需要幫助，我願意傾盡家產以助唐公一臂之力！」

李淵用力點頭，「老武，你放心，我不會忘了你的！」

等把李淵送走之後，武士彠去找王威與高君雅，對他們說：我問唐公了，他說，所以要用劉文靜是迫於形勢嚴峻，把他給殺了，還不如讓他戴罪立功呢！再怎麼說他劉文靜還是有些才能的吧？至於建成在河東徵兵，唐公的真實想法是，一旦晉陽的兵力不夠，就可以調過來用啊，這也是從保衛晉陽的角度出發的，沒有別的意思。

「老武，就算他唐公有甚麼陰謀，也不會自己說出來的！」

「老王，別怪我沒有提醒你哦！這裡可是在晉陽啊！」

就算武士彠不提醒，王威與高君雅也明白其中的利害關係，要是不明白的話，他們早就直接跟李淵交涉了，何必要拐個彎兒啊！這是人家的地盤呀！等武士彠去了，他們開始商量怎麼才能阻止李淵造反，商量了半天也沒想出辦法。如果直接去勸說，肯定是要被滅口，可不去勸說，李淵要是真造了反，那麼，楊廣就會辦他們，也很要命！

最後他們決定把李淵給押到江都，押不去活的，就帶死的！

謀殺國家中層幹部這不是容易事兒，是需要技術含量的，技術主要體現在殺掉李淵後自己還能活著離開晉陽，這就需要動腦子，需要精心策劃！兩人又像當初與那兩個特派員商量對付李淵那樣，開始謀劃這件事情了，他們不放過任何細節，把種種意外

都要考慮到，當然，考慮最多的是殺掉李淵後怎麼逃跑的事情，這對他們來說很是關鍵。

最終他們決定採取的辦法是，在晉祠舉行祈雨活動，邀請李淵前去參加並主持。他們相信作為地方領導的李淵，絕不會推辭參加這種活動的。如果領導不參與民間的大型祈雨活動這就是脫離群眾。你去了，下不下雨是老天的事情，老百姓說你好是你的事情。相信李淵參加這種活動是不會帶很多人的，這樣他們就容易下手了。

晉祠在城外，把李淵給拿住方便於奔往江都，如果李淵反抗得厲害就把他殺掉算了，帶著頭去江都多方便，如果怕半路上變味，可以撒鹽，或用石灰埋起來……

第六章

套裝陰謀

當晉陽新招的兵越來越多，劉文靜對李世民說：之前，唐公不是說嫌五千兵太少了嗎？現在都有兩萬多人了，夠多了吧，可以造反了吧？倆人信心百倍地找到李淵，把他們的想法說出來。李淵越聽那眉頭皺得越緊，心想：世民年齡小城府還不深，可是你劉文靜大悲大喜過來的人，怎麼也這麼沒腦子呢？

「小劉，你真的感到我們現在應該造反了嗎？」

「唐公，不是造反，是起義！」

「你說起義就是起義啦，對於隋政府來說不就是造反嗎？」

「好，就按您說的是造反，我感到現在可以造反了。」

李淵心想：你算甚麼人才，要是跟我幹早就炒你魷魚了！你以為造反是躺在床上睡不著翻身啊，造反是需要技術含量的。造反的關鍵不在於造反的時間早晚，也不在乎你的速度有多快，最最重要的是成功！不成功誰不會造啊？吃奶的孩子都會！他嘆口氣說：「在之前我說的三個問題沒有解決之前，我是不會輕舉妄動的！」

「唐公，甚麼問題？哪三個問題？在下現在就可以回答。」

「我們離開晉陽後，怎麼才能保證晉陽不會落到突厥人手裡，因為晉陽是我們的大本營，我們造反軍的家屬都在這裡！我們挺進大興城，必須要經過李密的領地，我們怎麼不戰而過，難道我們對李密說：你在這裡跟王世充玩著，我去奪都城當皇帝

了？還有個問題必須要考慮，因為造反是有風險的，如果萬一我們失敗，我們的退路在哪裡？在還沒有解決好這些問題之前，請你們不要再來煩我，我很忙！」

「唐公，破釜沈舟，出其不意，勢在必得，無需後路！」

「不要再說了，我們這不是去賭博，我們要有絕對的把握才可以舉兵。」

劉文靜心裡很不服氣，前怕狼後怕虎的，等你把所有的問題都解決了，黃瓜菜都涼了。甚麼水平，連兵貴神速都不懂。他說：唐公，我的意思是……

李淵揮手說：行啦行啦，別在這裡浪費功夫了，回去把我的三個問題解決了，我馬上造反！

李淵剛把世民與劉文靜給打發走，王威與高君雅來了。他以為兩人是來催促他打突厥的，心裡就不痛快了。因為他現在想去攻打隋都城，而不是打突厥。他先發制人說：老王、老高啊，兵是徵上來了，可都是些種地的農夫，我們不是讓他們去鋤草，而是讓他們拿起刀槍去殺突厥人，這樣的話，是不是應該對他們進行培訓啊？

「當然應該啦，需要我去講課，您就吩咐一聲！」王威說。

「謝謝你們理解。」李淵感到有些意外。

高君雅笑嘻嘻地說：唐公，您看晉陽幾個月都沒下雨了，莊稼都快旱死了，我們為了老百姓的利益組織了一場祈雨活動，活動場所就設在晉祠，我們想請您擔任這次祈雨活動的主持人，您不會推辭吧？

天哪，太陽從西邊出了！李淵心想：這倆人自來到晉陽，甚麼時候關心過民眾生活了？他們每天除了吃喝嫖賭，就是想辦法搞錢。李淵不想去參加這次活動，因為馬上就要造反了，他有很

多功課需要做呢！於是說：「你們去就得了，我明天行程一大堆，可能沒時間。」

「您不去可不成啊，這會影響政府的形象。」

「那好吧，如果明天我能抽出時間，一定到場！」

「別黃牛啊！明天我們來叫您，咱們一同去晉祠。」

李淵對於王威不催他打突厥，而是突然舉行求雨活動，感到有些不對了，可是他又想不出哪兒不對？可是隨著一個人的到來，他終於明白太陽為甚麼要從西邊出來，也同時知道明天晉陽是該有場暴風雨了，來的這人就是晉陽鄉的鄉長劉世龍，他在晉陽是小人物，所以能在歷史上留下姓名，並不是他弄出多大的動靜，而是因為他偶然聽到了他想聽到的，見了他想見的人！

自李淵來到晉陽任職，劉世龍就想拍李淵的馬屁了，可是官太小，想拍拍不到。但是機會總是垂青於那些有心之人。那天下午，劉世龍請王威的親信喝酒，那親信喝嗨了，很夠意思地說：哥們兒，聽我的，後天老實在家待著，別去晉祠湊熱鬧了！

「領導們都去了，我不去多不好？」

「你要是想濺一身血，那你就去吧！」

「瞧你這話說的，明天是求雨，又不是求血？」

「我不能明說，要是讓唐公的人聽到風聲那就麻煩了！」

劉世龍問為甚麼？那親信就急了，瞪眼說：我拿你當哥們兒才跟你說這些的，你問這麼多幹嘛？要是信不過我就去吧，可去了能不能活著回來，就說不定了！

劉世龍心裡就想：為甚麼唐公知道這件事就麻煩了？那就說明明天將發生的事情唐公不知道，如果我跟唐公說了，他肯定高興，說不定會提拔我。晚上，他把家裡的好東西收拾了一包，提著去拜訪李淵了。

李淵得到了這麼重要的消息，心裡非常高興，拍拍世龍的肩說：「小劉啊，這件事我早知道了，不過還是謝謝你。放心吧，我是不會虧待你的。以後聽到甚麼消息就直接來向我彙報！」其實李淵之前並不知道，他說知道是怕劉世龍認為立了大功，有甚麼過高的期望。這就是領導的哲學，無論說甚麼話都得動腦子，都會有目的性，就算打哈哈也不是白打。劉世龍終於搭上李淵了，他高高興興地走了！

李淵高興不起來了，好你個王威，我還沒來得及對付你們呢，你們竟然盤算到我頭上來了！他讓警衛把李世民與劉文靜叫過來，想著安排他們做些事情。李世民與劉文靜聽說讓他們過去，以為李淵要採取行動了，顯得有些興奮。一個偉大的時刻馬上就要來臨了，他們當然不能平靜，他們是小跑去的，當見到李淵後，李世民神情莊重地問：甚麼時候出發？

「出發，出甚麼發？」李淵問。

「帶兵南下，一舉拿下大興城！」

「馬上就沒命了，還去拿大興城！」

「父親，是不是出甚麼事了？」

接下來，李淵具體地向他們說明了明天祈雨的事情，交代他如何如何？然後又派人去下通知，明天早晨在會議室開個緊急會議，要求晉陽政府各部門的負責人、基層領導們都要到會。當然，在這個晚上，為了明天的事情做了某些功課。當他把所有的功課都做完後，已經是三更多了，他打著呵欠去睡覺了。

他來到臥室，看到小妾四仰八叉地躺在那裡，嘴角瀑著口水，看著挺噁心。想想在別墅裡的那兩個美眉，這小妾沒法要了。他嘆了口氣躺在床上，想想這段時間來發生的事情，又久久睡不著，好不容易睡著了，夢裡又是刀光劍影地把他給嚇醒了。

天亮了，李淵扭頭看到有兩隻小鳥兒窗台上活潑，窗紙上就有了皮影的晃動，他想摸一本書扔到窗上，把小鳥給嚇跑。因為他非常反感兩隻小鳥的吵鬧，就像他反感別人對他嘰嘰喳喳地勸他造反，勸他打突厥人似的。

小妾從床上爬起來，揉著眼睛問：甚麼事兒？

李淵看到她的眼角夾著眼屎，便瞪眼說：你管得倒寬了！

吃過早飯，李淵倒背著手來到會議室，發現大家都到會了。這太陽又從西邊出了，平時開個會總是等半天的人，今天怎麼啦？也難怪，現在突厥人就在城外熱鬧得像大馬戲團，大家都想知道領導有甚麼舉措？李淵坐在他的專座上，回頭看看王威與高君雅，笑著問：祈雨的事情都準備好了嗎？

「是的，昨天就準備好了！」

「好的好的，等開完了會咱們就過去！」

接下來，李淵咳幾響說：這個，今天把大家請來呢，我主要想講三點，這個第一點的第一小點是，國家內憂外患，晉陽的形勢動蕩不安，請大家要做好本職工作，不要出甚麼紕漏，如果有甚麼情況要及時彙報⋯⋯這是廢話，他李淵都要造反了，國家能不內憂外患，能不動蕩嗎？

就在李淵講廢話的當兒，劉文靜帶著鷹揚府司馬劉政會闖進來了，聲稱有重大的軍事機密要稟報。李淵皺起眉頭問：沒看到開會嗎？有甚麼事開完會再說！

劉政會搖搖手裡的信說：有人私通突厥，我要揭發！

李淵吃驚道：甚麼，有這種事？

王威聽說有人私通突厥，他伸手去接劉政會手裡的信，劉政會把他的手撥開說：哎哎哎，我告發的就是你們兩個副留守，你們都應該迴避才是！

聽到這裡，王威與高君雅驚得目瞪口呆。

李淵也驚得站起來說：「甚麼甚麼，難道有這樣的事情！」他接過那信看了看，念道：「王守、高守，您的信我已收到，我當盡快出兵攻打晉陽！（落款）頭狼。」

大家聽到這裡目瞪口呆，因為突厥的旗上就繡著狼頭圖案，「頭狼」就是指突厥的將領。大家的目光都聚焦在王高兩人的臉上。高君雅火冒三丈，捋起袖子一跳老高，喝道：這是誣陷，這是有目的的陷害，我們是上級派來的，哪能幹這種勾當?!

王威已經猜到這件事情有問題了，忙不迭地向李淵告辭，拉著高君雅就走。

路上，王威說：老高，我感到李淵肯定懷疑咱們了，咱們也別求雨了，還是趕緊的先求命吧！他們準備回家收拾東西，馬上動身回江都，並想好了潛台詞。到時候就跟楊廣說李淵決意造反，他們強烈譴責，差點兒遭到滅口，好不容易才逃回來的！

他們想走是他們的事，讓你走不讓你走卻是人家李淵的事了。這不，他們剛拐過政府大院南牆，就被埋伏在那裡的李世民等人給拿住了。

王威與高君雅這時候只能扯著嗓子喊：俺是上級派來的，你們不能這樣對俺，俺要見唐公。李世民被他們給吵煩了，用刀片子拍拍他們的頭說：再嚷嚷，就把你們的舌頭割了餵狗！

李世民親自把兩位軍事代表關進大牢，又多派了幾個親信守著，然後去見父親，要求立刻把王威與高君雅給砍了。李淵輕輕地搖搖頭說：世民啊，無論做甚麼事情都要三思而行。殺人誰都會，殺人不見血也很容易做到，殺人讓別人拍手叫好，這才是最高境界啊！

「父親，孩兒聽不懂您想說甚麼！」

「那我問你，你以甚麼理由殺掉他們，你可別說他們不識抬舉，他們阻止咱們造反，對於隋朝來說，他們阻止我們就是個有責任心的好同志，你把一個有責任感的人殺掉，別人會有甚麼想法呢？當然，我們是可以說他私通敵軍，可是這事兒說說大家就相信嗎？大家肯定是不會相信，因為大家都長著腦子是吧？」

「管那麼多幹嘛，殺掉他，沒有人敢說個不字！」

「行啦行啦，多學著點兒吧！」

接下來李淵派人去向突厥告密，就說晉陽城內空虛，現在是攻打晉陽的天賜良機。當突厥人接到這個情報後，當然不肯相信，派人前去落實晉陽的情況。他派出去的偵察兵碰到一放羊的老漢，問晉陽的情況，放羊的說：唐公於昨天晚上帶著大部隊去江都接皇上了。突厥人把老漢的羊給搶了，回去跟首領彙報了情況，首領便下令說，準備好，今天晚上就把晉陽給拿下來！

他們就沒有想想，這老漢為甚麼會在戰場上放羊？而且還知道軍事祕密。這群蠢豬，真的在晚上去偷襲晉陽了，他們的騎兵從城門進去，沒有遭遇到任何的狙擊，就這樣順順當當從東門出來了。他們感到不對勁了，這是來打仗嗎？不像啊，就是來趕大集也沒這麼順當，怎麼晉陽城裡就像是個空城！

壞啦壞啦，中原人又開始唱空城計了。

他們不敢再進城了，就把大軍駐在城外觀察情況！

這樣一來，李淵的目的達到了，因為滿晉陽城的人都確信是王威與高君雅給敵人通風報信的事情了，都跳著高要求殺他們！於是，李淵就順理成章地把他們給殺了。這麼殺就顯得很有技術含量，李世民也終於明白父親的用心了，不由對父親佩服至極，原來殺人還有這麼多學問，還有這麼高深的道理！

李淵殺了兩個軍事代表後，馬上讓李世民、劉文靜、王仁恭

各自帶著一隊兵，向突厥包抄過去，把他們嚇跑就成了，不能跟他們真打，因為打仗就要死人，他們現在需要人去打長安，不是打突厥。當幾隊人馬這一出城，突厥人看到晉陽城裡一點都不空虛，他們一溜煙跑了！

事情到了這種程度，李淵感到造反的時機成熟了，他派人前去通知河東的李建成、李元吉，馬上帶兵前來晉陽集合。隨後又派人快馬加鞭去往長安，一是偵察長安的情況，二是通知三婿柴紹，速來晉陽報到，圖謀大業。

當河東的李建成與元吉接到父親的調令後，他們馬上集合部隊，準備向晉陽出發。他們同父異母的小弟李智雲說：大哥，三哥，我也去，我也去！

李元吉瞪眼說：這不是去玩，這是去殺人，你敢殺人嗎？

李智雲說：殺人誰不敢！

他們最終也沒有帶李智雲同行，結果，當他們帶領部隊離開河東後，河東政府的領導派人把李智雲給抓起來送往長安，被政府給殺了。在李建成、李元吉在河東的時候，政府的領導就像綿羊似的，還主動地配合李建成徵兵，人家一走，他們就原形畢露了。可以說李智雲是李淵在革命中流的第一滴血！

建成與李元吉在半路上遇到了柴紹，小柴是李淵的三女婿。

至於柴紹的妻子是李建成的妹妹還是姐姐，史書上沒有說明，我們只能從建成與世民的年齡來判斷。建成比世民大十歲，可能柴紹的妻子就是在這十年內出生的。

一路上建成與元吉都很興奮，因為他們明白，只要父親造反成功，他們就都變成皇子了，這個來勁兒。皇子就會過榮華富貴的生活，更來勁的是，將來吧，他們有可能會成為皇帝的接班人，你說來勁不來勁兒？柴紹的心情有些沈重，因為晉陽起兵

後，長安的親屬們就變成了叛黨的家屬，必然會遭到隋政府的緝拿，他擔心妻子與孩子們，是否能夠躲過這起災難？說實話，他不是很想來晉陽！

李家軍的主要力量在晉陽匯合後，大家都催著立刻舉兵！

李淵卻猶豫不決，因為他擔心離開晉陽後，突厥人肯定會乘虛把晉陽拿下。而晉陽城裡又住著義軍的家屬，晉陽失守，大家的決心就會動搖，就無法保證造反成功！當他把自己的擔心說出來後，大家就蔫了。因為他們造反就是想過上好日子，讓家人過上好日子，如果連家人都保不住還造甚麼反，這不成造命了嗎？

人才就是人才，當劉文靜先生提出一個大膽的設想，把大家都給嚇著了。他的意思是請突厥人投資贊助這次軍事行動，這樣的話，不只保證了後方的安全，還能增強義軍的實力。大家聽他說出這種話來，都在撇嘴，七嘴八舌說他異想天開、小孩子智商甚麼的。李世民也提出了反對意見，因為他們自來晉陽後，主要工作就是跟突厥人幹仗了，流過很多血，結了很多仇，現在去跟人家協作，等於對人家說：我們要離開晉陽了，城裡真空了，你們趕緊去打吧！

裴寂拍拍劉文靜的肩說：我說老劉啊，你是不是吃錯藥了？

劉文靜梗著脖子說：你們有辦法你們就說說看啊！

大家自然沒有辦法，他們不再笑話劉文靜了，都把頭低下了，生怕李淵會問他們，因為問了答不上來，這畢竟是很丟臉的事情。

讓大家意外的是，一直沈默的李淵突然開口說：我認為文靜的建議有可操作性。大家都吃驚地盯著李淵，猜不透他為甚麼會這麼說？

李淵深深地呼口氣說：敵人所以成為敵人，是因為利益或權

力上發生了衝突，如果找到了共同的利益點、認同點，有互惠互利的前提，敵人馬上就可能變成朋友，而朋友卻往往經不起利益的檢驗會變成敵人，這就是真理。

李世民說：父親，您可想好了？這可不是鬧著玩的！

李淵說：我決定這麼做了，大家不要再勸了！

他給突厥的始畢可汗寫了一封信，在這封信裡他用謙卑的語氣說：尊敬的大哥，小弟想起兵平撫叛亂，把隋主迎進都城，就像開皇年間那樣重新與突厥和親。如果您能和我一同南下的話，希望您不要嚇著老百姓！如果您只想和親不想合作，就坐在家裡喝著奶茶等著吧……這些方案您自己選擇！小弟，拜啟。

這個「拜啟」有著啟奏、稟告的意思，李世民不高興了，這是甚麼性質？這表明要向突厥人屈服，這有損李家軍的尊嚴，還會慣出他們的毛病來。當李世民把自己的不滿說出來，李淵並不理會他，對送信的說：你帶著這封信，馬上去突厥。

當始畢可汗收到李淵的信後，對李淵這種馴服的口氣感到很滿意。在之前，他每收到隋政府發來的信件，都是以命令的口氣寫成的，這是第一封以下級的語氣寫成的信，他心裡很舒服。始畢可汗對於李淵起兵倒是沒甚麼意見，不過他感到不妥的是，如果李淵把楊廣給接回大興城，這楊廣緩過勁兒，肯定會對付他們突厥的，因為楊廣是個戰爭瘋子！

他給李淵回信道：小李啊，如果你自稱天子的話，老夫我還真不怕這大熱天的，會派兵馬前去幫助你的，要是你只是為了接姓楊的回來，可沒得商量的……

使者帶著這封信花了七天的時間趕回晉陽，李淵看到始畢可汗的建議，表情很是嚴肅。其他人看到這封信不由喜形於色。他們當然高興，如果李淵能夠當了皇帝，他們不就水漲船高變成新

王朝的建國功臣了，那前程就很可觀了，他們說：唐公，您老人家就當吧！

李淵搖頭說：我不能這麼做！

劉文靜勸道：唐公，咱們的隊伍都集合好了，士兵夠多了，只是坐騎太少。至於胡兵的人力支持咱們可以不要，可需要他們的馬匹啊！如果再拖著不回信，人家肯定認為咱們沒有誠意，這樣就被動了，請您早下決定吧！再說了，現在是個人造出來都稱王稱帝的，以唐公的條件，為甚麼不能稱呢？

李淵說：不要再勸我稱帝了，還是想想其他的辦法吧！

難道他李淵真不想當皇帝？當然想，天下人沒有不想當這個的！他只是認為現在還不是時候，如果對外宣稱當了皇帝，那就等於表明要造反了，那麼，隋政府肯定會重兵鎮壓。你說當皇帝，其他造反團體也會打你，因為他們也想當皇帝！

李淵於是把自己的擔心說出來，大家想想也是這回事兒，就沈默了。

這時，裴寂出了一個主意說：唐公，依在下看這樣得了，先說讓楊廣當太上皇，咱們擁立代王楊侑為皇帝，先過渡一下。這樣的話，始畢可汗也許能夠接受，隋軍也不會把焦點全放到咱們身上！

李世民說：老裴，突厥人又不是傻子，能看不出來啊！

裴寂說：咱們給各郡縣下通知，把旗子換成紅白摻雜的顏色，向突厥表示我們完全跟隋朝是兩碼事兒，他們哪知道是真是假啊？

李淵感到這個辦法很不錯，於是，馬上派使者前去告知始畢可汗。始畢可汗接到李淵的信後，看到他在信裡說把楊廣稱作太上皇，擁立代王為皇帝，還制定了與隋朝不同的旗子，他就笑

了，因為他明白李淵這麼做的真實目的是甚麼。他認為可以接受了，於是就派他們的柱國（指肩負國家重任的大臣）康鞘利等人，趕著一千匹馬去太原了。

值得說明的是，這些馬可不是白送的，而是要賣給李淵。這就是像我們現在某些軍事強國，把武器賣給那些小國家那樣，發戰爭財！

李淵心想：你這哪是支持我啊，這不是來跟我做買賣了，別說我現在沒那麼多錢，就是有錢也不能買啊，我花錢買贊助，這贊助不就很可笑嗎？他對康鞘利說：能不能打張借條啊？如果不能，那我現在沒這麼多錢，你把馬牽回去吧！

「唐公，我便宜賣你！」

「真沒錢，你看我養這麼多兵，得多少開支啊！」

將領們聽李淵說沒錢，他們商量著湊錢把馬買下來。李淵私下裡對他們說：你們這是幹甚麼？我並不是真買不起他們的馬，而是不想養成他們的臭毛病。隨後，李淵去跟康鞘利商量，這些馬就當投資了，等奪下大興城後加倍償還。

「唐公，要是奪不下大興城那該怎麼辦？」

「那就看你們是不是支持我了！」

「我回去沒法跟可汗交代啊，你這不是讓我為難嗎？」

「這樣吧，讓劉文靜跟你回去說明，再順便跟可汗談點兒別的事情。」

在劉文靜出發前，李淵交代他說：文靜啊，見到始畢後要求他們派幾百突厥兵來幫助我們挺進大興，如果他有甚麼要求，你看著辦吧！

「唐公，為甚麼不讓他多派些兵呢？」

「那些突厥人不好管，來多了麻煩！」

「那我們就多跟他要些馬！」

「對，少要人多要馬，馬好管！」

劉文靜就這樣跟隨突厥使者走了，他們經過七天的長途跋涉，終於來到始畢可汗的駐地，可是始畢可汗連著三天都不見他，這讓劉文靜很是著急。他想：要是我再不想點辦法，這王八蛋還得繼續晾我。於是他對康鞘利說：看來始畢可汗是不想見我了，麻煩您跟他說，我明天就回去了。

對方卻馬上說：你別走啊，我再去跟可汗說說！

就在當天夜裡，始畢可汗召見了劉文靜，上來便對劉文靜說：我可以支持唐公的行動，不過是有條件的。至於這條件嘛，就是等你們打下長安後，城裡值錢的東西歸我擁有，至於其他的，比如土地，城池，全都是唐公的了。

這要求太無理，太霸道了！

劉文靜心想：娘的，我們浴血奮戰去奪，到時候你們把好東西給弄走，留給我們一個空殼子，我們這不是浪費感情嗎？問題是，就眼下的形勢，如果不同意，他們一定會把我給砍了，還會不遺餘力地去攻打晉陽，唐公造反之舉必敗無疑！

他心裡非常著急，因為沒法兒請示李淵！

最終他悲壯地把這不平等條約給訂下來了。他想：現在最關鍵的是能夠順利把大興城給攻下來，至於以後的事情以後再說吧，以後誰知道會發生甚麼情況呢！他的想法我們能夠理解，就算現代社會，合約上都會標明，如果因為戰爭、地震等不可抗拒的天然災難，本合約可以不執行，何況那時候訂的只是口頭協議啊……

第七章

鬼扯大王

在劉文靜出使突厥的日子裡，唐國公李淵也沒閒著，他正緊鑼密鼓地準備著起兵。雖然是緊鑼密鼓，但大家都知道這是隋朝的喪鐘。可以說就是從現在起，隋朝已經在不知不覺中與唐朝交班了，可悲的是隋集團的董事長楊廣，卻還不知道呢！

問題是就算他知道又能怎麼樣，除了鬱悶除了跳著高罵他娘外，不會有甚麼辦法的，現在楊廣被造反軍給困在揚州的行宮裡了，他倒是想回長安好好上班當個好皇帝，用心地舔舔隋朝的傷口，你想舔，可是造反派會讓你回去嗎？

在李淵準備起兵前，想把晉陽宮裡的物資弄來裝備義軍，他想要，可是他不直說，這就是李淵做事的風格，想得到甚麼東西絕不會伸出手說：拿來拿來！而是採用迂迴與暗示去謀求自己想要的東西。他提醒裴寂說：老裴啊，這次起義你不用去了，好好守著行宮吧，如果天下太平了，可以把總統接過來住。

裴寂聽到這話心裡很不痛快，你想要就直說得了，為甚麼要跟我打啞謎啊！再說這行宮又不是我的，誰拿走了我都不心疼。他心裡雖然有情緒，但從臉上是看不出來的，這就是官場，這就是長久在官場摸爬滾打練就的文化素質。

「唐公，我正要跟您商量這件事情呢，把行宮裡的物資裝備到咱們義軍，不就如虎添翼了！」

「好，好，你就負責把東西拉來吧！」

「唐公，還有個問題，宮裡那些女人怎麼處置？」

是啊是啊！行宮裡還有百來號漂亮女人呢！她們可都是從全國選秀選出來的美女，個個才貌雙全、傾國傾城啊！

李淵看看周圍，湊到裴寂身旁小聲說：這樣吧，老裴，你去把她們集合起來，咱們挑幾個水靈靈的，把其他的就賞給下級吧！他們跟隨咱們起義也不容易，怎麼也得鼓勵鼓勵是吧？

裴寂聽了用力地點點頭，好，好，我馬上就去！

李淵腦子裡裝著那些美麗的臉孔，春風得意，快馬加鞭趕到行宮，發現裴寂已經把美人們集合起來了。她們穿著華麗的衣裳，歪歪扭扭站著個所謂的隊伍，在那裡交頭接耳，神色慌張，猜測著將要發生的事情。

李淵從馬上跳下來，來到那些妃子們面前，黏糊糊的目光猛盯著那些粉臉兒，看著好的就指著她說：你，出來，你，也出來……就這樣精選細挑了十多個，把其餘的全部分給下屬，下屬們得到美人也高興了，因為打起仗來還不知道有沒有命哩？

當把晉陽宮裡的東西裝備到各隊後，軍隊就變得有點兒精銳了。李淵讓世民把部隊集合起來，他要講話！古代的說法叫誓師大會，現在的說法叫閱兵，反正就是給那些可憐的小兵們，灌輸新的理念。李淵對士兵們講了這次起義的重大意義，講了軍人服從命令是天職，卻始終都沒說愛國、擁護中央政府甚麼的！因為他就要帶領這些泥腿子把中央政府給推翻，建立自己的王朝，當然得說對自己有利的話。

訓話完畢，李世民問：父親，是不是可以起兵了？

裴寂忙說：我感到現在還不可以。

李世民瞪眼說：老裴，你甚麼意思？

裴寂說：我們雖然是起義，可對於時政來說就是造反。為了

能夠矇騙過關，我們應該給唐公包裝個名分，比如我們成立大將軍府，讓唐公擔任大將軍。這樣，以清除叛軍的名義向都城挺進，遇到隋朝的城池可能會騙得過去，這樣不就省事多了！

李淵想想也是，狼都披著羊皮去偷羊，我們為甚麼不包裝個冠冕堂皇的名頭騙過沿途的城池，以最快的速度到達都城呢？

於是，他自封為大將軍，並圍繞著將軍府對下屬封了官，然後下令說：通知晉陽地區的各基層單位，明天就把部隊拉到晉陽城，準備向大興城進軍。他本以為這道命令下達後，各基層幹部積極響應他會跑掉了鞋，沒想到發生了意外，人家西河郡丞高德儒就不吃這套，這讓李淵很受打擊。他把臉拉得老長，唉，他高德儒為甚麼不來，是不是有甚麼想法？

「有，他懷疑咱們造反！」

李淵皺眉頭說：這還用懷疑嗎？

下通知的人說：是的，他實在不應該懷疑！

李淵說：他是不應該懷疑，因為我們就是造反！

本來李淵的激情很高，沒想到讓高德儒給潑了盆涼水，這讓他感到很沮喪。

他對大兒子建成、次子李世民說：「去把姓高的給整了，讓他明白不識時務是多麼的不俊傑。」

這雖然是場小戰爭，但意義卻不小，如果旗開得勝，必然大壯士氣！如果失敗，大家肯定會對這次起兵感到失望。

你連小小的高德儒都打不下來，還怎麼去打都城？為了確保這次戰爭的勝利，李淵把太原人溫大有叫到辦公室裡，對他說：「老溫啊，我兒子還年輕不懂事，您跟他們去，您要親自參與軍事指揮！」

「放心吧，唐公，我會的！」

「咱們是否挺進大興城，就看這一仗的勝敗如何了？」

這句話，讓溫大有感受到了壓力，聽唐公這意思，如果這仗打敗了就不造反了，這個就有點兒嚴重了。他擔心建成與世民都是公子哥兒習氣，吃喝玩樂在行，打仗不行。於是他找到兄弟倆說：聽唐公的意思，如果這仗打不好就不起義了，所以我們的責任重大啊！

「如果連這個小城都拿不下，還起甚麼義！」李世民說。

「不起義，我們不是白白做了大量的準備工作！」

「如果拿不下這小城，丟人都丟死了，還起義？」

在向西河挺進的路上，建成與世民嚴格要求將士，不拿群眾一針一線，要讓老百姓感受到他們是真正的人民子弟兵（史書說的）。溫大有看到這兄弟倆還挺會帶兵的，就放心多了！

按照史書上說，李世民很能夠與士兵們同甘共苦，遇到敵人都是首當其衝，因此受到士兵的擁戴、人民的愛戴，沿途的老百姓都提著吃的與喝的說：阿兵哥啊，喝碗水吧！

李世民就喝了，說：家鄉的水真甜啊！

老百姓說：老親啊，吃個水果吧！

李世民就吃了，然後扔下錢就走。

老百姓說：真是我們的窮人的救星啊！

說到這裡，大家是不是想起了八卦啊！其實很多史書的故事都像八卦那麼誇張。

他們帶領大軍來到西河城下，李世民說：爭取天黑之前把城拿下。溫大有說：先別先別，我們給高德儒一個機會，如果他反悔了，能夠主動響應義軍的大旗，那何必再流血呢？

於是，他站到高處，對著城門樓上的高德儒喊道：老高老

高，我們是奉大將軍之命請你過去商量大事的，你就過去吧！

「甚麼大事，還不是造反？」高德儒說。

「隋朝腐敗，民不聊生，我們舉兵是替天行道啊！」

「少廢話，忠臣不事二主，這點氣節我還是有的！」

看來是沒得商量了，李世民怒道：甭跟他廢話，打他！他帶兵開始攻城了，城上的守軍往下扔石頭瓦塊，還放箭，把攻城的砸回來了。有幾個士兵捂著頭，卻捂不住血與眼淚，李世民心想：這樣哪成啊？我們又不是來找頭痛的。於是，他組織了幾百人的弓箭手，讓他們排成隊向城牆上猛射。箭就像雨點那樣落在城門樓上，守軍們全都嚇得趴到了地上！

李建成帶著大家開始攻城，由於西河城城小，牆薄，城門也不厚實，嗵嗵嗵來了幾下就撞開了。李世民帶領大軍衝進城去，守城的兵們不敢抵抗，都把武器扔到地上舉手投降了！

李世民帶人衝進政府大院把高德儒給抓住了。他用刀葉拍拍高德儒的臉說：你說你有甚麼本事，不就是會指著小鳥說鳳凰來欺騙君主，騙了個官嗎？

「我指鳥說鳳，可是我並沒造反！」

「問題是我還活著，可你馬上就要死了！」

「要是怕死早跟你們造反了，我就不造！」

本來李世民還想說：如果高德儒害怕，磕頭求饒的話，就放他一條生路得了，再怎麼說，這人還是有點兒血性的！

對於政府來說這樣的同志是好同志，是忠烈之士！可是看現在的情況只能把他給殺了。在砍高德儒之前，李世民俯到他耳朵前小聲說：老高啊，其實我還挺佩服你的，可是我必須殺了你！

「殺吧殺吧，我活膩歪了！」高德儒梗著脖子說。

於是，就把高德儒的頭砍掉了，那頭在地上打了幾個滾，臉

上沾著泥巴，表情還泛著一股倔勁兒。李世民感到這人很值得尊敬，身首異處了，臉上的表情還那麼爺們兒，不容易！他就衝著高德儒這種表情沒有為難他的家人，還給他們留下了些錢，讓他們為老高發喪！

西河之戰從開始發兵、行軍，一直到凱旋歸來，總共用了九天的時間。

李淵對這種作戰速度感到很滿意，他高興地說：啊，啊，像我們這樣打仗，橫掃天下是沒有任何問題了！

世民問：父親，甚麼時候掃啊？

李淵說道：好啦，我們可以進軍啦！

公元六一七年七月初八是個好日子，是個術士精心推算出的黃道吉日。

李淵決定就在今天走上革命道路，走向他的帝國。他命令小兒子李元吉留守太原大本營，並囑咐他，一定要跟突厥人搞好關係，確保晉陽大本營的安全。由他與建成、世民率大軍，向隋都大興城挺進，走向皇位，走上他們的帝國！

他們每經過一座隋朝的城池，都會先派人去洽談，說：我們是維和部隊，主要任務是打擊反動分子，維護隋朝的政權，把總統從江都接回來上班。問題是隋朝的大多數官員都不是傻子，他們都看到了羊皮下有條狼尾巴，十有八九都不會打開城門迎接你。談來談去，最後還是要幹架，因此還是要用拳頭來解決問題！

當然了，那首「桃李歌」的民歌也不是白唱的，這歌對李淵的幫助很大，沿途的山賊、臭流氓、乞丐，還有討不到媳婦的青年，找不到工作的漢子，都糊弄大叫著來投奔李淵了，就因為李

淵姓李，如果他不姓李的話，是不會有這種效果的！

李淵的部隊就在「桃李歌」的影響下，像滾雪球那樣越滾越大，實力越來越強！自然，李淵的信心也越來越大，士兵們的士氣也越來越受鼓舞！他們每攻破一個城鎮都會開倉放糧，救濟貧民，宣揚他們義軍的革命宗旨。

老百姓得到了糧食，聽了為民而戰的指導思想，他們都在宣揚李家軍的好，都說桃李歌裡唱的就是李淵，他李淵就是未來的皇帝！

這話傳到李淵的耳朵裡，他高興壞了。

李淵不只以實物收買人心，還採用了封官的策略，凡是七十歲以上的人都封成散官。散官是甚麼職務？其實就是有官名沒有職位、沒有權力，也不發工資的那種。

據史書記載，李淵在路過河西的時候，一天的時間就任命了一千多名官員！可以說李淵是世界上最先開空頭支票的人。那些祖輩都沒有當過官的人突然有了官，心裡能不美嗎？哇噻，我祖墳上終於冒煙了，我總算可以光宗耀祖啦！

在七月十四日那天，李淵率領大軍進入雀鼠谷地帶，在賈胡堡這個地方駐軍。正是盛夏的節氣，濃密的綠色掩映著古堡，景色好極了，李淵的心情也好極了！

問題是，李淵的動靜弄得這麼大，難道隋朝政府就聾了啞了嗎？當然不是，一個政府面對國家暴動的時候，反應都不遲鈍。就在柴紹離開長安之後，隋政府就知道李淵有狼子野心，於是立刻就派人去捉拿李淵京城裡的親戚了，只是沒抓到。他們隨後把李家的宗廟推倒，把祖墳給掘了，讓李淵家的老祖宗的骨頭曬了曬太陽！

當他們聽說李淵率軍逼近大興，大臣們就害怕了，十四歲的

代王楊侑更是嚇得沒人樣兒。他們馬上召開軍事會議，謀劃狙擊李淵的行動。最後的結果是，由虎牙郎將宋老生率領精兵兩萬，在霍邑駐防攔截李淵，武侯大將軍屈突通駐軍河東以抵抗李淵的大軍蒞臨。

看到沒有？李淵打著維和的幌子造反，這個不好使！

當李淵聽說宋老生帶著大軍進駐霍邑後，他並沒有多麼在意，革命道路本來就是不平坦的，他感到以現在的實力蹚過霍邑沒有任何問題。但李淵並沒有想到他革命道路上第一場暴風雨真的來臨了！

就在他們賈胡堡駐軍休息的那幾天裡，老天竟然下起了大雨，這雨不是下而是用澆的，密得都能讓魚行走，他們只能撐起帳篷，紮起簡易的草篷避雨，由於設備相當簡陋，他們還是被淋得夠嗆！

李淵心想：天上能有多少水啊，大不了下個幾天就會停了！

可是這雨老是不停，溝壑變成河流，地面上積著黃水，天上的烏雲還是那麼厚那麼低，低得伸手都能撕下來。李淵站在帳前，愁容鎖面，他看著縮在大樹下避雨的士兵們，就像落湯雞似的，他的心情也像落湯雞！

由於大雨老是不停不減，他們挨著淋白吃糧食，行軍時帶的糧草已經吃得差不多了，李淵就坐不住了。照這樣下去，別說去打都城，遲早被這雨給困死。他派沈叔安率領老弱病兵返回太原，想辦法再運一個月的糧食來。運糧的人走了沒幾天，李淵就聽過往的行人說：突厥人與劉武周乘虛襲擊晉陽，要端他們的老窩了。

這個消息太要命了，如果晉陽被突厥乘機奪去，他們就會變得無家可歸，如果晉陽失守，軍心必然動搖，大家雖然往長安

走，心卻跑到晉陽，這仗就沒法打了。大家可能要問了，劉文靜不是出使突厥還訂了不平等條約嗎？為甚麼他們又會來打晉陽，這是不是穿幫了？

其實說真的，就是突厥不守信用也屬正常，「兵不厭詐」也不是憑空來的！

真實的情況是，突厥並不是指個人或者團體，而是指中國北方和西方古代遊牧民族。與李淵建立外交的始畢可汗，只能算是突厥中勢力最強的勢力頭目罷了！

李淵馬上派出一支人馬火速回防，一定要把晉陽保住。

由於大雨還是澆個不停，李淵感到有些絕望了，他提議現在就打道回府，不造反了，造反不好玩，老天都跟你過不去。何況，這雖然是第一場暴風雨，但肯定不會是最後一場！

大家見李淵真要放棄行動，都急了。這哪成啊？這是造反啊，噢，你說造就造、說不造就不造啦，以為是小孩子辦家家酒呢，把堆起的土饅頭推倒，一拍兩散！

他們開始向李淵陳述回去的利害關係，現在不造也沒用了，造反的影響已經出去，無論待在哪兒都是造反派！有人說：晉陽丟了就丟了吧，我們正好破釜沈舟！

還有人說：突厥人與劉武周不可能這麼快就會聯合起來打到晉陽，再說始畢可汗已經跟咱們達成協議了，說不定會出手相救。理由？理由是，只有保證咱們的成功，他的投資才會有所回報。至於糧食，更沒有問題，正是六、七月份的節氣，馬可以吃草，人可以吃地裡的莊稼，怎麼也不會餓死吧？

裴寂說：打下前面的城池，不就有糧食啦！

李淵吼道：你先讓老天把雨停了！

李世民知道父親的性格，黃土都埋到脖子了，他甚麼時候勇

敢過？平時有個樹葉掉下來都怕砸到頭上，自己放響了不雅之屁都會嚇一跳，好不容易武裝起懦弱要做件大事了，誰想又遭遇到了這場暴雨，又聽到這種消息他能不退縮嗎？

他決定給父親打打氣，讓他堅強起來：「父親，遇到這點小麻煩就逃回老窩，義軍的將士會感到失望的，他們不會跟咱們回晉陽的。我們就像被打敗的狗那樣逃回老窩，就真變成毛賊了，還怎麼保全自身？希望父親大人好好想想這個問題吧！」

李淵不聽大家的勸，把自己關在帳篷裡不出來了。他就像踩著燒紅的地板那樣來回地走動著，不停地咳聲嘆氣，後悔自己發動了這起造反，以至於弄到了現在進退兩難的境地。他現在有點氣憤那首「桃李歌」了，要不是那首破歌，我也不會有非分之想，也不會進行風險投資了。就在他沮喪得都快吐血的時候，門外傳來淒厲的哭聲。

他打開帳篷看到是阿民站在雨裡，仰著頭對著天空哭嚷。這孩子，也不怕往嘴裡灌水，哭甚麼哭，還嫌這雨下得不夠是嗎？你也幫著下雨……

「世民，你幹甚麼呢，快進來！」

「我進去有甚麼用呢！」

「你進來是沒有用處，不過至少是不用挨淋了！」

李世民走進帳內，那樣子就像剛從水裡撈出來。他用手撸把臉，眼裡冒出的淚水才看得出是淚水。他哽咽著說：父親，如今我們進軍就能取勝，後退就會潰散。到時候部隊潰散在前，敵軍追擊在後，我們滅亡的日子就到了，我怎麼能不悲傷呢？

「世民，我早跟你說過時機不成熟，你非急著造反，現在造出問題來了吧！」

「我聽幾個將領說，如果您回去，他們是不會跟您回去的，

他們要繼續進軍，直到把大興城給打下來。如果您想回去就自己回吧，不要再左右別人了。噢，說造反的也是您，現在說回去的也是您，說造就造，說不造就不造，你拿他們當猴耍嗎？」

「難道他們就不考慮，他們在晉陽的家屬？」

「要革命就得有犧牲，如果老是考慮風險，那甚麼事都做不成了！」

我們都知道李淵肯定沒有回晉陽，回去還怎麼當唐朝開國皇帝啊？他之所以沒有回去並不是因為他想通了，而是因為幾個將領在李世民的鼓動下要把他踢出局。將領們表示，如果您能夠不怕困難，堅持走革命的道路，帶領大家繼續前進，大家都會擁戴您，同甘共苦，生死與共，闖下一番大業，如果您要回去，您自己回去吧！

李淵痛苦地說：那我們就在這裡等死吧！

事情並沒有像李淵想像的那麼糟糕，老天終於放晴了。

天晴了，李淵的臉上還沒放晴，因為他擔心著晉陽城的安全。直到等來運糧的隊伍，聽說突厥人根本就沒有打晉陽，那些傳言根本就不可信，李淵這才鬆了口氣，臉上泛出笑容來。想想之前的衝動，李淵感到很丟臉，他咳了幾響說：嘿嘿，這個這個，你們以為我真的要回去啊，我只是想考驗考驗大家承受壓力的能力罷了！

裴寂心想：要不是下雨，早就看到你褲子濕了！

雨後的天氣很晴朗，溝裡的水慢慢消縮，天氣變得悶熱起來。李淵看到他們的木車、槍桿子都發霉了，讓大家趕緊拿出來過日頭，別長出蘑菇來了！

大雨雖然停了，吃飯的問題也解決了，但擺在李淵面前的問題將要比這場大雨還要嚴重，因為他們接下來就要面對李密的問

題了。李淵明白，李密跟他同樣是被「桃李歌」鬼扯得想當皇帝的人，李密是不會輕易放他過去打都城的。道理很簡單，要我是李密，我也不會放別人從我眼皮子底下過去，首先坐上皇位。

那麼，李密這哥們兒是甚麼來頭？

李密與李淵同樣都出身貴族，他祖父李耀是周代的邢國公，父親李寬是驍勇善戰才略過人的武將，自周代及隋代多次擔任過將領，官位達到柱國……李密在開皇中期承襲了父親蒲山公的爵位，他拿出家裡的存款周濟親戚，養了許多賢能之人。後來他改變興趣，閉門研究兵書。在大業初期他擔任大都督之職，可他並不喜歡這個職位，便假託有病回家去了！

在六一三年，楊素的兒子楊玄感叛變，李密就參加了。李密所以跟隨楊玄感造反，因為他們以前就是刎頸之交的好朋友。至於他們是怎麼成為好朋友的？那可是一段千古佳話哩！

據說李密騎著黃牛出門去看朋友，在路上把《漢書》掛在牛角上邊讀邊趕路，正好被宰相楊素看到了。楊素感到這少年挺有創意的，就喊道：唉，小夥子。李密回頭認出是宰相，慌忙跳下牛背向楊素作揖，並報上了自己的名字。

楊素問：你看的甚麼書啊？

他說：我在看項羽的傳記。

楊素心想：這少年厲害，都把《漢書》掛到牛角上看，將來前途不可估量。他回到家便對兒子說：我看李密這孩子肯定大有前途，你將來遇到甚麼事可以跟他商量。楊玄感就記住了，從此主動地與李密交往。

後來楊玄感造反的時候想到了李密，結果差點兒把李密給害死了！

　　楊玄感造反失敗後，作為同黨的李密不好過了，只能狂逃，可是他逃到幾個地方都不合適，最後在瓦崗落腳，這才過上安定的生活。

　　他在瓦崗軍中表現出了他的志向與才能，就連首領翟讓也欽佩不已，自認為李密比自己要強，於是將頭把交椅讓給他了，這是翟讓犯了很致命的錯誤。翟讓以後幹的都是誘敵的小事情，因為誘敵的事情都是小嘍囉幹的事兒，有人便為翟讓抱不平了。這些話傳到李密的耳朵裡，他認為翟讓心理不平衡了，於是便重演了《項羽本紀》裡的鴻門宴，請翟讓過來坐一坐喝杯酒，然後乘機把翟讓給害死了。

　　看到沒有？李密沒有白讀《漢書》吧！

　　歷史上所以對李密評價不好，就因為他恩將仇報殺掉了翟讓。他的這種行為可以說很充分地說明，兄弟是可以共患難的，卻不容易同富貴的事實。

　　那麼，李淵是怎麼過李密這一關的呢？

　　大家都知道，李密之所以造反不是感到造反好玩，也不是想著救黎民於水深火熱，而是想創建自己的王國，成為繼隋後的皇帝。他當然是不會讓別人走到他前頭當皇帝的，這樣，李淵想過李密這一關就有點兒難度了。

　　在李淵召開會議研究李密這一關的時候，大家嘰喳半天也沒拿出好主意來。因為大家都知道李密的造反經歷，也知道他現在的實力，想把他給打趴下幾乎是不可能的，最少現在是沒門兒。如果在這裡跟李密幹上了，說不定這就是終點站！

　　李世民見大家低頭耷拉角的，便說：有甚麼了不起，打！

　　李淵瞪眼說：打，你有甚麼實力跟他打？是咱們的兵比人家多？還是咱們的糧食比人家多？還是咱們佔的地理位置好？你跟

人家打，人家就不跟你打，跟你耗，你能堅持多久啊？所以說，打是肯定不成的，必須不戰而過。

裴寂說：早知道這樣，就不應該把劉文靜放到突厥去了。

「噢，離了劉文靜咱們就不造反啦？」李淵瞪眼說。

「唐公，不是那個意思！小劉不是跟李密有親戚關係嗎？」

「劉文靜在這裡有用嗎？說不定他早投奔李密去了！」

事實上，李淵並不看好劉文靜，他雖然不否認劉文靜有才能，但總認為文靜的品德不成！一個沒有德的能人，他的能力很可能會變成破壞力。由此可以說，大牢裡關的那些人，幾乎就沒有傻子，全部都是能人，都是有創意的人，就是過火了一點！

李淵見大家沒甚麼好主意，他決定再用對付突厥的那招兒對付李密，爭取不戰而過。他想來想去，決定先寫封信探探李密的底限，然後再想辦法！他在信裡表明，自己沒有比做唐國公更大的野心……

當李密接到這封信後，感到李淵沒有說實話，甚麼叫「沒野心」？現在要飯的都把棍子扛到肩上了，地痞流氓都佔山為王了，他李淵沒有野心，誰信啊？沒野心你不在晉陽打突厥，急火火地往長安跑甚麼跑啊？你吃飽了撐的是嗎？

他想來想去，感到只有把李淵給整死，他當皇帝的機率才會大！他回信說：我自認為勢單力薄，可是天下的英雄卻願意推我做盟主……如果你有誠意，可帶著三千人到河郡面談，沒有誠意趕緊回晉陽打突厥去。一個太守不去守自己的屬地，帶這麼多人往京城趕甚麼？京城又不是有甚麼大難……

李淵他當然不敢赴約了，李密的宴會那是死亡之宴啊！當初翟讓就因為喝了李密的酒被殺的。李淵心想：這李密真他娘差勁兒，你把我當傻子啊？認為我傻到去撞你的刀！可話又說回來，

我讓你李密來我軍洽談你能來嗎？不會吧？自己都不做的事情為甚麼要強加於人呢？真是沒有原則性！

李淵又給李密回了一封信，拼命地鬼扯蛋。

這封信更是謙卑，大體意思是：大哥，小弟沒多大本事，也就沾了老祖宗的光才當了這點小官，如今國家有難了，我不站出來吧，肯定說不過去，所以才站出來……天下眾生是必須有人管理才是啊，如今能為老百姓做主的除了您，還能有誰呢？我已經這把年紀了，能夠擁戴您已經很知足了，希望您盡快成為萬民之主，到時候您把我封在唐地負責，就是我的殊榮了！現在汾晉一帶還需要我安撫，見面之日，還真沒法拿出具體時間來……

李密收到這樣的信後，心想：他媽的你李淵拿我當二百五呢！這麼糊弄我，你不來就說明你沒有誠心，我就不讓你過去！

可是，李密隨後又想：不行，如果我不讓李淵過去，必然在這裡打起來。如果只是面對李淵我不在乎他，可問題是，現在我還跟王世充較著勁呢！我要是去打李淵，王世充再湊熱鬧的話，那我不成犧牲品了！

怎麼辦，難道就放李淵去「圖謀京城」？

李密隨後想道：李淵去攻打京城，對我並不是完全沒有利啊！京城遇險，隋軍肯定抽兵前去救援，那麼我再取東都不就容易多了。再說西部有甚麼好的，除了黃沙就是大風，長莊稼都不長經濟作物，得，我就先放他走吧！

他給李淵回信說：老弟，你放心地去吧！

李淵心裡高興啊，還以為是自己把李密給糊弄了！

日後在他成為皇帝之後，在史官們寫實錄的時候，李淵還打發裴寂去問：寫沒寫上用信糊弄突厥與李密的事情？這樣，史書

就把李淵說得神了，一頓鬼扯就把李密給騙了，有這麼容易嗎？

　　不管是甚麼原因，李淵順利地通過了李密這一關，他的路好走多了。至於霍邑城，李淵感到不在話下，因為他太了解守軍將領宋老生了。這個宋老生為人懦弱，膽小怕事，平時見著下級都點頭哈腰的，也沒甚麼才能，自然也沒有建樹，一棵小樹都沒建！就這種人物，還用挽袖子？只要跟他闡明利害關係，相信宋老生肯定會把城門打開，非常熱情地把他們接進去，好酒好菜的伺候。

　　問題是，這宋老生真是麵條嗎？

　　有時候我們不能不承認，想要真正認識一個人很難，在很多時候你都在看別人的面具，除此之外並不知道對方任何真實內容，就像隋朝的虎牙郎將宋老生。

　　由於李淵對宋老生錯誤的認識，也就採用了錯誤的辦法，自然也就嘗到了錯誤的後果，這個後果下面咱們還會談到的……

第八章

麵條將軍

當李淵帶領大軍來到霍邑城外，按照預定的計畫，首先派人跟宋老生去交流。他本以為只要對宋老生說明舉旗的意義，三兩下子，宋老生肯定立刻打開門前來迎接他，並請他喝酒，說不定還弄兩個女歌手來助興！

可是去的人，卻久久不回，李淵這下子急了，是不是那人半路開小差了？

李淵對裴寂說：老裴啊，你不是跟宋老生挺熟的嗎？去一趟吧，盡快協調下來，咱們在霍邑住一晚上，明天就行軍！

裴寂用力地咳了幾響，苦著臉說：「唐公，我前幾天感冒還沒好呢！」

「那好，你去霍邑城，正好可以看看醫生抓點兒藥吃！」

「唐公，我上火，嗓子疼，說話都有困難。」

沒有人比李淵更了解裴寂了，這傢伙除了玩嘴皮子以外，輕易是不會辦實事的。可是李淵今天就想讓裴寂當這個使者，於是瞪眼道：老裴，你要明白，所以派你去並不是你長得漂亮，並不是你多麼會說，不就是因為你跟宋老生熟悉嗎？你既然熟悉宋老生，你應該知道他的性格，是絕對不會跟咱們對抗的！

「唐公，我真的很難受，您能不能派別人去？」

「派誰去？」李淵瞪眼道：「難道你想讓我親自去嗎？」

正在這時，有人抱著盒子匆匆來到指揮營帳，彙報說：大將

軍，這是宋老生派人送來的禮品，還專門交代，要親自交到您的手裡！

李淵盯著那個鑲著金邊的匣子，心想：這宋老生也太小心了，你只要盡快把門打開，就是不給我送禮，我也不會為難你啊！他把盒子打開，頓時目瞪口呆，因為盒子裡裝的是他派去使者的頭，臉上還用刀刻著「叛賊」兩字。

裴寂湊過去看了看那個醬色的頭，嚇得直冒冷汗。他用手撫撫胸口，俺娘喲，這要是我第一個去了，這頭就是我的了！

「這守城的是宋老生嗎？」李淵不太相信。

「是，就是那個姓宋的！」

「娘的，一隻羊怎麼會變成狼了？」

不管你信不信人家蛻變，但事實就血淋淋地擺在你面前，李淵只能召開會議重新部署作戰計畫。在會上，李淵痛苦地說：這個這個，宋老生的例子讓我們知道，我們不能輕視任何一個對手，也不能對任何一個敵人抱有幻想。大家想想，怎麼才能以最快的速度拿下霍邑城？我們必須盡快拿下霍邑，直取長安！

商量來商量去，老辦法，攻城！幹架！

建成與世民帶兵前去攻城了，但接連著攻了幾天，都沒有任何的效果。

恰在這時，李淵聽說薛舉在蘭州稱帝，自封秦帝，把妻子鞠氏封為皇后，把兒子薛仁果封為太子，開始了奪取天下的革命大事業。

這個消息讓李淵心急如焚，因為他明白，薛舉肯定不會在蘭州安分守己，造反的人沒有安分的，他們肯定會去圖謀長安！如果他們在這裡再跟宋老生耗下去，等薛舉把隋都拿下，他們想從

薛家軍的手裡奪長安，那困難可就大了。

李淵對李建成與李世民的攻城效果非常不滿意，回頭對裴寂說：去對他們說，再拿不下來，也別打了，咱們回晉陽！

裴寂騎馬來到戰場上，把李淵的話一說，李世民心想：動不動就要回晉陽，甚麼態度？他說：你回去跟我父親說：他要是想回，自己馬上回去好了！

老裴忙說：唐公所以急，是因為薛舉稱帝了，怕他提前把長安給拿下了！

李建成說：這城牆又高又厚，還有兩萬多正規軍守著，哪容易攻下來？

他們決定加工一門重型攻城設備。說是重型設備，也不過是找根粗點兒的圓木，用繩子捆在車上，再派二十個身強力壯的士兵，每人咕嘟兩碗酒，在一百多位弓弩手的掩護下去撞門。粗壯的人推著粗壯的車子奔門去了，雖然有弓弩手掩護，可是守城的兵有掩體，他們還是能夠安全地往下扔石頭瓦塊，而且還能放箭！這樣的話，攻城設備就變成「草船借箭」了！

李世民感到這樣肯定不行，再攻下去也不用撞門了，死人堆得高了就可以進城。問題是人都當了墊腳石，那即便打開城門也沒人進去了！他對縮著脖子瞪著眼睛的裴寂說：老裴，你看到沒有？就這麼攻法，等攻下城也剩不了幾個人了！

「那，那也得想辦法啊！」裴寂說。

「好吧，老裴，你給想個辦法！」

「那我還是回去跟唐公說說，不行咱們就繞道吧！」

等裴寂走了以後，建成、世民、柴紹蹲在地上商量攻城方案。挖地道，沒半個月也挖不到城裡，就算能挖到，人家可能像剜幼蟬那樣把你給挑出來！用水淹，去哪裡弄條大河去？用火

燒，這城牆也不是易燃品啊！李建成說：要不咱們回去跟父親商量商量，還是繞道吧，不要把時間浪費在這裡了！

柴紹說：只要宋老生出來迎戰就好辦了！

李世民說：不是他不肯出來嗎？

柴紹說：我們把他給罵出來！

李世民苦笑著說：你以為這是小孩子打架啊！

建成說：試試吧，如果他再不出來咱們就回去！

他們命令所有的士兵面對城牆排成橫隊，把手罩在嘴上，用上吃奶的勁兒辱罵宋老生，罵的那話都不見天了！

李世民看到士兵們喊得臉紅脖子粗的，個個都像耍潑的娘們兒。感到這法兒既丟臉，也不好使！事情確實是這樣的，宋老生也感到這法兒不靈。他坐在城門樓上，手裡端著酒慢慢地呷著，把李家軍的叫聲當歌聽了。

有人對宋老生說：罵得太難聽了！

宋老生笑道：罵吧，罵吧！累壞了嗓子又不讓咱們負責！

可是當宋老生聽到士兵們用嘴巴怎麼他娘、他妹、他閨女時，他可就火了，這是甚麼軍隊，你有本事就來攻城，沒本事罵我娘、罵我老婆、罵我閨女幹甚麼？我閨女還是黃花閨女，還要嫁人呢，你們這些臭流氓！老子要不給你們點兒教訓，你們還真把我當成縮頭烏龜了。我以前對別人點頭哈腰那是我謙虛，並不表明我沒脾氣，沒脾氣是人嗎？其實沒脾氣就是最大的脾氣！

於是，他率幾路軍出城了，像股洪水般淹向李家軍！

他所以帶兵出來，並不只是因為李家軍罵他，主要是他感到李家軍又攻城，又罵人，累得夠嗆了，如果這時候乘機去打他們，很可能就把他們給整了。可是宋老生想錯了，現在李家軍久攻不下，個個都憋得慌，打起來還是很勇敢的！

站在遠處觀戰的李淵瞇著眼睛在想，天哪，想認識一個人真的太難了，有誰見過宋老生有這般武藝，竟然能跟李世民大戰二十回合不分勝負。這還是以前那個唯唯諾諾的宋老生嗎？是不是被戰神附體了？這樣打下去可不成，就算把仗打贏了也輸了，剩不了幾個人還怎麼去拿都城，不拿都城，造反就沒有意義了。

不行，這樣不行，得再想想辦法！

我想，我狠狠地想，有啦有啦！

他馬上吩咐下去，讓士兵們喊宋老生被抓了。這法兒還真靈，距宋老生離得遠的那些將士們，聽說頭兒被人家逮住了，知道再拼命也是白拼了，就四散逃跑了。這邊的宋老生正打得帶勁呢，他還想把李世民給抓住，把他的流氓舌頭割下來呢，突然發現自己的隊伍四散逃跑，知道壞了！怎麼辦？趕緊逃吧！

由於李世民率軍在後面緊追不捨，宋老生就像拖著個大尾巴似的來到城門前，發現城門並沒有打開就急了，對城牆上的將士喊：開門開門開門啊！你們是不是想造反？回頭看看李家軍，馬上就要撞到馬屁股了，怎麼辦？

城牆上的將士們也不敢開城門，生怕李世民的軍隊也乘機進來了。他們趕忙把繩子放下來，要宋老生自己攀上去。宋老生聽了氣得差點吐血，現在李世民都能拽住我的馬尾巴了，你讓我攀繩子，多傻啊！我爬到半截腰，人家一箭不把我給幹下去了，射不死也得摔死！

這時候宋老生感到很悲哀，城進不去了，想要保住命就只能投降或者逃跑。他是不會投降的，他必須勇敢起來或者狂逃。一個人的勇敢並不是無緣無故的，就像宋老生，他猥瑣了大半輩子了，能夠英勇殺敵，寧折不屈，這並不是他突然就長志氣了，而是他的家人都在長安，如果他不勇敢，他投降了，家人就會受到

隋政府的迫害，他必須勇敢！

　　他跳下馬就往城外的大溝裡跑，想奔進前方那片濃鬱的樹林裡。那片濃綠的樹林就是他生命的綠洲，只要跑進樹林就可以隱藏，就可以保住性命。他挺著脖子掄著雙手，兩腿交換得虛虛晃晃的，眼看著那樹林就近了，但身後的馬蹄聲也更近了。

　　宋老生回頭看時，被追上來的劉弘基一刀把頭給斬掉了！頭掉了，他還是慣性地往前跑了四、五步，這才砸在了地上。

　　守城的將士們居高臨下，慘景盡收眼底。

　　他們看到宋長官身首隔得兩丈多遠，便知道頭兒真死了，也沒心思再守這破城了，於是乾脆把大門打開投降了。李世民沒想到罵人還能打勝仗，他感嘆道：兵法本無法，戰勝了就是法。他帶領大軍衝進大門……

　　李淵倒背著手走進溝裡，來到宋老生的屍體前咂咂嘴說：老宋啊老宋，你不該逞英雄的時候為甚麼就發威呢？悲哀！他回頭看到有個士兵把宋老生的頭一腳給踢得亂滾，便瞪眼說：胡鬧，你怎麼可以這樣呢？記住，越頑強的敵人越值得我們尊重。如果我們的將領被別人一糊弄就投降，這能算好同志嗎？我罰你們挖坑把宋老生埋了！

　　李淵進城後，他首先做的是招撫工作，老辦法，大聲喊，想參加義軍的留下，不想幹的沒關係，想去哪兒就去，不為難，發路費，發乾糧！想要官的都封散官！想參軍的熱烈歡迎！守城的士兵們想跟著李淵一起幹，又擔心以戰俘的身分，在李家軍裡得不到大家的尊重！

　　李淵把胸脯拍得嗵嗵響，大聲說：我李淵的為人你們也聽說過，誰跟著我幹就是我的親兄弟！不論出身，不論年齡，我們都會一視同仁，沒有兩個政策！

這一仗打下來，李淵不但沒有減少兵力，反倒又增加了兩萬人。更重要的是霍邑之戰不只是勝利，還對隋地方官起到了威懾作用，前方的隋官員聽說李家軍來了，老早把大門打開把他們迎進去，安排食宿，並必恭必敬地說：唐公啊唐公，從今以後，俺就站在你這一隊裡了。

這讓李淵看到了成功的希望，他晚上做夢了，這夢很過癮，因為他當皇帝了，一呼百應，有很多漂亮姑娘給他做服務，早晨醒來的時候，他的嘴角上還淌著口水呢！偉大的人也是人，他肯定也流過口水，這個不用懷疑！

李淵的革命道路越來越好走了，到了八月二十八日，他們來到了壺口。

壺口這地方最著名的就是那個瀑布了，一千多年以後的現在，還垂在那裡呼隆呢，抽時間我們可以去看。

李淵倒背著手站在巨石上，看著這簾瀑布，不由心潮澎湃。那傢伙，飛流從天而降，彷彿萬馬奔騰，水霧隨風涼面，爽，真爽！此時此境，但凡有點兒文化的都種「啊」的衝動，肯定有人吟詩了，只是沒有人記下來罷了！

裴寂說：來來來，猜個急轉彎！

有人說：裴寂，你說！

裴寂想了想說：天下剪不斷的布，是甚麼布？

李淵指著壺口瀑布說：這個布。

大家心想：吃奶的孩子都知道是瀑布，不過他們還是說：唐公您太有才了！李淵高興了，他高興還有個原因就是，很多老百姓都來獻船。

據史書上說，每天向李淵獻船的都有一百多人。我感到有水

分，老百姓知道你李家軍是幹甚麼的啊？你說你是好軍隊這好表現在哪兒？事實是這樣的，李世民打發人去買、去搶，弄了很多船，便對李淵說：看到沒有？老百姓多支持咱們的行動啊，聽說來就獻船來了！這無非是為了鼓勵天性懦弱的李淵罷了，可是李淵看到有這麼多船高興了，下令成立了海軍。

周邊地區的官員、土匪、流氓、小混混，殺人越貨的、娶不上老婆的、找不到頭路的，看到李淵的勢頭越來越大，又都紛紛前來投降，讓李家軍迅速地強大起來。

李淵表現出了海的博大，敞開胸懷擁抱一切，不管你長啥樣，有甚麼缺點，只要來就封散官。不過我們知道，地球並不因為李淵的造反而停止，就在他造反的時候，隋朝還發生了幾件大事，比如河南、山東發大水，李密任命魏徵為元帥府文學參軍！

大家都知道，魏徵可是唐朝時期的名人，以後我們還要對他浪費文字！

李淵又聽說，武安、永安、義陽、弋陽、齊郡等地的勢力團體都相繼投降李密，就連竇建德、愛吃人肉的朱粲，也派遣使者跟李密談合作，可以看得出李密還是挺有號召力的！李淵見李密挺能折騰，心想：李密幫我牽制隋軍這不是幫我的忙嗎？我得趕緊行軍，爭取乘機把都城拿下來。

問題是，難道李淵就這麼打幾場小仗就到長安了，這也太容易了吧！當然不會這麼容易，如果這麼容易誰都會造反。

接下來，李淵將要接受最大的挑戰，因為守衛河東郡的是隋朝的大將屈突通，老屈是隋朝著名的猛將，不但猛，還有腦子，有腦子還忠烈，這樣的人是最難對付的！

李淵想：我惹不起我躲，我繞道向西挺進，直達隋都大興城

不就得了！

裴寂不太同意這種避重就輕的辦法，他分析道：屈突通擁有大批的軍隊，憑藉堅固的城池死守，要是我們今天棄他而去，到時候打不下都城來，後退的時候必然遭到他的攻擊。真到了那一步，我們就會腹背受敵進退兩難，就真危險了。不如先把河東攻下來，然後才放心地西進。都城是倚仗著屈突通作為後援，屈突通敗了，想拿下都城就容易多了。

李淵也明白把屈突通給打敗了，隋朝就偏癱了，問題是把屈突通拿下太難了。

李世民不同意老裴的想法，他說：兵貴神速，我們乘著屢戰屢勝的軍威，大張旗鼓向西挺進，大興城裡的人就會震驚駭懼，怕是他們來不及謀劃就被我們給拿下了。如果我們滯留在此，不只白白浪費時間，時間久了攻不下來，大家會感到沮喪失望，甚至會離開我們，那麼就沒法兒圖成大事了！

裴寂擔心地說：如果失敗了怎麼辦？

李世民說：哪有那麼多的「如果」啊！

李淵感到老裴與世民的想法都對，便對他們的意見進行了整合，決定留下幾個師團繼續包圍河東，他親率大軍直逼大興，爭取盡快把都城給拿下，以防薛舉趕到他們前頭，把長安給拿下了，那樣他們就很麻煩……

當李淵率軍到達龍門時，出使突厥的劉文靜帶著兩千匹馬，五百突厥兵趕了上來了。李淵看到人少馬多，對劉文靜的工作很滿意。當劉文靜忐忑不安地說明與始畢可汗談判的結果後，李淵並沒有在意，而是說：沒關係啦！在當前這種形勢下，無論他有甚麼要求我們都答應，至於以後的事情，那以後再說吧！

劉文靜說：唐公，您給我安排任務吧！

李淵想了想說：屈突通得知我們逼近大興城，必然回防，你帶領一支部隊埋伏在此地，狙擊隋軍回防京都，給我們先頭部隊爭取點攻城的時間。

劉文靜點頭說：放心吧，唐公，我一定打一道鋼鐵長城。

李淵的判斷是沒錯的，當屈突通得知李家軍西行入關後，感到京城有危險了，命令堯君素代理河東通守，守衛蒲阪，他親率幾萬人前去回防長安，結果被劉文靜給截住了，雙方展開了激烈的鬥爭，沒想到卻被劉文靜給打敗了！屈突通沒有辦法，想去潼關向劉綱靠攏，聯合起來對抗李淵。

李淵聽到這個消息後，馬上派王長諧率兵襲擊，殺了劉綱，佔據都尉南城狙擊屈突通。屈突通只能退到都尉北城，與王長諧發生激烈對抗。

李淵乘機統帥各軍渡河，於十六日到達朝邑，把大軍駐在長春宮附近。

冠氏縣長于志寧、安養縣尉顏師古，同李世民的妻兄長孫無忌，來到長春宮謁見李淵，受到了李淵的接待。現在李淵需要人馬打仗，無論誰來見他，他都熱情接待。後來他不需要的時候誰來拜見他都不鳥，這就是李淵的兩面三刀！

在這裡有必要說說顏師古這人，所以要提他是因為他的後代很了不起，那就是顏真卿！顏真卿是天下著名的忠烈之臣，著名的書法家，他的氣節他的書法，對以後的書法與人格影響極大，好書法的朋友就練他的字吧，能練出個性來！

由於李家軍離都城越來越近，隋政府的官員們害怕了。

十四歲的代王楊侑嚇得那小臉兒慘白慘白的，眼裡潮乎乎的，嘴唇都發青！他說：怎麼辦？你們說怎麼辦？大臣們都低著

頭，沒有人敢站出來說話的！

刑部尚書兼京兆內史衛文升又驚又怕，竟然病了。也不知道是真病假病？反正窩在家裡不上班了。他為甚麼嚇成這樣？因為是他下令迫害李淵的家屬，還派人把李家的宗廟與祖墳給掘了。他明白，如果李淵爺們兒攻進都城，第一個就會先殺死他！

整個都城裡只有陰世師、骨儀尊奉代王楊侑，據城堅守，但這已經無濟於事了！我們知道，都城無論如何都是守不住的。李淵這傢伙在正確的時間裡選擇了正確的路線，在正確的時機來到都城，他必將把都城拿下，在這裡建立屬於他的王國。

當都城內外的居民聽說馬上就要打仗了，他們開始收拾東西，有遠房親戚的趕緊去投奔，沒有外親的就在家裡熬著，跪在地上求老天不要讓這場戰爭發生，當然還求老天把李淵這個叛臣賊子給整死，省得再打仗了。至於史書上說的，長安的人民聽說李家軍來了，他們夾道歡迎，這肯定不是真實的情況。

京城的居民所以反對李淵，是因為他們處在天子腳下，生活一向富足，不想讓戰火燒到他們。他們不像邊遠貧困地區的老百姓，飢寒交迫，已經到了死活差不多的地步了，他們就盼著變變天，換換總統，可能日子就會有所改變！

一天，李淵在返回長春宮的路上，看到很多人背井離鄉，就跳下馬來，問他們為甚麼不待在京城？那些人並不知道面前這個脖子短，腫眼泡，肚底鍋的人就是李淵。他們說：李淵這個叛臣賊子來了，我們不逃還有命嗎？有個大娘抹著眼淚說：唉，滿城裡沒有不咒罵那個李淵的，你說，人家總統那麼照顧他家，讓他做大官，還叫他表哥，他還跳出來造反，這還算是人嗎？你說，老天也不長眼睛，讓這樣的人活著多禍害啊！

李淵聽到這裡臉色都變了。

又有人說：老天也不打雷把他給劈死。

還有人說：這種忘恩負義的小人，早晚得遭到報應！

李淵沒想到大家對他的意見這麼大，他臉色脹得通紅，不知道說甚麼好了。跟在他身後的將軍，抽出劍來想把那些人給砍了。李淵連忙制止住他，然後問那位大娘：難道你們就不盼著唐公替你們做主嗎？難道你們就不想過平安的生活嗎？

大娘說：我們本來過得好好的，這不都讓他給攪了！

李淵頓時神情若失，他怔怔地看著那位大娘跟隨著逃難的人去遠了。在他呆愣的這些時間裡，他對自己的計畫做了調整，自來到長春宮後，他就決心攻進城後馬上登上皇位，號令全國。可他沒想到還有這麼多老百姓不支持他，還盼著他被雷打死，這就說明他還不是登基的時候，還有很多功課要做。

一連幾天，李淵都悶悶不樂的！他不高興是因為心理上的矛盾。如果攻進京城不當皇帝，仍舊以臣的身分繼續為隋朝服務，那麼，費這麼大的勁攻打京城幹嘛來了，還不如老實待在晉陽呢！再說現在的機會多好啊，如果不當皇帝以後還有機會嗎？要是哪天楊廣死灰復燃回到京城，自己不就很難過了……

第九章

隋都淪陷

那麼，在李淵挺進隋都大興城的過程中，身在揚州的隋朝公司董事長楊廣在幹甚麼呢？

當他發現自己的國家已經完全失去控制，知道無力回天了，開始自暴自棄地享受人生。他把宮裡一百多間房裝飾得極盡豪華，在每間房裡都安排一位美人，由江都郡丞趙元楷負責供應美酒飲食，他們盡情地尋歡作樂。

表面上看，楊廣過得比神仙都大爺，其實他心裡苦不堪言。因為他明白，這些快樂將隨著王國的覆滅而消失。他每想到這個問題就像喝了黃連那麼的苦。他常常頭戴方巾，身穿短衣，拄著拐杖走去觀賞樓台館舍，不到晚上都不回去，唯恐沒有看夠。因為每看一眼就會少一眼了！

跟隨楊廣來江都的禁軍士兵，大多數是關中人，他們見楊廣沒有回長安的意思，便開始策劃逃回家鄉。郎將竇賢便帶領部下西逃，楊廣派騎兵追趕上殺了他，可是仍然不斷有人逃跑，這讓楊廣很是頭痛，因為照這樣下去，用不了多少時間，我不變成名副其實的孤家寡人了？

他問裴矩：你說，怎麼辦才能阻止住禁軍的逃跑？

裴矩說：他們在這裡沒有親人，可能是想家了。

楊廣瞪眼道：我也想回家，可現在回得去嗎？

裴矩說：以在下之見，讓他們在這裡成家，他們就不逃了。

這個建議讓楊廣感到很有道理，他想：如果行宮裡沒這些美人，我早待不住了，那就讓他們成家吧！於是他讓部下四處去搶小媳婦、小寡婦、大姑娘。也不怕風評有多壞？也不管人家要死要活？押進宮裡就分配給每個警衛，並親自給他們舉辦集體婚禮，還每人發兩條毛巾！

因為抓來的女人都哭起來沒完沒了，需要用這個擦眼淚！

這法兒還真靈，這時候你對警衛說：你走吧你走吧！他們把頭搖得就像撥浪鼓，說：我不走了，我不走了！

楊廣把禁軍逃跑的問題給解決了，才剛鬆了一口氣，隨後這氣又緊張起來，因為他接到情報說，李淵帶領部隊已經抵達都城，都城可能保不住了。

他聽到這個消息差點兒就瘋了，如果別人去攻打都城他可能不瘋，可李淵是他表哥啊！他把房裡的東西一陣亂砸⋯⋯

等他冷靜下來，馬上派人前去通知王世充，不要再跟李密較勁了，較這麼長時間也沒有任何效果，捨棄洛陽，全軍支援大興城，確保都城的安全。

王世充當然不肯聽從調令，他現在有自己的想法，如果隋朝滅亡了，他就可以佔據洛陽圖謀自己的大業。把洛陽放棄去攻打李淵，到時候李密追著屁股打，李淵再迎頭打，那麼他這支部隊必然全軍覆沒。於是他給楊廣去信說：洛陽已經被李密團團包圍，現在根本挪不動窩，支援大興城，還是讓別人去做吧！

楊廣隨後又派人去各個軍團下通知。不過，去的人再也沒有回來了。

本來李淵以為大軍逼近都城之後，隋軍會調集殘餘兵力前來支援都城的，他已經做好了充分的準備，可是等了幾天都沒見動靜。他重新對隋軍的形勢進行了分析，感到王世充跟李密較著

勁，其他的將領們都有私心，確實不可能有甚麼主力部隊支援都城了，就算真來也是些零散兵力，也不會影響他們攻都城。

他明白是時候了。於是，對都城發起了總攻擊！

恰在這時，李淵聽說他的三女兒帶著一萬精兵與李世民會合了！這讓他感到十分吃驚，這閨女從哪兒弄來的這麼多兵？這時候他才知道，女兒默默地在陝北給他踩出了一片解放區，為他進攻都城鋪好了一段平坦的道路。他自豪得不得了，我幾個兒子都有出息，沒想到女兒也這麼厲害，真得感謝寶氏了！

他對裴寂說：等戰爭結束後，我是得祭奠一下老婆寶氏了。

裴寂聽到這句話，心裡的嘴都撇了，你去你還找得著你老婆寶氏的墳嗎？

李淵下令說：老裴，馬上傳下命令，老三就歸在世民旗下，讓他自己帶領自己的隊伍，要跟別的將領一樣有自己的辦公室！嗯，這老三真棒！

這個排行老三的女同志，就是歷史上著名的平陽公主，被人尊稱為李娘子的巾幗英雄。在中國歷史上曾出現過許多平陽公主，例如漢景帝、漢元帝、東漢明帝、晉武帝、北魏文成帝、北魏廣平王，都有女兒被封為平陽公主，也許她們都很漂亮，但是她們捆起來也沒有人家李三娘的分量重。因為，李三娘以女人的條件，做出了男人望塵莫及的功績。

當初，李三娘的丈夫柴紹接到李淵來的通知，讓他火速趕到晉陽以圖大事，柴紹感到左右為難，他憂心忡忡地對李三娘說：父親就要起義了，我們又不能一塊兒去，你留在這裡肯定會遭到政府迫害的，我真是放心不下啊！

「你走你的，我一個女人家容易躲藏！」

「可是我還是不放心，要不我不去了吧！」

「大丈夫志在四方，豈能兒女情長呢？趕緊走吧！」

她把丈夫送走後，馬上收拾東西，女扮男裝，帶領家人回到了鄠縣（今陝西戶縣）的李氏莊園。她明白，這個莊園也不是久留之地，用不了多久，隋政府就會派人前來掃蕩。於是她把產業變賣，把錢用來救濟災民，取信於民。

沒幾天的時間，她就拉起一支幾百人的隊伍，佔山為王去了！當她知道父親的大軍開始南下了，便想召集更多的士兵以助父親一臂之力。於是，她四處聯絡反隋義軍，竟在三個月的時間裡招納了四、五支相當規模的義軍，可以看出她多麼有領導才能，多麼有魄力了吧！

至今讓人費解的是，李三娘到底是怎麼把土匪頭子何潘仁給整服的。

胡商何潘仁在司竹園當土匪，手下有幾萬嘍囉，他曾經劫持過前尚書右丞李綱為長史，在關西是赫赫有名的主兒，都有著稱王稱帝的苗頭了，但他為甚麼就肯歸附李三娘呢？她李三娘長得是很漂亮，但我們不應該從這方面考慮她的成就，因為不是她親自去談判的，而是派僕人馬三寶去勸說何潘仁、李仲文、向善志、丘師利這些土匪頭子的。

至於李三娘給馬三寶傳授了甚麼樣的機宜，讓這些殺人不眨眼的土匪頭子紛紛歸順，雖然我們不知道，但我們可以想像這裡面肯定很有技術含量！

由於三娘的動作大了些，引起了政府的重視，自然不會放過這個叛軍首領的女兒，於是派兵前來圍剿，可是被李三娘的軍隊給打得落花流水，打得都不敢打了。李三娘率領她的義軍勢不可擋地攻下戶縣、周至、武功、始平等地區。

李三娘的領導哲學是言出必行，並制定嚴格的紀律約束部下，因此受到了老百姓的愛戴。老百姓根據她的排行尊稱她為李娘子，將她的軍隊稱之為娘子軍。因此李娘子的威名遠揚，周邊土匪團體與民眾紛紛前來歸順，讓她在很短的時間裡就擁有了一支七萬多人的隊伍。

看到沒有？七萬耶，相當於五個師團啊！

你想李淵有這樣的閨女，他能不自豪嗎？

自豪的李淵在六一七年十月十四日那天，率領二十萬大軍包圍了長安城。

在攻城之前，他傳達了若干規定，要求將士們進城之後不能侵犯七廟（帝王供奉七代祖宗的廟）和代王，以及隋朝宗室裡的成員。如果誰敢違令就殺他三族！

二十多萬李家軍圍住長安，長安就變成靶子的中心點了。去過西安的人都知道，西安古城本來就不算大，用二十萬人包圍，纏個幾圈都沒有任何問題。

隋政府的官員們都嚇壞了，他們嚇得不知道怎麼辦好了？之前我們不是說過，刑部尚書兼京兆內史衛文升嚇得不上班了嗎？可是在關鍵時候他又跳出來了，很積極地組織大家守城！他現在為甚麼不怕了？不是不怕，而是更怕了。他現在更加後悔挑頭毀了人家的祖墳家廟，可是現在後悔有用嗎？只有把都城守住他才能安全！

長安城內的駐軍本來就不多，現在又都驚惶失措的，雖然站在牆頭上像兵，可是握著武器的手在發抖，更像是感冒發燒了。他們的臉上已經寫滿了失敗，心裡裝滿了逃跑、保命、投降之類的概念，他們能不失敗嗎？當李淵的部隊開始攻城的時候，衛文

升舉著劍喊，殺啊，殺啊，有賞啊，提拔啊，說了很多鼓勵話，可大家的戰鬥力就是提不上去，有人還是想逃，衛文升拔劍照著逃的人就刺……從戰爭開始以來，老衛沒殺半個敵人，反倒殺了幾個自己人。

當老衛聽說李家軍已經進城了，他手裡舉著的劍噹啷掉在腳下，脖子突然伸了伸，一口血噴了出來，人晃了幾下栽到城下，嗵地一聲砸在地上，死得很難看！

所以說呢，挖人祖墳這種缺德事還是少做為好，哪怕是裡面有很值錢的東西！

這時候，隋政府的一大票官員們都擠在代王楊侑的東宮裡，他們都像怕冷似的哆嗦著，聽到遠處傳來的戰鼓聲、廝殺聲，聲聲驚心！

當他們聽說李淵打進京城了，先是呆愣了一會兒，隨後就像大石頭落在鳥群裡那樣呼隆散了。寬闊的東宮顯得更加寬闊，只有侍讀姚思廉立在楊侑身旁，守著嚇得臉色蒼白的孩子！這個可憐的孩子只有十四歲，在我們現在也就剛上初中，他的心理承受能力還是脆弱的。他結巴著問：怎、怎麼辦？

姚思廉拔出劍來說：為臣只要還剩一口氣，也不讓賊人為難於你。

楊侑哭道：要不，咱們趕緊找地方躲躲吧？

姚思廉搖頭說：沒地方躲！

楊侑瞪大眼睛問：他、他們不會殺了我吧？

姚思廉沒有回答這個問題，因為他知道現在李淵就像瘋狗似的，他咬不咬誰沒人知道，能知道的是瘋狗誰都敢咬！不過姚思廉想好了，如果想殺代王，那就得把劍從他的胸口裡拔出來再去殺，否則，絕對不可以！

楊侑問：我、我喊他表老爺行不行？

姚思廉喝道：你是君，他是臣，你就喊他李淵，看他能拿你怎麼樣？

說完這句話，他深深地嘆了口氣，目光順著窗子望出去，看到院裡還有幾頂官帽幾隻官鞋扔在地上。這時候他終於明白甚麼叫跑掉了鞋、跑掉帽子了。

當李淵的將士們吵嚷著闖進東宮大殿時……

姚思廉大聲厲聲喝道：唐王起義是為了扶助王室，你們休得無禮！

甚麼叫做正氣逼人？姚思廉現在就是。那些將士們還真被他給唬住了，都退到院裡站著隊等頭兒前來定奪！他們在那裡嘰嘰喳喳議論道：這人是誰啊？這麼厲害！

那麼姚思廉到底是誰，為甚麼這麼膽大？

據新《唐書》記載，姚思廉是陳代吏部尚書姚察之子。到了陳滅亡後，姚察從吳興遷到京兆成為萬年人。姚思廉從小就跟著父親學習《漢書》。他沒有別的愛好，就知道狠下工夫地學習，家裡的油罐子倒了都不會扶，書上落個蒼蠅都讀半天。

他曾擔任過會稽王的會計，到了隋朝，他當過漢王府的參謀，父親去世後，他以服孝為由請了長假。等把身上的孝服脫去，被派到河間任郡司法文書的助理。當初他父親姚察曾修梁、陳兩代的史記，沒有完成就死了，臨死前囑咐思廉說：「孩子，一定要幫我完成這兩部史書！」思廉聲淚俱下地向文帝表述父親的遺言，文帝遂任命他繼續修書。後來隋煬帝上台，又命他與崔祖浚修《區宇圖志》……

當李淵來到東宮後，將士們馬上向他彙報了大殿裡的情況，

李淵點點頭，走進大殿，發現大殿裡只有姚思廉守著代王楊侑，便有些感動。在這種時候姚思廉還能堅守崗位，這充分說明了這人有多麼的忠義。

姚思廉手握著劍柄厲聲道：唐公，見到代王還不參拜！

楊侑結巴說：平、平、平身！

姚思廉大聲喝道：你李家世代忠臣，難道唐公想在祖宗臉上抹灰嗎？

李淵看到楊侑嚇得小臉兒沒人樣兒，再看看姚思廉那寧死不屈的樣子，咂咂嘴說：我說老姚啊，你不要太激動了，你太激動了，我就激動，我一激動可能就會做出傻事來。只要你們冷靜下來，我就能夠保住你們的人身安全！

姚思廉就不吱聲了，因為他最怕李淵不冷靜。

李淵想了想，還是給楊侑磕了幾個頭，流著淚去了（史書說的）。至於他為甚麼流淚？我們不知道，是高興的淚水，還是看著楊侑這孩子可憐？我感到這眼淚的成分挺複雜的，可能又高興，又激動，又傷感，還有感慨甚麼的。不管怎麼樣，這淚水跟白開水差不多，跟貓哭耗子流的淚也差不了多少，也算不得成分很高的眼淚了！

隨後李淵派人守著姚思廉與代王，不讓他們亂走動。這倒不是軟禁他們，主要防備別人把他們給害了！因為他知道，自己的部下都想把他推到皇位上，而最好的辦法就是把代王給殺掉。

說句實話，這時候的李淵內心裡非常矛盾，他既想馬上登上皇位，可是卻又擔心遠在江都的楊廣！因為楊廣畢竟是皇帝，號召力還是有的，誰敢保證他不會振作起來啊！他對楊廣的懼怕不是一天兩天養成的，一時半會兒還突破不了這種心理障礙。

他問裴寂說：世民與建成現在哪兒？

裴寂說：他們在追查毀壞宗廟挖掘祖墳的元兇！

李淵咂嘴道：甚麼甚麼，他不去佈防城池穩定局勢，還去弄那個。你去告訴他們，事情已經過去了，就不要再追究了！

他所以這麼做並不是他多麼寬宏大量，而是他感到剛攻進長安，如果大開殺戒，可能不利於安定局勢！可是李世民哪肯啊？他跳著高叫道：如果這件事不嚴肅處理，以後還會有人掘我們的祖墳！

李淵嘆口氣說：這個嘛，那就把幾個主要的參與者殺掉吧，其餘的人都給放了！

李世民把參與者陰世師、骨儀等十幾個人拉到鬧市裡，指著鼻子指責他們的貪婪、殘忍，以及敵抗義師的罪行。這讓圍觀的群眾都聽不下去了，他們想：如果你李淵是義師是忠臣，為甚麼不去打反賊，而前來攻打京城呢？

這話想想可以，可沒有人敢說出來，不說出來，但他們心裡十分不服氣！

等把陰世師、骨儀等人斬首示眾之後，李淵突然想到一個人還該殺，這個人就是托塔李天王的原形──李靖。那麼李靖又沒挖他們家的祖墳也沒有跟他們玩命，李淵為甚麼就要殺他？至於原因，據史書說李靖與李淵以前就有矛盾！

李靖大聲喊道：哎哎哎，唐公，您怎麼能這樣呢？

李淵冷笑說：我想怎麼樣，你管得著嗎？

李靖叫道：您怎麼能因為個人的恩怨殺掉壯士呢？

李淵搖頭說：你甚麼壯士，你馬上就變死屍！

李靖急了，道：隨你吧，真沒想到你是這樣的人！

李世民把父親叫到身邊說：父親，您不是說過，我們剛進城，大開殺戒不利於穩定局勢，我看就把李靖放了吧，何必為那

點小事兒毀了您的名聲呢！

「不行，我今天必須把他給殺了！」

「父親，面對挖咱們李家祖墳的人您都要放，您為甚麼不能放過李靖呢？」

雖然李淵同意先不殺李靖，但他還是耿耿於懷。後來他多次找機會想把李靖幹掉。至於李靖怎麼得罪了李淵，據說當初楊廣考慮提拔李淵，李靖說李淵有甚麼才能，結果沒提拔成。還有人說：當初李靖曾追求過竇氏。

而最可靠的說法是，李靖見到竇氏貌美，想想李淵那阿婆臉有點兒像父女的感覺，於是就跟大家開玩笑說：唐公跟竇氏出去就像一對父女。

這話傳到李淵耳朵裡，李淵就記下這仇了！

至於真相我們不得而知，反正李淵多次想置李靖於死地。

李淵佔據長安以後，他的工作很忙，需要安撫城裡的各界人士，修補城牆，進行佈防，以防別人打進來接他們的班。事情太多，李淵累得夠嗆，在休息的時候還要了解天下大事。他問給他捏肩的裴寂：老裴，最近有甚麼新聞？說來聽聽！

裴寂說：據說在十一月九日那天，王世充在洛水被李密打敗，窩起來不敢再戰了。越王楊侗派遣使者提著東西慰勞王世充，王世充羞得滿臉通紅。王世充還說：這個李密天資聰穎，處事決斷，他是龍是蛇，現在根本無法預測啊！

李淵冷笑道：有糖，無須有蜜！

說實話，王世充與李密撕咬個沒完，這對於李淵沒任何壞處，反倒給了他在長安穩定局勢的時間。現在李淵最頭痛的事情是，在當前的這種形勢下是不是稱帝？現在的機會太好啦，坐上皇位就是皇帝，沒有人說不讓他坐，還有很多人挑唆讓他坐呢！

他想來想去感到現在當皇帝不妥，你當了皇帝，必然會成為隋軍與各路起義軍的靶子。如果都來對付他，就招架不住了。他經過痛苦的思考，決定擁戴代王楊侑登基，尊稱楊廣為太上皇！

這件事遭到了建成、世民，以及所有的幕僚的反對。

我們辛辛苦苦打下長安是為了甚麼，不就是想著建立新的王朝變成建國功臣嗎？如果打來打去還是擁戴隋朝，跟在晉陽有甚麼區別？要是真的這樣的話，那還不如老實在晉陽待著，老婆孩子熱炕頭呢！

「父親，此時不登皇位，還待何時啊？」世民說。

「不要再說啦，我已經決定啦！」李淵耷下眼皮說。

「父親，過了這一個村就沒那個店了。」建成說。

「你們給我記住嘍，無論做甚麼事都要三思而後行！」

於是，在十五日那天，李淵安排排列儀仗，迎接代王楊侑在天興殿登基皇位，把年號改為元，遙尊煬帝楊廣為太上皇。這個結果是楊侑做夢都沒想到的，他激動得淚流滿面，差點兒當著眾人的面就喊了李淵姥爺。

這個姥爺沒有殺他還讓他當皇帝，他感到得有所表示，於是就賜給李淵幾件物件，這就是天子儀仗時代表權力的飾以黃金的長柄斧子（黃鉞），讓他掌握著最高通行證（持節），讓他擔任軍委主席（大都督）、尚書令、大丞相，並晉封他為唐王。隨後他又下達總統令，表明從今以後，無論大小軍事，官職任免，各種規章制度的定立，法律的制定，條例的形成，全部由丞相府打包一起處理。

他最後強調說：有在郊外祭祀天地、四季祭祀祖先的活動，可以向我請示！

這樣一來，管理活人的事情都是李淵的了，楊侑只能管理死去的人，還有那些無影無蹤的天事。這種權力的分配，我相信絕不是楊侑的本意，很可能是李淵的部下背後策劃好的事情，把刀架到你的脖子上說：唉，要不是唐公講情，早把你殺了！

「我知道，我知道，我打心眼裡謝他呢！」

「沒有唐公幫你撐著，你一天都坐不穩！」

於是他們給楊侑佈置任務，讓他封李淵當這個當那個的，於是楊侑只好晚上背好了台詞，上朝的時候就照念了。下朝回去後他就抹著眼淚哭，前我爺爺楊廣在大興的時候，你李淵就像個哈巴狗，見到我們家的人點頭哈腰的，都想喊我姥爺，現在我爺爺沒回來，你就這副德性了，真不是個東西。

姚思廉說：無論李淵有甚麼要求，都滿足他！

楊侑問：如果他要皇位呢？

姚思廉嘆口氣說：他想要，我們還能有甚麼辦法？

楊侑問：他為甚麼不殺掉我，自己當皇帝？

姚思廉感到很不好回答這個問題，因為他明白，李淵所以把楊侑扶上皇位只是個過渡，等時機成熟肯定是要把他給殺掉的。他當然不能對他這麼說，能說的是——陛下不用想得太多了，隨李淵去折騰得了，反正咱們也沒法左右他，一切看天意吧！

楊侑憂心忡忡，不知道怎麼討好李淵才有安全感？他在十二月初七那天宣詔，追謚唐王李淵的祖父李虎為景王，父親為元王，李淵的夫人竇氏為穆妃。這個可憐的孩子怕是再也想不出甚麼條目，可以加到李家爺們兒頭上了！

李淵爺們兒也不在乎這些封號，也沒功夫跟這個孩子鬥心眼兒。一個籠子裡的鳥兒，是無法左右養鳥人的，無論他怎麼撲楞，都不會影響他們的革命成果，他只能以墊腳石的作用存在

著。現在他們需要做的是，迅速在長安站穩腳，扎深根，有能力應對任何狂風暴雨！

可是時間並不允許他們風調雨順地去扎根，因為薛舉帶領著大軍包圍了扶風，目的就是都城。李淵知道會有無數的挑戰等著他們，可並沒有想到來得這麼快這麼猛，他馬上召開軍事會議，研究打擊薛家軍的策略。

當初，薛舉把攻打長安納入計畫，當他聽說李淵率軍挺進都城時，並沒有多麼在意。因為從晉陽需要克服重重障礙，是不可能很快到達的，可他哪想到李淵以破竹之勢來到長安，並以迅雷不及掩耳之勢把長安攻克了。他感到沮喪，他媽的，我們離長安相比晉陽到長安要近，卻讓人家李淵給拔了先，這叫甚麼工作？

他只得改變計畫，包圍扶風，準備步步為營，把李淵給趕出都城去。

李淵為了確保這次戰爭的勝利，派李世民率大軍前往對付薛家軍。在李世民臨行前，李淵對他說：世民，你應該知道這次戰爭的重要性。如果輸了，我們就沒法保住長安，那麼我們就不知道去哪裡寄身了？到時候我們想回晉陽都不容易。

李世民說：父親，放心吧，我一定把他給打趴下！

李淵點點頭說：我相信你肯定是會旗開得勝的！

李世民率領大軍逼近扶風，也沒有駐軍，直接就跟薛家軍幹上了！

薛舉沒想到李世民這個小子這麼瘋狂，還這麼不講戰爭規則，上來就一味玩命兒！

於是，就派兒子薛仁果前去迎戰。他哪想到自己的兒子不如人家李淵的兒子厲害，讓人家的兒子把自己的兒子打敗了。更糟糕的是，人家的兒子把他的兒子追得屁滾尿流，直接就威脅到他

們的大本營了！

　　這時候薛舉才感到震驚與害怕了，帶著大軍逃得就像獵槍頂著屁股的兔子！

　　他們一直逃到甘肅邊境才把李世民甩掉。薛舉抹抹額頭上的汗水破口大罵道：娘的，丟死人了，被個毛孩子給追得屁都沒得放，這臉還有地方安嗎？從今天起，我們要銘記恥辱，臥薪嚐膽，勵精圖治，一定要把李淵爺們兒趕出長安！

　　當李世民回到京城，李淵對他的行動非常不滿意。他說：世民，你把他們都追到邊境了，為甚麼不把他們徹底消滅掉。由於你的這次放棄，會給我們帶來無盡的麻煩。不信你就等著瞧吧，用不了多久，他們就會更勇猛地殺回來的……

128

第十章

迴光不照

雖然被擁為隋恭帝的楊侑拼命地討好李淵，無所不封，無所不賞，對李家放寬了種種皇家的限制，一副心甘情願當個傀儡皇帝的樣子，但並不表明他心理就平衡了。噢，我們家的江山憑甚麼要你來指手畫腳啊！你有本事為甚麼不在我爺爺執政時使出來？如今我爺爺困在江都了，你就拿我小孩子欺負個沒完了！

事實上他已經不是小孩了，在古代十四歲都能結婚生子了！

他知道甚麼叫做屈辱，也知道甚麼叫仇恨，甚至都理解與嘗試臥薪嚐膽了。現在他想做的是，盡量把李家爺們兒穩住，等著屈突通趕來把都城奪下來，使他們楊家的權力更加純粹。他想好了，到時候抓到李淵爺們兒，他要親自操刀殺掉他們！

可以說在無數個睡不著覺的夜晚，他都用想像演繹著殺死李淵的種種過程，這些過程總能夠愉悅他、激勵他！我們知道，他這個美好的願望是不會成立的，因為這是歷史小說，主人公不知道的事情，我們可以知道，主人公知道的事情，我們則是不一定知道。

屈突通並不是不想援救京城，他其實是很想。

當初，總統楊廣臨去江都前，曾交代過屈突通：「突通啊，我到江都旅遊去了，你要好好輔佐代王，把都城給我看好了！」

可是，現在屈突通除了有顆又紅又專的心之外，他沒有任何辦法扶住隋朝這棵將要歪倒的枯樹，別說去扶了，現在根本連樹

皮都摸不到了！

　　他浴血奮戰，突破了李家軍重重關卡，但最終還是過不了劉文靜這道防線。屈突通非常痛苦，他想：代王生死未卜，我怎麼還能在這裡打持久戰呢？我怎麼可以用蠻力去打仗呢？我得用腦子啊，我要想辦法，我用力想……辦法總算想到了，他派桑顯和在夜裡偷襲劉文靜的軍營，準備就在今天晚上把劉文靜給消滅掉！

　　你想啊？李世民為甚麼冒那麼大的風險把劉文靜救出來，就因為他有才。劉文靜看到天氣突變，大風呼嘯，塵土飛揚，天空彌漫著烏雲，他感到要出事了。這並不是迷信，這是軍人的敏感度。為了以防萬一，他把軍隊埋伏到桑顯和的軍營外，如果發現敵人有甚麼行動，也不用管他們，等他們走得稍遠了，就把他們的營地給端了，再把他們夾在當中猛打。

　　夜漸漸地深了，風越颳越大，桑顯和感到老天都在幫忙。夜半子時，他帶著大軍悄悄地離開軍營，抱著必勝的信心向劉軍摸去，可才剛走出半里路，回頭發現大本營火光映天，濃煙滾滾，廝殺聲如雷貫耳，就知道壞事了。

　　他只得掉轉屁股回防大本營，沒想到屁股又被劉文靜啃上了，隨後迎頭又被狙擊，桑顯和只得落荒而逃，很狼狽地逃到屈突通那裡，抹著眼淚把事情的經過說了。

　　屈突通氣得抽出劍來，照石頭亂砍，砍得火星四冒。

　　這又不是生火，冒再多火星也沒用！

　　桑顯和抹抹臉上的汗說：看現在的形勢想控制住李淵已經是不可能了，我看不如趁早投降罷了！隋朝到了這種地步是總統個人的問題，責任並不在我們啊！

　　屈突通吼道：你給我閉嘴！

桑顯和說：道理擺在那兒，我不說也是擺在那兒！

屈突通哭了，他說：我伺候過兩屆總統了，皇帝對我恩寵照顧，我拿人家的俸祿，在困難的時候背叛人家，會被天下人恥笑的！他抹著脖子說：我真應該為了國家而挨一刀。

大家聽到他這番話，眼裡都流下了熱淚！

當李淵派人來勸屈突通投降時，屈突通就像當初的宋老生那樣，沒等那人說話就把他給砍了。但屈突通比宋老生硬氣得多，是真硬，因為他在做這些事情的時候，已經知道家屬全部被李淵給拿住了，可是他表現得就像石頭縫裡蹦出來的，就像他從來都沒有結過婚！

屈突通決定留下桑顯和鎮守潼關，由他率軍去洛陽與王世充聯合，把李密給盡快解決掉，然後再圖長安奪回都城。可是他剛離開沒多久，桑顯和就獻出潼關投降了劉文靜，隨後領著竇琮、屈突壽等人去追阻屈突通，他們在稠桑追上了屈突通。

屈突通擺好了陣勢準備決一死戰，爭取當個烈士。

竇琮對屈突通的兒子屈突壽說：去勸勸你父親，不要再執迷不悟了。

屈突壽奔向父親，邊奔邊喊：父親，事已至此，不要再做無謂的抗爭了！

屈突通大聲罵道：「你這個賊人來幹甚麼？過去我和你是父子，現在我和你是仇敵！」回頭對士兵們喊道：「你們愣著幹甚麼？快把這個叛臣賊子給射了！」

有人說：長官，他是您的兒子啊？

屈突通瞪眼，我不是說過他是我們的敵人嗎？

桑顯和對屈突通的部眾們喊道：哎哎哎，你們長沒長腦子啊，現在京城已經丟掉了，你們想去哪兒啊？你們可都是關中

人，家人可都在關中，你們的祖墳還在關中，你們走了，還想不想回來啊？你們自己想想吧！

這些話很有威力，那些士兵們就想了，隋朝都變成這樣了，我們還在這裡折騰甚麼？再說我們背井離鄉去賣命有甚麼好果子吃。誰抱大腿也得抱個粗點的吧？誰在樹下乘涼也得找棵大樹，找棵樹葉子多點兒的吧？大家這麼想過後，紛紛把槍給扔到了地上，投降了！

英雄變成了孤膽英雄，屈突通的悲哀就像一條河！

不過屈突通知道，今天就是長三條腿也逃不走了，他想過自殺，想，並不說明就能落實。當他想到京城裡慈善的老母親，可愛的妻子，美麗的小妾，還有他收藏的那些名弓名劍時，他感到活著挺好。但凡感到活著有半點好的人，一般都不會自殺的。感到活著好的人，在和平年代那叫樂觀向上，在戰爭年代往往會變成俘虜！

屈突通跳下馬，嗵地跪倒在地，朝著揚州方向磕幾個響頭，真響，嗵嗵地，額頭上都磕出血汁了。他還聲嘶力竭地哭道：主子啊，我不想辜負國家啊，天地都知道我的忠心啊！可我沒辦法啊，我真沒辦法啊，我已盡力了啊！

士兵們把屈突通抓住，押到了長安！

這時候李淵倒背著手站在大廳裡，案上擺滿了美味佳餚，還有兩罈珍貴的好酒！他眯著眼睛，望著院外被秋風欺負著的那棵大樹，樹已經煩得黃了頭髮。他笑著問在身邊袖著手的裴寂說：老裴，我怎麼感到這幾個月就像是做夢似的，有時候醒來還打愣，我怎麼在這裡呢？

裴寂說：今天早晨我醒來就去上班，出門才知道這兒不是晉

陽行宮。

李淵想到張妃尹妃那美麗的臉龐，心裡在說：嗯，等到大局已定，就把她們給接過來！現在不成，現在把楊廣的妃子接過來過日子，隋朝的舊臣子們肯定是會憤怒，說不定還會惹出甚麼事兒來！

李淵又回頭問裴寂：老屈是不是應該到了？

裴寂點頭說：差不多到長安了！

劉文靜押著屈突通來到長安，屈突通淚流滿面，因為他從來都沒有以這種形式進過長安。他回想著楊廣拍著他的肩交代他輔佐代王的情景，回想到從前帶著千軍萬馬出進長安的情景，他感到自己真的應該奮鬥到底，不成功便成仁。可是，由於他對生命產生了留戀。

屈突通被押到李淵的辦公室，李淵瞪眼道：胡鬧，我讓你們去把老屈給請來，誰讓你們給他下繩子的。忙過去給屈突通解繩子。這種情景大家很熟悉，影視劇裡都是這樣說的，也是這麼解繩子的。李淵發現綁屈突通的繩子繫了死結，摳了幾下沒解開，心想：這捆的人真差勁兒，連表現的機會都不留給我！

他刷地抽出劍來，發現屈突通身子輕微地抖了一下！

李淵捕捉到這個抖動後，就明白這個硬骨頭也怕死啊，只要他怕死就好，我就不用再費那麼多事了。他用劍給屈突通挑斷了繩子，繃著臉說：老屈啊，你架子也太大了！如果老屈不抖那麼一下，相信李淵是不會繃著臉跟他說話的。

屈突通淚流滿面，他說：唐公，您把我砍了吧，我再也不想活了。

李淵心想：你要死早就自殺了，何必讓我親自殺你。他當然

不能這樣侮辱老屈，鼓勵他自殺，因為還要用他這把子力氣替自己出力呢。他笑著說：老屈啊！生命並不屬於你自己的，你想想有多少人在你死後為你哭泣，就屬於多少人。你想過沒有？你可以殺死自己，但沒有任何權力殺死你母親的兒子，你妻子的丈夫，你孩子的父親，你親戚的親戚，你小妾的依靠，你朋友的朋友……

這話厲害啊，屈突通最後的那點骨氣，就被這幾句話，給徹底摧毀了。

他只得乖乖地跟李淵坐在桌前，喝了酒，吃了飯。由於心情差勁兒，他吃得沒滋沒味的。飯後回到家裡，他與家人抱頭痛哭，哭夠了，妻子把他拉進內房說：老屈啊，人家唐公對咱們不錯，不但沒難為咱們，還給咱們送來了很多東西，你就別再死腦筋了，好好跟著唐公幹吧，肯定會有前途的！

屈突通瞪眼道：少在這裡囉嗦，煩死人了。

妻子那嘴彎了彎，淚水順著雙腮瀑下來，她摀著鼻子就跑出去了，隨後母親進來，對屈突通瞪眼說：你逞甚麼強，楊廣都逞不下去了就你能，你就能吧，看來你不把全家給弄死是不肯罷休。我告訴你，人家李淵沒把你給殺了，就很給你面子了，別不識抬舉！你以為你是誰啊？人家離了你不行啊！

屈突通摀著臉哭，坐在地上哭，在地上滾著哭，妻子進來陪著他哭。屈突通突然把哭聲止住，對妻子瞪眼說：好啦！好啦！別哭啦！

這一夜，屈突通沒有很快睡著，他在失眠的這些時間裡想啊想啊，終於想通了。大隋敗到這種程度，跟我有甚麼關係啊？就算我是忠臣，就算我有萬夫不擋之勇，就算我把命豁出去有用嗎？能夠挽救這敗局嗎？再說如果你楊廣好好上班，不把心思都

用在那些美眉身上，不猜忌大臣，再善於納諫，仁政治國，能到現在的地步嗎？去他娘的，我想這麼多幹嘛？我要睡覺了！

由於他想通了他就睡著了，他睡得很香！

第二天他就主動找李淵要求工作了，他沒想到李淵上來就派他勸堯君素投降，他感到很為難，低著頭說了一聲：唐公，能不能派別人去？

李淵笑著說：如果你過不了這一關，就待在家裡休息吧！

屈突通想，投降已經是現實了，還要甚麼臉啊？去就去吧！

他見到堯君素後，低著頭說：老堯啊，您也知道是吧，人家唐王的旗舉到哪兒，哪兒就都響應他，事情到了這種地步，您也別再做無謂的抗爭了，沒用的！我知道您是忠臣，可是您也應該知道一個人的生命並不屬於自己，你死後有多少人為你傷心就屬於多少人！

他屈突通就是被李淵的這句名言給徹底征服的，現在他想用這句話把堯君素征服了。

可是效果並不好，堯君素瞪大眼睛，愣得就像傻子似的，天哪，這還是那個鐵骨錚錚的屈突通嗎？這還是那個頂天立地的屈突通嗎？我是不是認錯了？他當然沒有認錯，可是他卻說：姓屈的，我真看走眼了，沒想到你是這種貨色。

屈突通臉紅了，他說：我也不想投降。

「你不想，那你現在是甚麼身分？」

「我，我，我真沒辦法啊！」

「你身為國家大臣，主子把守衛關中的重任託付給你，代王將社稷寄託給你，對你何等的信任，可是你卻要背叛國家，並為叛臣賊子當說客。對啦對啦，你的坐騎還是代王賞賜的，你還有臉騎啊？你的臉皮可真厚！」

屈突通說：唉！君素啊，我是力盡圖窮，這才……

堯君素說：我現在力量還未用盡，哪裡用得著你多嘴！

聽了人家這番話，屈突通慚愧至極，羞得都想找個地縫鑽進去，都想用刀子抹脖子，但他還是沒抹，要是抹的話早抹了。他只得灰溜溜地回去對李淵說：唐公，我勸了，他把我罵得狗血噴頭，我現在感到既對不住楊總的栽培，也對不住您，您就別讓我當這個官了，還是放我回家種田去吧！

「老屈，你看你，我又沒說你甚麼，他姓堯的不識抬舉，你該識吧！」

「唉，罷啦！叛徒就是叛徒了，我也不要臉了！」

「瞧你這話說的，甚麼叫做叛徒？咱們這是走光明的道路，你所做的選擇是正確的抉擇，值得讓人尊敬的！」

從此，屈突通完全沒有了羞恥感，徹底歸順了李淵，並幫助李家軍打隋朝了，他真的絕望了，從此不再想像殺李淵的過程了，他做夢都是自己被殺。他常常抱著膝蓋縮在床角，眼裡噙著淚水，一副楚楚可憐的樣子。

姚思廉站在旁邊，心裡也感到不解，是不是李淵給屈突通下迷藥了？不然的話，一隻豹子會放棄吃肉改吃草嗎？看來，這李淵還真是厲害的主兒！

楊侑哭著說：我不想當皇帝了，乾脆讓給李淵當得了！

姚思廉明白，其實就是不讓，李淵也不會放過皇位的，現在所以不當是時機還不成熟。既然這樣，為甚麼不讓李淵自己成立國家與隋朝並存呢？這樣的話也許能夠保住隋朝。他把這個想法跟楊侑說了，楊侑回答：好，割吧，多割給他一點兒！

於是，姚思廉找到李淵，想跟他遊說一番，嗨！唐公，跟你

商量個事！

「甚麼事，你說！」

「代王的意思是，您對大隋功績卓著，這並不是封官晉爵可以報答的，他的想法是，您成立自己的國家與隋朝並存。您可以有您的百官，有您的屬地，有您的官兵，怎麼樣？」

「老姚，這是不是你給他出的主意？」

「誰出的主意並不重要，重要的是，這樣您既得到了您想的，還能對天下有個交代。如果讓您一直擁護著恭帝，到頭來您肯定會始亂終棄的，如果您把代王給推下去自己當皇帝，這對於天下來說就是失忠失義之舉，這不是您唐公的辦事風格！」

「行啦行啦，老姚，現在我們先不考慮這個了，關鍵是要把長安給守住，否則的話，讓別的集團攻進長安，無論是代王還是我們，都會變成死人的，人死了當甚麼也沒用了！」

當姚思廉告辭走後，李淵氣呼呼地說：這個姓姚的真他娘的討厭，你拿我當傻子呢，噢，我割出去一片土地當皇帝跟直接當皇帝有甚麼區別？還不都是叛亂謀反，篡權奪位啊！反正影響已經造出去了，我為甚麼捨大求小呢？

不過李淵明白，現在還不是當皇帝的時候，(1)是現在隋軍的力量還很強大，(2)是天下亂得不夠，(3)是楊廣還在江都活蹦亂跳的！

特別是楊廣的存在，成為李淵無法逾越的心理障礙，是種耗子見了死貓都不敢接近的心理障礙。他楊廣畢竟不是死貓，是個曾經威震四方的皇帝，如果他不把精力放到聲色上，還算得上是個有本事的人嗎？

然而，老天真的對李淵太好了，就在他擔心楊廣的餘威時，楊廣死了！

其實楊廣自打領著漂亮女人去了江都那天起，就注定這是一次安樂死的行動。國家連著打了幾年仗，把人力物力用得過狠，又加上天氣大旱，糧食歉收，民眾都到了死活一個樣的地步了，楊廣不好好上班，解決國家的金融危機，還有心去旅遊，他的隋朝不倒閉，天下還有真理嗎？還有天道酬勤的說法嗎？

當楊廣得知表哥李淵已經把都城拿下，擁立楊侑為恭帝，遙稱他為太上皇，他知道他們楊家真完了。他明白，李淵把楊侑推下去只是時間問題，現在所以還擁立楊侑，目的只是為了當墊腳石來過渡！

楊廣這時已不抱任何希望了，連幻想都不抱了，他能做的就是每天灌酒，醒了去讀美人，讀完了再喝，喝醒了再讀，重複著這種慢性自殺的過程。

跟隨在楊廣身旁的那些將領們明白，他們現在守著的這個皇帝，再也不能夠給他們帶來榮華富貴，不但不會，還會成為他們追求美好生活的累贅！

他們開始商量把楊廣給幹掉，然後謀劃自己的前程去。

為了達到這一目的，他們開始精心策劃！

司馬德戡讓許弘仁、張愷等人向禁衛軍散布謠言，就說陛下聽說大家想反叛，專門釀製了很多毒酒，準備把關中的人都給殺掉，就留南方人在身邊。行宮裡的禁軍大部分都來自關中，他們聽到這個消息後恐慌不已，相互轉告，彼此蓄意謀反，只是沒有誰是願意先出頭的。

事情已經鋪墊好了，所有謀反的條件已經成熟，司馬德戡召集全體將士，對他們說明了計畫，大家都表示聽從他的調遣，只要能夠保住他們的性命！

歷史上一個偉大的時刻，就要到來了！

楊廣這個皇帝馬上就要隕落，老天怎麼也有點兒異常吧？是有點兒，但也不是太明顯。這天颳大風了，七、八級總有吧？把樹枝給晃得模糊不清，差點兒就把房上的瓦片給揭了。黃昏時候，司馬德戡把御馬偷了出來，把武器磨得鋒快，然後坐在那裡喝著酒等時間……

大家都很沈默，但心裡都不平靜！因為這不是去殺牛殺羊殺普通人，而是個曾經叱吒風雲的皇帝，是個以前咳一聲能把他們嚇掉魂的主兒。三更，司馬德戡在東城集合數萬人，點起火與城外相呼應，把宮殿給包圍了。

楊廣看到外面火光映天，又聽到喧囂聲，急吼吼地問道：發生了甚麼事？

裴虔通忙掩飾說：我去看看。

其實裴虔通就是謀反者之一，他出去後把宮城的門打開，跑回去對楊廣說：草垛失火了，外面的人在救呢，沒甚麼事，能有甚麼事啊！

楊廣相信了，摟著美人在榻上該幹甚麼還幹甚麼。當他聽到呼隆呼隆的腳步聲，看到宮燈亂顫時，這才驚得跳起來，胡亂套上衣服提起褲子就逃。可他剛離開了床舖，門就被撞得山響。

妃子魏氏撫撫頭髮，碎步小跑過去把門給打開，放裴虔通等人進來。

裴虔通問：老楊呢？

有位美人指指楊廣藏身的地方，令狐行達舉著刀衝上去，把躲在窗後的楊廣給揪出來了。楊廣哭咧咧地喊道：你是不是想殺掉我？令狐行達說：臣不敢，我不過是護送陛下回長安！楊廣出來看到裴虔通後吃驚道：你，你不是我的貼身侍衛嗎？為甚麼你

要造我的反啊！難道是我看錯了人？

「臣沒有謀反，只不過想保護陛下回京！」

「朕也想回去，不是造反派不讓咱們回京嗎？」

他們把楊廣給軟禁起來，前去跟宇文化及彙報，討論下面的工作該怎麼幹。事情都到這種程度了還能怎麼幹，如果不把楊廣給殺掉，給他生存的機會就等於自殺。因為楊廣畢竟是皇帝，他要是想東山再起，肯定要比別的將領方便些。

大家來到關押楊廣的房裡，都不敢直視楊廣。有時，某些人給你產生的恐懼將會變成心理障礙，是很不容易克服的。楊廣可憐巴巴地問：我有甚麼罪啊？你們這麼對我？我所以把你們帶到江都，就因為你們是我最信任的人啊！

馬文舉冷笑說：陛下，你還好意思說沒罪！你從來都不去宗廟裡祭拜，這說明你不孝。你對外頻頻作戰，對內極盡奢侈荒淫，這是你瀆職。你不信忠臣，聽信小人之言，迫害忠良，這說明你殘忍。要說清你的罪過，三天都說不完！

宇文化及說：封德彝，你來說說他的罪狀！

還沒等封德彝開口呢，楊廣說：老封，憑良心說我可沒有虧待過你。你想想你的富貴，你家人的富貴都是怎麼來的？

封德彝聽了這句話臉紅了，躲到旁邊去了。

跟隨在楊廣身邊的是他的愛子趙王楊杲，才十二歲，平時養尊處優慣了，哪見過這種場面，嚇得張著大嘴哭。裴虔通被他給嚷煩了，掄起刀來把他的頭給砍掉了！血哧地濺到煬帝身上，頭在地上滾動著。

楊廣看到地上滾落的那顆頭，知道接下來就是自己了，他說：天子自有天子的死法，怎麼可以對天子動刀呢？這是上天都不忍心看到的，拿我的毒酒來，我自己解決。

馬文舉讓令狐行達按住楊廣，瞪著眼叫道：你想得倒美！

看到沒有，一個皇帝混到都沒權力選擇自殺的地步，真是太悲哀了！

楊廣想喝毒酒，人家就不讓他喝，他只好從腰上解下練巾，交給令狐行達，深深地嘆口氣，慢慢地閉上了眼睛，一滴淚水順著眼角流下來，滑動著光亮，慢慢地垂到了他的下巴，滴落下去，在他那滑膩的睡衣上留下片片的陰暗。

在這短暫的時間裡，他的大腦裡浮現著自己的光輝歷程……令狐行達捧著練巾的手哆嗦得厲害，他舉到誰的面前，誰馬上把身子背過去，都不想接受這個任務！

老宇瞪眼道：令狐行達你也不要推讓了，這個光榮的任務就由你來完成！

令狐行達哭喪著臉說：我，我怕完不成！

宇文化及冷笑說：那好吧，你陪著陛下走吧！

令狐行達深深地呼口氣，緩緩地走到楊廣跟前，猛地把練巾纏到楊廣的脖子上，把眼睛緊緊閉住，嗯，嗯，嗯一陣用力，楊廣的眼睛越瞪越大，臉色發紫，一股鮮血從鼻子裡流了出來……

令狐行達還在那裡咬緊牙關用力……

宇文化及說：行啦，行啦！

令狐行達猛地把手鬆開，往後退了幾步，身子軟軟地癱倒在地上，呼呼呼地喘粗氣！唉，殺皇帝還真累，這是心理上的作用，他感到就像殺了三百頭牛那麼累！他看看自己的那雙手，突然摀著臉哭起來，因為從今以後，這雙手不是普通手了，是勒死皇帝的手！

楊廣就這樣死了，蕭后與妃子、宮女都沒有掉眼淚，彷彿她

們就像早就知道會有這樣的結果似的。她們默默地把漆床板拆開，做成兩具棺材，把煬帝和趙王楊杲裝進去，停在了西院的流珠堂裡。

當蕭后忙完了這些工作，回到自己的房裡，坐在那裡待著的時候，眼裡的淚水都瀑下來，這時候她後悔遊說楊廣來江都，否則就不會有這種結果了。

蕭后本來就是南方人，她非常討厭西北的乾燥與沙塵，常常想念家鄉的濕潤與青山綠水，便常常跟楊廣談起南方的美麗，而楊廣又是個自制能力較差的人，他奔著南方的美景美人，走上了不歸之路！

在殺掉楊廣之後，宇文化及提出奉楊秀為皇帝，大家都不同意！為甚麼不同意？因為楊秀有七個兒子，如果這七個兒子都勇敢起來哪容易控制？於是他們乾脆把楊秀的全家殺掉，隨後又殺掉了齊王楊暕及其兩個兒子和燕王。

反正在這場暴亂中，江都的隋朝宗室、外戚，無論老幼全都遭到了迫害。說全部也不準確，由於秦王楊浩平時跟宇文化及的弟弟宇文智及關係不錯，所以宇文智及想辦法保全了他。

宇文化及提出自己當皇帝領著大家打天下，沒有人同意。因為大家感到宇文化及的品質不好，個人的魅力不夠，不具備領導群雄的能力。宇文化及沒有辦法，只得自稱大丞相，以蕭皇后的命令，立秦王楊浩為皇帝了……

第十一章

大唐開國

　　每個人都會去世，但怎樣死卻是有所不相同的。最可憐的是死後沒有人惋惜，最可悲的是死後很多人放鞭炮！楊廣就死得這麼慘，這麼悲！他死後，全國的老百姓無不拍手稱快，他任命的很多大臣更高興了，因為他們看到了新的機會！

　　比如王世充，他聽說總統死後，輕鬆地呼口氣說：早就該死了。他隨後擁立越王楊侗即皇帝位，稱之為隋恭帝，跟李淵立的楊侑相同。並改年號為皇泰，追諡死去的皇帝為明皇帝，並像李淵那樣用心地經營自己的皇位。

　　當李淵聽到楊廣被殺後，他哭了，他張著大嘴哭得很悲傷，他說我在北面稱臣侍奉君王，君主失道不能挽救，豈敢忘記哀痛悲傷呢？

　　說實話，李淵並沒有人家王世充那麼實在，高興就高興唄，還裝出很悲痛不已的樣子，還用眼睛放水，表演了一齣貓哭耗子的小玩意。

　　如今壓抑在李淵心頭上的楊廣，終於消失了，他感到自己是當皇帝的時候了，不過他又想到楊廣才剛死，就把楊侑推下去不太好，也就沒有提出來。沒辦法，這就是李淵做事的風格！可是當他聽說，就連蕭銑這樣的人物，都在長江地區自稱皇帝設置屬官了，他就有些心理不平衡了！

　　他對自己說：不行，現在天下大亂，甚麼事情都可能發生，

我還是盡快登上皇位吧，當了皇帝就能以總統的身分下達號令，有利於接下來的工作。這麼想過後，他把幕僚們叫到一起，嘆了口氣問：同志們，你們知道不知道先帝被賊人害死了？

總統被殺誰不知道？全國人民都知道。

李淵點頭說：啊，你們知道就好啊，啊，沒別的事了，你們回去吧！

大家聽到李淵開會就說了這麼幾句屁話，他們感到丈二和尚摸不到頭腦了。

裴寂了解李淵這種辦事的風格，明白李淵現在想當皇帝了又不想直說，他們從總統辦公室裡出來，他就對大家說：楊廣已經沒有了，現在很多勢力頭子都自立成王，我們是不是也把唐公的事給辦了？

有人說：我們還是請示請示唐公吧！

裴寂笑著說：同志們，你們去請示唐公，他怎麼說啊？他說：我想當皇帝？這話唐公是說不出口的。我們應該明白唐公的心意，知他所需，為他排憂解難。你們聽我的沒錯，現在就張羅唐公登基的事情吧，出了事兒我承擔！

劉文靜說：老裴，你怎麼知道唐公同意，你是他肚子裡的蛔蟲啊？

裴寂攤開雙手說：那老劉，你去問問唐公吧！

於是，劉文靜就傻乎乎地去問了，他說：唐公，在下認為是登基的時候了！李淵聽了他這句話心裡非常不痛快，我在會上已經表明態度了，你非讓我說出來，我說出來就顯得我不仁不義的，你怎麼這麼沒有眼力勁呢？隨後他想：就算別人不理解我，難道裴寂也不理解嗎？於是他問：裴寂是怎麼看的？

劉文靜說：老裴的意思是馬上辦這件事情，我認為還是請示

一下您比較好！

　　李淵耷下眼皮說：那就聽老裴的吧！

　　這時候，劉文靜終於明白了，李淵在會上說那些話，就是暗示想當皇帝。你說這人怎麼這樣呢？想當直說不就得了，賣這麼多彎子幹嘛，真他娘不實在！他回去後對裴寂他們說：行啦，行啦，唐公已經同意啦，讓咱們策劃策劃吧！

　　裴寂早知道是這種結果，他說：依我看，我們不能把楊侑拉下皇位，把唐公拱上去。這樣顯得就像是奪位似的，不好再對外界解釋啊！最好的效果就是讓楊侑主動讓賢。如果劉老弟還有甚麼疑問，麻煩你再跑一趟去問問唐公採用哪種辦法？

　　劉文靜心想：這狗日的裴寂，打仗不成，揣摸領導的意圖沒你精的。他當然不去找李淵了，因為他已經感覺出李淵對於請示這件事很不高興。他冷笑說：在這件事情我們就聽你老裴的了，因為你是唐公肚子裡的蛔蟲，明白唐公的真實想法！

　　他們找到楊侑，見這孩子神情憂鬱地呆坐在那裡，就像根本沒有看到他們。裴寂湊過去蹲在他的面前問，你爺爺去世了，你知道吧？其實這是句廢話，全國人民都知道，他楊侑能不知道嗎？楊侑抹著眼淚說：朕一定要為爺爺報仇！

　　裴寂說：有人願意為先帝報仇，你可願意？

　　楊侑抹抹眼淚問：誰，誰如果能替我爺爺報仇？我把半壁江山都給他。

　　裴寂說：唐公可以做到！

　　楊侑說：我跟他分割天下，他不是不同意嗎？

　　劉文靜煩了，把裴寂撥拉到身邊說：你跟他廢甚麼話啊，直接用白話文不就得了。他把脖子往前伸伸，瞪著眼睛惡狠狠地說：小鬼，跟你直說得了，你當不了這個皇帝，當皇帝是需要帶

兵打仗的，你能打仗嗎？肯定不成，不成就趕緊讓賢吧！

楊侑這才明白他們並不是來安撫自己的，而是來逼他退位的，眼淚又瀑下來了，哭道：我爺爺剛去世你們就來談這事，你們感到合適嗎？

劉文靜問：你是不是非常想念你爺爺？

楊侑點頭說：是的，我非常懷念他。

劉文靜刷地把刀抽出來架到楊侑的脖子上，說了一聲，「那好，我就把你送到你爺爺身邊去！」他本以為這孩子會嚇得忙不迭地說：我讓，我讓！

誰想到他卻閉上眼睛說：殺吧，殺吧，你們這些叛臣賊子早就想殺我了，我也不想活了，我死後變成鬼也找你們來報仇！

裴寂又把劉文靜拉開，呱嘴道：一邊去一邊去，看我的，我來搞定！他湊到楊侑跟前和藹可親地說：我說小楊啊，只要你肯讓賢，唐公不只保住你的性命，還能夠保住你的榮華富貴。可話又說回來，你以為這皇帝是容易當的嗎？有多少人想當皇帝，就有多少人想殺皇帝呢！

楊侑吼道：誰愛誰當，我不當了，還不成嗎？

隨後裴寂把大家打發出去，他跟楊侑進行了交流，分析讓位後的種種好處。一個孩子，哪是裴寂這個老奸巨猾的對手？最終楊侑想通了，同意發布總統令讓賢。裴寂高高興興地去找李淵了，把他勸說楊侑的過程說得「無比的艱巨」！

李淵拍拍他肩膀說：老裴，還是你比較了解我啊！

公元六一八年陰曆五月十四日，楊侑搬出皇宮，住進以前的代王東宮裡。隨後就來了許多生面孔的侍衛，還有幾個新侍女！楊侑知道這是李淵爺們兒派來監視他的，因此非常的鬱悶。我主

動讓位，給足了你這個叛臣賊子的面子，你還軟禁我，太不仗義了吧！他抱起皇帝的玉璽叭地扔到地上，又在上面踩了幾下，對刑部尚書蕭瑀、司農少卿裴之隱說：他李淵不是做夢都想得到這破玩意嗎？你們現在就把它給送了過去，省得他來偷來搶，讓人不得安寧！

他說完抱頭痛哭，像個孩子那樣哭得沒遮沒掩的，其實他就是個孩子呀！蕭瑀與裴之隱把玉璽撿起來，吹吹上面的土，提著給李淵送去了！

李淵看到這件夢想已久的東西，臉上泛出不易覺察的笑容來，努力地壓抑著心花怒放，那表情就顯得很怪！他故意不去看那東西，假情假意地說：這個這個，我有何德何能接受這個啊？我接過這件東西大家服嗎？到時候別說我欺負小孩子，我沒有，如果我想當皇帝早就當了，沒有人能攔得住我，可是我不想！

你不想，為甚麼不帶兵去打造反派，而是來攻打京城啊？

蕭瑀知道李淵口是心非，嘴上說我不想要，其實心裡的手伸老長了。他說：唐公，這並不是一件甚麼好東西，這是責任啊！接過它，就等於接過了平定國家，救黎民於水火的重任。代王所以讓我們送來，是因為他沒有能力再擔負這個責任了！

「這個，你們……感到我能勝任嗎？」

裴之隱說：「除了唐公您，真找不到合適的人了！」

李淵只好欣然地接受了這件玩意，很客氣地把蕭瑀與裴之隱送出大門，還對他們搖手再見！等蕭瑀他們拐過巷口，李淵小跑著回到房裡，手忙腳亂地把布包打開，小心地捧著那印寶貝得很。他突然之間產生了做夢的感覺，但這印的硬度告訴他，你不是做夢，你現在拿著代表著皇帝權力的物件啊，你就是皇帝了！

我們不能不懷疑，李淵當晚是否摟著這印睡大覺呢！

接下來，裴寂他們開始緊鑼密鼓地準備起來，給李淵加工皇帝服，重新裝修太極殿，打造天子登基時的用具，組織好禮儀人員鼓號樂隊。當一切都準備妥當，裴寂前去向李淵彙報說：陛下，萬事俱備，您可以登基了！

李淵聽到現在裴寂就喊他陛下了，他感到被喊的感覺真好。

這時候，李淵在隋政府做千牛備刀時看到的、學到的終於用上了。他很內行地提醒著裴寂完善了幾個細節問題，於是一個偉大的時刻終於來臨了！

這一天，是公元六一八年，陰曆五月二十日，吉時。

這是經過術士們精心推測的好日子。就在這個好日子裡，李淵於太極殿正式登基，因為他承襲過唐王的爵位，因此把國號改為唐，把年號改為武德，並宣布停用隋朝的郡制，設立州，把太守改為刺史。李淵穿著皇帝的新衣坐在高高的皇位上，看著他的大臣們分列而站，他又產生了如夢似幻的感覺！

裴寂拱起雙手，說：陛下，請安排工作！

李淵激動得就像發低燒似的喘息著，他咳幾聲說：同志們，大家都知道，當皇帝不是花天酒地，不是坐享其成，而是責任。當了皇帝就要心懷天下，肩負平定天下、造福於民的大任！我希望大家同我同心協力，共創輝煌，共享富貴！

新總統上任是必須要讓全國人民知道的，可那時候沒有廣播公司，沒有電視台，想把政府的施政報告發布出去也不容易。

李淵讓蕭瑀負責在南郊祭告老天，以示天意恩賜，並大赦天下以示天子的仁慈與博愛。同時下發所謂的最高文件通知各級官員，現在不是隋朝了，是李淵的武德唐朝了，別心裡沒數！

一朝天子一朝臣，新總統執政當然要封官，他首先封長子李

建成為太子。這個好像沒得選擇，長子歷來都這麼封，但歷來太子當皇帝的可不多。因為誰成為培養對象就會變成焦點，很多人都會使絆子，往往就培養不成。如果能從首任太子的身分當上皇帝，更不容易，要能當成這就真太幸運了！

我們現代人都知道，李淵的二兒子秦王李世民，才是李淵的接班人！李淵封三兒子李元吉為齊王，這個，到後來也是個想當皇帝的主兒！反正李淵把本家兄弟、侄子全給封了王，充分體現了封建王朝的家族管理模式。

據史書記載，在李淵的武德期間封的王有二十多個，這可能也算得上是世界之最！

這些王爺們大多沒有什麼本事，卻拿著高工資，住著好房子，是典型的肥貓。要不大家怎說：一人得道，雞犬升天啊！

那麼退位的隋恭帝楊侑怎麼辦？這可是個很敏感的問題，怎麼說在名義還是讓賢之人吧，雖然大家都不這麼認為，但畢竟李家人是這麼對外界說的！

李淵感到楊侑的工作不好安排，最後乾脆封他做了國公，也不用上班，照發工資。至於以前的隋朝宗室子弟，有能力的就給他們安排份工作，沒能力的你就下海經商吧，反正唐政府是不會養你們這些大爺了！

接下來李淵還幹了兩件事情，很值得在這裡提提！

一、是他開始實行《戊寅曆》。

這是甚麼曆？這是由白馬縣的道士傅仁均與崔善為創制的曆法，是種陰陽曆，主要是廢除平朔（農曆每月的初一）改為定朔。要解釋清楚平、定朔也挺麻煩，反正就是中國曆法史上第三次大變革，知道這個就足夠了，咱們又不搞曆法研究！

二、是李淵追封太上皇楊廣為煬帝。

說到這裡我們終於明白，之前所以稱楊廣為煬帝是站在我們現代的角度說的，其實在李淵還沒有登基前楊廣不煬！那麼李淵給楊廣封這個號是甚麼意思？相信他肯定不是信口開河，一般來說要經過大腦。他當時怎麼想的我不知道，但《說文》對這個字的解釋是——「煬，炙燥也。」

事實也確實如此，煬帝臨死前的那些日子，可真夠火急火燎水深火熱的！

由於李淵剛登上皇位，要做的工作很多，他每天很忙！比如政策需要調整，人員需要安排，國防需要加強，建設藍圖需要規劃等等。反正他幸福地忙碌著，沒有任何怨言。他當然沒有，因為這是為自己打工，感覺比男女那檔事還輕鬆！

隨著突厥使者的到來，李淵就不高興了！

大家肯定記得，在李淵準備發動革命戰爭挺進隋都之際，曾讓劉文靜出使突厥與始畢可汗談成協議。這份不平等公約主要內容是，如果李淵攻進長安，地盤屬於李淵，而財物與錦帛歸始畢可汗所有。攻不進，那就自認倒楣，本來造反就有風險麼！

等李淵真做了皇帝後，始畢可汗怎麼會忘了這份合約呢？

他當然不會忘記。就在李淵挺進長安的過程中，他沒少關注國際軍事動態。當他聽說李淵基本控制了長安的局勢後，就派人出發了。

在李淵登基的第五天，也就是六一八年五月二十七日，突厥始畢可汗派遣的骨咄祿特勒來到唐朝的長安！

他們認為李淵所以能取得今天的成就，與他們的支持是分不開的，因此特別一副大爺的德性，瞧他們走路的樣子吧，脖子裡就像插進了竹條，倒背著手邁著八字步，隨地吐痰，看人的時候

眼睛都斜斜地瞄！

李淵首先堆起滿臉的笑容，十分熱情地迎接他們。

他臉上熱情，其實心裡早罵上了，幹！老子剛坐上皇位還沒把座位暖熱呢，你們就派骨咄祿特勒來這裡催命，就這使者的名字聽著就讓人心煩，這明明就是咕咚隆冒出來勒索嘛！他心裡非常不痛快，但還是用國際標準禮儀接待他們，把骨咄迎進太極殿請到高座上，恭敬得就像對待長輩。

骨咄仰著頭說：這個，咱們訂的協議還算不算數啊？

李淵用力點頭，說：當然算啊！

骨咄說：那得有所表示啊！

李淵說：當然當然，一定一定！

他為了表示自己的歡迎與尊重，設立隆重的國宴，請來一群打扮得花蝴蝶樣的漂亮美眉，在大殿裡翩翩起舞，並奏響了五音之一的清商樂，以及西涼的樂典。好傢伙，一氣就吹了九部樂章，簡直可以算得上盛大的民族音樂晚會！

不只有態度，還要行動，李淵下令弄來了許多好東西，對骨咄說：拿去吧，不夠以後再補。就像送大爺那樣把他們送走。還說：有空來坐啊！其實心裡是在說：娘的，回去就死吧，別再來了！可是突厥人呢？胃口就像百慕達三角那樣有吞吐量，因為他們知道這些財物，離當初定的口頭協議還差得遠呢！

李淵也不能把所有的物質資源都給突厥，自己守著個空城過苦日子吧？當然不會，他知道有種資源取之不盡用之不竭，那就是笑容、熱情與恭維，還有欺騙！

比如，突厥的使者每次來長安就像強盜，走到攤位旁伸手就拿，遇到小媳婦動手動腳。李淵就像不知道有這種事情發生似的，還派人保護他們的安全，他們有甚麼要求都會滿足他們。那

麼，如果突厥人看中了李淵的小妾，可他會給嗎？

這個誰說得準，反正李淵不缺小妾，缺的是安全！

由於突厥人越來越猖狂，大臣們都非常氣憤，於是跟李淵提意見了。李淵瞪眼說：我也不想當孫子，可現在不當能成嗎？

老百姓們也不高興了，都在議論李淵這個國家主席是不是缺鈣（軟骨頭）？議論了好長時間沒有用，他們就自己想辦法了，聯絡了幾個英勇之士，瞅準突厥大使們在大街上調戲婦人時，撲上去就砍過去，差點兒就把他們給砍死了！

這件事，讓李淵非常震驚，無論百姓是受了多大的委屈、無論是誰砍的，只要在長安出了事，那就是他的責任。如果這些使者出了事，這並不是普通的人命案，很可能會引起雙邊戰爭。他讓李世民親自帶著人去捉拿凶犯，李世民帶著人在大街上轉了幾遭，然後去大牢裡提出兩個死刑犯，把他們拉到偏僻的地方殺掉了，把頭裝進盒子裡讓突厥使者看。為甚麼要選擇僻靜地方，因為這並不是甚麼體面的事情，能少讓人知道就少讓人知道！

突厥人說：凶犯還有！

李世民說：統統殺了！

突厥人還是不同意，還要求追殺兇手，李世民就煩了，瞪眼道：哎哎哎，你讓我們怎麼抓？滿長安的人都想把你們殺掉，我總不能把他們都給殺了吧？你們以後少出去惹事，能出這事嗎？如果有人調戲你的妹妹，你的媳婦，你們是不是很高興啊？

突厥人說：你甚麼態度？

李世民皺著眉頭說：就這個態度，怎麼著吧！

接著，突厥人又上門來，給李淵施加壓力，大吹突厥的百萬雄兵，譴責他兒子秦王的態度相當不友好。

李淵找到李世民對他瞪眼道：世民，你是不是沒打夠仗啊，

就算沒打夠還有的是仗讓你打，可我們現在不能跟突厥人較勁啊，如果這時候突厥人來打咱們，咱們就得從長安滾蛋了！

李世民說：我們不要把突厥人給慣壞了！

李淵說：記住，能當孫子才能當老爺！

有人說：我們不能總是當孫子啊！

李淵說：至少現在我們還沒法當老爺！

事情已經發生了，李淵知道如果不來點兒實惠的，肯定會影響兩國的友好關係。於是派侄子、太常卿鄭元，挑選了不少漂亮妓女送給始畢可汗，算是和親。始畢可汗雖然暫時消了氣，但還是捎話給李淵，那件事不算完！

李淵恨得牙根兒滋滋的癢，娘的，你們來到我的地盤裡充大爺，我還得幫著你們糟蹋我的子民，我還是李淵嗎？我現在都變成李冤了，我為甚麼變成李冤了，就因為我的唐朝不夠強大，如果像當初楊堅時代那麼強的話，你們不得稱我為可汗啊！

第十二章

皇帝內經

剛剛成立的唐朝公司，局勢仍然動蕩不安，百廢待興，國防經費也沒有強而有力的經濟支持。擺在李淵面前的問題很多，但最主要的問題是，必須盡快拿出可行的改革方案，有力地推行落實，讓公司迅速強大起來。只有國家繁榮富強了，突厥人才會尊重你，再來長安的時候，也不會像活殭屍那麼挺著脖子蹦躂了。只有你強大了，才能完成統一大業！

李淵不停地召開經濟會議、軍事會議、教育會議，制定出了一系列的治國之策。可是當推行落實這些新的政策、路線、方針的時候，朝廷出現了嚴重的問題。

那些跟隨鬧革命的元老功臣們都居功自傲，說話的時候鼻孔朝天，對待工作吊兒郎當的，根本就不放到心上。他們把更多的時間都放在裝修房子、尋找漂亮小妾上，拿著工資老不幹事兒。最讓李淵氣憤的是，有個傢伙的官不大，做的事卻不小，很嚴重地損害了「政府形象」！

那人看上長安某富商家的女兒後，派人前去提親，見人家不同意就逼親，把人家嚇得連夜搬出長安投奔遠房親戚去了。人家臨走的時候還說：流氓政府，不只縱容突厥人來長安要流氓，當官的自己也要流氓，這樣的政府早晚都得垮台的！

李淵現在終於明白，甚麼叫做創業難、守業更難了。

他感到有必要讓這些驕傲的傢伙知道甚麼叫本分，甚麼叫做

規則。問題是，現在自己剛做上皇帝沒有多久，如果把他們管得太嚴了，大家肯定是會有情緒的。噢！我們幫你打下天下來，你沒坐穩皇位就要卸磨殺驢了，如果你坐穩了我們還有好日子嗎？如果某個人產生叛心，到時候裡應外合，那麼他的皇位就真坐不穩了……

我們都知道李淵的辦事風格，他想做成甚麼事情，從來都不會面對面地解決，一般都會採用迂迴方式達到他的目的。他現在想做的事情是，既要懲辦朝中那些牛皮哄哄的元老功臣，還不想自己親自去做。

這個好像有些難度，不過李淵有自己的辦法，他最善於做這些事情了。李淵的辦法就是，找個炮筒子對那些大臣們狂轟濫炸，讓大家對這個炮筒子產生意見，而他就可以主持公道，就算把某個人給辦得挺狠，那人會記恨炮筒子而不會對他產生怨恨！問題是必須要找個德高望重、剛直不阿、六親不認的人來當這個工具。

他選中的這個人、這個工具就是——蕭瑀！

蕭瑀出生於公元五七五年，他祖父是後梁宣帝蕭察，楊廣的皇后蕭氏是他親姐。蕭瑀自幼便以孝順而聞名於天下，他善於學習，性格耿直，並深諳佛理。由於他是皇帝的內弟，在很年輕的時候就把官做到銀青光祿大夫，並參與重要的會議。可是，蕭瑀的性格很倔，他多次上諫違背聖意，讓楊廣感到很煩，就漸漸地對他疏遠了。

特別是在楊廣攻打高麗這件事上，蕭瑀曾態度堅決地勸他把全部的精力都放在對突厥的防禦上，從而引起了楊廣的震怒，把他降為河池郡守。

李淵把計畫考慮成熟後，他在上朝的時候對群臣們說：同志們，由於我們剛成立國家不久，事情千頭萬緒，我沒有精力面面俱到是吧？再說了，我也不能一竿子插到底是吧？我決定從今天起，把朝中的大事交由蕭瑀處理，他有權代表我處理任何事情，大家有甚麼意見當面提出來，別當面不說，背後亂放話！

　　當然，有人會有意見，當然，沒有人肯當面提！

　　李淵又問：蕭愛卿，你能夠勝任這個任務嗎？

　　蕭瑀他最愛幹的就是這種討人厭的工作，說白了，他早就看不慣朝中的某些大臣了。他聲音洪亮地應道：請陛下放心，在下一定恪盡職守，不辱使命！

　　從此，朝中的大臣的日子不好過了，但凡有點兒錯誤，蕭瑀就會當面提出來，絕不留情。如果對方不服，他會瞪著眼睛說：「我現在就去跟陛下彙報你的情況！」

　　看到沒有？他這可不是打小報告，而是大報告！

　　蕭瑀把那些徇私舞弊的，把亂搞男女關係的，把玩忽職守的大臣都給揪出來了！李淵根據這些情況罷免了幾個官，並嚴厲地警告某些人，王子犯法與庶民同罪，不要因為自己有點兒功勞就不知道姓甚麼了，就是皇帝有錯誤，也要改正！事情就像李淵設想的那樣，大臣們對蕭瑀的意見大了，都很怕他，怕就會產生恨，沒有大臣不在背後裡咒罵他的祖宗十八代，但沒有議論他這個總統的。大臣們開始商量怎麼把這個討厭的蕭瑀給扳倒。他們都偷著打蕭瑀的小報告，說他怎麼怎麼怎麼……

　　當蕭瑀知道這件事後，並沒跟李淵解釋甚麼。

　　他認為清者自清濁者自濁，說那麼多廢話沒啥用處。

　　李淵的計畫很好地得到了落實，朝中的大臣都老實多了，上班的時候也不遲到了。李淵本來對這個效果挺滿意的，可是突然

接到一封「表揚」蕭瑀的匿名信，他就對蕭瑀有意見了。這封信裡說蕭瑀多麼有管理能力，能力之高可以當皇帝甚麼的。並建議李淵完全可以放心地像楊廣那樣去旅遊，讓蕭瑀當代王！

看到沒有？想把同事搞垮不用說他的缺點，你說他不好，領導就認為你是嫉賢妒能，你就誇他群眾威信多高，誇他完全可以勝任領導的職務，領導準得想辦法對付他。這樣的毀害才是天下最惡毒的陷害！

因為李淵對蕭瑀有了意見，當他下達的總統令沒有及時下達下去時，他就生氣了，找到負責的蕭瑀來訓話：「啊，這是甚麼辦事效率嘛，甚麼工作態度嘛！這樣很不好嘛！作為一個領導，他首先要嚴格要求自己，這才會讓人服氣嘛！」

蕭瑀的脾氣雖然倔但不傻，知道李淵含沙射影是射他的！

他神態自若地說：在大業年間，隋主讓內史宣布的命令往往前後有衝突，比如之前說是黑的後面又說是白的，這讓內史負責傳達的人很為難。所以，他們都是把容易執行的先辦理了，而把那些有衝突的文件放到最後。如今陛下剛剛創業，下發的任何文件都關係到政府信譽，如果文件的精神前後相悖，必然會影響政府形象。所以每接到您的命令，我都要調查審核後才宣布下發。您那條命令就是因為這種原因，才沒有及時發出去！

李淵聽到這裡深為自己的含沙射影感到後悔，咂咂嘴說：老蕭啊，像你這樣用心做事，我還有甚麼憂慮的？放心吧，以後不會再聽別人對你的非議了。你放開手腳大膽去做事吧，你做事，我放心！

他說放心，可是他其實並不放心，不放心的事情太多了！

在他當唐王的時候，每天都想把皇位弄到手，做夢都是當皇帝。如今他當皇帝了，總是懷疑別人也想奪他的皇位，連做夢時

都是被別人推下台去，他被叛亂分子追殺。沒辦法，富人白天過著幸福的生活，可是每天晚上都會夢到別人偷他的錢，變得很窮！而窮人總會夢到自己撿到很多錢，富得不得了。

幸福與痛苦的時間，大體是相同的吧，這就是潛在的公平。

本來李淵已經很神經了，而恰在這時，裴寂又來跟他說：陛下，劉文靜與秦王世民形影不離，您不感到有問題嗎？他們總能夠在一起策劃出大事來！

李淵問：這會有甚麼問題呢？

裴寂神祕地說：現在滿朝的文武大臣都在談論，能夠成立唐朝是秦王的功勞！

李淵聽到這裡皺了皺眉頭，他明白，當初在晉陽起兵就是由劉文靜與李世民最先提出來的，那麼他們會不會重新策劃奪他的皇位呢？他雖然對這件事情很在意，但同時他也明白，如果這件事傳出去，讓大家知道他們父子之間要相互掐，會讓很多人感到有機可乘，可能會導致朝廷大亂！

他瞪著裴寂：你以後給我注意了，同志之間搞好關係不是件好事嗎？你們亂猜甚麼，有本事你就像蕭瑀那樣當朝提出來！

「陛下，甚麼時候我幫您把張妃尹妃接過來吧！」

「你不要往別的事情上扯！」

「陛下，事情都是相互作用、相互關聯的！」

李淵明白裴寂是在強調，當初世民與劉文靜用張妃尹妃對付他的事情。他指著裴寂的鼻子吼道：裴寂，我告訴你，這種事你在我這裡說說可以，但如果你出去跟別人亂說我就把你給砍了。你知道你剛才的話傳出去有多麻煩嗎？如果大家以為我們父子之間鬧矛盾，要是有乘機行事的，我們就玩完了，你懂了嗎？

「陛下，我哪能出去亂說呢，我就只跟您說！」

「以後再聽到甚麼話，就第一時間告訴我！」

「然後，再聽陛下一頓臭罵是嗎？」

「裴寂，你知道我為甚麼跟你發火嗎？」

「我知道、我知道，陛下之所以跟我發火，是因為把我當自己人看待嘛！」

李淵聽到這裡就笑了，把裴寂拉進自己的臥室裡，跟他一起喝酒，並留他住下來。在這個夜裡，他們並沒有睡，而是在商量一個問題，那就是怎麼把劉文靜與李世民分開。裴寂說：陛下，何必要費這麼多事呢？把劉文靜給殺掉不就完事了！

李淵搖搖頭說：不行不行，劉文靜畢竟是建國元老，再說他在革命時期戰功赫赫，就算他有甚麼過錯也不能輕易動他。動了他，就會讓其他大臣們聯想到自己的命運，這樣不好，會變成反面教材！

「那我們也不能讓他們就這樣發展下去啊！」

李淵想了想說：這樣吧？我明天就想辦法把劉文靜從世民身邊調開，讓他來朝廷上班，到時候你要配合我的工作，我無論給你甚麼都不能拒絕，還要裝成心安理得的樣子。就劉文靜那個熊脾氣，他肯定會嫉妒你，他嫉妒你，肯定會當面中傷你，你要有心理準備，要先想好對付他的言辭，這樣下去，我們就有機會除掉他了！

「陛下，我接了這個任務後，怕是嫉妒我的不只劉文靜，別的大臣也會看不起我，說我是馬屁精、跟屁蟲，我就變得人見人嫌了！」

「你是在乎別人對你的看法，還是朕對你的看法？」

「為了陛下的千秋大業，在下我不在乎別人說甚麼！」

「放心吧，我是不會虧待你的。」李淵拍拍他的肩說。

從此之後，李淵對裴寂格外的好，不停地賞賜給裴寂珍奇玩物，還常把御膳賜給裴寂，上朝時候都是拉著裴寂與自己擠皇帝的位子，還常常與裴寂同住，平時也不稱裴寂的名字了，直接稱裴監。所有人都感到他們好得不正常，都在議論李淵好男風，但沒有人敢提出來。

就像李淵預計的那樣，劉文靜心理不平衡了，忍不住了，在上朝的時候就質問說：陛下，我們與裴寂都是開國功臣，可是您並沒有把一碗水端平。

李淵很不高興地說：文靜啊，何必斤斤計較呢？

劉文靜說：按勞分配，按功行賞，才能夠服眾。

李淵拉長了臉說：各位都是有功之臣，至於功大功小我總不能用秤去秤吧？至於賞賜，多點兒少點兒的何必這麼在乎呢？如果你真感到不平衡，那好，你也可以跟我同坐，以示我對人平等，怎麼樣？來吧，老劉！

劉文靜搖搖頭說：陛下，過去王導說過這樣的話，假如太陽俯身與萬物等同，那麼一切生物又怎麼仰賴它的照耀呢？現在您的做法是讓貴賤失去了秩序，這不是國家長久之道。所以，臣不會助長這種風氣的！

李淵笑著說：這有甚麼？漢光武帝與嚴子陵一起睡覺，嚴子陵把腳伸到漢光武帝的肚子上，光武帝也沒說過甚麼。今天，諸位大臣都是德高望重的舊同僚，平生的親友，過去的情誼怎麼可以忘懷？這件事就不要再計較了！

劉文靜雖然沒有再爭執下去，可是他氣得臉色通紅，鼻子裡噴著粗氣，看裴寂的眼光就像把刀子。從此他每次見到裴寂就羞辱他，並影射李淵的不公。李淵要的就是這種結果，他明白用不

了多少時間，就有理由殺掉劉文靜了。殺掉劉文靜，就可以有效地防止李世民做出叛逆之事來，對於穩定他的權力大有好處。

不過，劉文靜現在還不能狗烹，因為兔子來了，這就是薛家軍！當李淵得知薛家軍又捲土重來了，李淵把李世民叫來，對他說：當初我就說過，你沒把他們徹底打垮，早晚是個麻煩，現在這麻煩來了吧！你準備怎麼辦吧？

李世民說：來了就打！

李淵非常嚴肅地說：你統帥八個師的兵力去解決薛家軍的事情，給我記住啦，這一次一定要把他們給徹底地摧毀，不要再給他們機會。給敵人生存的機會，就等於給自己增加危險的係數！

李世民說：我想讓劉文靜跟我出兵！

李淵皺著眉頭問：讓別人去不行嗎？

李世民搖頭說：劉文靜本來就是軍事家，您把他留在朝廷有甚麼用呢？

李淵很是擔心他們趁著這次征伐薛家軍，會有甚麼企圖，便拍著李世民的肩說：阿民啊，我知道你對國家的貢獻大，這個大臣們都知道，我也知道。你放心吧，我心中是有數的，等天下太平了，啊，啊！

作為領導「啊」幾聲可並不簡單，很容易讓別人產生諸多聯想啊……

李世民通過父親的「啊」就想到，看來父親的意思是，等天下太平了就把太子之位讓給我啊，這個來勁兒！李淵確實想透露出這種意思，但他並沒有明確說出來。將來我不落實怎麼了，我又沒有承諾過甚麼，你自己想是你的事。

這就是領導學，這就是官場上的辭令。

李世民腦子裡裝著父親的「啊，啊」，高高興興地帶兵出發

了，他們剛在淺水源駐紮下軍隊，就有幾十個薛家軍士兵前來投順。你們為甚麼歸順？甚麼？薛家軍沒糧食了，士兵們都餓得夠嗆，誰信啊！可是，他們通過逃荒的老百姓那裡得知，薛家軍把他們的糧食都給搶去了，他們活不下去了只得出去要飯。

這時候，李世民確信薛家軍的糧食沒有了，如果有，還用去搶啊？

他準備發起總攻擊一舉把薛家軍給解決了。劉文靜卻認為不可以，他說：大王，我們不如再等等看。李世民搖頭說：等甚麼等？如果等他們的糧草運來我們就失去先機了。不管三七二十一，他帶領大軍前去攻打薛軍，當打起來時才知道人家並不缺糧食，因為他們都很有勁兒，而勁兒是吃糧食長出來的。

唐朝的八個師浴血奮戰，最終還是敗下陣來，失敗的結果是損失了一半的兵力，就連大將軍慕容羅、李安遠、劉弘基都陣亡了，這樣的程度跟全軍覆滅差不遠了！

薛家軍越戰越勇，隨後攻克了高這個地方，把唐兵的屍體聚集起來，壘成高台，站在上面對著唐軍的營地得意地笑。李世民雖然看不到他們的笑容，但能看到那壯觀的人類材實的建築，能夠想像到薛家軍臉上得意的表情，他感到非常痛苦！

李世民的隊伍已經失去了與薛抗衡的力量了，這仗還怎麼打？只能帶領殘兵敗將匆匆回逃！在回京的路上，李世民悶悶不樂地對劉文靜說：這一次戰敗，父親肯定是對我感到失望，怕是以後我再得不到恩寵了，本來父親是有意把太子讓我做的。

劉文靜心想：這哪成啊？如果李淵對秦王有了看法，這不只影響秦王的前途，同樣會影響我的前途啊！因為他自打從大牢裡出來就把身家性命，以及前程全部押到李世民身上了。他想了想說：這樣吧？秦王，回去就說您病了，不讓我們出擊，是我擅自

帶領部隊去打仗才失敗的，這樣陛下就不會指責您。

「老劉，我哪能這麼做呢！」

「大王，這並不只為了您，同樣也為了我自己呀！」

李世民非常感動，拍著劉文靜的肩說：好吧，老劉，以後，啊，啊！

當他們回到京城後，在彙報戰況的時候，劉文靜把預先編好的故事講給李淵聽。李淵不由大怒，心想：我正想辦你沒有理由呢，你就主動找死！他當即下令把劉文靜拉出去斬了。李世民當然不能讓劉文靜背著黑鍋死，他向父親苦苦哀求說：父親，劉文靜是我的部下，他的失敗就是我的失敗，請您把我與劉文靜一塊砍了吧！

「世民，你離了劉文靜，就不能活了嗎？」

「父親，勝敗乃兵家常事，如果一次失敗就要殺頭，誰還替咱們去賣命。再說現在是甚麼時候，現在到處都是強敵，我們首先把建國的元老殺掉，殺掉的原因就是因為一次失敗，您感到這樣合適嗎？這樣能夠鼓勵別的將領為咱們拼命嗎？」

李淵看到世民激動得臉都紅了，知道如果真把劉文靜給殺掉，李世民肯定會鬧情緒，現在大敵當前，如果世民有了消極情緒對於國家的國防是不利的。於是他就沒有殺掉劉文靜，只是把他的職務免了，並說根據以後的表現看情況是否復職？

事後，李淵讓裴寂私下裡調查，這才知道失敗的真正原因，是劉文靜替李世民背黑鍋。李淵心裡就不舒服了，他世民為甚麼不跟我直說，劉文靜為甚麼要背這個鍋，目的很明確，就是維護世民的名聲，為甚麼要維護他，肯定是為了李世民當皇帝啊！

問題嚴重了，這問題真的很嚴重了！啊！啊……

163

第十三章

唐密交融

本來李淵把攻打東北平原（長安東北地區）納入計畫了，可是隨著一件事情的突然發生，他對於統一全國感到了絕望。那就是李密投靠了王世充擁立的皇泰為主了！

這是李淵做夢都沒有想到的結果，之前他總認為隋朝塵埃落定後，將會由他與李密爭奪天下的，可是誰能想到李密會這麼做。不過，他相信李密投順皇泰絕不是心血來潮，而是戰略性的投奔。他甚至懷疑李密極有可能會與王世充聯合，把他從長安給趕出去，這件事把李淵的戰略計畫給打亂了，他馬上派重兵守衛邊防，以應對李密與王世充聯合帶來的挑戰！

那麼李密為甚麼投奔皇泰，究竟有甚麼目的呢？

他倒不是想跟王世充有甚麼聯合，而是他需要應對宇文化及的挑戰，還要防備王世充偷襲他，讓他感受到了壓力，他便戰略性地選擇了投靠皇泰。這樣一來，他與王世充都擁戴著同一個主子，按常理來說，王世充不好再打他了，那麼他就可以全力去對付宇文化及了！

皇泰自然歡迎李密的到來，因為他一直受制於王世充，李密加盟必然會平衡王世充的權力，對他的執政有好處。作為政府領導，你部下的權力太集中太強大，你就有被架空的危險，最有利的格局是你手下有兩派或三個派別，這樣他們就可以相互牽制，都會主動地向你靠攏，如此你的日子就會好過得多！

當李淵搞清了李密投奔皇泰的真實目的後，他想我不去東北部湊這個熱鬧了，我趁著這空兒發展發展我的經濟吧，等你們打得三敗俱傷後，我再去收拾你們。他想發展經濟，可是西部的薛家軍不給他時間，不停地侵犯他的地盤，考驗著他的實力！

李淵感到這樣下去不成，還怎麼搞經濟建設與農業基本建設啊！你連西部都解放不了，還談甚麼全國統一啊！可問題是，薛家軍的實力並不在唐朝之下，想把人家打趴下也實在不太容易。

李淵決定找個幫手，一舉把薛舉給消滅掉！

這個人選就是西涼的李軌。

之前我們說過，李淵是被「桃李歌」唱得蠢蠢欲動後才造反的，同樣被這首歌給鬼扯得像吸了海洛因似的人，還有李密、李軌！他們的共同點很多，都姓李就不用說了，他們都出身貴族，都認為桃李歌裡說的那個李姓人就是自己，都想當皇帝，並且都義無反顧！

李軌曾擔任過司馬這樣的閒官，家裡很有錢，平時也喜歡行俠仗義，也愛打抱不平。薛舉在蘭州西北造反後，李軌和同城的曹珍、關謹、梁碩等人商議說：我們不能讓妻子女兒做人家的俘虜吧？咱們不如齊心協力抵抗薛舉！

大家想推舉一個人當首領，每個人都想當，可卻又不好意思說出口。曹珍站出來說：不是早就有預言說李姓繼隋為王嗎？今天李軌參與了這起謀劃不正好是天意嗎？以我看就由他來當我們的頭兒吧，說不定真能圖成大事！大家聽到這裡，耳邊頓時響起那首「桃李歌」，他們都紛紛跪拜……

於是，李軌就糊裡糊塗變成首領了！

如果他姓王姓張，自然不會有人會推薦他當首領。這就是封建社會迷信學說的威力，無論從魚的肚子裡扒出張破紙來，還是

從土裡挖出個一隻眼的石人，或從術士們嘴裡噴出來的屁話，都會產生巨大的影響。這種事情的出現，不只可以成就某個人，或者毀掉某個人，甚至可以摧毀一個政府，或者成立一個新的王國，厲害吧？

公元六一八年八月份，李淵派使節祕密到達涼州招撫李軌，他並沒有把握把人家給拉過來，也就是投石問路罷了！

誰能想到，李軌見李淵在信裡稱他為堂弟，他就高興了！

為甚麼高興？因為現在李淵是中原的大戶，佔據著都城，擁有強兵強將，正牛氣沖天。如果李淵現在還拉著棍子四處討飯，就是喊他大哥大大，他都不樂意。於是他讓弟弟李懋去唐朝，表示臣服，李淵當即把李懋任命為大將軍，給他安排好房子，贈了不少好東西！

由於李軌歸順的態度比較明朗，李淵放心了，他把李世民與劉文靜叫到辦公室，非常嚴肅地對他們說：我準備派你們去打薛舉，你們有信心打敗他嗎？

李世民說：我除了信心再沒有別的了！

李淵說：你們可不要像煬帝打高麗，我可不要那種效果！

這句話，讓李世民與劉文靜聽得臉紅，為甚麼？因為煬帝帶著百萬大軍去攻打高麗，最後只帶回兩千七百人，已經變成全球華人界的笑話了。現在的軍隊裡都流傳著這樣的歇後語，那就是煬帝打高麗——有去無回；煬帝打高麗——送死！

可是，李淵的狗屎運實在太好了，大軍還沒有出發呢！薛家軍就退兵了。為甚麼退兵？是不是被嚇著了？當然不是，人家要是害怕就不會跑這麼遠來打你。因為薛家軍中發生了一件大事，那就是薛舉病了。

李淵聽到這個消息後高興了，他想：最好薛舉能病死，他死

166

了我就不用打了，我還有很多事要做呢！沒過多久，李淵就聽說薛舉在回去的路上病死了。

他吃驚道：俺娘喲，俺咋猜這麼準？俺真的是皇帝嘴了！

薛舉死了，由他的兒子薛仁果當了皇帝。

總統死了得舉辦儀式還要建墳，這不像普通老百姓死了，挖個坑→擺進去→堵土就成了！皇帝死了是大工程，是需要時間完成的，他們就不能再打李淵了，至少近期內是沒有心情打唐朝了，只得倉皇撤退了！

李世民聽說不打薛仁果了，他提議趁著這空兒去打東北平原。李淵聽到這話就瞪眼道：你有病啊！世民說：我沒有。你沒有，為甚麼要去戳馬蜂窩？我沒戳！你沒戳，你難道不知道李密現在投奔皇泰與王世充同朝稱臣了，你不打他們，他們還可能相互掐咬，你打他們，他們就可能聯合起來對付咱們，聯合起來是多大的馬蜂窩啊，躲都來不及還去戳，真是有病！

李世民說：我們早晚都得去打是吧？

李淵呲嘴道：世民，現在劉武周、王世充、李密、宇文化及、蕭銑這些大戶都在那裡摩拳擦掌，每天都想把對方給砍了，你去看熱鬧都會濺身血，再去惹他們那豈不是自討苦吃嗎？

李世民說：他們不可能這麼團結的。

李淵說：那我問你，如果你想奪取建成的太子之位，兄弟倆都到了玩命的程度了，可是這時候有人來侵犯咱們唐朝，你們會不會一致對外啊？如果你感到有這種可能，他們就有可能聯手，所以我們就不應該在這時候出兵！

這個道理李世民倒是可以接受，不過他對父親這個不倫不類的比喻感到很討厭，因為這裡面透著勸誡他不要跟建成爭奪太子之位的意思。世民心裡非常生氣，這個老傢伙之前的「啊，啊，

我心中有數啊！」難道就變成現在這個比喻了，這不是拿我開涮嗎?!一個說假話的父親還是好父親嗎？世民悶悶不樂地回去後，對劉文靜說：好像父親並沒有讓我做太子的打算啊！

「這有甚麼關係，只要大王想當就能當上。」

「那你說，我怎麼才能當上太子？」

「一是文取，二是武奪，三是一步到位！」

「那你解釋一下這裡面的區別，讓我聽聽！」

「所謂的文取，就是我們去遊說大臣，讓他們跟陛下強調您的功勞，把太子之位讓給您。至於武奪嘛！這個就有點兒狠，那就是想辦法讓太子當不成太子，這裡面又分三個選擇，那就是誣陷，陷害、害命。當然了，這個有點兒殘酷，可是歷史教訓告訴我們，沒有後娘的心是當不了皇帝的，不下毒手往往會遭到別人的毒手，就像煬帝，如果他不奪取太子之位，又採用了一步到位的方法，那麼，他的全家就跟楊勇結果相同。至於說一步到位，這個更快、更準、更狠，您應該知道是甚麼辦法！」

李世民對這幾個方案進行了分析，感到第二步第三步太早了，現在還是第一個方案比較現實。如果能夠和平解決何必要那麼大動作呢？再說現在唐朝剛成立不久，局勢還不穩定，如果自家人掐起來，掐得半死不活的，肯定會給外人留下可乘之機，到時候國家沒有了，自然也就沒有太子沒有皇帝了，連個王爺也當不成了！

在劉文靜與李世民的這次交流過後，李淵就常聽到大臣們說：李世民為了唐朝的革命做出了傑出的貢獻，應該把他立為太子！他感到不對勁了，幾乎所有的大臣納諫的版本都差不多，這是偶然的嗎？他馬上派裴寂去調查這件事情，這才得知原來劉文靜在給大臣們做工作，讓他們幫秦王說話。這可把李淵給氣壞

了，這狗日的劉文靜！

裴寂說：陛下，要是早把他給除掉，就不會有這事了！

李淵嘆口氣說：除掉劉文靜容易，不過我們也要明白這樣的道理。世民與劉文靜既然這麼親近，如果把劉文靜殺掉，世民首先會想到這是對他去的，那麼他就會產生情緒，後果不可預測啊！世民這孩子我太了解他了，他狠啊！

裴寂說：可是我們也不能讓他們來圖謀您的位子，是吧？

李淵當然不能讓李世民影響他的權力，他五十一歲才勇敢起來，靠著好運氣奪取皇位，這才當多長時間，他還沒當夠呢，他還想穿著皇帝的新衣進墳墓呢！

從此以後，他開始想辦法了，他想的辦法當然不會是直接面對，還是迂迴解決。唉！沒辦法，這是他的做事風格，這是他的性格決定的，而性格又是單親家庭成長的過程所養成的。

他沒法突破這種日積月累的養成！

李淵與裴寂去了太子東宮，語重心長地對建成說：「你身為太子怎麼可以沒有成績呢？如果你再不建功立業，將來怎麼可以擔當大任。我可以明確地告訴你，現在很多大臣都對你很失望了，他們強烈要求把太子之位傳給世民做，這你應該有數吧？」

李淵所以帶著裴寂同去，是怕建成不能夠理解他的這番苦心，事實就像他想的那樣，建成還真是不能理解。

「父親，難道您想把我的太子拿掉嗎？」

「如果你再不做出幾件響亮的事情，這個也說不定！」

「父親，誰說我沒對國家做貢獻了，我默默地做了那麼多，只是不像世民那樣只幹眼面子活兒罷了，您怎麼只是埋怨我呢？」說著捂著眼睛哭起來。

「哭，哭有用嗎？丟人不丟人啊！」

「既然您感到兒臣沒資格做太子，那就讓給世民吧！」

「你，你，真是無藥可救了！」李淵直咬牙花子。

建成聽到這話以為自己真的當不成太子了，哭得更狠了。

李淵心中暗暗著急，就建成這腦子怎麼可以跟李世民對抗呢？其實他之所以支持建成，就是因為他的智商不是超凡，也沒有很大的野心。讓建成做太子，他才可以把皇帝做穩，才不會有其他病變的可能。

李淵對裴寂說：你跟他談談，我先回去了。等李淵走了之後，裴寂湊到建成面前，嘆口氣說：殿下，您就沒有想想，陛下為甚麼批評您？

「因為我不會幹眼面子活兒！」

「錯了，陛下之所以批評您，是因為寵愛您。」

「我可沒聽出這種意思來！」

「您想過沒有，如果兩個孩子打架，為甚麼母親拉過自己的孩子照屁股打，邊打邊罵的。您是不是認為母親不喜歡自己的孩子啊？你錯了，他打自己的兒子的屁股，實際上是在打對方的臉！說到這裡您應該明白了，如果再不明白，那就……」

「老裴，你不用再說了，我明白了！」

他以為自己真的想明白了，就想幹出件大事來提高自己的威信，於是找到父親，要求帶兵前去征服東北平原建功立業！李淵聽到他的要求哭笑不得，這是去建功立業嗎？這是去送死！他知道建成這孩子腦子笨，旁敲側擊是對牛彈琴，於是問他：那你說說怎麼打敗王世充、李密、劉武周吧。你可別跟我說你要跟他們搞玩命遊戲！

「辦法，兒臣還沒有想好。」

「我想問你，裴寂是怎麼跟你說的？」

「老裴說，讓我多跟朝中的大臣來往交流，多聽聽他們的意見！」

「那你不去跟大臣們多交流，來我這裡幹嘛？」

「我想，只要我做出成績，他們就會支持我！」

李淵感到是應該給建成創造些機會，讓他做點兒撐起眼皮的事情了，於是就讓他帶兵前去接替世民，防備東北地區的集團軍們。李建成帶著部隊抵達唐朝與洛陽的搭界之處，佈好了防線後，就跟下屬們開始策劃，想要端幾個敵人的城池來為自己增輝加彩。幕僚們讓他先請示陛下，可是建成明白請示也批不准，他想做成了事再彙報。

就在李建成策劃著襲擊李密的城池時，洛陽地區發生了一件大事！這是件誰都沒有想到的事情，李淵聽到後哭笑不得，他說：這怎麼可能呢？一隻耗子怎麼可以去投奔貓呢？那麼，到底是甚麼事情，會讓李淵想到了這種奇怪的比喻？

原來，李密派使者給李淵送來了一封信，表明要帶著軍隊投奔他！李淵當然不能相信，他馬上派人前去調查，結果讓李淵感慨萬千，因為李密確實已到了走投無路的地步了。

李淵嘆口氣說：俺親娘喲，天下之事，真是不可預測啊！

那麼實力非凡的李密，為甚麼會淪落到這種地步呢？

事情是這樣的，之前我們不是說過李密投奔了皇帝楊侗之後，義無反顧地去打宇文化及嗎？王世充非常不歡迎他的加盟，如果他自己擁戴著皇泰，可以緊緊地把他握在手裡，合適的時候就把他幹掉自己當皇帝，如果李密來了，要想下手就不方便了！

王世充就想了，李密為甚麼要投奔皇泰，不就是怕腹背受敵嘛！他現在為甚麼不敢全力去打宇文化及，不就是怕我襲擊他

嘛！如果我讓他放心地跟宇文化及玩命，到他們搯得兩敗俱傷時，我輕而易舉就可以把他們消滅掉！

在這樣的思想指導下，王世充主動聯繫李密，請他喝酒，跟他講和，給他提供先進裝備，還讓李密帶領軍隊到洛陽城內軍訓。李密也不傻，他明白世上沒有無緣無故的愛與恨，如今這突然而來的愛，沒有理論支持啊！不過李密還是接受了王世充的友好，因為他現在需要這種友好所贏得的時間。

當李密帶領部隊進入洛陽的那天，他不由感慨萬千！

一直以來，我每天都想打進洛陽，老王玩命地守著不讓我靠近，現在他竟然讓我帶著大部隊進來，我何不乘機把他們給趕出去？可是想想又不行，如果把王世充給趕走了，他極有可能與宇文化及聯合起來對付我，那我還是在洛陽裡待不住！

他想：我不如藉著現在的和平共處，先把宇文化及給消滅掉，然後再出其不意地把王世充幹掉，這洛陽就真正屬於我了！

就這樣，李密放開手腳去對付宇文化及了，很賣力地把宇文化及給打敗了，把他們差點兒給追到天邊，當然也付出了相當慘重的代價，損兵折將近乎三成之多！當李密傷痕累累地回到洛陽時，剛看到洛陽城的城牆時，王世充就派人來對他說：城裡發生叛亂，正在搞嚴打，讓他在外面駐軍休息，過幾天再進去吧！

李密一時間也沒有多想，就在原地駐軍了，派人弄來兩個美人給他揉肩搓背，當然也可能會做些別的甚麼事情……

他累了，他睡得很香，在這個質量非常好的睡眠裡，他做了個美麗幸福的夢，在夢裡他得到了天下，成為了天下至高無上的皇帝，被突厥人稱之為天可汗。他身邊美女如雲，用紅酒洗澡，聽著絲竹之樂，享受著無上的感覺。這美麗的夢最終被廝殺聲給終結了，他慌忙爬起來，提著劍跑出營帳問：甚麼事？

「我、我們被襲擊了！」

「是不是宇文化及？」

「是東都王世充的部隊！」

「甚麼甚麼，你們沒搞錯吧？」

「沒搞錯，就是他們的人，就是他們！」

俺娘！李密這時候苦得就像灌了黃連，悔恨得都差點兒抹了脖子，可是殺死自己是需要很大的勇氣的，他現在沒有，他只能招呼著殘兵敗將進行頑強的戰鬥。

王世充沒想到這李密只剩半口氣還這麼難搞，他想：不行不行，如果我跟李密打得兩敗俱傷，那麼坐收漁人之利的就是宇文化及了，我得想辦法，花最少的力氣把他給解決掉。他的辦法就是找了個長得像李密的傢伙，五花大綁起來，推到戰場上對著李密的將士們說你們都沒有頭了，還打甚麼打啊，真沒勁！

大家看到首領都成為階下囚了，有人投降了，有人逃跑了。

事情到了這種地步，李密採用了打不過人家最常見的方法，那就是狂逃！

他帶著殘兵敗將逃到山下安歇下來，坐在坡上哭得像死了娘。他哭夠了，抹抹眼淚，安排人去站崗放哨。他明白，自己現在的情況跟山賊沒甚麼區別了，無論是王世充還是宇文化及，還是別的集團都可以把他打敗，殺死他！

李密不能自保，他想到應該找個靠山。想來想去，還是選擇了李淵，畢竟李淵的大腿粗，抱著穩當，再就是當初自己曾把李淵放行了，這怎麼也算是個人情吧？

於是，他讓魏徵寫了信，派人去向李淵表示了自己的意思。

信大體是這麼寫的——大哥，天下大亂，魚龍混雜，小弟感到大哥才是預言裡說的未來之主，並深信您能夠統一全國，成為

天下的主子。如果大哥看得起小弟，小弟帶領全部兵力前去協助您盡快完成大業，不求共享天下，只要給碗飯吃就成了！

看到沒有？在賈胡堡的時候，李淵曾寫信稱李密為大哥，如今李密又稱李淵為大哥。

這就充分說明一個問題，甚麼是大哥？大哥就是實力！

李淵當然歡迎李密加盟，如果不歡迎，李密投奔了別人還是自己的麻煩。於是，他馬上給李密回信說：如果老弟肯幫助我那真是太好了，等到全國統一後，我們共享勝利果實……

李密接到這封信非常高興，他說：「嗯，我擁有百萬兵力，一朝脫去戰袍歸順唐朝，把崤山以東幾百座城鎮招降，這比起竇融的功勞也不小啊，李淵能不給我安排重要的職位嗎？」他在這裡提到的竇融，是古代投降保身的成功者。

竇融生於公元前十六年，是陝西咸陽西北地方的人，曾任河西官吏，波水將軍、屬國都尉等職。後聯合酒泉、敦煌等五個郡稱河西五郡大將軍。在建武五年，也就是公元二十九年投順漢光武帝劉秀先生後，一直做著高官，兒孫們也都官居高位，幾乎成為投降者的楷模了。

事實上，他李密不是竇融，而李淵也不是光武帝劉秀。

李密雖然嘴上說自己可以像竇融那樣把投降作為投資，只不過是說給近臣們聽的，以防到時候李淵問他的近臣：魏公在投順前都說了些甚麼啊？他們就可以把竇融給拉出來為他的歸順做證明。李密的真實想法是，我先在李淵那裡待幾天，機會合適我就借他一些兵馬東山再起。

就這樣，在六一八年十一月初八，李密帶著他的部隊浩浩蕩蕩地來到了長安。

第十四章

原形畢露

在李密帶部隊來到長安的那天，李淵率領百官前去迎接，場面顯得很是壯觀，也算是給足了李密面子。隨後又舉辦了盛大的接風洗塵晚會，李淵在會上說了很多溫暖人心的話，把李密的幾個親信給感動得不得了。

可是，當李淵把李密的軍隊全部消化在自己的軍隊裡以後，他就開始策劃除掉李密。說實話，李淵從來都沒想過讓李密跟隨著他幹。瓦崗寨上翟讓的死亡，已經充分說明，收留李密這樣的人很危險，無異於收留一個黑白無常在身邊，說不定啥時候就把你的生命給帶走了！

李淵明白，李密畢竟是隋末著名的造反頭子，現在的身分是投順者，想殺掉他是需要強勁的理由，沒有理由動了他，以後沒有人敢再投奔你了，這不利於全國統一大業的，不過李淵做這樣的事情輕車熟路了，他很有這方面的才華。

當李淵的辦法體現到現實中，於是就發生了這種情況：李密的舊部受到唐正規軍的嚴重歧視與虐待，不給發軍餉，連飯都吃不飽。唐朝的官員們竟然向李密的部下索賄，看到誰手裡有好東西就張開手要，不給就搶去。

李密的部下非常憤怒，紛紛找李密告狀，要求離開唐營。

李密嘆口氣說：寄人籬下，大致如此吧！

李淵給李密封了個官，這與李密原來說的寶融差遠了，人家

竇融相當於國務院總理,而李密的官撐死了也就是等於某個部的副部長,還不是關鍵部門。王伯當跟李密說:魏公,咱們好心前來投奔唐朝,沒想到竟然是這種待遇,這樣下去怎麼可以呢?我們應該想想辦法,重新找回咱們的尊嚴才是啊!

李密點頭說:老王啊,就當臥薪嚐膽吧!

當李淵提出把舅舅的女兒獨孤氏嫁給李密時,雖然這姑娘長得奇醜無比,李密高興地說:好啊好啊,這樣我就有歸屬感了。他與獨孤氏成婚後,多次對她說:真得感謝陛下的恩賜,我現在就想找機會報答他。這些話傳到李淵的耳朵裡,李淵急皺著眉頭說:沒想到李密這孩子長大了,城府深得都摸不著底了!

本來,李淵想縱容手下虐待李密的部下,封給他小官,再嫁給他醜得看著做惡夢的女人為妻,肯定會把李密這顆定時炸彈給點燃銷毀掉的,沒想到他不慍不火,根本就點不著。不過李淵明白,李密越這麼沈穩,越說明他已經有了自己的計畫。

果然,當李淵下令攻打薛仁果時,李密就主動、積極、強烈地要求說:陛下,臣自來到長安受到的恩惠太多了,由於臣沒有任何貢獻,受之有愧,於心不安啊!請陛下允許臣帶領部隊前去打敗薛仁果,以報陛下的恩惠。

李淵當然不能讓他去,派李密去了,事情的結果可能就變成這樣,李密帶著部隊前去投順薛仁果,然後返回來打唐朝。李淵笑著說:老弟啊,打薛仁果這毛孩子,哪還用得著咱們這些老將啊?派世民去就能解決問題!

其實李密真的就像李淵想的那樣,他想帶兵投順薛仁果,聯合起來攻下長安,至於以後跟小果子這毛孩子,爭奪長安就容易多了!可是李淵根本就不給他這個機會,讓他感到非常的遺憾。就這樣,李密眼巴巴地看著李世民帶著大部隊離開了長安,他非

常惋惜地想：這個機會就浪費掉了，以後怕是再也沒有這麼好的機會了！

可以說，自從薛舉去世後，薛仁果已經完全放棄攻打長安了。這並不是他不想打，而是自他接班當皇帝後，很多大臣都不服從他的領導，政權變得搖擺不定，還怎麼打？問題是在弱肉強食的人類行動中，你出了問題是你家的事，你出了問題是別人的機會！這不，在薛仁果最不想打的時候人家就來打他了。

薛仁果非常生氣，娘的，太欺負人了，我父親剛死了才多久啊，墳上都還沒長出小草來呢，你們就來打我！你以為老虎死了，小虎就不是老虎了是吧？再小也是老虎！他派宗羅帶領部隊前去打李世民，並在訓師的時候強調說：為了先帝，為了我們的尊嚴，為了我們的獨立，為了這，為了那，一定要把唐軍給消滅掉！於是宗羅帶領大軍來到高這個地方，擺好陣式後就跟李世民叫陣子。

他哪想到，把嗓子都喊啞了，唐軍就是不跟你打，別說宗羅急了，就是李世民的將領們也急了。我們不打仗來這兒幹嘛了，吃飽了撐著嗎？為甚麼不打？總得有個理由吧！李世民的理由是，我們之前跟薛家軍打了幾仗都輸了，士氣有些低落，人家的氣勢正旺盛，這仗沒法打！有人說：正由於我們之前失敗了才想報仇雪恨，誰說咱們的士氣低落了！

李世民說：反正沒有我的命令，任何人不能迎戰！

由於將士們老是來請戰，李世民挺煩了，瞪著眼睛道：傳令下去，誰要是再敢請戰，我砍他的頭！大家不敢勸了，回去就鬱悶極了。跑這麼遠來挖土壕修工事，就是不打仗，跟種莊稼有甚麼區別？真不知道秦王是怎麼想的？

其實李世民之所以不戰，是戰略性的不戰之戰。

我們在初中的時候都學過「曹劌論戰」這文言文吧？曹劌曾說過：這個嘛，打仗是要靠勇氣的！頭通鼓能振作士兵們的勇氣，二通鼓時勇氣減弱，到三通鼓時勇氣已經消失了。敵方的勇氣已經消失，而我方的勇氣正盛，所以打敗了他們。

就在這樣的指導思想下，出現了這樣的形勢，一方每天叫板，一方又聾又啞，一成不變地對峙了六十多天，把李淵都給耗得急眼了，他皺著眉頭對裴寂說：這阿民都去兩個多月了，糧食吃了不少，一個敵人都沒殺，這不是浪費感情嗎？你馬上派個人去問問阿民，是不是向薛仁果投降了，沒投降為甚麼不打仗？

通訊員跑到前線對李世民說了總統的疑問，李世民皺著眉頭說：回去跟陛下說，不打就有不打的理由！

「甚麼理由？您能不能告訴我，我好回去跟總統說。」

劉文靜不耐煩了，扒拉扒拉地對通訊員說：你回去問問陛下讀過「十年春，齊師伐我。公將戰，曹劌請見。」那篇文章沒有？沒有，讓他老人家看看再說！

通訊員問：這跟那篇文章有甚麼關係？

劉文靜譏笑說：那篇文章就是我們的指導思想。

通訊員回到京城後，不只把劉文靜的話說了，還很形象地演繹了劉文靜說這些話時的表情。李淵的臉色很難看，這狗日的劉文靜，竟敢這麼跟我對話。可他還是重讀了那篇文章，覺得李世民的辦法還是有道理的，不過，就是氣不過劉文靜的張狂！

話說宗羅整整叫戰了兩個多月，叫戰不得不花力氣啊，花力氣不得不多吃糧食啊！就這樣，糧食在他們的喊叫中沒有了，宗羅派人向薛仁果請示，李世民當了縮頭烏龜，無論我們怎麼叫戰都不肯跟我們打照面，現在我們的糧草沒有了，是不是帶兵回大本營吃老本了？

薛仁果感到撤兵不行，你撤兵，李世民可能會追著屁股打，那就被動了，還不如跟李世民在那裡耗，一直把李世民給耗得撤軍滾蛋！

他給宗羅回信說：繼續與唐軍對峙，朕馬上送糧……

宗羅又耗了兩天就耗出事來了，他的下屬梁胡郎等人率領各自的隊伍投降了李世民，而更嚴重的是，李世民通過梁胡郎得知，自從薛仁果的父親死後，大家都不服他，很多將領都有叛逆之心。這個情報太重要了，李世民派梁實帶著大宗的財物前去引誘薛軍將領。為了能夠把唐軍對待降軍就像對老爺那樣的政策傳達出去，在颳順風的時候，唐軍把抄好的宣傳單用箭射到天上，然後如雪花那樣飄落在敵營。

薛家軍的將士看到傳單上寫著，重金、美女、官職、高薪甚麼的，他們就動心了，幾個將領真的就上鈎了，帶著自己的部隊投奔了唐軍。

宗羅真急了，照這樣下去我不成光桿司令了？

他馬上派出精銳部隊前去攻打梁實，爭取把他的釣魚竿子給折了。可是梁實守著險要之地就是不迎戰，把宗羅給氣得夠嗆，娘的，都耗幾個月了你們還不肯打仗，你們是來幹嘛的？你們還是站著解小手的軍隊嗎？他們又在那裡繼續罵陣，罵的那話都不見天！

李世民估計宗羅折騰得夠累夠煩了，便對諸將們說：可以打了！在天曚曚亮的時候，李世民率軍襲擊敵營殺了宗羅的幾千人馬！宗羅喊道：殺啊，殺啊，喊半天，他的將士衝得就像在雷區似的，他的心裡拔涼拔涼的，只得帶著部隊逃離。

在逃的時候，宗羅發現他的步兵比騎兵都快，騎兵就像飛那麼快。他心裡在想：如果我的部下用逃跑的速度衝向敵軍，撞也

得把唐軍撞死，可是他們去打唐軍就像有無形的手拉他們的後腿似的，根本就跑不起來！

李世民見宗羅他們以飛快的速度逃走了，他率領兩千騎兵就要去追，被舅舅竇軌給拉住了。竇軌說：秦王，這樣做太冒險了。我們雖然打敗了宗羅，可誰知道他是真敗還是假敗？要是中了埋伏，那可就麻煩了！

「現在我軍的氣勢正旺，機不可失！」

「秦王，派別人去得了！」

「我再回去派人，不就誤了最佳時機嗎？」

按照史書說，他也沒有考慮其中的危險，不顧個人安危，帶著兩千騎兵就追去了，一直追到涇河畔，直接面對薛仁果的營地了。李世民見這河很寬，沒船是渡不過去的，他馬上派人去上游把河堤給掘了，把水引到窪處。

有人說：大王，引進低窪就把老百姓的莊稼給淹了。

李世民瞪眼道：那你把河水給我喝乾！

那人就明白了，就帶著工兵連奔上游去了。

薛仁果站在岸邊，對岸就站著李世民，他就明白他真的是楚河漢界了。他沒時間跟李世民對岸遙望，馬上招呼著將軍們回到指揮營帳，研究作戰方案。他們決定守住河畔，堅決不能讓李世民過河。可是沒過幾個時辰，就有人來向薛仁果彙報說：不好啦，不好啦，河裡的水漸漸地變小了，就要斷流了。

薛仁果吃驚道：難道他李家軍真的是上天有助？

他馬上帶人來到河邊，發現河水真的要斷流了，他的很多士兵竟然在河邊摸魚，把他給氣得躥了過去，摸起一條鯽魚叭地摔到士兵的臉上，扯著嗓子罵道：混賬，我們就快成涸轍之鮒了，你們還在這裡摸魚。馬上回到你們的崗位去，誰要是擅離職守我

就砍他的頭！

薛仁果又召開指揮官會議，商量對付唐軍的辦法。如果這河水真乾了怎麼辦？如果李世民他們過了河怎麼辦？怎麼辦還沒想出辦法，又有人跑來咋呼道：不好啦，不好啦，守軍都去投奔唐軍了。

薛仁果知道這仗沒法打了，於是帶領部隊火速退回城池據城而守！他們剛佈好防線，李世民就帶領大軍把城給包圍了。

薛仁果後悔選擇了這個小薄城，如果不進這個小城，一路狂逃的話，以他們這些將士的逃跑速度，早把李世民給甩老遠了，可是他們卻進了這小城。

太陽慢慢地落到西坡，夜色輕輕地從四際裡淹來，薛仁果下令，守軍夜裡不准休息，以防唐軍前來攻城。夜深了，薛仁果呆坐在營帳裡，旁邊擠著他的妻妾與孩子。這些可憐的人讀著當家人臉上的痛苦，他們也感到很痛苦。而就在這時，有人前來彙報，很多士兵都吊繩子下城投奔唐軍了！

薛仁果聽到這裡，感到心裡劇疼難忍，他差點兒就吐了血。

他明白再這樣下去，這城不攻自破，如果到了那種程度連投降的資本都沒有了。如果現在投降還能跟李世民講講條件。於是他派人出城跟李世民進行談判，如果能夠保證他家人的生命安全，保證他家生活之用的財物，他就舉城投降。去的人很快回來了，帶回了李世民的親筆信，信裡說：只要舉城歸順，本王不只可以保證您的安全，還會保證您個人的財產不受損失！有了這樣的承諾，薛仁果就投降了。

李世民沒有費甚麼勁，就獲得了全勝。

他為了表明自己的誠信與信任，把俘虜全部交給薛仁果兄弟、宗羅、翟長孫等人統領，還和他們一起打獵，烤肉，喝酒，

絲毫不對他們懷疑戒備，還和藹可親地說：你們跟著我李世民幹，我是不會虧待你們的！

薛仁果很感動，對自己的部下說：我們輸給秦王不丟人！

問題是李世民真的能夠保住薛仁果的性命嗎？這個有點兒玄，因為當總統李淵得知薛仁果投降後，他黑著臉說：薛仁果殺了我們那麼多人，必須把他們都給殺掉，以告慰死去的烈士們！

大臣們聽到總統說出這種話來，吃驚地去看李淵，他們看到的不再是那張慈父般的臉龐了，而是狼看到獵物般的表情！他們突然感到總統變得有些陌生了，陌生得就像從來都沒有見過似的！他們雖然感到大開殺戒不好，可是卻都不敢提！

李密都看不下去了，輕聲說道：陛下，薛舉殘暴地殺害無辜，這正是他滅亡的原因。再說了，每個人為了自己的信仰與利益去戰爭，誰殺誰都是對的，這有甚麼可以怨恨的呢？人家已經投降了，再殺害他們不太好吧！

李淵點點頭說：嗯，這個嘛，我只是說說氣話！

其實他哪是說氣話，他是動真格的，只是李密提出來了，如果再大開殺戒肯定讓李密聯想到自身的安危，可能會狗急跳牆，而這牆又不是他預設的牆就不好辦了。

當李世民凱旋歸來後，李淵派人前去通知李世民把薛仁果家人與親戚，以及薛家軍主要領導全部處決，至於其他將士，嚴格審查後再決定要整編或是要遣散。

李世民接到這樣的命令後，馬上去找父親理論。他梗著脖子說：父親，我感到這不像您的命令！您是不是受了裴寂的蠱惑啊？兒臣還記得，從前無論誰來投降您都會封官行賞，怎麼對薛家軍就兩個政策了。薛家軍是殺了咱們不少人，可是咱們也沒少殺人家，在亂世之中為了各自的主子與利益去鬥爭，這是很正常

的啊，怎麼可以殺歸順之人呢？

「世民，等你以後當了皇帝你想怎麼做就怎麼做，可現在我是皇帝！」

「父親，您這話是甚麼意思，是不是嫌我管得太多了？」

「你現在可是大功臣，是大家都尊重的大功臣啊，我哪敢嫌棄你啊！」

「問題是，人家就是為了保命才舉城投降的，如果現在把人家給殺了，我們就是不仁不義，怕是將來沒有人敢來投降了，請您考慮考慮再下決定！」

「朕已經考慮過了，你馬上執行命令就成了！」

李世民沒有再堅持自己的觀點，悶悶不樂地走出政府大院，心裡很是為難。之前已經答應過薛仁果，要保證人家的人身財產的安全，現在又要殺人家，他不知道怎麼去跟人家薛仁果說。

當然了，他可以派別人去執行死刑，從此不出面了，但他沒有這麼做。因為你躲起來，你永遠都躲不掉良心的譴責，會在心理上留下永遠都抹不掉的陰影。

他來到薛仁果的住處，羞愧難當地說：對不起，很對不起，我沒想到事情是這樣的。他把怎麼去勸說父親，以及他與父親之間的矛盾毫無保留地說出來了，最後他決定把薛仁果全家送出長安，讓他們找地方隱姓埋名過平常人的日子。

薛仁果聽到這裡顯得很冷靜，他說：秦王，我相信您的真誠。李世民說：快，收拾東西，我把你們送出長安！

薛仁果明白，如果自己不死，無論逃到哪裡，李淵都不會放過他的。他嘆口氣說：秦王，您不值得為了我而影響您的前程，我甘願為秦王而死。不過我有個要求，請您保住我最小的孩子。留著他沒有別的意思，只是讓他將來給列祖列宗們的墳上添添

土。孩子現在還小，等他長大後，秦王您已經掌握天下了，他不會對您構成威脅的。如果秦王能夠滿足在下的這個要求，我下輩子當牛做馬也報效您的大恩大德！

李世民點頭說：薛兄這麼大義，在下實在慚愧！

薛仁果專門給孩子寫了封信，交代妻子說：等孩子長大成人再交給他，記住，讓他好好讀書，不要再碰軍事與政治了，就當個商人吧！

妻子握著那封信，一把鼻涕一把淚地念給李世民聽：父親罪大惡極，自願接受制裁，不要怨恨唐朝……秦王對咱們有大恩大德，將來你要報答秦王，絕不能與他為敵，切記切記！

李世民聽得淚流滿面，他痛苦地說：我竟連自己的誠信都沒法實現，我還算甚麼男人啊！隨後，他派人把薛仁果的妻子與兒子送走了！

在李世民處決薛仁果的時候，薛仁果眼裡飽含著對李世民的感激，這種真誠的眼神，讓李世民羞愧不已！

他殺掉薛仁果後感到累了，這是一種身心交瘁的累。他託病在家裡待了半個多月都沒上班，在這些時間裡，父親從來都沒有問過他，這讓他感到心涼。

一天，李世民帶著幾個親信，還帶了很多東西來到安置薛家骨肉的小村，聽說在不久前的一個夜晚，母子倆被人暗殺了，是鄉親們幫著把他們埋了。李世民來到墓地，站在兩堆土前待了很久，在待著的這段時間裡，他開始想了很多很多……

第十五章

欲擒故縱

在消滅了薛家軍之後，唐朝基本控制了西部地區，李淵召開全國統一專題會議，商量「解放」東北地區的作戰方案。

會上出現了三個派別的聲音：(1)是馬上派兵攻打洛陽，佔據洛陽向周邊地區拓展；(2)是坐山觀虎鬥，等東北地區的集團軍幾敗俱傷後，再去收拾殘局；(3)是先派人去河北、山東地區埋下革命的種子，以備將來燎原！

星星之火可以燎原，李淵說：不錯，就這麼決定了！

這句話，後來毛澤東也用了，還在共產黨的革命老巢井崗山刻了字，有到江西的朋友，不妨去看一看，目前高速公路修得不錯，從南昌到那車程約三、四個小時，山上挺涼的，記得多帶件衣服。

李世民說：父親，我覺得應該馬上攻打洛陽！

李淵搖搖頭說：現在攻打洛陽並沒有把握，我們在東部地區埋下革命的種子，圖謀整個東北地區就不在話下了。好啦，我已經決定了，大家不要再勸我！

散會之後，李淵找到李密，跟他請教說：我說老弟啊，你在東北地區待的時間長，依你看我們怎麼才能更省力、更快捷、更有效地，拿下整個東北地區啊？這不，朝中有些大臣建議我派人去河北、山東地帶發展武裝，埋下革命的種子，你看這種做法可行嗎？

聽說要派人去河北、山東地帶，李密很是心動了。

這是離開唐朝多好的機會啊，他當然不能錯過，他對李淵說：陛下，太可行啦！臣的舊部都逃到河北、山東地帶了，只要臣前去把他們組織起來，想要拿下王世充就像拔地上的雜草那麼簡單，想要拿下整個東北地區就像鋤半畝地那麼容易！

其實他的真實想法是，去了河北、山東地區後發展武裝，然後重新與李淵抗衡。他甚至都想過不打王世充也得來打李淵。李淵，你這傢伙太不拿人當人了！無論我是甚麼動機前來投降你的，你都不能讓我的士兵餓肚子吧？你也不能縱容大臣向我的人索賄吧？現在他就擔心李淵不派他去。

可是意外的是，李淵很高興地說：好啊好啊，那就麻煩你跑一趟吧！

李密心裡高興啊，他用力點頭說：臣一定不辱使命！

李淵笑著點頭說：你辦事，我放心！

當朝中的大臣們聽說總統要派李密去山東，他們都感到吃驚！總統這是怎麼了，是不是喝醉了酒說醉話啊？他李密向來狡猾，又是造反專業戶，把他派往山東就等於放虎歸山，把他派往山東，在那裡撒下的也是星星之火，但是將來會燒唐朝的啊！於是，他們都去勸說李淵千萬千萬不能派李密去，隨便派個阿貓阿狗都比他強！

大臣們推薦由太子建成去比較合適，因為建成性格溫和，親和力強，容易開展工作。可李淵並沒有接受大家的意見，他平靜地說：這有甚麼可擔心的，帝王是天命所為，不是小人可以竊取的。再說就是李密叛亂也沒有甚麼，頂多就是蒿子（草本植物）做的箭射到蒿子裡，不值得可惜嘛（史書上的原話）！

他在說這番話的時候，還意味深長地盯了秦王李世民一眼！

李世民也不是傻子，知道父親的這一眼很惡毒，心裡就不痛快了。大家都在說李密的事情，你用這麼惡毒的眼光盯我幹嘛？你是不是把我也看作是李密了。

他皺著眉頭說：兒臣也認為帝王是老天注定的，問題是，如果我們待在晉陽不肯舉事，難道唐朝會自己成立嗎？如果躺在那兒睡大覺都能當皇帝，就沒有打天下的說法了。在李密這件事上還請父親慎重，因為李密也認為自己是天命所為！

李淵沒想到盯他這麼一眼，惹來這麼多話，他非常不高興地說：朕已經決定了，你們也不用再勸了。至少朕現在還是皇帝，還有權決定這一件小事！

他回到後宮後非常生氣，這個世民越來越差勁了，竟敢當著群臣就頂撞我，看來解決完李密的事情，是應該把世民的事情納上日程了！

甚麼叫安定？排除掉不安定因素才能有安定啊！

第二天上班後，李淵對百官宣布了自己的決意，派李密前去河北、山東地區搞地下工作。他還特別繃著臉強調說：「朕意已決，諸位愛卿不要再議論這件事情了！」隨後盯著李密，笑著問：「老弟，你有甚麼問題，倒是可以提出來的！」

李密說：我想讓賈閏甫與我一起去山東地區。

李淵說：好啊好啊，你看著誰合適、就讓誰去！

下班的時候，李淵對群臣說：大家今天晚上不要走了，咱們為前去東部地區工作的同志們送個行。於是，李淵又打發人整了個送別會，在會上他讓李密與賈閏甫與他同坐，三個人還共同用一個杯子傳著喝酒，也不怕有愛滋病?!

大臣們看到總統這麼信任李密，他們都感到李淵的腦子裡進水了。你明知道在河北、山東地帶，有大量的李密部下，還把他

派過去，這不等於給他提供東山再起的方便嗎？可是由於總統強調過不能再談這件事，他們就沒有再說，可心裡難受，這酒喝得沒滋沒味的！

李淵笑著說：你們放開手腳去做吧，我不會虧待你們的！

「謝謝陛下的信任！」李密說。

「說句實話，有很多人都勸我不讓老弟你去！可是我對你是真心的、放心的、貼心的，不是別人能夠離間得了的。對啦，你們甚麼時候出發，我來送你們！」

「我們明天就走，陛下您就不用送了，您工作這麼忙！」

在李密起程的那天，李淵率領百官把他們送到長安城外，還不停地對他們擺手！李密走出老遠了，回頭看到李淵的手還擺得像風信子。他想：娘的，你把手擺斷了也沒用，老子該打你時還用力打，誰讓你拿人不當人呢！

李密才剛走了兩天，沒想到唐朝就派快馬追上了他，詔令部隊慢行，讓他速回朝廷有要事相商。

李密皺著眉頭問傳令兵，甚麼大事啊？這麼急，難道女人破水了，產婆還沒到？

「總統的事，我只是個送信的，哪知道啊！」

「你先回去吧，我隨後就往京城趕！」

「您可快著點兒，總統說事情很急！」

「廢甚麼話，走你的吧！」李密瞪眼說。

李密好不容易才走出長安，哪肯就這麼回去啊？再回去，以後就不可能有這麼好的機會了。他對賈閏甫說：陛下派我去山東，剛走了沒兩天就把我給召回去，我心裡明鏡似的，回去必定遭到迫害，打死我都不會回去的。我決定攻陷桃林縣，取了縣裡的軍隊、糧食，向北渡過黃河，重新找回我自己。

賈閏甫吃驚道：主子對您恩重如山，絕對不可以這麼做！

李密冷笑道：「甚麼恩？你說有甚麼恩，我怎麼沒有感覺到？當初如果不是我把李淵放行，他現在還不知道在哪兒呢？他不知道報恩不說，還以怨報德！我好心好意前來投奔他，他是怎麼對我的，給我封的是甚麼狗屁官兒，又是怎麼對我的部下的，連飯都不管飽這是甚麼恩啊？再說，預言與桃李歌是說過李姓人繼隋為王，可也沒有標明就是他李淵啊！他不殺我還讓我東行，這就表明王者是不死的。就算李淵平定了關中又能怎樣？最後山東還是我的天下，我還是可以跟他平分天下的。」

「您這麼想是錯誤的！」

「你是我的心腹，怎麼不替我著想呢？」

「我正是為您著想才勸您回京覆命！」

「這不是覆命，這是回去丟命！」

「要不，這樣吧？讓部隊原地待命，我陪您回去！」

李密見閏甫嘮叨起來沒完，不由老羞成怒，舉刀就要把他給砍了，王伯當上去拉住李密，讓閏甫乘機逃走了。王伯當雖然支持李密叛唐，但他感到李淵已經懷疑他們了，就不應該再走了，應該回去覆命，然後再找機會逃離。

可李密哪聽得進去，瞪著眼睛說：就算這是一條不歸之路，我也不回去了。我看著李淵那張老太婆的臉就噁心，我怕忍不住拔出劍來扎他。再回去我肯定會做這種傻事。你不要再勸了，如果你肯跟我同行就走，不同意你就自我了斷吧！

聽了李密這番話，王伯當明白，今天不跟李密走那今天就是他的末日，跟著他走可能還是一條死路，可畢竟不是當下，他嘆了口氣說：義士的志向不因存亡而改變。好吧，我就跟您一塊兒去送死。不過，怕是就算死了，也沒有任何用處！

李密說：怎麼這麼說呢？甚麼叫送死啊！

王伯當搖了搖頭，深深地嘆了口氣。

接下來，他們開始策劃拿下桃林縣，他們知道就隨身這點兒兵，是拿不下桃林縣的。王伯當出主意說：您派人給桃林縣的縣官送信，就說您奉詔暫時返回京師，要將家人暫時寄在縣衙，麻煩給照顧著點兒。然後咱們再找幾十個勇猛之士偽裝成婦人，出其不意地控制住他！

李密感到這法兒好，於是就打發人去送了信，很快得到了縣令的回覆，表明熱烈歡迎李密前去，並保證悉心照顧貴家人……李密挑選出幾十名勇猛之士，讓他們穿上女人的衣裳，戴上面罩，把刀藏在裙子下面，然後帶著他們大搖大擺地進入了縣城，又走到了縣衙內。

並不知情的縣官還很熱情，把他們安排在最好的招待所裡，還安排了很豐盛的接風洗塵宴，就在縣官陪著李密喝酒的時候，那些婦人們握著刀進來，把刀架在了縣令的脖子上。縣令手裡端著的酒杯當場砸在地上，他吃驚道：這，這是，為甚麼啊？

「不為甚麼，我就不想跟著李淵幹了！」

「陛下這麼看重您，您為甚麼這樣做呢？」

「你這小官知道甚麼，他李淵根本就是個小人！」

李密輕而易舉地控制了整個縣城，整合了縣裡的兵力與輜重，趕著縣裡的老百姓奔向南山。鎮守熊州的右翊衛將軍史萬寶聽說李密奔他們這兒來了，他憂心忡忡地對行軍總管盛彥師說：上邊讓咱們在這裡狙擊李密，只怕我們完不成這個任務了。

「您有甚麼可擔心的？」

「李密是驍勇善戰的賊頭，如今又有王伯當輔助他，哪容易對付啊?!」

「給我幾千兵馬，我一定可以把李密的頭提來！」

萬寶吃驚道：您用甚麼辦法能做到這些？

彥師搖搖頭說：我現在不能對您講，等事後再向您解釋吧！

他帶著幾千人翻過熊耳山，把弓弩手埋伏在要道的兩旁，讓持刀盾的士卒埋伏在溪谷裡，並交代他們，等李密過河的時候發動攻擊。有人問：李密準備去洛州，咱們來這裡幹甚麼啊？彥師胸有成竹地說：他們說去洛州只是個幌子，實際上是想經過襄城投奔張善相去！

並不知情的李密過了陝州之後，以為沒有甚麼問題了，他帶著眾人慢慢地往前走著，他非常得意，心想：只要翻過山，我李密就會得到重生，又會變成那個叱吒風雲的李密了。由於他的心情好，景色自然也就變得好了。在他們經過山間的小溪時，李密還趴下喝了幾口清涼的山泉水。他輕輕地吁了口氣，感慨道：這裡的風景真好啊，這裡的水真甜啊，等我得到天下，就在這裡建個行宮吧！

他的話音未落，只聽呼隆一聲，四周冒出了密密麻麻的唐軍。他的手很專業地握住劍柄，可是看到實力懸殊太大，握著劍柄的手燙著般彈了起來，然後倒背在身後，喊道：哎哎哎，你們知不知道我是遵照陛下的詔令前去山東招兵買馬？如果你們壞了我的大事，擔得起這個責任嗎？啊，你們擔得起嗎？

彥師笑著問：那你不去山東，在這繞甚麼繞啊？

李密瞪眼道：我選擇哪條道路，你管得著嗎？

彥師依舊笑著說：老李，跟你說句實話吧，我以前特崇拜你，都還想找你簽名，可是現在呢？我特鄙視你！就你這種腦子，我都想不透，你以前為甚麼能弄出那麼大的名堂來！

李密知道今天用嘴是拱不開生命之門了，他刷地把刀抽出

來，喊道：弟兄們，殺啊！他喊的聲音夠大，可是效果一點兒都不好，因為他手下的士兵們，都把武器扔進水裡了，把手舉起來投降了。

李密的心裡拔涼拔涼的，他知道再反抗下去就沒命了，於是把劍扔進水裡，也把雙手舉起來。心想：等把我押到長安後，我就有機會跟李淵理論，說不定還能保住性命。只要能保住性命，我就還有東山再起的機會！

彥師下令把李密捆起來後，他提著劍走到李密跟前小聲說：李密，看在你以前曾英雄過的份上，我就讓你死個明白吧！其實呢，主子從來都沒有信任過你，早就想砍你了，只是沒有找到合適的理由，你這不就成全他了。

李密問：你這話是甚麼意思？

彥師笑嘻嘻地說：跟你說實話吧，在你離開長安的那天，主子就給我們下達了命令，讓我們在這裡殺掉你。當時我還懷疑您不會來這裡，可是沒想到您就真來了！

李密聽到這裡面如死灰，他現在終於明白，李淵為甚麼同意他去山東，為甚麼還請他喝酒，還說了那些當時聽來像弱智的話了，原來早就謀劃好了，要藉機把他殺掉。他悔恨自己太沒腦子了，李淵表現得那麼反常，他竟然沒有任何的察覺，還傻乎乎地鑽進了人家設好的套子裡。

可是他還是很想活著，於是對彥師小聲說：彥將軍，我征戰了這麼多年，蒐集了很多財物，這些財物都被我藏起來了，如果你今天能放過我，這些財物都是你的。

「我覺得生命比財物重要得多！」

「你難道就不能放過我嗎？」

「不能，放掉你我的小命就危險了！」

他懶得再跟李密交流了，把刀掄出一道亮弧，從李密的脖子上橫過去，那頭滑下去砸在水裡，濺起了粉紅的水花，那沒頭的身子這才歪倒，嘩地一聲濺了彥師一身水。他撸把臉上的水，喝道：把李密的部下都給我砍了！

一條清甜的小河，就這樣變得血紅了！

彥師把李密與王伯當的頭用布兜起來，並沒有回去向史萬寶彙報，而是直接奔長安去了。他不想與史萬寶共享這個功勞，還是感到自己獨自吃下這個果子比較過癮！

當李淵看到李密的頭後，不禁感嘆道：李密啊李密，你把《漢書》掛在牛角上，到底讀了沒有啊，是不是充樣子啊？如果你真讀了，怎麼會這麼沒腦子呢？

由於彥師把任務完成得很漂亮，李淵把他封為葛國公，讓他仍然鎮守熊州，後來多次對彥師進行提拔。看到沒有？別人的失敗往往就是你的機會，所以說打敗別人很關鍵！這種戰爭落實到我們現實生活中，那就是競爭！

在處理完李密的事情後，李淵感到欣慰的是，可能繼隋為王的李姓頭領又少了一位，那麼他的可能性就多了些。他突然想起了西涼的李軌好像很久都沒有聯繫過了，於是他問裴寂：最近李軌有甚麼動向啊？

裴寂說：沒聽到有甚麼動靜！

李淵就想了，如果我把李軌也給處理掉，那麼天下集團軍首領不就剩我一個啦，我不就是桃李歌裡唱的那位李姓人了。於是，他跟裴寂商量說：你看我們是不是趁著有點兒時間把李軌給解決掉啊？這樣的話，我們就可以放心地攻打東北地區了！

裴寂聽到這裡有些吃驚，扭頭過去看李淵，只見他臉上寫滿

了殺意。

「陛下，李軌已經投順我們了，他哥哥還押在咱們長安，不會對我們構成威脅的。以臣之見，封他個王他就很知足了。讓他牽制梁師都，這對我們較有利啊！」

李淵想想也是，於是就派張俟德前去冊拜李軌為涼州總管，封為涼王。

那麼老裴為甚麼幫著西涼說話？這當然是有原因的。之前，李軌聽說裴寂相當於二皇帝，在唐朝公司說話非常管用，於是就私下裡送給他很多財物，目的就是讓他在李淵面前幫著說好話，千萬不要產生對付西涼的想法，就這樣，這些財物就在關鍵時候發生作用了，有捨就有得嘛！

194

第十六章

兔死狗烹

把李密搞定之後，當大臣們再次提到征伐東北地區的事情，李淵感到有些為難了。

現在東北部就剩王世充這個大戶了，李淵也明白應該對他發動攻擊了，可是派誰帶兵去合適呢？他在這件事上猶豫了，當然，派李世民去是比較有把握，可是他不想派，因為很多大臣都在背後議論說：如果沒有秦王就沒有唐朝，好像唐朝這家公司是這小子成立的一般！如果李世民把東北地區解放了，他的尾巴翹得還不把天上的雲彩掃下來啊！

李淵不想派世民去征伐東北地區還有個重要的原因，那就是他擔心世民打下東都後，可能會佔據東都，自立王國，與唐分割天下。他從來都不懷疑有這種可能，就像他從不懷疑世民會為了奪取皇位，用刀子拉他脖子那樣。

建成倒不會拉他的脖子，可遺憾的是，他又難以擔當大任。

可是當李淵聽說，山東的竇建德自立為皇帝了，便如釋重負似地吁了口氣說：啊，既然竇建德在東北部當皇帝了，我看沒必要再去攻打東北部了。其實他這種心態我們能夠理解，就是寧願不要東北地區，也不讓世民因此而影響了他的權力。

李世民當然不知道父親的真實想法，他問：為甚麼啊？

「竇建德可比李密、王世充、宇文化及、劉武周等人難對付得多啊！」

「難對付也得對付啊，要不怎麼完成統一大業？」

「世民，你不了解竇建德這個人，他的孝順、仗義、廉潔、博愛都是出了名的，老百姓沒有不擁戴他的，只要他舉著旗子搖搖，這威力並不比桃李歌差多少。你說我們跟這樣的人去爭奪東北地區，會有好果子吃嗎？」

從此，無論誰勸李淵進軍東北地區，都會挨一頓罵！

隨後李淵派李世民帶兵守著唐朝與洛陽的搭界處，以防王世充與竇建德他們前來侵犯，並特別交代，沒我的命令，絕對不能擅自招惹他們。又把建成派去密切關注突厥人的動向，還是特別交代，突厥人更惹不起，只要他們不來侵犯，千萬別惹他們！

李淵把國防大事安排妥當之後，又把朝中的事務交給蕭瑀全權處理，他開始要盡情享受自己的權力了。

他知道自己五十多歲了，歷史又告訴他，皇帝的壽命都像兔子尾巴——不長。自然規律告訴他，秦皇大帝都化成一抔朽土了。所以，他想好好享受人生！

他每天帶著美人在皇家花園裡遊樂，並常在晚上搞文藝晚會，似乎忘了他表弟楊廣是怎麼死的了，就差點兒去揚州玩了！一天，長安來了個外國文藝團體，都說演得不錯，李淵就派人把這個團體請進宮裡表演！

李淵見胡人安比奴跳舞跳得非常優美，一高興就把他封成了散騎侍郎！他還跟著安比奴學習跳舞！他連脖子都沒有還跳，跟人家安比奴舞起來就像黑熊VS水蛇。

大家都說：陛下您跳得真好！（其實是非常噁心！）

大臣們對李淵跳舞並不反對，你跳多高也沒關係，可是你不能提拔一個外域的文藝工作者當官啊，你提拔也沒關係，可是你得先把我們這些建國的功臣給提拔了啊！

太不像話了！

很多大臣都在背後議論說：我們拋頭顱灑熱血，最終還不如那胡人扭扭屁股，天下有這樣的道理嗎？我們也有屁股，我們也會扭，我們扭了你提拔我們嗎？大家雖然在背後議論，但他們都不敢跟總統說。因為他們知道現在的總統，可不是革命初期的那個阿淵了，那時候的他，胸懷像海那麼寬廣，像老大哥那樣領著他們去革命。現在的他變得猜疑、暴躁、心胸狹窄，就像誰欠他五毛錢似的！

禮部尚書李綱是個有責任心的好同志，當他聽到大家的議論多了，感到這樣下去肯定會影響總統的聲譽，說不定還會出現嚴重的問題。比如哪位大臣對唐朝失望了，抽空子帶領軍隊投奔了王世充或者竇建德，或者裡外勾結發動暴動，唐朝就可能遭到滅頂之災，可是唐朝並不是他李淵一個人的唐朝，雖然李淵是這麼認為的，可是大家並不這麼認為，因為他們的身家性命，與唐朝的健康發展是休戚相關的。

他找到李淵問：陛下，您不想統一全國了嗎？

「這話怎麼講的，是說朕不求上進嗎？」

「您為甚麼會輕視文臣武將呢？」

「我輕視過嗎？我沒有，你說有就拿出證據來。」

「那您為甚麼提拔一個舞男當官？」

「為甚麼，你不感到他的舞跳得挺好看嗎？」

「文臣武官都沒得到提拔，您提拔一個舞男不太好吧！」

「這個，可是我已經授給他官了，不能再收回了。」

「如果提拔錯了，為甚麼不能改過來，我看這個嘛，不會很困難……」

李淵非常不高興，把眼睛瞪得圓圓的，厲聲喝道：胡鬧，皇

帝的話能隨便改嗎？改來改去這嘴還叫金口玉言嗎？以後誰還聽朕的！你逼著我說話不算話是何居心，我不就封了個演員當了個文職小官嘛，我就封了你能怎麼樣？如果我一個皇帝沒有封官的權力，我還當甚麼當啊？乾脆由你來做這個皇帝得了！

看到總統這種態度，李綱知道上綱上線了，不敢再說了，再說李淵也不會把皇帝讓給他，可能會把他的官給抹了。他回去後感到非常鬱悶，我為了國家的安全著想有錯嗎？我為了你陛下的利益進良藥，可你卻嫌苦口。

這事兒擱到別人是不會再勸了，可是李綱這人正直，他還是想辦法勸說總統收回成命，把安比奴的官給註銷了，消除這件事帶來的不利影響！他想到老裴跟總統好得就像同穿一條褲子，兩個人常常扎堆（結伴）兒不知道做些甚麼，看著就像「拉拉（同性戀）」似的，也許裴寂去勸說總統會有效果。於是他找到裴寂，說：老裴，你對陛下提拔安比奴是甚麼看法？

「啊，這個嘛，小安舞跳得挺好的嘛！」

「跳得是不錯，可是大家都有意見啊！」

「老李，還沒吃飯吧？我打發人去準備。」

「您能不能去勸勸陛下，把安比奴的官收回來！」

「我打發人準備幾個小菜，咱哥倆喝點酒怎麼樣？」

「你看你，我跟你說正事呢，你老打甚麼岔啊！」

裴寂吸溜吸溜嘴說：老李啊，你能夠這麼替國家著想，真的令人感動！這樣吧，我盡快去跟總統談談，不過可不見得管用。

他雖然這麼說，但他是不會去勸李淵的。如果你對老裴說：老裴，老裴，我有個妹妹長得可漂亮了，你去問問總統要不要啊？相信裴寂肯定跑掉了鞋去找李淵，因為他就愛幹這種事兒。

之前我們說過，裴寂對於替人辦事有他自己的原則。

這個原則就是任何人求你辦事，無論辦得了辦不了都要痛快地答應下來，然後不給他辦，再耽誤他三天時間，說我盡力了。這樣別人會對你說聲謝謝。如果你一上來就說我辦不了，也許你真的辦不了，可是人家並不認為你辦不了，而是認為你這人很難拜託，而會對你產生怨言，將來你有甚麼事求人家，人家肯定也不會幫你！

就這樣，三天過後，裴寂找到李綱說：老李啊，我盡力了！

李綱問：結果怎麼樣？

裴寂搖搖頭說：總統說我狗拿耗子！

李綱說：老裴，讓您費心了！

裴寂嘆口氣說：都是為了唐朝的利益，何必這麼客氣呢！

事情發展到這種程度了，任何人都不會再狗拿耗子了，可李綱這人就愛較真，他就愛拿耗子。比如從前，他聽說建成嫉妒世民的功勞，就直接對他說：太子，你這麼想是不對的啊！秦王為唐朝做出的貢獻這是有目共睹的！結果建成對他挺有意見。沒辦法，李綱就是這種人。他見裴寂沒勸得了，就想到了劉文靜，感到老劉肯定有辦法。

在李綱看來，劉文靜當初策劃了晉陽起義，這是多大的事情，何況策劃掉一個胡人舞者！於是他找到劉文靜說：老劉啊，現在又不是和平盛世，總統竟然提拔一個舞男做官，這樣做影響很不好，您能不能想個辦法，讓總統把那舞男的官抹了吧！

老劉本來就對李淵有意見，聽到李綱提起胡人的事情，撇嘴說：老李，你感到有必要去勸嗎？很沒有必要，總統又不是第一次這麼做了！

李綱問：甚麼，除了安比奴還提拔誰了？

劉文靜問：哎，老李你說實話，他裴寂有甚麼本事兒，每天

就知道搖頭擺尾，像狗那樣跟在總統的屁股後面，跟那個會演戲的安比奴有甚麼區別？還不都是弄媚取寵嗎？再說了，他裴寂能比得上安比奴嗎？人家小安子跳起舞來看著挺順眼，可是裴寂那拍馬屁的樣子多噁心啊！這麼噁心的人總統還把他當個寶，你說這正常嗎？滿朝的文武官員，哪個不比裴寂的貢獻大，可是哪個比他住的房子大，比他的官大，比他的工資高，比他得到的褒獎多？你說這公平嗎？天下有這樣的道理嗎？

這席話，讓李綱很不好回答，他說：這個，老裴是元老，咱不管，可那胡人……

劉文靜喊道：難道我就不是元老嗎？

李綱苦笑道：您當然是，相信以後陛下會提拔您的。

劉文靜啐了口痰說：我看不改朝換代，這事兒就會擱著了！

李綱有些後悔來找劉文靜，也不想再在這裡交流了，這種事情如果傳出去那就要倒大楣了。他匆匆告別了。由於劉文靜見著誰都發牢騷，他老兄也不分場合，也敢針對總統，最終被李淵給知道了。

李淵心想：他劉文靜對我的意見這麼大啊！竟然還說改朝換代的事情，這是甚麼意思？壞啦壞啦，他是不是與世民謀劃奪我的權啊？這麼想他不禁有些害怕了！

他從來都不會懷疑李世民與劉文靜會謀劃他的皇位，因為在晉陽的時候就是他們首先謀劃造反的，並且用那種既幸福又痛苦的辦法對付他。李淵不想再挨對付了，如果等到被對付了，他可能就會變成姨夫楊堅了！

於是，李淵重新拾起對付劉文靜的辦法。

他雖然有權力把劉文靜給拉出去砍了，但他在沒有充分理由的情況下，還是不敢對劉文靜用權力制裁的。劉文靜畢竟是革命

元老，是他策劃了晉陽起義，是他出使突厥為唐朝進攻長安贏得了時間，是他在解放戰爭中率兵多次打敗敵人！

為了盡快把劉文靜幹掉，李淵又採用了老辦法！

他對裴寂更好了，給他加官晉級，給他發高薪，給他安排超標準的住房，還送給他很多財物，還贈給他美人。裴寂雖然表現得挺樂意接受，可是他心裡卻是痛苦不堪，因為他得到這些東西的同時，與同志們之間的關係也越來越遠了。

其他大臣對裴寂有意見他們不說，可是劉文靜那脾氣哪忍得住啊？他在上朝的時候拉著臉質問李淵：陛下，在下還是想請教一個老問題，裴寂為大唐做出了甚麼貢獻，難道就因為他把晉陽宮裡的東西獻出來嗎？再說了，那些東西本來就不是裴寂的，任何造反派都不會放過那些東西的。除此之外，裴寂還有甚麼貢獻？請陛下能夠告訴大家吧！

「在座的每位，都為大唐做出了傑出的貢獻啊！」

「大家都做出了巨大貢獻，那為甚麼就裴寂的待遇這麼高，這公平嗎？我希望總統要把一碗水端平才是，否則，大家肯定有意見！」

「誰有意見，站出來讓朕看看！」李淵叫道。

大家心裡都有意見，可是他們都不站出來，也不說出來！

李淵冷笑道：劉文靜，你看到了沒有？大家都沒有意見，就你的意見大。

劉文靜心裡窩著火，感到憋屈得慌，從此專門跟裴寂作對，只要裴寂說是白的他就說是黑的；裴寂說那人是女的，他非說是人妖不可！

兩個人經常在上朝的時候爭得臉紅脖子粗，而李淵又總是向著裴寂，劉文靜鬱悶極了！從此變得消極起來。他託病在家不上

班了，每天與弟弟通直散騎常侍劉文起喝酒，喝多了就破口大罵裴寂，實際上是在罵李淵。他還拔出刀來砍柱子，砍的是柱子，實際上是把柱子當裴寂了。劉文起很為哥哥的這種情緒感到擔憂，對他說：大哥，別這樣了，讓總統知道就麻煩了！

「我就是讓他聽到，他聽到還怎麼樣？要不是我，他能當上皇帝嗎？」

「大哥，你以後少喝點兒酒吧，這樣下去會出事的！」

劉文靜哪肯聽啊？依舊每天把自己灌得看著一條狗兩條尾巴，依舊每天破口大罵裴寂，埋怨總統偏心眼子！

一天夜裡，劉文靜喝得醉眼朦朧，忽聽院裡傳來鬼哭狼嚎聲，他提著劍歪歪晃晃跑出去，看到院裡有兩個穿白衣服的惡鬼，張著血盆大嘴很怪地笑了幾聲就消失了。劉文靜嚇得出了一身冷汗，酒也醒了，他揉揉眼睛追出大門去，甚麼都沒看到！

對於這件事情，劉文靜的理解是，肯定是總統派人前來監視他的。

家裡人聽到這事後認為宅子裡真有鬼了，都害怕，晚上都沒有人敢到院裡來。

劉文起幫著請來巫師驅鬼，這巫師在月光下披散著頭髮，嘴裡銜著刀，就像瘋狗似的亂蹦亂跳，看他那努力的樣子還不知道有多少鬼呢？劉文靜的一個小妾害怕了，他對劉文靜說：我害怕，你晚上到我的房裡睡成嗎？要不我不敢睡！

「怕甚麼，怕甚麼！」

「家裡有鬼！」

「有甚麼鬼，你叫出來我看看！」

「沒鬼，小叔請巫師來幹甚麼？」

「這個文起真是荒唐，簡直胡鬧，鬼有甚麼可怕的，可怕的

是人哪！」

　　小妾見劉文靜不肯去她的房裡過夜，就讓一個男僕抱著刀睡在房裡的地板上，她與侍女睡在床上。第二天，劉文靜起來發現有個男僕從小妾的房裡出來了，就把他給抓起來。小妾與侍女解釋男僕從房裡出來的原因，可是劉文靜哪肯相信這個男僕會睡在地板上，就毫不留情地把他給殺了，隨後把小妾摁到胯下狠揍一頓，把她給休了！

　　這小妾鼻青臉腫地回到娘家，向哥哥哭訴了事情的經過。

　　當哥的看到妹妹被打成這樣子，心想：你劉文靜下手也太狠了，既然你這麼狠，也別怪我們對你不客氣。他說：你馬上去找裴寂告劉文靜謀反，裴寂肯定會領著你去見陛下，陛下肯定不會輕饒他劉文靜的！

　　小妾跑到裴寂家，把劉文靜造反的事情說了。

　　裴寂雖然不相信小妾的話，但他還是馬上領著她去觀見了李淵。因為他感到這是除掉劉文靜的一個好機會，他早就想除掉這傢伙了。

　　李淵也明白這是誣告，如果這小妾知道劉文靜造反的事情，劉文靜傻啊，放她出來亂叫！他感到有些猶豫，因為僅憑著小妾的話就辦劉文靜，這理由有些牽強了。隨後他想：牽強總比沒有強吧，於是就派蕭瑀與裴寂去調查這件事情！

　　老劉正在家裡鬱悶呢，見蕭瑀與裴寂來到家裡，他騰地站起來，指著裴寂的鼻子吼道：馬屁精，你給我滾出去，再不滾出去，別怪我對你不客氣！

　　裴寂撓撓頭說：老劉，我是上級派來的！

　　劉文靜說：我管你是誰派來的，滾出去！

　　蕭瑀只得讓裴寂先回去，他跟劉文靜進行了交流。他嘆口氣

說：老劉啊，你不能再這樣下去了，現在上級對你的意見很大，你應該自己心裡有數才是啊！

劉文靜委屈地說：老蕭，你也知道，當初太原起兵時我愧居司馬，算起來與裴長史的職位聲望大致相當，如今裴寂官居僕射，佔著長安最好的府第，拿著高工資，可是我的呢？我的官銜與所受賞賜跟平常人沒甚麼兩樣，我心理不平衡啊！想想東征西討的，把老母留在京師風風雨雨無所庇護，確實有些不滿的情緒，因喝醉了酒口出怨言，不能保護自己罷了！我哪敢造反啊？再說秦王對我有救命之恩，我奔著秦王的面也不會做出有損唐朝的事情！

蕭瑀點頭說：我相信你，老劉，可我相信沒有用啊！

劉文靜說：老蕭，您一向敢於納諫，為甚麼不勸說總統改變作風呢？

蕭瑀苦笑說：不是我沒勸，我勸了他不聽我有甚麼辦法啊？你也知道，當初煬帝是我姐夫，我勸他都被他給貶了，更何況我跟陛下並沒有甚麼親戚關係啊！

在上朝的時候，蕭瑀向李淵彙報說：陛下，我跟劉文靜談過了，他沒有造反的跡象，也沒有這種打算！只是呢，他感到自己比老裴的功勞大，待遇卻少得多，有些不平衡罷了！其實，我相信朝中的很多大臣都對這件事不平衡，只是他們不敢提出來罷了，不提並不是說沒有問題啊，這個問題並不只是劉文靜個人的問題啊！

李淵皺著眉頭說：老蕭，我們在說劉文靜的問題，你扯那麼多幹嘛？

李綱站出來說：陛下，為臣也感到劉文靜不會造反！

李淵生氣道：我們總不能等著看他是否造反吧？做甚麼事情

都應當防患於未然。來人啊！把劉文靜抓起來，要好好地審問他，把事情弄明白了再說！

秦王李世民正在軍營巡察，聽說父親把劉文靜給關起來了，他明白父親對付劉文靜並不單純是對付劉文靜，主要因為劉文靜是他秦王的人。他當然不能眼看著文靜被陷害而不管。他快馬加鞭趕回去對父親說：過去在晉陽，是文靜先提出起兵大策後才告訴裴寂的，他出使突厥，帶兵打仗，為唐朝做出巨大的貢獻。可是他與裴寂的待遇差別這麼大，是誰也會不滿！他不滿能夠說出來，這說明他的耿真。如果他想造反的話就不會每天牢騷滿腹了。兒臣還沒有聽說，哪個造反的人上來就滿世界咋呼的！

李淵瞪眼道：他不平衡，是不是坐我的位子就平衡了？

李世民說：這樣吧？把這件事交給我來處理。

李淵雖然嘴上答應了，但對李世民與劉文靜更加懷疑了，因為李世民竟然不顧國防安全跑回來替劉文靜求情，可見他們的關係有多麼鐵。不過既然世民提出來了，如果不給他這個面子，可能會讓他產生情緒，說不定還會出甚麼事兒。李淵同意讓他處理，並強調說：大臣們都知道劉文靜是你的人，你可要嚴肅處理不徇私情才是！

李世民從牢裡把劉文靜弄出來，對他說：老劉，你這又是何必呢！

劉文靜哭道：秦王，陛下這並不是針對我啊！

李世民點頭說：老劉呀，你不說我也明白，兔死狗烹的事情，在歷史上可是一堆又一堆地呀！正因為這樣，我們才要小心處事，該忍的就忍了。你聽我的，以後不要再有怨言，安心工作，如果機緣合適了，我會把你失去的東西補回來，但不是現

在，你懂了嗎？

劉文靜點頭說：秦王，我聽您的，以後小心點兒！

李世民說：既然明白了，就跟我去做國防工作吧！

劉文靜說：秦王，您先走，我收拾收拾就去找您！

在李世民走後，劉文靜心想：是啊，我怎麼這麼傻呢？我跟他裴寂較甚麼勁啊，一切不是有秦王嗎？我只要把秦王扶上皇位，秦王肯定是會優侍我的啊，到那時候不平衡的就是他裴寂那馬屁精了。

想到這裡，劉文靜想去跟裴寂喝點兒酒緩和一下關係。於是他就提著東西去了裴寂家，見面就說：老裴啊，我以前跟你斤斤計較，現在想來都感到臉紅。今天呢？我跟你賠個不是，以後我們和平相處吧！反正你工資高，以後我就常來蹭杯酒喝。

裴寂說：老劉，這是你的真心話嗎？

劉文靜笑著說：你看你，老裴，要不是真心我能到府上來賠不是嗎？

裴寂聽了，高高興興地擺了酒菜，兩人邊喝邊談在晉陽時候的生活。那時候李淵還沒有到晉陽，裴寂當著晉陽宮副監，劉文靜當著晉陽縣令，兩人的關係還是挺不錯的。

在談起那段時光時，他們又像是好朋友了。可是在劉文靜告辭後，裴寂就很不夠朋友了，他去晉見李淵說：陛下，我發現劉文靜現在不大正常了！

「有甚麼不正常的，你說來聽聽！」

「劉文靜提著東西到我家裡賠罪道歉，您感到這對勁嗎？」

「和平相處，這不是挺好的嗎？」

「如果秦王不給他提點一些甚麼，劉文靜這傢伙會變得這麼文靜嗎？」

李淵聽到這話就皺起眉頭來，他的腦海裡出現了這樣的畫面：李世民對劉文靜說：你急甚麼急啊？等我把皇位奪過來你想要甚麼有甚麼。劉文靜用力點頭說：我明白了，我以後再也不跟裴寂較勁了，我要跟他搞好關係！

想到這裡，李淵嘆口氣說：老裴，你的擔心並不是多餘的，這樣吧？你安排人把劉文靜的事情解決了，要做得俐落點兒！

就這樣，可憐的劉文靜正收拾行囊準備去找李世民上班呢！禁衛軍衝進家裡沒容他說話，就把他給殺了。禁軍隨後又趕到劉文起家，把會呼吸的全給砍了。隨後又把劉家的財產全部充公。李淵對外聲稱劉文靜兄弟發動政變，已經被鎮壓住了！

大臣們都知道這是一起由總統策劃的謀殺，他們都不敢提起這件事情，就像他們從來都不知道有劉文靜這個人似的！

當李世民聽到劉文靜被殺的消息後，他獨自躲在營房裡，眼裡含著淚水，緊緊咬著下唇。回想在晉陽的時候，他們在燈下頭對著頭策劃革命；想想他們並肩作戰的那些日子，他怎麼不感到悲傷呢？他在心裡默默地說：老劉，你安息吧，以後我會替你翻案的，我會懲辦陷害你的小人，為你報仇雪恨！

第十七章

自食其果

　　自從殺掉劉文靜以後，李淵的心情並不輕鬆，他擔心李世民會有甚麼想法，或者會有甚麼舉措。因為世民與文靜的關係太好，他們同謀共計，並肩作戰，謀劃未來，如今突然失去革命情感的同志，他能平衡嗎？這肯定是有想法的啊！

　　為了預防突發事件，李淵暗裡派人去世民的軍營臥底，密切關注秦王的行動，定期向他彙報。當他通過線人得知秦王現在很平靜，從未提過劉文靜的字眼兒，就像根本不知道劉文靜是甚麼品種的羊似的。

　　李淵聽了就更擔心了，如果世民梗著脖子前來質問他，跟他鬧，這才是世民的做事風格啊，如今他這麼平靜，這平靜之下究竟是隱藏著甚麼東東呢？

　　李淵自己也覺得殺劉文靜這件事做得並不漂亮，因為理由不夠充分。如果策劃到把劉文靜殺掉讓天下人都叫好的程度，相信李世民可能就容易接受些。可是現在已經把人殺了，沒法兒再補救了，他現在需要做的是預防李世民有甚麼野心。

　　本來李淵就夠煩的了，誰想西涼的李軌又出現問題了，這讓他恨得牙根兒都癢癢了。我現在就想咬人，你就來招惹我，我不咬你咬誰啊？

　　事情是這樣的，李軌的尚書左丞鄧曉帶著書信來長安晉見李

淵，信裡寫道：皇帝的堂弟、大涼國皇帝、臣下李軌……希望從今以後我們兩國和平相處、同勉共勵、共同創造美好的未來……等等……

李淵沒看完這封信就要把它撕了，可是這信是絹質的，把他的手給勒得生疼。他把絹書扔到地上踩了幾腳，恨恨地想：娘的，你之前說歸順我，還把你哥哥押在長安，現在又跟我平分天下，還想和平共處，能處得了嗎？現在我唐朝強大你就敢跟我稱哥們兒，如果我們遇到甚麼困難，你還不把我踩到腳下跳幾個高，把我踩進泥裡再往上砸石頭啊？

我為甚麼不先把你踩進泥裡，讓你永遠都不能翻身了呢！

他想派李世民去打這場仗，之所以要派他去，主要是想通過這場戰爭測試他，如果有甚麼反常，再乘機把他給幹掉。現在幹掉他還容易些，如果等他的翅膀再硬些，就真的逮不住他了。

可是裴寂卻提出相反的意見，他說：陛下，西涼又不是甚麼強國，隨便派個將領就可以把他們消滅掉，為甚麼再讓秦王去建立功業呢？他的功勞越大對您的威脅就越大！

「那你說我派誰去？」

「可以派太子前去打仗啊！」

「突厥對我大唐虎視眈眈，這一道防線也很重要啊，不能顧此失彼！」

「咱們大唐能打仗的將領多了去了，隨便派一個去就能把西涼給打敗了！」

就在李淵考慮攻打西涼的人選時，安興貴前來要求前去說服李軌歸順，以免發生戰爭。安興貴的弟弟安仁是李軌的將領，他的家族大多在西涼政府部門工作，派他去怎麼能讓人放心呢？他搖搖頭說：興貴啊，你的心情我是可以理解的，但是，我又怕你

勸不了他反受其害，我看還是不要去了吧！

安興貴說：陛下，您放心吧，臣下的家在涼州，家族顯赫，再說，我弟弟受李軌信任，家族中有十幾名子弟都在李軌手下做大官。臣前去說服李軌，如果李軌不聽，就在他的身邊把他解決掉，這不省得再打仗了！

李淵說：正因為李軌手下有你的親人，你才應該迴避這件事情啊！

安興貴說：陛下是不是怕我去了西涼不回來了，您大可放心，我的妻子兒子都在長安，我不可能置他們於不顧！再說了，就唐朝現在的實力，打敗西涼這是輕而易舉的事情，我豈能放著美好的未來不追求，而去投奔馬上就要面臨死亡的國度呢？

李淵想想也是，現在很多集團軍都投奔我唐朝了，他安興貴能放著榮華富貴不享，去投奔將要覆滅的小國嗎？當然不會。他點點頭說：那你放心去吧，至於你的家庭，我會關照。你去了要量力而行，如果你的家族不配合你，你也不要強求，馬上回來，咱們再另想辦法！

安興貴為甚麼非要去做這個工作，當然是有原因的。

他的家族都在西涼當官，如果將來唐朝跟西涼幹起來了，那麼家族的人就會變成是唐朝的敵人，而唐朝又肯定能幹過西涼，那麼他家族的人不是被殺死就會變成俘虜，就算將來能保住他們的性命，也沒法再過貴族的生活了。如果能把李軌勸降，或者聯繫家族的力量把李軌給俘虜了，那麼，他們家族在唐朝還是能夠得到重用的！

回到西涼後，安興貴首先去拜見了李軌。

李軌見到安興貴也很高興，因為他想知道鄧曉去到唐朝後，

為甚麼沒有回來？李淵對西涼的態度又是怎樣的呢？

安興貴回答說：陛下，鄧曉感到唐朝強大，已經歸順了。

「那你回來幹甚麼？」

「我回來是想跟陛下說，西涼的轄地不過千里，土地瘠薄，百姓貧困，很難跟大唐抗衡，因為唐朝必將前來征伐西涼，因為他是不會跟別人分享天下的！」

李軌聽了非常生氣，瞪著眼說：「我憑著山河的牢固，他們強大又能拿我怎麼樣？哎哎哎，你從唐朝來是不是替唐朝遊說的呀，如果這樣的話，那就請你馬上離開我西涼去吧！」

安興貴忙說：「臣全家受陛下的榮祿，如果不把我的建議說給您聽，這怎麼能對得起您呢？我說出來，至於您怎麼選那是您家的事了！」

他知道用嘴是拿不下李軌了，於是把本家在政府部門工作的兄弟都叫到一起，向他們宣傳唐朝的強大，以及攻打西涼的決心以及後果，希望大家團結起來把西涼奪下來交給唐朝。這樣的話，整個家族都會得到唐朝的重視，將來權力、尊嚴、富貴、安樂可保。安仁為難道：大哥，這不太好吧？人家陛下對咱們的家族有夠照顧的了！

「他是對我們很照顧，但我們也不能用家族的全體命運來報答啊！」

「人不為己，天誅地滅，我們只能順從天意了！」安仁只好點頭說。

從此安興貴四處散布謠言，大唐馬上就來誅滅西涼，如果肯歸順的，他可以向唐王引薦，必將得到重用。有些大臣們開始動心了，他們衡量了唐朝與西涼的實力後，最後選擇了投降安興貴，並在安興貴的帶領下，把西涼的都城給包圍了。而安仁在城

裡不停地放煙霧，就說唐朝的大部隊馬上就要到了，西涼肯定是保不住了。守城的將領們聽到這個消息後，他們找到安仁說：麻煩您跟安興貴說說，我們也歸順！

李軌這時才發現都還沒有打起來呢！怎麼自己的軍隊越來越少了，這時候他終於明白，桃李歌裡唱的那位姓李的主子，絕對不是自己了，因為自己太善良，太輕信，太沒有凝聚力了。事情發展到這種程度，李軌沒有再做無謂的抗爭，而是和妻子女兒登上玉女台，擺酒話別！

值得說明的是，這裡的玉女台不是《嵩山記》裡說的那個——「武帝東巡過此山，見學仙女子，帝因往觀之，遂以名山。」李軌登的這個玉女台是人造的。當初，有胡人巫者對他說：這個上帝呢，要派玉女從天而降，你們準備怎麼迎接她呢？

李軌問：玉女來到我這裡，有甚麼好處？

巫者說：玉女具無上的神力，她肯定是會幫助你成為天下之王的！

李軌就信以為真，徵集百姓建造高台迎接玉女，還花費了很多勞力經費，最終仙女沒見著，卻見到了安興貴這個剋星。他與家裡人在這個台上，邊喝著酒邊哭。他把手裡的杯子扔掉，站在台前，雙手舉得老高，仰望著天空喊道：玉女啊，我建的台子都生了青苔了，你為甚麼還不來啊？你為甚麼就忍心看著我這麼覆滅啊？

喊有甚麼用？喊破喉嚨自己難受，他並不能阻止安興貴押著他回長安。

在去往長安的路上，李軌問了安興貴一句：你這麼做，對得起我嗎？

安興貴說：我是為了報答您，才這麼做的！

李軌冷笑道：你丫的把恩將仇報都說得這麼好聽，真是奸佞之人！

安興貴搖頭說：您錯了，您以這種形式去，在下可以向唐王請求饒您的性命，說不定還能安排你工作養家活口。可是如果被唐王派兵打敗了，你們全家都得被處死。你想，我這不是報恩是甚麼？如果您認為能夠抵抗唐朝，那就大錯特錯了，我一個人的能力就把你給俘虜了，何況是唐朝的大軍到來？

李軌嘆了口氣，沒有再說甚麼了。

當李軌被押到長安後，安興貴跪倒在地，向李淵要求留下李軌的性命。李淵考慮到李軌的野心並不是很大，雙方之前也沒有發生過流血事件，也就沒有殺他，還給他安排了個工作，這對於李軌來說，他比李密的命要好多了。

李軌的使者鄧曉在長安，聽說李軌被俘後，屁顛屁顛地跑去向李淵表示祝賀，讓李淵非常氣憤，他想：你身為人家的使臣，國家滅亡了都不悲痛惋惜還這麼高興！你這是甚麼性質，這是不知廉恥，**趨炎附勢**。你既然不能忠於原主還能忠於我嗎？於是下令，讓他回家抱孩子去，並表明永不錄用他，就連他的子孫也不能做官。

同樣是叛徒，安興貴比之鄧曉來說，可謂更為惡劣了！

安興貴把自己的恩人抓來當了禮品，比鄧曉恭維幾句要厲害多了吧？可是他們的回報卻是截然不同的。李淵把安興貴封為武侯大將軍、上柱國、涼國公，賜了一萬多匹綢緞，另外，還把安家人都安排了好工作！

看到沒有？出賣別人是需要技術含量的，否則就是吃力不討好！還落得一個罵名。

通過以和平手段打敗西涼這件事情，李淵突然感到唐朝的人才多了去了，離了李世民同樣可以打勝仗，一樣可以征服東北地區。正因為有了這樣的想法，他對李世民的態度越來越差，也越來越明顯了。

一天上朝的時候，他冷冷地盯了世民一眼，然後仰起頭盯著頂棚說：有些人吧，打幾場勝仗就感到自己很了不起，今天嫌官小，明天嫌待遇低，稍微不能滿足就要造反！就像劉文靜那樣。其實我大唐人才濟濟，別以為離了某幾個人就不成了！

李世民又不傻，能聽不出這風是向他颳的嗎？他知道。但還是很平靜地說：父親，如果沒有別的事情，兒臣回去了，現在邊防工作正吃緊呢！

李淵瞪眼道：我說過退朝了嗎？

李世民笑著說：那好，您接著講！

李淵站起來厲聲喊道：退朝！

他說完倒背著手就走，始終都沒有拿正眼去看李世民。

他回到後宮就感到後悔了，自己怎麼可以在朝廷上說出這種話呢？這不是逼著李世民造反嗎？他用手拍拍自己的腦袋，自言自語道：不能得意忘形啊！他馬上派人把裴寂叫來，跟他商量怎麼預防李世民有甚麼行動。

裴寂很想說：乾脆把秦王殺了得了，可是他不敢說，畢竟人家是父子，雖然李淵的孩子成堆，並不在乎死幾個兒子，但你說出來就讓人反感了。

他能說的只是——陛下，把他的兵權拿了，再隨便給他安排個工作，派人監視著他，他就不能有甚麼作為了！

李淵嘆口氣說：想拿他的兵權，得需要有個理由啊！

裴寂想了想說：要不這樣，我們把線人調回來，讓他們在朝

廷上狀告秦王曾經與劉文靜策劃過謀取皇位，這樣就可以名正言順地把秦王的兵權給拿下。

李淵搖頭說：不行，如果世民聽到這個消息，狗急跳牆立刻就會造反！

裴寂說：陛下，明天您召世民來商量事情，我們乘機把他給控制起來，然後再讓線人站出來指責他的罪過，到時您想怎麼處置就怎麼處置，也沒有人敢再說甚麼了。

李淵雖然感到這是個好辦法，不過他並沒有同意明天就做這件事情，他還要再考慮考慮。這就是李淵做事的風格，無論做甚麼事情都會三思而後行，對待秦王李世民那得五思才是。而就在李淵思考的時間裡，有個突發事件的發生，讓他把收拾世民的事情先給放下了！

這件事，就是懷戎的僧人高曇晟趁著縣令設齋，招呼了很多百姓，與五千名僧人裹脅參加齋會的人反叛，殺了縣令以及鎮守的將領，自稱大乘皇帝。還封了縣令以及鎮守的將領，還立尼姑靜宣為雅輸皇后，改年號為法輪。

李淵說：大和尚不好好念經還造反，還娶尼姑做老婆，亂甚麼亂呀！

裴寂說：真是千古奇聞，不知道那尼姑長甚麼樣兒？

李淵說：來人啊，去把和尚尼姑給我抓來，讓朕看看這對男女是甚麼貨色！

裴寂問：陛下，您不會又派世民前去吧？

李淵瞪眼說：我說過要派他去了嗎？這麼多大臣都領工資的，派誰去都可以！

他還沒有派兵呢，事情就解決了！因為高開道率領五千人假

降高曇晟，藉機把大和尚高曇晟與尼姑給殺了，把他們的頭獻給唐朝，換得了他們前程。

經過這件事後，李淵感到唐朝已經到了萬眾景仰的時代了，有些仗可以不打而勝，比如西涼、比如大和尚與尼姑的夫婦組合。當他再次把收拾李世民的事情提起來時，形勢已經不容他去落實計畫了。

因為唐朝突然之間面臨了很多嚴峻的挑戰。比如以前安守本分的梁師都與突厥聯合起來侵犯延州，原來就像冬眠似的蕭銑也醒了，派手下將領楊道生侵犯峽州。

雖然面臨著這麼多的挑戰，李淵還是沒有安排李世民前去打仗，他派李靖赴夔州籌劃對付蕭銑，可是李靖到了峽州後受到蕭銑軍隊的阻擋，遲遲不能前進。李淵聽了非常生氣，密令許紹斬殺李靖。

之前我們說過，當初李淵攻下長安時就想殺掉李靖，因為他們之間有私仇。現在他又要藉這個機會除掉李靖，足以看出李淵是個記仇的人。許紹愛惜李靖的才能，替李靖上奏請罪，並開脫李靖遲遲不前的原因，李靖這才免於一死。

當李淵得知竇建德攻陷相州，殺死唐相州刺史呂珉；劉武周聯合突厥攻打晉陽時，他現在不僅不能辦李世民，而且覺得把劉文靜殺得太早了，如果他還在的話，現在就可以派他去打仗，那麼勝利的把握就會大些。現在他有些恨裴寂了，你每天挑唆我殺劉文靜，鼓動我除掉李世民，把能打仗的都給除掉，誰帶兵去打仗？那好，我就派你去攻打劉武周。

「裴寂，你馬上帶兵把劉武周給我消滅掉！」

裴寂咧咧嘴說：陛下，朝廷會打仗的人這麼多，我還是不去了吧！

李淵說：我本來想派劉文靜去的，可是他現在已不能為大唐出力了！

裴寂聽到這話有些臉紅，他沒再說甚麼，再說肯定會惹來更多的指責。

裴寂這個鴨子就這樣被趕上架了，可是他真的沒有甚麼軍事才能，也從來都沒有帶兵打過仗，自從晉陽起兵之後，他就是跟在李淵後面像尾巴，像隻哈巴狗。除此之外，他老兄可沒有做過別的工作！

當他率領大軍到達介休這個地方後，上來就遭遇到宋金剛的狙擊。裴寂把大軍駐紮在度索原，而宋金剛又切斷了他的水源，唐軍士兵又渴又乏，大家都牢騷滿腹。裴寂想把營地遷到靠水源的地方，沒想到遭到宋金剛的進攻，差點兒把他們打得全軍覆沒，可憐的裴寂，經過一天一夜才逃到晉州！裴寂失敗後，自晉州以北的城鎮全部淪陷，唯獨西河保存下來。

裴寂上書謝罪，李淵並沒有責怪他，重新讓他鎮守河東打擊劉軍。看到沒？李淵對於裴寂還是挺好的，這事兒放在李靖頭上，有貓的九條命也被殺了！

這時候，李淵非常期盼李世民能夠主動前來請戰，可是世民就像根本不知道唐朝突然面臨著這麼重大的挑戰似的，再沒來過長安！

接下來的事情，讓李淵差點兒就吐了血，多虧沒心臟病，如果有就完了！

事情是這樣的，劉武周進逼并州之後，李淵的三兒子李元吉害怕，欺騙司馬劉德威說：哎哎哎，你帶著老弱病殘守住城，我帶領部隊前去迎戰！

劉德威用力點頭說：齊王肯定旗開得勝。

李元吉半夜裡帶著兵出城後，哪是去打敵人了，而是攜帶妻妾放棄并州，逃回了長安。李元吉剛離開，劉武周的大軍就抵達城下。晉陽沒有了領導人，城裡的富豪把城門打開歸順了劉武周，就這樣，唐朝的革命發起地晉陽，沒有了。

李淵剛聽到晉陽失守的消息時，他的身體劇烈地震動了一下，差點兒就暈倒。他對禮部尚書李綱咆哮道：正因為元吉年輕不懂事，朕所以才派人輔佐他。晉陽有幾萬強兵，蓄備著能吃十年的糧食，這是我們起家的根基，如今就這麼放棄了！我必須把寶誕、宇文歆全都殺掉！

這不是護犢子嗎？是你自己的兒子不成器能怨別人嗎？李綱心裡是這麼想的，可是不能說出來，他只能說：陛下，齊王年輕驕奢放縱，寶誕不曾有所規諫反而為他掩飾，使百姓憤怒這才獻城投降。今天的失敗是寶誕的罪過，而不是小宇。宇文歆多次勸諫齊王，正因為齊王不聽才把情況上奏朝廷，這是忠臣所為，怎麼還能夠殺他呢？

李淵瞪著眼叫道：你的意思是讓我殺掉齊王嗎？

李綱搖頭說：如果齊王不是您的兒子，確實應該殺掉！

李淵吼道：那好，你就去把齊王給我殺了吧！

他說完氣呼呼地回到後宮，照著家具亂砸一通，等他發洩完了，漸漸地平靜下來，想想李元吉確實不求上進。之前他多次接到彈劾齊王的匿名信，說齊王沈迷於酒色，在晉陽地區胡作非為，讓老百姓痛恨。可是他並不相信這些奏摺，也沒有嚴格要求元吉，這才出了這種事情，想到這裡，李淵十分後悔跟李綱說過的那番話。

第二天上朝後，李淵讓李綱坐在他的身邊，拉著他的手說：多虧你勸朕，朕才沒有濫殺無辜啊！我現在想明白了，是元吉自

己不學好，並不是竇誕、宇文歆兩個人能勸得了的。我不追究他們的責任了。大家想想，咱們怎麼把晉陽奪回來才是啊！

大家都沒有敢說話的，都怕把這件事惹到身上。

李淵退朝後急得就像熱鍋裡的螞蟻似的，走坐不安，他能不急嗎？晉陽是他的革命根據地啊，那裡蓄備著大量的軍用物資！

在革命戰爭時期，每當李淵遇到挫折的時候他都會想，不成功有甚麼關係呢？我不是還有晉陽嗎？只要有晉陽在那裡等著，他做事的時候就有底氣，就有膽量，就有信心。如今，這些都隨著晉陽的失去而消失了。

這時候李淵明白，看來唐朝這家公司，沒有老二阿民還真是不太行的！

讓李淵感到不安的是，李世民始終都沒有來朝廷問問戰事，如果放在從前，李世民聽到前線吃緊早就來請戰了。李淵想來想去，還是痛苦地決定，請李世民帶兵去把晉陽給奪回來！

他對蕭瑀與李綱說：二位愛卿，你們去把秦王叫來，咱們來開個會吧！

事實上，李世民並不是不關心大唐安危，他每天都派人前去偵察敵情，並時刻準備站出來捍衛唐朝的權力。他之所以不向父親請戰，就是想讓父親明白，皇帝並不是你自己的，是大家浴血奮戰才得來的天下。大家把你推上皇位不是讓你吃喝玩樂卸磨殺驢的，當皇帝是責任，是應該把大家凝聚起來保護人民的利益。

當李世民聽說李綱與蕭瑀來到軍營，知道他們是為何而來？他馬上躺在床上裝起病來。當蕭瑀與李綱來到指揮帳，李世民對他們說：老蕭、老李啊，本王不是不想為唐朝盡力，只是現在病了，根本就沒法兒打仗。反正唐朝不缺將領，離了我李世民一樣可以打勝仗！

李綱說：秦王，如果您再不出面，怕是唐朝就危險了。

李世民嘆口氣說：不是裴寂帶兵去打仗了嗎？

蕭瑀說：裴寂除了會察言觀色、拍馬遛鬚，他還會打甚麼屁仗啊？

李世民說：劉文靜會打仗，可結果不是讓人家給殺掉了嗎？

無論蕭瑀與李綱怎麼勸？李世民都以病重為由不肯同意掛帥打仗。

他之所以不去，並不只是跟父親賭氣，而是有更深的想法。他的真實想法是，等父親不能扭轉局面時，他就可以讓大臣們提出讓父親讓賢，由他登上皇位，帶領大家維護唐朝的權益。

當李綱與蕭瑀回到朝廷把李世民的情況說了後，李淵沈默了一會兒，嘆口氣說：他早不得病晚不得病，唐朝面臨存亡關頭了他就得病了，你說他還算甚麼王？他既然不想替唐朝出力，那好，讓他把兵權交出來。

蕭瑀說：陛下，您認為這樣合適嗎？

李淵怒道：他別以為我離了他，真就玩不轉了。

蕭瑀嘆口氣說：現在離了秦王，還真不行哩！

李淵叫道：他李世民死了，難道唐朝就得滅亡了嗎？

他隨後詔令李世民來長安養病，秦王的部隊全部去攻打晉陽的劉武周。去送命令的人，很快就回來了，彙報說：陛下，秦王手下的大將們不聽調遣，他們說只聽秦王的，不能越級接受命令。李淵聽到這裡就傻了……

第十八章

秦王出征

由於竇建德帶領十萬兵力侵犯唐朝的洺州，讓李淵感受到了從未有過的壓力。他還沒有想到對策，竇建德就以破竹之勢把洺州拿下了，隨後把相州拿下並殺死了相州刺史呂珉，隨後攻毀了黎陽，俘虜了唐淮安王李神通、李世績、魏徵，以及李世績的父親李蓋，還有他李淵的妹妹同安公主。李世績帶著幾百個騎兵逃過黃河以後，想想父親還在人家手裡，於是又返回去投降了。這讓李淵感到了從未有過的恐懼！

他派出使者前去與竇建德協商，把妹妹給接回來。

他之所以這麼做並不是真的很愛妹妹，他除了很真實地愛自己之外，還沒有真正愛過別人。他主要是想通過這個機會向竇建德表明，唐朝挺進東北地區僅是為了奪回失去的晉陽，並沒有侵犯夏國的意圖，希望唐夏兩國能夠和平共處，將來共享天下。

竇建德當然不相信李淵那張嘴，這張嘴從來都沒有說出過實話。不過，他同意使者把李淵的妹妹帶回去。這是他做事的原則，他的原則就是事情要分開論，戰爭歸戰爭，尊重女人還是相當必須的。

在唐使者起程前，竇建德說：你給李淵捎句話，我讓你們把他妹妹帶回去，並不表明我在妥協，將來你們打我的時候也不用留情，我打你們也不會少用力的！

李淵左右為難，如果派兵去奪取晉陽，別說竇建德不同意，

怕是王世充也不會袖手旁觀，可是他必須把晉陽拿回來，因為這是他的革命根據地啊！

就在這時，竇建德與王世充發生了矛盾，兩家幹起來了。

李淵感到這是奪回晉陽的最佳時機！他對裴寂說：老裴，你無論付出多麼大的代價，一定要把晉陽從劉武周的手裡奪回來。這句話讓老裴感受到了壓力，因為他明白自己吃幾碗乾飯？有多大能耐？也知道自己沒有本事把晉陽奪回來。

他苦著臉說：陛下，晉陽對我們太重要了！

「這是我們的大本營啊，當然重要！」

「既然這麼重要，應該讓秦王去啊！就秦王的名氣，說不定能把劉武周給嚇跑，我們不就省得打仗了。怎麼樣，陛下，就讓秦王去吧？」

「你不是說過不能讓世民的功勞，越來越大嗎？」

「陛下，彼一時此一時，情況不同了嘛！」

「裴寂，我可告訴你，現在不是玩嘴皮子的時候，如果你不把晉陽奪回來，我老賬新賬一塊兒跟你算。如果你不會打仗，那我只能讓你去向劉文靜請教制敵之法！」

他老裴聽到這話後悔死了，早知道有今天，就不應該把劉文靜給設計死。沒辦法，他只能帶領部隊前去打晉陽，他知道自己肯定是奪不回來，可是他必須去奪！

裴寂多次與劉武周的大將宋金剛交戰，結果都打敗了，這讓他很痛苦。

裴寂每天把將領們叫進指揮營帳裡商量作戰方案，想盡快把晉陽給奪回來。

大家都耷拉著頭不肯說話，他們能說甚麼？連一次仗都沒打贏過，還想去奪取晉陽，這不是癡人說夢嗎？

裴寂瞪眼道：真他娘的沒用！

大家心想：你他娘的有用你想出辦法來啊，你除了在領導面前搖頭擺尾外，還有甚麼本事？如果不是你把劉文靜給害死了，人家老劉帶兵來的話，早把宋金剛給打趴下了！

就在裴寂不停開會研究作戰方案時，宋金剛攻下了澮州，馬上就要兵臨城下了。裴寂害怕了，他說：怎麼辦，我們怎麼辦呢？大家都低著頭，還是沒有說話的。

裴寂於是就派使者催促虞、泰二州的居民進入城堡，為了防止老百姓搬走後，財物落到宋金剛手裡，裴寂下令把老百姓留下的東西全給燒了。

老百姓不幹了，你們打你們的仗，趕我們幹甚麼啊？你們打你們的仗，燒我們東西幹嘛？這不成土匪了嗎？

由於大家對唐軍氣憤，很多人都投奔了宋金剛，反過來打擊裴寂，這讓裴寂感到很委屈！

我是為你們好啊，你們不領情不說，還倒打一耙，真是太讓人傷心了！

更讓裴寂受傷的是，夏縣居民呂崇茂聚眾自稱魏王，響應劉武周專門對付唐軍。

裴寂帶兵前去討伐姓呂的，結果被人家給打敗了，逃得就像獵槍頂著屁股的兔子。他跑到安全地方，把通訊員叫到跟前說：你馬上去向總統彙報，就說我們遭遇了敵人的大部隊，已經撐不住了，再不派人前來支援，則別說拿回晉陽，可能連我們都會賠進去，全軍覆沒了！

通訊員一溜煙地跑到長安來，把情況一說，李淵氣得臉都脹紅了，他瞪著眼睛大聲吼道：這個裴寂真是聾子的耳朵，純是個擺設！

這時候，李淵終於深刻地明白到，有些人不好管，但能夠幫你去打仗，就像劉文靜。有些人倒是每天順著你，可又沒有真本事，就像裴寂！

他正準備派兵支援裴寂，兵還沒派出去呢，裴寂就帶著殘兵敗將逃回來了！

李淵看到裴寂領著幾萬大軍去的，最終只帶回了幾千人，都快趕上煬帝攻打高麗的成績了！就這麼個打法，唐朝的兵還不讓他給糟蹋沒啦！他照著裴寂那張苦瓜樣的臉啐了口痰，搧了兩記響亮，吼道：你還好意思回來，要是別人早去死了！

「陛下，我想您，要不是想您，我就自殺了！」

「你說你除了有張嘴，還有甚麼呢？」

「陛下，還有一顆服侍您的心！」

「又他娘的玩嘴！」李淵氣呼呼地吼道：「來人啊，把裴寂給我關起來，審審他是怎麼打敗的，是不是他跟劉武周有甚麼約定啊？」

「陛下，天地良心，我真沒二心！」裴寂哭喊道。

兩個侍衛把裴寂拉起來就走，可憐的老裴的雙腳拖得地哧哧響，頻頻回頭去看李淵，卻盼不到關愛的眼神。他多麼期望李淵能夠說：這件事算了吧，可是他看到的卻是李淵那堅定的背影。就這樣，裴寂被關進了大牢裡。很有諷刺意味的是，關裴寂的這間大牢，以前曾關過劉文靜，牆上還有劉文靜劃拉的字呢！

老裴雙手抓著牢欄淚流滿面，他彷彿看到劉文靜正蹲在旁邊笑話他呢！

老裴本想這一次是死定了，死後見著劉文靜，老劉肯定不會放過他，肯定會殺了他。他只知道人死了為鬼，鬼死了不知道是個甚麼玩意兒？看來他必須變成不知道是甚麼的玩意兒了！

但讓裴寂驚喜的是，李淵沒把他關了幾天就把他放出來了，這讓他悲感交集，見到李淵後撲通跪倒在地，嗵嗵嗵地就磕了幾個響頭，差點兒喊了李淵親爹！

為甚麼李淵把裴寂放了？

道理很簡單，對於李淵來說，雖然裴寂不是個好將領，但還是好的陪聊。在鬱悶的時候跟裴寂說說心裡話，他的嘴還是挺嚴的，還是挺會哄你開心的。李淵缺的不是將領，而恰恰就是能夠聊天的人，能夠懂他的人，所以他必須把陪聊給放了。

李淵可以放掉裴寂，可是沒有人放過他！

劉武周的大將宋金剛以不擋之勢攻克唐的城池，一路向長安奔來，這讓李淵非常害怕，他知道劉武周並不滿足於晉陽，是想把他趕出長安。怎麼辦？現在唐朝的這棵大樹剛剛栽上，樹越大就越不容易札根，哪經得起這麼多強人的撼動啊！

李淵想來想去沒有甚麼好辦法，最後採用了保守策略，就是把所有的兵力都拉回來守住西部，徹底放棄平定東北地區的計畫，老老實實當他的西部之王。大臣們都知道這種消極的辦法並不能解決問題，如果你只想當西部之王，你肯定當不成。因為有多少人想當皇帝，就有多少人想謀取長安。他們雖然感到不妥，但不敢提出來，如果你提出來，李淵說：那好吧，你帶兵去把劉武周給消滅了！那就不就傻眼了？

這個劉武周到底是甚麼來頭，竟然把李淵給嚇成麵條了？

劉武周是隋朝河間景城人（今河北滄州人），他像所有的古代的能人那樣充滿傳奇故事。據說，他母親夜裡夢到一隻大公雞入懷後有了他。看來，他母親夢到的肯定是鬥雞，否則劉武周長大了這麼能折騰啊！後來，劉武周全家搬到了馬邑（今山西朔

州）地區居住。劉武周長大以後，走關係跑門子當了馬邑鷹揚府的校尉，也算是公務員了。在六一七年二月初八，他前去拜訪領導，出其不意地把領導給殺了。

他之所以殺掉頂頭上司並不是造反，主要原因是他與領導家的女家政發生了關係，怕被領導發現後受到懲罰，於是就把領導給砍了。他當然不能說我跟家政亂搞男女關係才殺領導的，說出去多沒面子，於是他給自己包裝了一個理由，那就是老百姓都餓暈了，領導緊關著糧倉不肯放糧，我是為了廣大群眾才殺他的！

他成了大家心中的英雄，有很多人都願意追隨他去闖天下！從此劉武周真正走上了一條全新的道路，但這條革命的道路並不好走，多次遭到其他團體的打擊，他沒辦法，只得投靠突厥人。也正是在突厥人的庇護下，劉武周的膽子大了，野心也大了，他在六一九年九月十六日侵犯并州，這不把李元吉給嚇得狂逃回長安了。

劉武周奪取晉陽後得到了很多物資，得到了很多兵力，他便有了謀取天下的野心了。他想：我現在兵強馬壯，糧食充足，何不在王世充與宇文化及、竇建德他們撕咬的空檔裡，把長安拿下呢？他李淵不就是利用了這樣的空檔嗎？我為甚麼不能！

於是，他派大將宋金剛一路南下，攻克了唐朝的許多城池，並把裴寂給打敗了，把李淵給嚇得不敢圖謀東北，守著西部當他的西部之王！

可是現在的形勢並不允許他消極，他的邊防不停地受到挑戰，不得不節節敗退，地盤越來越縮水。這時候李淵多麼希望李世民能夠跳出來，帶兵把這些強人給打回去啊，可是李世民從來就沒有關心過戰事，並且握著重兵沒有任何的行動！

恰在這時，李淵收到了幾封匿名信，信裡的意思是，唐朝的

統一大業還未完成你就吃喝玩樂，提拔胡人舞男，還設計殺害劉文靜並排擠秦王。大敵當前，你又當縮頭烏龜，你已經不適合擔任國家總統了，為了唐朝的命運，你還是趕緊的讓賢吧，讓賢之後，你還能當太上皇，否則，唐朝沒有了，你就甚麼都不是！

這封信，讓李淵感受到了壓力，他知道再這樣下去，皇位就真保不住了。他考慮再三，還是非常痛苦地帶著蕭瑀、李綱和很多東西，去探望世民的病情，想請他出征！

他們來到世民的營帳裡，李淵湊到床前拉著世民的手說：世民啊，這段時間各集團不斷地侵犯我們唐朝，我老想來看看你的病情，可總沒抽出時間來啊！

「父親，您忙您的！」

「世民，你的病怎麼樣了，不要緊吧？」

「一時半會兒，還死不了的！」

「這個，世民啊，在晉陽時就是你提出起義的，在革命戰爭時期，正是由於你帶兵有方，我們才得以成立唐朝。可以說，唐朝的成立與你的努力是分不開的。你大哥建成呢？沒有帥才也沒有魄力，難當大任！如果你的病好了，就馬上帶兵去把晉陽給奪回來吧，晉陽是咱們的大本營啊，對將來圖謀東北地區是很關鍵的。你放心，等把東北地區解放後，我就把太子之位讓你來做，我說話算話！」

「父親，讓大哥去吧，別讓他認為我搶了他的功勞！」

「他根本就完不成這個任務，再說他還要防備突厥人！」

「您把太子之位讓我做，我大哥他不反了？」

「你放心，我說讓他把太子之位讓出來，他不敢不讓！」

李淵說到這裡深深地嘆了口氣，低著頭走出營帳，他感到鼻子一酸，眼裡蓄滿了淚水。他從來都沒有想過會被逼到這種地

步，這能怨誰呢？如果不是自己過於驕傲認為沒了誰都成，也不會弄到現在的樣子。

當他看到蕭瑀、李綱也走了出來，就鼻音很重地對他們說：我先回去了，你們留下來跟秦王好好談談！

裴寂與蕭瑀又回到營帳，對李世民說：秦王，您再不站出來，唐朝就真危險了！

李世民說：我也不想看著唐朝滅亡，可我心寒啊！朝廷的日子好過時，戰功赫赫的劉文靜，因為跟我走得近就被殺掉了，而我父親在朝上不停地打擊我，並想辦法對付我，現在又拿著太子之位引誘我，你們說我怎麼敢相信他呢？到時候我把東北地區征服了，又落個兔死狗烹的悲慘下場，我豈不鬱悶而死啊！

蕭瑀說：秦王，您帶兵把東北地區拿下來，您的功勞全天下沒有不知道的，就算主子想怎麼對付您都不敢。再說了，陛下說過要立您為太子這件事，我們可以幫您作證。等到解放了東北平原，我可以幫您提醒陛下履行諾言！

李綱也說：放心吧，秦王，我也會提醒陛下的！

李世民也明白，現在唐朝的形勢十分危險了，如果自己再不出兵，怕是唐朝真的就保不住了。

於是，他的病好了，帶著大軍向晉陽挺進了！

不過他明白，父親是不會輕易把太子之位傳給他的，如果想得到太子之位還需要經過殘酷的鬥爭。他現在想要的結果是，解放東北地區，把東都洛陽當成都城，自立為皇帝，再圖謀長安！

在挺進晉陽的路上，李世民還為難怎麼渡過黃河，可是當他們來到黃河岸邊時，發現黃河裡的水都凍住了，映著太陽就像長長的銅鏡。他想：看來那位算命先生說的並不假，世民世民，定國安民，老天都在幫助我啊！

其實這只是自我鼓勵，你夏天過河，看老天還助你不助你？

李世民讓將士們搬塊石頭扔到冰面上，發現只砸了個白點，這厚度挺好，是可以安全通過的，於是他讓大家給馬蹄包上粗布，帶領大家過河！有很多士兵都被滑倒了，把李世民給惹得哈哈大笑，就像個孩子似的。

其實李世民的年齡確實不算大，按照史料記載，在六一七年晉陽起義時，他可能是十六歲，最大也不過是二十二歲。那麼按照他的最大年齡說法，在六一九年也就二十四歲，放到今天社會也就大學剛畢業！

這位年輕的將領帶領大軍渡過黃河，駐紮在柏壁，與宋金剛的營地對峙。

他們多次交手，但沒有分出勝負來，這讓李世民很是著急，因為他們跋山涉水來到這裡，本來就沒帶多少糧草，再在這裡耗下去就得挨餓。等餓得半死了，人家宋金剛派群孩子來都能把你打敗，你失敗了，長安肯定也保不住了！

李世民開始想辦法了，他想得到老百姓的支持，其實就是想跟人家要糧食。可是老百姓的覺悟沒那麼高，他們也不知道那夥軍隊是好是壞，因為哪一方軍隊都說是為了老百姓打仗的，都說自己是真正的好部隊，人民的子弟兵。老百姓就想了，你們愛怎麼說就怎麼說，反正我們都擁軍，擁是擁，我們可沒多的東西給你們！

李世民派下去的工作隊見到老百姓就說：鄉親們，我們才是真正的人民子弟兵，我們所以革命，主要是為了讓老百姓過上平安的生活，你們捐點兒糧食成嗎？人家聽到這裡就急，我們也沒讓你們為我們打仗，你們不打仗我們還能種糧食呢，你們打仗我們沒法種糧食，還都來跟我們要糧食，這哪是人民子弟兵啊！這

不是成強盜了？我們現在哪來的糧食，沒有糧食，你們說這麼多有用嗎？

工作隊又說：我們真的是人民子弟兵！

老百姓說：哪夥軍隊都是這麼跟我們說，我們哪知道！

李世民知道這樣做工作是沒用了，他跟幾個將領商量對策，商量來商量去，大家也沒辦法！能有甚麼辦法，你總不能去搶吧？不搶就只能從長安往這裡調糧食。從長安調是多麼大的工程啊，說不定半路上被其他團體給搶了，那現在就只剩下搶了。

「那我們去搶！」李世民說。

大家都吃驚地看李世民，心想：我們不是人民子弟兵嗎？

李世民說：搶，要搶得有技術含量才是。你們找些人冒充是劉武周的人，然後去老百姓家搶糧食，這樣，我們既有了糧食，還壞了劉武周的名聲，說不定老百姓因為恨劉武周而擁咱們的軍，那麼我們就可以一舉兩得了！

大家知道這辦法有點兒損，但卻是個好辦法！

隨後他們製作了劉武周軍隊的旗子，找出幾百猛士換上劉軍的服裝，開始四處去搶老百姓的糧食，如果方便的話說不定還劫個色，把老百姓給逼得夠嗆！他們都說：劉武周是土匪，唐軍才是人民子弟兵。於是大家開始擁唐軍，幫助他們修工事！

看到沒有？老百姓歷來都這麼可愛！

唐軍的糧食問題解決了，李世民想：有了糧食我們也沒時間跟宋金剛在這裡耗，這又不是在對唱山歌，對來對去、眉來眼去，還能對出甜蜜的愛情來。再這麼僵持下去，我們用不了多久就會餓肚子。為了能夠拿出來穩、準、狠的制敵之策，李世民親自帶人去偵察敵情！

李世民帶著百十人摸到宋營附近，讓大家分散開去偵察情

況。他與一個士兵爬到山坡上，可能他們累了，就躺在樹下睡著了（史書上說的）。正睡得香甜呢！恰巧有條蛇追老鼠碰到士兵的臉，士兵驚醒後發現宋軍幾百人向他們包圍過來。他們跳上馬逃跑，被敵人狂追不捨！李世民摘下弓箭來，抽出一支大羽箭，一傢伙就把敵人的小隊長給射下馬來，敵人害怕了，這才退去！

厲害吧？後來，李世民就是用這種箭把大哥建成幹死的！

那麼，為甚麼那條蛇追耗子追得這麼及時，這並不是偶然，這是天子自有天助的迷信學說。因為李世民後來當了皇帝，他親自把關修訂了實錄，那麼實錄裡的內容就會表明李世民是上天指定的皇帝，他的位置不是人力可以撼動的，而其他史書又是根據實錄寫的，有關李世民的種種厲害，我們就知道是怎麼回事了。

李世民回到軍營後，把大家召集起來，結合白天偵察的情況，跟大家商定作戰計畫。他說：白天我正好跟宋軍交過手，宋軍可能會認為我們今天晚上不會攻打他們，那麼我們今天晚上就去打他，一舉把宋金剛給拿下來！

在夜半子時颳起了風，李世民心想：真是天助我也！

李世民帶領大部隊來到宋營外，宋營裡還沒有任何發覺。李世民心想：這宋金剛也太大意了，我們都踩著你的腳了你還沒發覺，也太沒有警惕性了吧？等我把你抓住，給你好好上堂軍事常識課。

當他們衝進敵營，才發現是個空營，這時候李世民明白為甚麼沒有動靜了，也嚇得目瞪口呆了！他首先想到是中計了，馬上招呼大軍回防大本營。

他們在往回趕的路上，想到大本營被宋金剛給端了，等回去才知道，大本營安全無恙，李世民這才鬆了口氣。想想今天晚上的行動著實太冒失了，如果宋金剛有腦子偷襲他的大本營，糧草

必然全失，這仗就沒法再打下去了！

　　隨後李世民想：他們既沒有偷襲我的大本營，又沒有在他的大本營裡，那他究竟去哪兒了？如果說逃走的話，他完全沒有這個必要啊！因為兩軍還沒有真正意義上的交戰，也沒有分出優劣來啊！

　　那麼，宋金剛究竟去哪裡了？

　　原來他接到劉武周的命令，讓他不要在這裡與李世民較勁了，要他甩開李世民直取長安，只要把長安拿下，把李淵給逮住，李世民就不打自敗了！

　　就這樣，宋金剛連夜帶領部隊南下了。宋金剛手下有員戰將，就是歷史上著名的猛將尉遲敬德，他有萬夫不擋之勇，走到哪兒都是勢若破竹，把唐軍的李孝基、獨孤懷恩、于筠、唐儉，以及行軍總管李世績，都給抓住了。

　　這個老尉大家都很熟，因為他現在就是中國門神之一！

　　當李世民知道宋金剛甩開他們，勢若破竹地向長安挺進，他不由暗暗叫苦。看來，這宋金剛不只有腦子，還相當的有，他都知道直奔主題了！怎麼辦？現在是直接去打晉陽，還是趕到宋金剛前頭把他給堵住？自然，先保證長安的安全才是重要的，否則，你把晉陽給拿下來了，宋金剛把長安給拿下，那麼兩軍就等於換防了。而對於他們唐軍來說，等於又重新回到了起點，這就等於白忙活了一場！

　　李世民帶領大軍火速回防，他知道，宋金剛南下需要攻克城池，他們不用，一定可以趕到宋金剛的前頭，拉起一道血肉長城，把他們的行動給終結！

　　就在李世民回防的過程中，尉遲敬德正押著唐軍的幾個將領

往回走呢！他騎著高頭大馬，手裡提著長矛，輕佻地對下屬們說：啊，都說唐軍如何厲害，我看也不過如此嘛！就這麼打下去，用不了多久，我們就可以成為長安的新主人了！

有人感到沒這麼簡單，對老尉說：將軍，要是唐軍沒兩把刷子，他們怎麼打下來的長安？

尉遲敬德瞪眼道：是打下來的嗎？不是他們投機取巧拿下來的嗎？

他的話音剛落，只聽呼隆地一聲，從不遠處的溝裡冒出了唐軍來，就像龍捲風那樣向他們捲來！尉遲敬德沒有防備，只得倉皇跟人家交手，沒想到唐軍還真有厲害主兒，把他們給打得落花流水，他知道這仗是沒法打贏了，只得倉皇逃跑！

老尉準備到馬邑去，沒想到正好碰到了回防的李世民，這一交手，老尉沒想到這一夥比之前的那夥還凶，他只得捨棄了自己的部隊，狂逃而去！

李世民並沒有去狂追，因為他主要的任務是回防宋金剛，他帶著大軍趕到了宋金剛的前頭，馬上就形成了防線，準備狙擊宋金剛。

當宋軍又與李世民面對面的時候，宋金剛就想了：他李世民跑得這麼急肯定累了，我何不乘機踩著他的屍體過去呢！於是他派人扯著嗓子向李世民叫戰，人家就是不迎戰，這讓宋金剛感到有些惱火，「娘的，甚麼東西，不打仗你跑回來幹嘛？」

唐軍將領聽到宋軍罵得這麼難聽，他們向秦王要求出去教訓教訓宋軍，李世民沒有同意。他說：你們想過沒有？他宋金剛孤軍深入，旗下集中了精兵猛將，為了迅速抵達長安，肯定不會帶大宗的軍用物資，所有的給養都需要攻克城池來補充。如果我們關閉營門，養精蓄銳就可以挫敗他的銳氣。如果他們硬打咱們，

咱們就分兵去攻打汾州、隰州，捅他們的要害之地，他們必然會退軍的。

宋金剛也明白，在這裡與李世民耗下去肯定不行，於是他改道包圍了絳州。

劉武周也沒閒著，他帶領軍隊攻打潞州，並攻陷長子、壺關二縣。潞州刺史郭子武無法抵抗劉武周軍的凌厲攻勢，馬上向總統告急。

李淵就真的急了，喝道：我看世民是跟唐朝有二心了，他帶領大軍去了這麼長時間，沒有任何進展不說，劉武周的軍隊越逼越近，這樣下去，長安很快就會淪陷了！

蕭瑀說：想必秦王肯定遇到了麻煩。

李淵瞪眼道：我就是讓他去解決麻煩的，不是讓他創造麻煩的，你欠扁嗎？

他馬上派王行敏前去援助郭子武，可是王行敏與郭子武不和，故意讓人傳言郭子武要叛唐，乘機把他給斬首示眾了。看到沒有？大敵當前，他首先選擇了公報私仇。這就是人類的惰性，這就是歷史上的封建王朝被突厥欺負的主要原因。

劉武周攻不下王行敏，只得去攻打浩州，結果都被李仲文給打敗了，再想打，他們的糧食也沒有了，只得撤軍。

宋金剛見主子撤退了，他老兄也不想再孤軍深入，也就跟著撤離了。

李世民哪肯輕易放他們回去，他率軍窮追不捨，就這樣追追打打一直追出去了二百多里路，終於在雀鼠谷追上了宋金剛。兩軍一天交鋒了七、八次，死傷無數，並沒有打出結果來。李世民只得率軍在雀鼠谷西原宿營，由於他們兩天沒有吃東西了，全軍只有一隻羊，李世民下令把羊煮了，只喝湯不吃肉（史書上是這

麼說的）。

隨後李世民帶兵挺進介休，派李世績出戰，結果被宋金剛給打敗了。就在宋金剛反撲時，李世民率領精騎從宋金剛背後襲擊，結果這次宋金剛大敗，又是狂逃，李世民又是狂追，終於宋金剛的大將尉遲敬德和尋相，以及介休、永安二縣投降了。

李世民得到尉遲敬德非常高興，因為他早就聽說這傢伙英勇無敵，如果能把他利用起來，那不就如虎添翼了嗎？於是當即任命尉遲敬德為右一府統軍，讓他仍然統領八千舊部，和唐軍混住在一起。屈突通覺得這樣不合適，因為如果尉遲敬德乘機叛亂，那就是中心開花，他們唐軍必敗無疑，他建議李世民把尉遲敬德幹掉！

李世民搖頭說：用人不疑，疑人不用！

「秦王，現在不是感情用事的時候！」

「我相信人是感情動物，有感情就會有感動！」

李世民不傻，他是當著尋相的面說這番話的，目的就是讓尋相把話傳給尉遲敬德。事情也真的就像他所想的那樣，當尋相把話傳到老尉的耳朵裡時，老尉非常感動，他說：我現在終於明白秦王為甚麼所向無敵、戰功赫赫了……

當劉武周聽說宋金剛慘敗後，他害怕了，放棄并州逃到突厥去了。

隨後，宋金剛也帶著一百多個親信逃向突厥。

李世民不想給劉武周與宋金剛有東山再起的時機，想一鼓作氣把他們給解決掉，可問題是，前面就是突厥的地盤，如果再深入的話，肯定會引起突厥的報復，那就很麻煩了。他經過慎重思考，決定跟突厥搞好關係，爭取讓他們殺掉劉武周與宋金剛。

他蒐集了很多好東西送到了突厥首領那裡，並說這只是禮品

的一小部分，至於其他那些禮品，得用劉武周與宋金剛這兩叛逆的頭來換！

突厥的將領聽說劉武周與宋金剛的頭這麼值錢，他們馬上派人四處查找這兩人的下落。當聽說宋金剛回到上谷，便派兵去了。由於宋金剛與劉武週一向臣服於突厥，至於突厥兵的到來，宋金剛沒有任何懷疑，還熱情地接待他們，跟他們商量借兵去攻打李世民。就在他們交流的過程中，突厥人突然襲擊宋金剛，把他的頭給砍下來了。

突厥人把宋金剛的頭送到李世民那裡，要把財物領回去。

李世民笑著說：我先給你們保存著，等把劉武周的頭拿來我加倍給你們！

突厥人十分想把東西拿回去，於是就開始追殺劉武周！

當劉武周聽說李世民重金買他的頭，害怕了，想從突厥逃回馬邑，沒想到卻被人告密，突厥人把他給殺了。他們用劉武周的頭跟李世民交換了大宗的財物。

在這次雙贏的合作中，李世民跟突厥首領表態，如果將來我當了皇帝，唐朝有的東西，只要你們想要，我會儘量滿足你們。突厥人也表示，如果需要我們幫忙，到時候您就一句話！就這樣，他們達成了很多友好的協議！

當晉陽奪回來後，李淵並沒有多大高興，因為奪回來的過程表明李世民對於唐朝的作用。雖然不高興，但還是在臉上堆滿了笑容，對李世民大加褒獎，贈給他許多財物，還拍著李世民的肩，強調自己說過的話一定會算數的。

李淵當然不想說話算數，如果讓李世民當上太子，那麼他姨夫楊堅的命運可能會在他身上重新演繹，這個太要命了。他感到

有必要平衡一下李世民的權力，不能讓他的勢力繼續發展下去，讓自己越來越被動！

他私下裡對李建成說：建成，你可要努力了，現在很多大臣都向我要求，把你的太子之位傳給世民，如果你再不做出點兒撐眼皮的事情，怕是我真的沒法保住你的太子之位了，你自己好好想想吧！

「父親，兒臣聽小道消息說，您已經跟世民許諾，將太子之位讓給他了？」

「你認為我說的是心裡話嗎？」

「沒關係，世民確實比我有本事，我可以讓給他！」

「你就沒有想想隋朝楊勇的結果嗎？」

這句話很厲害，李建成頓時想起了楊勇失去太子之位，又被弟弟楊廣殺掉全家的事情。他想：看來這個太子之位還真不能讓，讓了不只丟掉太子之位，還有可能是丟掉全家人的性命。從此，他開始與自己的太子黨成員，策劃對付李世民的辦法。

第十九章

東都之危

　　在消滅掉劉武周之後，李世民強烈要求繼續征戰東北地區，盡快把王世充給消滅掉。表面上看他是為了唐朝的統一大業，其實還有著更深一層的想法。他的想法也正是李淵所擔心的，那就是把洛陽拿下來，如果形勢允許就在洛陽稱帝，就可以控制整個東北地區了！

　　李淵現在倒不是害怕李世民在洛陽稱帝了，他甚至想過，世民在洛陽稱帝總比王世充稱帝好得多，可是他擔心唐軍去攻打洛陽，竇建德認為唐朝有吞併東北地區的想法，極有可能會與王世充聯手對付唐朝，那樣唐朝就真的應付不了啦！

　　李世民說：如果當初王世充跟李密能夠聯合，我們早滅亡了，可是他們並沒有。

　　李淵嘆口氣說：咱們還是不要惹他們為好，這樣最少還能控制西部地區！

　　李世民說：父親，您這麼想是不對的，如果我們只想守著西部，那肯定守不住。將來無論誰統一了東北地區，他們肯定會前來攻打咱們。以東北的雄厚財力來對付咱們貧困的西部，我們根本沒法兒跟人家抗衡！如果不想挨打，那就得把別人打趴下，這是硬道理！

　　李淵當然了解事情確實是這樣，我以前多次想守著西部過安定日子，可是別人總不讓我安定，最終還是需要用戰爭來解決問

題。他現在想通了，甚麼叫做和平？戰爭結束了就是和平，和平的結束就是戰爭！他想明白了，就對李世民說：好吧，我同意你去攻打洛陽，你馬上把主要參戰人員的名單報給我。

當李淵接到了世民的作戰人員表時，發現屈突通為先鋒就感到不妥了，對李世民說：世民，你怎麼這麼粗心大意呢？屈突通的兩個兒子都在洛陽，如果讓他帶兵去攻打洛陽，王世充肯定用兩個孩子要脅屈突通，說不定屈突通就帶著部隊投降了！

「我敢保證，老屈絕對不是那種人！」

「我也相信他的人格，可是我們不能用千秋大業來賭他的人格呀！」

當屈突通聽說不讓他去攻打洛陽，並不是戰略部署，而是擔心他會投降，心裡就不痛快了。你不讓我去，我沒意見，可是你不能懷疑我的人格啊！

他氣呼呼地找到李淵問：陛下，臣我過去曾成為您的階下囚，按理來說是應當被處死的，可是陛下不但釋放了我，還給了我很多恩惠。在那時候起我就暗地裡發誓，要在有生之年為陛下盡力，並時刻準備著捐軀。如果我能成為攻打洛陽的前鋒，兩個兒子有甚麼值得顧惜的？

「突通啊，我不是那個意思，我是想讓你守著長安，這個工作同樣重要！」

「陛下，雖然我的兩個兒子在洛陽，可是我父母愛妻都在長安，如果讓我選擇的話，我只能選擇父母妻子。父母沒有了就真沒有了，可是兒子還會有的。希望陛下能夠相信我的為人，讓我跟隨秦王前去打仗！」

李淵點頭說：「你如此深明大義，我還有甚麼不放心的！」

他當然不放心，在大軍出征之前，李淵把指揮官們都叫到一

起開了個歡送會，在會上他說：諸位將領都放心去吧，至於你們的家人，朕會悉心照顧他們的。他之所以在這裡強調照顧，就是想告訴大家，時刻不忘親情，不要做傻事，要是你們做出對不起唐朝的事情，我就拿你們的家人好好「照顧」，但這種「照顧」，當然不是一般的照顧哦！

李世民在與妻子長孫氏告別時，小聲對她說：等我把東北部地區解放以後，大唐實現了國家統一，父親很可能會與建成聯合起來對付我。這並不是我多心，而是史有前例的。為了以防成為兔子死了之後的那隻倒楣狗，我可能會採取行動。你時刻準備好，等接到我的通知，一定要迅速離開長安，前來東都找我呀！

長孫氏聽到這裡微微皺了皺眉頭，嘆口氣說：世民啊，提高警惕是應該的，不過現在你不應該有這樣的想法啊！如果你能夠帶領部隊拿下東北部，必然聲名鵲起，就算父王想動你也不敢採取行動了。到時候，如果父王不能履行諾言封你為太子，就憑著你的戰功、你的威信，相信你也會獲得最後的成功。如果在唐朝還沒有根基的情況下發動政變，必然給別人以可乘之機，說不定又會天下大亂，那麼，你就會變成千古罪人了！

「那我也不能任人宰割啊！」

「以我看，不妨這樣，你打下洛陽後密切聯絡東北部的地方官，把他們發展成你的人，如果將來情況有變，那麼，就可以把洛陽作為退路！」

看到沒有？這就是長孫氏，這就是歷史上被評為最賢惠、最有才能、最有眼光的長孫皇后。她的優秀、她的風采，不是幾句話能夠說清楚的，以後我們還會加碼來描寫這位犀利人妻！

李世民率領大軍向洛陽挺進，他在行軍的路上多次想起妻子長孫氏說的那些話，雖然感到那些話有道理，但他只作為參考。

因為他知道父親是不會輕易把太子之位封給他，也不會輕易讓位的，並極有可能會把皇上當到進棺材。他哪等得了這麼久，他必須審時度勢，一旦形勢允許，立刻就當上皇帝，當上皇帝才有主動權！

既然秦王李世民已經把東都洛陽納入自己的版圖計畫了，我們也應該講講守衛在洛陽的王世充了！

王世充原來是西域人，姓支，父親叫支收，這當然不是我們現在「收支平衡」中的支收，而是西域的讀音。他父親支收英年早逝，母親年輕守寡，可能長得有點兒模樣吧？也可能太寂寞了，她與有職無位的小官王粲私通多次，生了個兒子取名瓊！

王粲就沖著私生子瓊，把王世充的母親娶進家裡做了小老婆，其實她的年齡比大老婆都大，小就小在資歷上了！王世充隨母改嫁並隨了後父的姓，他的身分有些尷尬，因此過早地嘗到了人世間的悲苦。正因為如此，他從小好學，善於察言觀色，時刻準備著出人頭地。

可以說王世充的諂媚之術，是真正讓他走上輝煌的資本。因為做官不只需要有本事兒，還需要拍馬屁！世上有本事的人很多，但有本事而善於拍馬屁的人卻很少，像伯樂那麼少！

後來王世充借著後父的祖蔭當了一個小官，由於會拍馬屁，官職不斷升高。他在煬帝時代曾做過江都的郡丞，等隋朝開始亂了，他有目的地結交能人異士，並為了網羅勢力，曾經把牢裡的造反分子都給放了。

他真正地交上好運是因為突厥人把楊廣包圍了，他發動江都人前去救援，還表現得相當地憂愁，經常哭天搶地的，白天黑夜裡不解盔甲，晚上躺在乾草堆上睡覺，還說如果救不出主子，俺

也不想活了！

　　每個善於拍馬屁的人都是好演員，王世充的情景劇傳到煬帝耳朵裡，他很感動，他想：這小王比俺親兒子都孝順，從此更加信任他，重用他。

　　王世充確實會拍馬屁，他總能找到機會去拍，當他知道楊廣喜歡漂亮女人，便對煬帝說：主子，哎，江淮地區有大量的美女，個個嫩得一掐就淌水兒。煬帝就好這一味，聽到這裡眼睛放光了，說：好啊好啊！你馬上去給我弄來！王世充就很賣力地弄來了很多美女，把楊廣給幸福得不得了，於是把王世充任命為江都宮監。

　　他這個職位，跟當初裴寂的工作性質差不多！

　　後來李密造反的勢頭越來越猛，煬帝就派王世充為統帥前去討伐。在煬帝被宇文化及殺了後，王世充擁立煬帝的另一幼孫楊侗為隋朝的傀儡皇帝，但他不甘老是為臣，當他感到自己控制了大局後，便召集文武官員商量接受禪讓帝位的事。大家都不同意，都說君臣就如同父子，這個哪能改啊？如果哪個兒子把父親當孫子，這是天理不容，這是讓普天下的老百姓笑掉牙的！就在這時，有個叫桓法嗣的道士跳出來說會解圖讖，王世充於是熱情地接待了他。

　　法嗣依照《孔子閉房記》畫了一個男子手持一根竹竿趕羊，解釋說：「羊」代表隋朝，「干、一」加起來就是王字，這說明相國會代替隋朝當皇帝啊！這個法嗣還挺有學問，他把莊子的《人間世》、《德充符》二篇拿出來解釋說：「上篇言世，下篇言充，此即相國的名字啊！」

　　反正他就是變著法兒勸說王世充當皇帝，而王世充又愛聽這樣的話，於是就笑著說：好好好，這是天命所歸啊！

於是，他在六一九年四月初七搬進宮城登基，建立鄭國，改年號為開明。在初八那天大赦天下，初十立兒子王玄應為太子、王玄恕為漢王。還把兄弟同族的十九個人都封為王，重要的幫手也都封了官。

王世充剛當皇帝時還表現得很像好皇帝，他平易近人，在宮門前以及玄武門前都擺了榻，行坐也沒有固定場所，總是親自接待上訪的老百姓，有時候經過鬧市也不用清道，老百姓只需讓開就成。他還對老百姓說：過去的天子住在深宮，民情民意無法上達。我所以登上皇位不是貪圖皇帝的寶座，只是想拯救老百姓的危難。

後來，訪問的人實在太多了，老王每天搞這也就煩了，從此不再出宮親民了！

老王當了皇帝後也想統一天下，也想把李淵給打趴下，可是他明白，就現在的形勢別說去打李淵了，就是竇建德就讓他頭痛的了。如果帶兵去圖謀長安，那麼竇建德肯定會取我的洛陽，到時候長安打不下來，洛陽又丟了，那我就無家可歸了！

問題是，你不想與唐朝為敵是你的事情，打不打你是唐朝的事情。當老王聽說李世民帶領大軍前來圖謀洛陽，他非常氣憤，你放著西部的梁師都不打，放著東北部的竇建德不打，放著蕭銑不打，為甚麼要來打我啊？以為我的柿子軟啊？我的柿子一點兒都不軟！

他馬上從各州選拔勇士，把他們全部集中在洛陽，設置四鎮將軍，把洛陽給守得像鐵桶似的。雖然他做了充分的準備，但還是感到忐忑不安，因為他明白李家軍的勢頭太猛，特別是秦王李世民這傢伙太厲害了，都成了集團軍司令的終結者了！

當李世民到新安，並沒有馬上就對鄭國發動攻擊，而是首先

觀察地形。

一天，王世充聽到偵察連長彙報，李世民帶著幾百人在城周圍轉悠，他感到這是個好機會，如果把李世民給逮住了，唐軍不打自退，多便宜啊！於是他帶著一千多騎兵快速出城，把李世民給堵在山坡上了，他高興啊，這一次便宜大了。可是他並沒有想到，李世民策馬飛奔，左右開弓，箭無虛射，嚇得他的將士們躲躲閃閃。

王世充害怕了，對燕琪將軍說：你負責把李世民抓回去，我回去給你準備慶功酒去。他匆匆逃回到大本營裡，站在門口抹著冷汗想：俺親娘嘞，李世民這小子是吃甚麼長大的，這麼勇猛，這不是超人嗎？

正在這時，他看到圍攻李世民的士兵們，就像被狼追著那樣跑回來了，卻沒有看到燕琪將軍的影兒，便感到不好了。

事情真的不好了，原來燕琪被李世民給抓住了。

這就讓我們不解了，他李世民真這麼厲害嗎？能夠在重重包圍下脫險，還把人家的將軍給抓去了。

沒辦法，之前咱們說過了，因為史書上是這麼寫的，因為史書是根據貞觀年間修訂的實錄寫的，因為實錄是李世民編審的，李世民不厲害誰厲害啊？

大家應該明白，有些官修的史書有多大水分了吧？還是按照史書說，李世民這一仗打得挺累，他返回營地後，由於滿臉的灰塵，站崗的都沒有認出來，把槍頂到他的胸前問：喂！站住！你是幹甚麼活的？

「是我啊！」

「是我，我是誰？」

李世民把頭盔摘下來說：我是秦王啊！

站崗的把脖子縮了縮說：不好意思，沒認出來。

李世民點頭說：啊，啊，你們這種負責任的態度很不錯嘛，以後再接再厲。

站崗的很不好意思，低著頭說：放心吧，秦王，我們連一隻螞蟻都不會放過！

李世民回到營帳裡洗了把臉，吃了些飯，剛要上床休息，突然想到我為甚麼不殺個回馬槍，把王世充給抓住了？想到這裡，他馬上提著雙刀出去，招呼大家馬上集合，準備偷襲王世充。

有人說：秦王，俺還沒吃飯哩！

「沒吃，回來再吃，現在哪有時間！」

他組織了幾萬人趁著夜色前去偷襲慈潤，在去的路上李世民還想：今天晚上肯定是場惡戰，也是最能解決問題的戰鬥，可是當他們來到慈潤後才知道，王世充已經撤走了，這讓李世民感到失望，上次偷襲宋金剛就是這種情況，現在又是這種情況，我怎麼這麼倒楣？老是白忙活！如果你就這麼回去了，當初又為甚麼要來，是不是有甚麼陰謀啊？

李世民率軍回到大本營，加強警備，以防王世充前來偷襲。

他們緊張了整個晚上也沒有聽到甚麼動靜，早晨，偵察連長回來說：王世充回洛陽去了！李世民知道王世充害怕了，於是就決定發起總攻擊！這就是兩隻狗在打架似的，如果都撅著尾巴，雙方都不敢輕易進攻，如果一方把尾巴夾起來，那麼，對方就會下狠狠地去掐咬。

這不，李世民看到王世充夾尾巴了，就來狠的了！

他派史萬寶去攻打伊闕龍門，劉德威自太行向東包圍鄭河內郡，王君廓從洛口切斷鄭軍的糧草運輸線，黃君漢從河陰進攻回洛城；由他率領主力部隊駐紮在洛陽北面的北邙，步步進逼洛

陽，爭取盡快去洛陽城裡喝慶功酒。

王世充見李世民逼得這麼緊，他只得親率大軍在青城宮佈陣狙擊。

唐軍與鄭軍隔著一條河，就像我們下象棋時候的楚河漢界。兩方軍隊隔河相望，那樣子也像劉三姐與財主對唱山歌，的確很像，因為王世充隔著河對李世民喊道：哎——隋朝已經滅亡了，你們唐在關中稱帝，我們鄭在河南過日子，本來是風馬牛不相及的，我也從沒有想過要圖謀你們的地盤，你們卻突然來侵略我們這是為甚麼？

這話問得真傻，想打你能沒理由嗎？

李世民對宇文士及說：小宇，我嗓子不好，你跟他哈拉白話幾句吧！

小宇把手罩到嘴上大聲喊道：哎——普天之下，沒有不仰慕大唐皇帝的聲威教化的，就是閣下您不當回事兒，我們就是為這事而來的！

看到沒有，是不是很像山歌對唱啊？

王世充喊道：哎——我們息兵講和不是很好嗎？怎麼樣，咱們講和了吧？

宇文士及又喊道：哎——我們是奉命攻打東都的，並沒有接到講和的命令！

聽到這裡，王世充那張蒼老的臉上泛出厚厚的憂愁、無奈，他吸吸鼻子朝河裡啐口痰，說：娘的，一點兒尊老愛幼的道德觀念都沒有！他不跟李世民對山歌了，而是叫著幾個將領回到指揮部，開始商量打擊李世民的作戰方案。

王世充說：你們可都聽到了，李世民這小子多狂啊！我們如果不把他給打敗，我們還有甚麼臉面對百姓，乾脆趁早回家抱孩

子去了。

　　他們的作戰方案還沒有拿出來，王世充就聽說，顯州總管田瓚帶著管轄的二十五個州投降了唐朝，他就慌了！因為從此之後，洛陽就與襄陽的王弘烈軍斷絕了消息，再也沒法兒呼應了。更讓王世充驚慌的是，沒幾天，尉州刺史時德睿率領所轄夏、陳、隨、許、潁、尉七州也降唐。你說，這仗還有法子打下去嗎？王世充痛苦地想：我還沒開戰就失去了這麼多城，再這麼下去，我不變成光桿司令了！

　　王世充就納悶了，為甚麼李淵的將領們都是硬骨頭，而我的將領都是麵條？

　　他想來想去終於想明白了，人家唐軍的將領家屬都在長安，他們為了家人的安危沒法兒不英雄。那麼，我為甚麼不把我的將領的家屬弄進宮裡？讓他們也勇敢起來。於是他馬上下令，為了確保地區領導的家屬安全，把他們都給接到都城洛陽來！

　　為了徹底杜絕叛逃之事的發生，他重新頒布法律，一人叛逃殺掉全家。五家結為一保，一家逃亡，四鄰沒有察覺都得死！隨著這些法律法規的落實，確實有效地遏止了叛逃的人次，可是王世充的威信也折損得差不多了。從此，將士們無精打采的，也不好好打仗了，每次打仗不投降，但是他們卻往回逃！

　　這時候有大臣勸王世充說：陛下，趁著鄭與唐的積怨不深，趁早歸順得了，這樣既能保住榮華富貴，也能減少流血。王世充感到實有這個必要，他正在考慮這事呢！誰想到有兩隊唐軍前來歸順，這讓老王感到很是不解，感到太陽從西邊出來了。他們為甚麼捨棄唐朝前來投奔我啊！又不是我現在有多麼強大！是不是詐降？他馬上讓人把投順的將領叫來，問他們道：是誰派你們來的？

那將軍說：你的下屬叛變原來是你派的啊！

老王瞪眼道：喲，嘴皮子夠俐落的嘛！

將軍說：聽你這話好像不太歡迎我們啊？

老王冷笑說：老子從來都不歡迎詐降的人！

將軍急了，說：你，你憑甚麼說我們是詐降？

老王說：那好，先說說你們為甚麼來投奔我吧！

將軍說：實話告訴你吧，我們原是劉武周的部下，被俘後整編到唐軍，可是他們根本就不重視我們，拿我們當後娘養的，我們實在受不了這氣，才來投奔你們的。你們是不是不歡迎啊？如果不歡迎就說出來，我們早佔山為王去了。

這個道理好像說得通哎，王世充想：不過我也不能輕易相信他們，等調查清楚了再重用他們也不遲！他派人聯絡潛伏在唐軍中的線人，得知確有此事，他就高興了。我以為只有我的部下會叛變，原來你唐軍也有叛變的啊！既然這樣咱們算扯平了，那我還投甚麼降啊？我就跟你玩下去……

人格武器

當李淵得知唐軍有人向王世充投降了，感到很生氣。發生了這樣的大事，世民都不給我打個報告，還把我這個總統放在眼裡嗎？他並沒有派人前去質問李世民，而是把所有參戰的主要將領的妻子都召集起來，給她們開了一個茶話會。沒妻子的就把他父母找來，沒父母的，兄弟姐妹七大姑八大姨也行，反正就是要找到親屬代表。

在這個盛大的歌舞晚會上，李淵向這些軍屬們表示了感謝，並發放了紀念品，還讓他們給前線的親人寫一封充滿親情、血濃於水的家書。也不管人家有沒有文化，會不會寫信，李淵讓裴寂把信的主題思想宣布了，那就是：親愛的，你要安心打仗，英勇殺敵，爭取立功得到提拔，光宗耀祖……千萬別給家人丟臉……

當李世民收到這堆信後，他感到非常的不高興！

當他發現其中還有長孫氏寫給他的信，就更不高興了。

一個國家總統還玩這種小人的勾當，甚麼素質、甚麼態度啊你！就你聰明，別人都是傻子。這些信送來有甚麼用？只會讓將士們產生壓力。他並沒有看自己的信，而是撕碎了撒出去！將士們也明白總統這是拿家人要脅他們，但他們又實在很想看看信裡寫了些甚麼，可是見秦王沒看就撕了，他們也把信撕碎撒了，頓時指揮部裡就像下了一場片片雪花！

烽火連三月，家書抵萬金，大家就這樣「一擲萬金」了，夠

狠、夠厲害吧？這就是李世民的人格魅力！

可生氣歸生氣，投降的事情還是要預防的。李世民馬上吩咐屈突通與殷開山，讓他們密切關注劉武周的部下，如果發現有甚麼苗頭，馬上就把他們給掐了，絕對不能再發生叛逃之事了，這種事要是開了頭，就會變成將士們遇到困難時的選擇！

屈突通與殷開山開始猜測、推斷，軍中還有誰可能會叛逆？他們想來想去感到尉遲敬德的可能性比較大。這姓尉的每天牛皮哄哄的誰都不放到眼裡，常常牢騷滿腹，動不動就說：老子以前怎麼樣怎麼樣！他的意見特別多，投降的可能性大！

為了防備尉遲敬德叛逆，老屈與殷開山派人把尉遲敬德抓進大牢，前去請示李世民，把他給解決掉好嗎？李世民一聽就急了，噢，我讓你們去監視劉武周的舊部，你們把尉遲敬德給抓起來幹嘛？他又沒有造反！

殷開山說：大王，尉遲敬德就是劉武周的部下啊！

屈突通說：這姓尉的今天嫌伙食差，明天嫌帳篷舊，誰都不在他眼裡，極有可能會叛亂！就算他現在沒有這種心，誰能保證他以後不會有？可現在我們已經把他抓起來了，就算放了他他也會產生怨恨，不如把他給砍了，永絕後患。雖然他姓尉的能征善戰，但我們唐軍並不是離了他就不成了啊！

殷開山說：姓尉的本來就叛變主子來到我們這裡的，以在下的理解，他既然能背叛原來的主子，就可能會背叛您，所以，我們實有必要把他給殺掉！

說實話，李世民也同意他們的觀點，只是他覺得像老尉這樣的猛將太少了，如果把他殺掉還真可惜了。像這樣的人，用不好就扎手，如果把他馴服了，就是對付敵軍的有利武器。他對殷開山說：你們不用再勸我了，我堅信老尉是不會叛變的，是值得信

任的好同志！你們去把他給我請來，我跟他談談，還有，見到他知道該怎麼說嗎？

殷開山點頭說：秦王，您放心，我知道該怎麼說的！

他來到關押尉遲敬德的牢房裡，對老尉說：跟你說句實話吧，所有的將領都懷疑你有叛離之心，就是秦王堅信你不會這麼做，還把我們給批評了一頓，讓我請您過去，要擺酒給您壓驚。我就想不通了，你跟秦王有甚麼交情，他這麼信任你？

尉遲敬德朝地上啐口痰說：秦王的判斷是正確的！

他們來到李世民的辦公室裡，老尉見桌上擺了酒菜，他也沒有客氣，坐到桌前倒杯酒咕嘟上，吧唧吧唧嘴說：秦王，敬德感謝您的信任！

李世民又給他斟滿一杯酒，拍著他的肩說：敬德啊，男子漢講的就是意氣相投，我覺得跟你就很相投！

「秦王，在下也這麼認為！」

「我不會聽任讒言懷疑你的人格，當然，如果你一定要走的話，我也不會阻攔你的。」指指旁邊那盒子黃金，說：「這點金子呢？就給你做路費。你放心，以後咱們還是朋友，你有甚麼事情需要幫忙，只要跟哥們兒說一聲，我一定盡力而為！」

「秦王，您這話是甚麼意思，好像還是不信任我！」他把胸膛拍得嗵嗵響，「跟您說實話吧，自打我跟您的那天起就鐵了心，哪會輕易離開您呢？更不要說背叛您！這些金子我是不會要的，如果想走的話，咱家可不缺路費，可沿路『借』，可是我不走，我跟著您革命到底！」

「好好好，甚麼話也別說了，喝酒，咱換大碗！」

「那就把老屈和老殷，一起叫來一塊兒喝！」

「算啦，敬德，他們已經向我認過錯了，你老哥也不要再為

難他們了！」

「我得敬他們兩碗酒，要不是他們把我關了起來，我還不知道秦王你這麼看得起我呢！」

李世民見尉遲敬德不像是在說假話，就打發人把屈突通與殷開山叫來了，幾個人圍著桌子喝起來，那氣氛就像老朋友見面似的。李世民平時喝酒就上臉，他不太喝酒的（史書記載），可是他今天放開量猛喝，喝醉了，被屈突通扶到後室休息去了！

說實話，李世民雖然喝酒上臉，但並不表明他的酒量不成，而是他感到作為將領，喝酒會誤事，平時輕易不喝，大家便認為他沒有酒量。他之所以裝醉，就是想對尉遲敬德顯出自己的實在來。屈突通從內室裡出來，對尉遲敬德說：老尉啊，跟你說句實話吧，秦王從來都沒有喝過這麼多酒，今天是真高興了！

「秦王真夠意思，我也要夠意思！」他說過這句話不久，就有個機會讓老尉表明了他的忠誠與勇敢！

一天，李世民帶著五百騎兵巡視戰區地形（就愛逞英雄），他們登上魏宣武帝的陵墓，觀察敵營的情況，沒想到被王世充率兵把他們包圍了。他們只有五百人，而王世充動用了近萬人，兵力懸殊實在太大了，李世民知道今天算是完了，王世充也是這麼想的，他對單雄信說：小單，你去把李世民那小子給我像捏隻小雞一樣提過來！

單雄信挺著長槍直奔李世民，老尉揮著長矛超前站出來，與單雄信混戰在一起，老尉炸喝一聲，把單雄信給挑下馬來，掩護著李世民突圍！只見他的長矛舞得呼呼生風，所到之處鮮血飛濺！無論老尉多麼厲害，他也沒有萬夫不擋之勇，天下也沒有這樣的超人！他們拼了命也沒有用，最終還是被王世充給包圍了。

王世充對李世民說：「小李啊，之前我給過你機會了，可你就是不同意和解嘛！這牛吹大了吧，受傷了吧？」說著扭頭看看尉遲敬德，只見他五大三粗的，滿臉橫肉的，鬍子長得像被狂風吹過，看上去就有些嚇人。

回想他剛才的表現，確實是個相當棒的殺人工具，於是對他說：「這位老弟，跟著老夫我幹吧，我不會虧待你的！」

「呸，老子才懶得鳥你！」

「你可想好了，只要我一聲令下，你就變成刺蝟了！」

「你下吧，老子二十年後又是一條好漢！」

「來人啊，把他們給我射成刺蝟！」

李世民正要舉起刀來投降的時候了，因為只有這樣才能保住性命，保住性命才可以有未來。他剛要把手裡的雙刀舉起來宣布投降，突見王軍的後翼像遭遇了龍捲風那麼紛亂，並傳來了廝殺聲，就把刀又放下了。

王世充知道唐軍救援部隊來了，叫道：愣著幹嘛？放箭，快放箭！老尉把手裡的長矛輪起來就像風車那樣，把射過來的箭擋得東倒西歪！

王世充見唐軍衝擊得很猛，他害怕了，調轉馬頭跑了！

屈突通帶領唐軍把鄭軍給打得落花流水，並活捉了王世充的大將陳智略，還殺死了一千多名敵人，俘虜了六千手持盾牌長矛的士兵。

李世民非常高興，他高興的並不是為了這場勝利，他帶兵打的勝仗多了，而是他高興老尉果然不負眾望，面臨生死抉擇時，意志堅決地選擇了跟他同歸於盡，他感嘆說：敬德，多虧你奮力拼殺，這才爭取援兵到來，真應該好好謝謝你！

老尉說：這是我份內的事，謝甚麼謝啊！

李世民還是賜給老尉一箱子金銀，並從此更加寵愛老尉了，無論去幹甚麼都把他帶在身邊。也正由於老尉現在的突出表現，到了貞觀年代，雖然他不求上進，在家裡練甚麼氣功，研發長生不老藥，李世民雖然對他很不滿意，但也沒有為難他，就因為他在革命階段的優越表現！

經過這次戰鬥後，大家都在傳說老尉武藝高強，一支大矛掄得虎虎生風，那風都能把敵人給扇下馬來，把箭給扇得倒回頭射死人。李元吉聽得很不服氣，哇靠，這麼厲害還是人嗎？不成神了？那人是被矛風給扇下來的嗎？是不是吹牛吹下來的啊？你們不是都說他厲害嗎？那我就跟他比試比試，等我把他打敗了，看你們的臉往哪兒擱?!

他找到李世民說：二哥，我想跟老尉交流交流武藝！

「老三，你是不是不服氣啊？」

「不是不服，就是想跟老尉交流學習！」

李世民心想：這老三每天牛皮哄哄的，就像有多大的本事，如果真有本事，何至於讓宋金剛給嚇得放棄了晉陽，灰溜溜地逃回長安，費了這麼大的勁才重新奪回來。既然他不想要臉，就讓老尉教訓教訓他，讓他別以為自己有甚麼了不起。於是，他把將領們都集合在院裡，對老尉說：你就跟齊王比畫比畫！

老尉搖頭說：這刀槍不長眼，傷著他怎麼辦？

這話李元吉就不愛聽了，他撇嘴說：老尉，你說這話是甚麼意思？傷著我，傷我的人還沒生下呢！如果你能把我傷了，我給你發獎金！

李世民說：這樣吧，你們把槍頭卸下來比畫，點到為止！

老尉說：我把槍頭卸下來，元吉王就不用卸了！

李元吉心想：好你個姓尉的，你又不是不知道我封號是齊

254

王，非喊出我的名字不可，這是瞧不起本王！既然你不讓我卸槍頭，那我就不卸，今天非把你給掛了不可！他冷笑說：老尉，這可是你說的，別到時候我把你給刺傷了，你別又說不公平！

老尉笑著說：您刺就是，刺死了算我娘沒生過我！

李元吉的嘴角上泛著冷笑，抖了抖手裡的槍，只見槍尖上挑著一星陽光，十分耀眼。抬頭去看老尉，只見老尉把手裡的長矛猛地插進土裡，那槍足足短了兩尺，老尉從士兵手裡接過一支普通的槍，一手握住槍柄，另一隻手握住槍頭喀嚓折去，扔到地上，提著棍子站在那兒，就像個要飯的乞丐似的！

老尉點頭說：元吉王，請吧！

李元吉抬頭看看天上的太陽，突然高聲叫道：那是甚麼？大家都抬頭看時，李元吉挺著槍衝向老尉，實想把這狂妄自大的尉遲敬德給插個透心涼，沒想到人家一側身就躲過去了。但李元吉連吃奶的勁都用上了，拖得地唪唪響才剎住腳，這讓李元吉感到很丟臉。他轉過身來，咬著牙，瞪著眼，揮舞著槍向老尉猛刺，我刺，我再刺，我猛刺，刺刺刺，我掃，我再掃。人家老尉就像渾身長了眼睛似的，那槍頭就是沒法沾到他的衣服。李元吉累得滿頭大汗，最後還是沒有沾著人家，他十分沮喪地站在那裡，氣喘吁吁地說：我歇一會兒！

在一旁圍觀大夥兒都給老尉鼓掌叫好，把李元吉那臉給羞得就像猴子屁股。

李世民看了元吉那狼狽樣子，心想：你現在不吹了吧？他回頭對尉遲敬德說：敬德，躲槍與奪槍哪個難啊？

「當然是奪槍難！」

「那你把元吉的槍，給我拿下了！」

老尉點點頭，把手裡的棍子扔了，赤手空拳走向李元吉。

李元吉心想：我要是讓你把槍給奪去，我還有臉活嗎？他握著槍等著，看到老尉走得近了，嗚一聲就向他掃去，只聽咽地一聲砸在老尉身上，本想一擰就給他放血，誰想到老尉用手把槍頭摁到身上，左手照槍桿猛地劈下去，李元吉感到虎口震得要裂開了，他想不鬆手可是哪管得住自己的手啊！

老尉把李元吉的槍交給李世民說：秦王，給您！

李元吉羞得那臉就像紅布了，眼睛紅得就像在滴血，肚皮都要氣炸了，他很想發火，但這火沒法發啊，是他自己挑起的！

他只得抱拳說：老尉，看來你果然名不虛傳，我輸得心服口服了。他嘴上說服，可心裡卻對老尉產生了恨，這種恨蓄到玄武門事變之前，差點兒就把老尉給害死！不過，那是後來的事情了，現在他只能恨老尉，卻又拿老尉沒有任何辦法！

李世民說：大家別走啦，一起坐坐！

大家邊談論著老尉的神功邊向大帳走去，就在這時，有人前來彙報，說鄭國有個姓羅的將軍帶著部隊前來歸順。李世民說：太好啦，馬上把將軍請過來，我們順便給他接風洗塵。等人來了，李世民發現是王世充的愛將羅士信，頓時喜笑顏開，上去握住羅的手說：羅將軍，歡迎歡迎，快快，快給羅將軍備座！

在宴會上，秦王帶頭紛紛向羅士信敬酒，表示歡迎他到來。

事後，又贈給羅士信很多財物，獎勵他棄暗投明的英雄壯舉，還對他許諾，將來統一了全國，一定讓他高官厚祿，祖蔭子孫！羅士信心裡想：你說得好聽，誰知道你是否真信任我啊？他要求說：秦王對在下這麼好，在下沒有為唐朝做任何的貢獻，受之有愧啊，請允許我帶兵前去攻打鄭國，以報您的知遇之恩！

這讓李世民感到很為難，如果不派他去打仗，就顯得不信任人家，可如果派了還真不知道會發生甚麼事情？因為天下所有背

叛主子的人，都有人格上的缺陷，誰都不敢保證他不會再次背叛！可是李世民天生膽大，做事也不太考慮後果，他就很痛快地答應了羅的請示，並給他派了一支精銳部隊。

羅士信非常感動，他沒想到李世民會答應他，並給他派了這麼多兵。相信任何將領都不會這麼做的，可是秦王就這麼做了，可見他確實膽識過人，誠信可靠！

就這樣，羅士信徹底被李世民的人格魅力征服了，他決定好好表現表現，對得起人家的信任！也就這樣，羅士信帶著部隊回去打王世充了。

本來王世充得知羅士信背叛了，他就很痛苦了，如今見他還帶人來攻打自己，更痛苦了。他當然不只這麼痛苦，內心中還有著一份難以啟齒的苦澀。

當初，羅士信跟隨李密攻打王世充，失敗後為王世充俘獲，受到了王世充的重用。王世充為了表示對他的友好，曾跟他一同睡覺一同用餐，還把宗室的姑娘嫁給他，實想羅士信會鐵了心跟隨自己，沒想到最終還是叛他而去了，他能不痛苦嗎？

那麼羅士信為甚麼要背叛鄭國？其實原因很簡單，事情也很小，小得王世充可能都不記得了。當初羅士信得到一匹駿馬，非常寵愛。王世充的侄子王道詢也看上這匹馬了，就跟羅士信要，可是羅對他說：君子不奪他人之愛，這事兒就免談了吧！王道詢找到叔叔說：叔叔，我看中了一匹馬，可卻怎麼都弄不來！

「這馬在哪兒？」

「就在咱們軍營裡！」

「咱們的東西還弄不來，這不是打咱們爺們兒的臉嗎？」

「這馬就在羅將軍手裡，我跟他要，他死活不給我！」

「好吧好吧，我去跟他談談！」

王世充找到羅士信，跟他商量說：老羅，不就是一匹馬嘛！道詢想要就送給他吧，以後我弄到好馬再補給你。當時羅士信沒說甚麼，但心裡記著這個仇了！

他想：你把宗室的姑娘都嫁給我了，可是連一匹馬都不讓我留著，這是拿著人不當人！於是，他瞅機會就投降了唐朝，然後迅速攻下了鄭國的硤石堡，隨後又包圍了千金堡。

堡裡的人大罵羅士信不是羅士信，而是羅失信！

羅士信心想：這是甚麼社會，還有信譽這種道德標準嗎？你們罵你們的，我想辦法打你們！於是，他就打發下邊的人徵了一百多個吃奶的孩子當戰士，這可能是古代最年輕的士兵了。事情是這樣的，他派人抓來一百對母嬰，讓士兵們冒充女人的丈夫，背著行囊經過千金堡的城門，問守門的士兵：哎，這裡是不是羅將軍的地盤啊？

「你們是幹甚麼的？」守城兵問。

「噢，我們是來投奔羅將軍的啊！」

「投奔他，你們有沒有搞錯？他羅士信忘恩負義你們還去投奔他？吃飽了撐的。我看還是來投奔我們吧，我們鄭國會保護你們的！」

「噢，原來這不是羅將軍的地盤啊？我們走錯了，你們忙，我們走了！」

到了下午，士兵與女人孩子們又折回來了，在路過城門的時候對守門的官兵說：羅將軍他們的營地空了，我們來投奔你們。守城的兵們聽到這裡挺生氣，吼道：滾開，早讓你們投奔你們不聽，現在又來吃回頭草，有這麼好的事嗎？滾，馬上滾！

那些士兵本想混進城裡做內應的，見人家不讓進，就帶著女人孩子離開了。

城裡的守軍聽說羅士信走了，他們放鬆了警惕，誰想到當天夜裡就遭到了羅士信的偷襲，把他們給徹底打敗了。羅士信進城之後實行了三光政策，把堡中的人全部給殺掉了，連小孩子都不放過！可以看得出，姓羅的這傢伙夠狠，連吃奶的孩子都抓去當戰士，連敵人的孩子都不放過，真太不人道了！

王世充被唐朝打急了，你李世民派我的兵來打我也太欺負人了，我要以牙還牙，我咬死你！他馬上派堂弟王世辯率兵攻打唐朝的雍丘城，並下了死命令，一定要把這個城拿下！

守城的李公逸雖然很頑強，但鄭軍的攻勢太猛，他感到沒法兒保住這城，就馬上派人去求援。可是由於雍丘與關中隔著王世充的領地，根本就通不過！

李公逸讓李善行守著雍丘，自己率領輕騎入朝來到襄城，沒想到被王世充的伊州刺史張殷抓獲，押到王世充那裡。王世充問：哎，你越過鄭國向唐稱臣，哪有這種道理啊！

李公逸說：我只知道天下有唐，不知道有鄭啊？

王世充瞪眼，說：你難道不怕死嗎？

李公逸說：怕死就不是李公逸了！

王世充恨得牙根兒都癢了，立刻將他給斬了。

由於唐軍的主力部隊越逼越近，鄭軍的很多將領都投奔了唐朝。王世充發現還沒打幾場仗呢！自己的地盤就越來越少了，他的壓力就大了。再這樣打下去，我豈不變成光桿司令了，這仗還怎麼打？他實在沒辦法了，馬上派人前去夏國向竇建德求援，因為現在這種情況，也只有竇建德能救他了，但他不敢確定竇建德會伸手相助！

當初，王世充侵犯竇建德的黎陽，竇建德便攻打殷州報復王世充，從此鄭夏兩國的關係惡化，隨後斷了往來……

第二十一章

唇亡齒寒

竇建德是貝州漳南人，從小就很誠信，口碑好得不得了。有件事情可以證明他多麼仗義多麼受人愛戴。據說，鄉裡有家死了人，窮，埋不起啊！當時建德正在耕地，聽到這事後長嘆一聲道：甚麼世道？人死了都埋不起。他把手裡的活扔下，招呼幾個朋友幫人家把喪事給辦了，一口飯都沒吃主人家的，其實想吃也沒得吃！

由於竇建德助人為樂的事情做多了，他的仗義在全縣都很有名氣，有許多小憤青們都肯追隨他闖蕩。後來隋政府又想去攻打高麗，大規模招兵，由於竇建德人高馬大的，看著就像有把子力氣，就被提拔為二百人的小頭目。

同時被看中的還有建德的同鄉孫安祖，但安祖以老婆餓死了為由，不肯參軍。縣官就生氣了，你不想參軍找個別的理由不成啊？非說這不靠譜的事情。你老婆是怎麼餓死的？就是因為沒飯吃，你當兵不就有飯吃了！他用鞭子就去抽孫安祖，小孫被抽急眼了，抽出刀子猛地送進縣令的肚子裡，拔腿就跑了！

他呼哧呼哧跑到竇建德家，說：壞啦壞啦，我把縣官給殺了！建德馬上把他藏在冬天儲存紅薯的地窖裡，又在上面鋪些爛柴。沒多大會兒，一大堆公安人員就來了，他們瞪著眼叫道：孫安祖把我們領導給殺害了，你馬上把他交出來，要是不交出來，你就是從犯！

「你們不去抓人，來我這裡幹嘛？」

「都說你們是好朋友，他不來你這裡還能去哪兒？」

「都知道我是他朋友還往我這裡跑，他不犯傻了嗎？」

公安人員在竇建德家翻了個遍也沒發現人，就走了。竇建德把孫安祖放出來，發動了幾百個青少年，讓孫安祖領著他們進入高雞泊當了土匪。政府懷疑竇建德與盜賊有來往，派兵把竇建德的家屬抓起來砍了，逼得竇建德率領二百人，投奔了當時勢力最大的土匪頭子高士達！

高士達認為自己的才能與謀略都不如竇建德，於是提拔他為軍司馬，並把兵權交給他，表明他有用人不疑疑人不用的胸襟！

竇建德請高士達看守物資，他挑選精兵七千人去抗擊郭絢。

他首先假稱自己與高士達發生矛盾，請求投降，並表示願意給郭當敢死隊隊長，帶領他們把高士達給殺掉！郭絢相信了竇建德的話，率兵跟隨竇建德到長河縣，也不再防備竇建德。粗心大意的結果是，他的頭被竇建德砍掉，提去送給了高士達。

後來楊義臣殺了高士達後，認為竇建德不足為患，就沒有繼續追殺他。楊義臣犯了個大錯誤，在亂世之中哪能輕視別人呢？要飯的都能當皇帝，何況看上去就有把子力氣的竇建德啊！竇建德返回到平原後收集高士達的散兵，安葬死者，重振軍威，自稱將軍，準備踩著烈士們的鮮血去做偉大的事業。

由於竇建德為人仗義，善待俘虜，很多隋朝官員都投奔了他，使他的勢力越來越強大。沒用多少的時間，他就擁有了精兵十萬，成為了河北、山東地區最強大的武力部隊。

在六一八年十一月二十九日那天，有五隻大鳥落在竇建德駐軍的樂壽城（今河北獻縣西南），隨後有數萬隻鳥像黑雲那樣在城裡盤旋，落下去也是鋪天蓋地。牠們在城裡覆了整天的時間才

離去。

這件事在當時很轟動，城裡的人對這個奇異的現象議論紛紛，都認為是竇建德帶來的吉祥。有點兒文化的就會說，這是萬鳥朝拜，城裡肯定會出現天子！

這話傳到竇建德的耳朵裡，他表面上很平靜，心裡高興得像灌了蜜。這確實值得高興，來了這麼多鳥，總比來場冰雹落到頭上要好得多吧？

宗城有人得到玄圭獻給了竇建德。甚麼是玄圭？是種黑色的玉器，上尖下方，古代帝王或諸侯，在舉行典禮時拿的一種玉器。為甚麼有人會送這玩意兒，肯定是幕僚們安排好的，目的是為了勸說竇建德去註冊王國，他們好水漲船高。

宋正本和孔德紹介紹：老闆，這玩意可是上天賜給大禹的啊！您看咱們就順從天意，把國號改為夏吧！這位農民出身的草根領袖被糊弄得心動了，於是建立夏國，改年號五鳳。

竇建德之所以能在很短的時間內，發展到問鼎天下的實力，確實得益於他人格的魅力。比如他每次打了勝仗、攻陷了城池，把得到的物資財產全部分給將士，自己不留任何東西。他不吃肉，經常用蔬菜下粗飯！不是肉不香他不想吃，也不是粗米好吃對健康有益，他那個時代還沒有營養專家，而是他儉樸自約。

他不只對自己要求嚴格，還嚴格要求妻子曹氏，不讓她穿綾絹做的衣服，並儘量減少家裡的服務人員。據史料記載，他們家的下人總共才十幾個，總統府裡只有十幾個家政人員，這在封建帝王家是十分罕見的！

竇建德把宇文化及消滅後，獲得了一千多名宮女，要是換了別人，肯定挑些水靈的豐富後宮，把歪瓜裂棗賞給部下們，李淵就會這麼做。可竇建德卻不會這麼做，他把所有的女人都給放

了，讓她們去追求她們的自由生活，與屬於她們的愛情。

後來，竇建德與王世充發生了矛盾，他正計劃把洛陽城給拿下，聽說唐朝的秦王帶兵去攻打王世充了，他就把自己的計畫取消了。因為他想：我何不等他們打得兩敗俱傷時，再去收拾殘局呢？這樣多省事兒啊！

就在竇建德打算坐收漁人之利時，鄭的使者來了，要求他派兵去救鄭。他忍不住哈哈大笑起來，差點兒把眼淚給笑出來了。你王世充真敢想，我沒有乘機打你就不錯了，還讓我去救你。我為甚麼要去救，我救了你，你還過陽來又打我，我不變成天大的笑話了！

中書侍郎劉彬說：陛下，您的想法是不對的！

竇建德瞪眼道：你說這話是甚麼意思，難道要養虎為患嗎？

劉彬耐心地解釋說：當初王世充把李密給打敗了，唇亡齒寒，所以才招致今天的禍事。如果李密沒有失敗的話，李淵是不敢輕易進軍中原的，而且就算來了，李密也不會袖手旁觀！

竇建德冷哼道：齒寒，那是蟲牙，我的牙口好，我不怕寒！

劉彬搖搖頭說：現在天下大亂，唐朝得到關西、鄭得到河南，我們得到了河北，這是穩定的三足鼎立之勢。如今唐朝的勢力越來越大，地盤越來越多，而鄭國的地盤越來越小，如果再這樣下去，鄭國必然亡國，鄭滅亡了我們也沒法單獨生存了。

「你甚麼意思啊？」竇建德問。

「依臣之見，我們不如放棄仇怨，發兵去救鄭國！」

「怎麼救，你說怎麼救？」竇建德有些不耐煩。

「我們從外圍襲擊唐軍，鄭軍從中心開花，唐軍被夾在當中挨打，必敗無疑！唐軍退兵後，我們再觀察形勢，如果能取鄭國就取，如果條件還不成熟，我們跟鄭國聯合起來，一舉把唐軍徹

底消滅掉，這樣的話，天下就容易獲得了！」

竇建德感到有些道理，於是就聽信了劉彬的建議。

他雖然認同了劉彬的想法，但他並沒有馬上起兵，而是派禮部侍郎李大師等人去找唐軍協調，對唐軍說：別打啦別再打啦！趕緊回你們的西部去，如果再在中原鬧事兒，可別怪我們夏國不客氣了！李世民聽到這話非常生氣，哇靠，你以為你竇建德是誰啊？是國際警察啊，你讓我退兵我就退，我就不退，看你怎麼辦？咬我！

他不只沒退，還把李大師等人給扣住了！

由於王世充等不來竇建德的救援，他手下的將領們感到沒有盼頭了，紛紛向唐投降！王世充的壓力更大了，馬上派兄長的兒子王琬與長孫安世前去竇建德那裡當人質，請求立刻出師救援，否則鄭就真的危險了，可是人去了後，也沒有立刻見效！

對於王世充來說：雪上加霜的是，他兒子王玄應率領幾千人從虎牢運糧，遭到唐朝將軍李君羨的截擊，經過激烈的戰鬥後，糧食非但沒有保住，人也完了，最終只有王玄應自己逃走了！王世充只能把城裡儲備的糧食，配發給洛陽周邊地區的軍隊，這樣下去，城裡這點兒糧食哪能應付得了？如果竇建德再不出手相救，洛陽是百分之百保不住了！

李世民也知道王世充是強弩之末了，決定盡快把洛陽給拿下來！在六二一年二月二十七日，李世民率領大軍把洛陽城外的守軍全部幹掉，面對面地包圍了整個洛陽城！他先派大嗓門的人對著城門樓上的王世充喊：哎，識時務者為俊傑！哎，我們唐朝有多厲害！哎，如果你這時候打開城門，繳械投降，可以保住榮華富貴，否則連性命也不保！哎，難道你們不見棺材不落淚嗎？要落趕緊落了吧！

喊了老半天，累得臉紅脖子粗的，人家王世充就是不回應。

李世民生氣了，娘的，這真是對牛彈琵琶！別跟他廢話了，打他，狠狠打他，看他還能撐多久？第一撥人呼隆呼隆擁著撞車過去了，去的人倒不少，還沒有撞幾下門就都被人家的箭武裝成刺蝟了！

就在這時，石頭瓦塊從天而降，冰雹般地落在他們頭上，嚇得李世民趕緊帶著人馬回去了。原來，人家王世充用上了先進武器，他們的大炮可以射五十斤重的石頭，射程能達到二百多步。還有八個弓弩箭桿，可以射五百步遠。

這樣的武器對於我們現在來說可能很原始，可這就是當時的巡弋飛彈啊！李世民多次嘗試攻城，費了大勁也沒甚麼效果，還把將士們給累得夠嗆。大家見攻不下來，不由心灰意懶，都鬧著要回關中去。

李世民很是惱火，讓他更是惱火的是總管劉弘基等人也請求班師回朝！他咆哮道：你們是豬腦子啊？洛陽以東的各州都已經歸順我們了，現在就剩洛陽這座破城了，我們放棄回朝，以後就再沒有機會攻下來了！

劉弘基說：久攻不下，士氣消沈，還怎麼打啊？

李世民叫道：誰要是再敢說退兵，我砍他的頭！

遠在長安的李淵聽說了秦王的戰況後，感到這樣僵持下去不行，等將士們疲憊不堪鬥志全無了，別說攻下洛陽，如果竇建德乘機前來襲擊很可能全軍覆沒。他馬上讓人給李世民送去了詔令，讓他從速班師回朝，李世民也明白竇建德來攻打他們就很危險，不過他年輕氣盛，決定不聽從父親的命令，並且做了一件非常大膽的事情，那就是留下三分之一的兵力繼續圍困洛陽，而偷

偷地把主力部隊拉出去攻打竇建德了。

他明白，只要把夏國給打敗，王世充的心理防線就徹底垮了！說實話，如果李淵知道世民這麼做，肯定會嚇個半死！

誰不知道把竇建德給打趴下，會對王世充起到震懾作用，可是你想過沒有？王世充乘機把你留下的少數兵力消滅掉，然後咬著你的屁股打，那麼情況就是這樣的：你面對強大的竇建德沒法前進，後有王世充沒法後退，你要是不完敗沒有人相信！

可是在現實社會中，某些成功並不是你深思熟慮的結果。當你甚麼都想透了，你已經失去了先機。這樣的話我們可以這樣說，很多成功都得益於衝動與偶然。當然，實力是必須具備的，要不的話，蘋果把牛頓頭上砸出血來，也不會出現萬有定律！

李世民這種打法是李淵所想不到的，王世充也想不到，竇建德更是沒想到，他做夢都想不到李世民會突然從眼前冒出來。他沒有任何準備，只得倉促迎戰，倉促就不容易把事情做好，結果打了幾次都敗了。這時候竇建德後悔得差點兒吐血，如果早拉出軍隊去支援王世充，夏國也不會遭到現在的劫難，可他就沒去！

當竇建德得知，李世民的部將王君廓偷襲夏軍的糧道，擒獲夏軍的大將張青特，他感到事情不好了，他咆哮道：要不把李世民碎屍萬段，我不姓竇，我跟他去姓李去！發火是沒有用的，氣死了也沒用，都不能解決問題，還得想辦法去打仗！

在軍事會議上，凌敬提出了自己的想法，他說：現在將士們都在談論撤兵的事，沒有了士氣再打也是失敗，我們不要再在這裡拼命了，還是盡快率領大部隊渡過黃河，先攻取懷州、河陽，再翻越太行，進入上黨……最後直取東都，這才是最佳選擇！

東都就是洛陽，從洛陽前來做人質的王琬與長孫安世不幹了，他們想：你們不支援我們鄭國還要打我們，這哪行啊？他給

幾個大臣使眼色，讓他們趕緊的勸說竇建德別打洛陽。

夏國的很多大臣都受過王琬的賄賂，吃人家嘴短，都紛紛勸竇建德說：陛下，凌敬一介書生，哪能跟他討論戰事呢？我們跋山涉水去攻打東都這不實際，不如在這裡與李世民進行生死之戰。鄭國發現李世民前來攻打咱們，他們肯定從後面襲擊唐軍，消滅唐軍還是有可能的，我們為甚麼去做那些未知的事情呢？

凌敬見竇建德不肯聽信自己的計畫，他喊道：你們都是久經沙場的將領，怎麼會說出這種話呢？我們連著打了幾次敗仗，將士們都心灰意懶地鬧著要撤軍，這種鬥志怎麼能與唐軍作戰呢？

竇建德被他給吵煩了，讓人把凌敬給拖出去了。

凌敬在門外放聲大哭，嘴裡喊道：夏朝將亡了！

竇建德發現這會沒法再開下去了，便宣布解散回了後宮。

皇后曹氏給他泡上茶水，站在他身邊輕聲說：凌敬的建議是可取的啊，大王為甚麼不聽他的呢？如果從滏口北上，乘唐國後方空虛，步步為營，循序漸進，奪取山西，再聯合突厥軍隊去襲擊關中，唐軍必定會撤軍自救，東都之圍不就解了麼！如果在這裡待久了，將士們疲憊不堪，物資耗光，要想取勝可就難了！

竇建德是個大男子主義，他哪肯聽妻子的？把眼睛瞪得老大，吼道：這哪是你們女人能明白的事情？現在鄭國命懸一線，就盼著我去救援，我既然答應了人家，哪能遇到困難就放棄呢？這樣的話，我將失信於天下！

曹氏說：現在需要援救的是我們，不是鄭國啊！

竇建德把手裡的杯子摔了，吼道：滾，滾出去！

曹氏輕輕地嘆了口氣，沒有再說甚麼。

竇建德很玩命地跟李世民又打了幾次，一次比一次輸得慘，他實在沒有辦法了，只得帶領大軍逃到武牢這個地方。

他剛在汜水旁擺好陣式，李世民就派騎兵前來挑戰！竇建德心想：你李世民也太狂妄了，如果我不給你些厲害，你就不知道天高地厚了。竇建德帶兵與李世民在汜水打了三天三夜，第三天夜裡又被人家給打敗了！他知道這樣打下去不成了，必然全軍覆沒，他只得帶著殘兵敗將倉皇逃去。

由於唐軍在後面窮追不捨，竇建德慌不擇路逃到一個叫牛口的地方。當竇建德聽說這裡叫牛口，感到這名字太討厭了。所以感到討厭，是因為他早聽說這裡流傳著一首民謠，說甚麼「豆入牛口，勢不得久。」（史書上說的）竇建德不想「豆入牛口」，他招呼部隊馬上轉移，可是走不成了，他已經被包圍了。

竇建德現在能做的是與唐軍決一死戰，不過他知道，死的可能是他們夏軍。可是很多夏軍將士不想死，紛紛投降了李世民。齊善行對竇建德說：陛下，讓弟兄們先撐著，咱們突圍逃跑吧！

竇建德搖頭說：你們保護皇后先走，我與兄弟們拖住敵人。

齊善行說：留得青山在，不怕沒柴燒！

竇建德搖頭說：我怎能捨下兄弟們自己逃走呢？

他組織僅有的一千多兵衝向唐軍，為齊善行他們殺出一條血路！齊善行他們保護著皇后走遠了，竇建德用盡了最後的力氣，從馬上砸在地上昏死過去。當他再醒來的時候，發現自己被五花大綁著，有幾個唐兵挺著槍對著他，他明白自己被俘了！

他現在擔心的是齊善行他們，是否逃到了安全的地方。

齊善行護送著曹皇后等人逃往洺州（今河北省永年縣）。剩餘的將領們想立建德的養子為王，重新壯大隊伍，做老竇沒有完成的事業。

齊善行嘆口氣說：夏王以不擋之勇平定河朔，大有平定天下的勢頭，沒想到就這樣被人家給擒住了。看來，這可能是上天安

排好的，我們就不如聽天由命吧？不要再斷送這孩子了！隨後，他們把財物分給了殘兵敗將，讓大家散去，他護送著皇后等人也離去了！

李世民在押著竇建德回長安的路上，竇建德百思不得其解，為甚麼李世民捨棄洛陽來打他夏國？他終於憋不住了，問：哎，小李，問你一個問題！

「問吧，我知無不言！」

「你怎麼會想到突然捨棄洛陽，前來襲擊我呢？」

「我並沒有捨棄洛陽！」

「這麼說你是兵分兩路了？」

「是的，我是這麼做的！」

「那麼包圍洛陽的兵，不算多了！」

「太少啦，談不上包圍！」

「那王世充不會乘機打你們啊？」

「我沒想過，如果我想仔細了，就不會來打你了！」

竇建德苦笑不得，他深深地嘆口氣說：唉，這是天意啊！

李世民說：我老爸曾經說過，運氣好了，躺在樹下睡覺都能撿著兔子！

竇建德聽到這裡閉上了眼睛不言語了，他能說甚麼？自己每天英雄得不得了，認為天下如果不被自己征服，那麼就不叫天下！可是呢？最終讓人家傻乎乎的一次行動給打敗了。他現在很想見到王世充，問問他：你每天盼著救兵，可是李世民只留下了很少的兵力牽制你，你為甚麼不把他們消滅掉呢？

李世民並沒有直接把竇建德交到長安，而是把他帶到了洛陽。他想把老竇當成開啟洛陽城的鑰匙，至於能否真的打開只能

等打過後才知道。他們來到洛陽城門外，讓下屬把竇建德捆在高高的木架上，對著城門樓展示！

他們怕王世充不來瞻仰，他還讓人放了三支響箭。

王世充站在城門樓子上，瞇著被皺紋纏繞的眼睛看著木架上捆著的人，由於距離太遠，並沒有看清楚，疑惑地問：李世民這小子玩甚麼呢？

有人說：聽說那人是竇建德！

王世充瞪眼道：胡說，竇建德是輕易可以打敗的嗎？

這時候王世充就想了，我當初不就是找個西貝貨（假貨）李密把他們騙了嗎？他李世民不會跟我玩這個吧？你在這裡玩吧，我懶得理你！他正要回去，突然看到從唐軍中分出一匹人馬，快速向他們的城門衝來。弓弩手對準了那人，王世充說：慢著，慢著，我先看看他想幹甚麼？

那人跑到門樓前把一包東西扔到城牆跟，調轉馬頭回去了！

王世充打發人用鈎子把東西摳上來，看到是黃緞子的布包，鼓囊囊的不知道有些甚麼？小心地把布包打開，發現是夏朝的總統大印，還有刻著竇建德名字的短劍！王世充看到這些東西，有點不相信自己的眼睛，他結巴著說：這、這、這怎麼可能呢？這、這肯定是假的！

當偵察兵回來後，王世充才知道竇建德在牛口全軍覆沒。

王世充差點兒被這個消息給嚇死，沒死，可臉上的汗水咕嘟就冒出來了，就像撒豆子樣往下滴！他抱著頭慢慢地蹲下去，哭咧咧地喊道：怎麼辦，我們怎麼辦？

還能怎麼辦？大家七嘴八舌說：現在只能投降了！

王世充也明白應該投降了，不過他擔心即使投降，李世民也不會饒他的性命。於是他派人前去與李世民洽談，可以投降，不

過必須保住他家人的性命與財產，如果同意就寫個保證書來，如果不同意，我們只能寧死不屈！

李世民攻打竇建德已經夠累了，他不想再打了，再說洛陽城的城牆質量太好，又厚又高的想攻進去也不容易。於是，他馬上寫了一張保證書，表明如果王世充開城投順，即可以保住他的榮華富貴，並可以得到唐朝的重用！

得到了這樣的保證書後，王世充有些受寵若驚，就生怕人家會反悔，歇斯底里地叫道：快、快把城門打開，打開，你們能不能快點兒？

就這樣，洛陽徹底被李世民給「解放」了！

李世民解放了洛陽後，把王世充與竇建德軟禁在一個大院裡，給他們準備食品還有幾粒骰子，讓他們不至於太無聊，並讓尉遲敬德帶著人守著大院，任何人不准去見他們。王世充與竇建德見面後，兩人相互看看，苦笑著搖搖頭。竇建德很想問：在李世民去打我之後，你為甚麼不把他留守的人給整了？王世充也很想問問：你為甚麼遲遲都不來救援我？

他們彼此都沒有開口，因為現在再說甚麼都沒有用了！

兩個人每天圍著桌子喝喝酒，擲擲骰子，聊聊他們小時候的事情，就像兩個朋友似的那麼快樂，其實他們的淚水正咕咕地往肚子裡流。他們壓抑到快崩潰的時候，王世充照著竇建德的臉就扇了一巴掌，說：我恨你。竇建德又回了他一巴掌，說：我更恨你。兩人抱頭痛哭，哭完了兩個又喝酒又玩！

一天，李世民帶著很多東西來見他們，王世充問：秦王，您說過要保證我的人身安全並重用，為甚麼卻把我關起來了啊？

李世民笑著問：老王，你得罪過人沒有？

王世充說：只要是人，就沒有不得罪人的！

李世民點頭說：你回答得真好！如果把你安排在外面，有人要殺掉他的仇家，你死了，這就讓我沒法保證你的生命安全了，這不是陷我於不義嗎？現在，你只有在這裡，我才能保證你不會有性命之憂！

王世充問：那我們甚麼時候回長安？

李世民想了想說：這要看情況……

至於他說看情況，這是他真實的想法。因為他現在正考慮著是否在洛陽稱帝？然後把整個東北地區給掃平，再想辦法圖謀長安，成為天下之王！

也正是他有了這樣的想法，他挑出自己信得過的將領，把他們進行培訓，洗腦過後，把他們派到各縣級城擔任長官，為他的登基打基礎。他給親信們灌輸的理念就是，你們只聽我秦王的，除此之外，任何人的命令都不要理會，哪怕是總統的?!

其實大家都很想勸他直接在洛陽稱帝得了，可是他們不敢說，因為陛下是他的父親。如果有人敢這麼說，如果大家都說的話，李世民可能就真的立刻稱帝了。屈突通對李世民建議道：大王，陛下肯定知道我們攻下洛陽了，如果遲遲不回，陛下會不會有疑心啊？要不要先給他回封信，就說雖然取下了洛陽，但還有很多零散的勢力需要解決，還要進行佈防，可能要多耽擱些時間。李世民感到有這個必要，於是寫了一封信，打發人慢慢地送到長安。

李淵收到世民的信後，雖然也知道李世民遲遲不回的原因很充分，不過他還是敏感地感到事情並不這麼單純。他明白，李世民極有可能會在洛陽稱帝，因為這個機會太好了。他雖然知道

了，但反應並不是多麼強烈，因為他感到李世民在洛陽稱帝也沒甚麼，總比別人稱帝要好得多。再說，把李世民留在身邊，如果世民等不及了，說不定真的像楊廣那樣把他殺掉。李淵每想到楊廣派人用鈍刀子拉楊堅的脖子時，他就感到自己的脖子有些麻麻的……他絕對不想要那樣的後果！

裴寂對李淵說：陛下，秦王至今不回，我看情況不妙啊！

李淵說：有甚麼不妙的，不就是他想在洛陽稱帝嘛！

裴寂吃驚道：您知道，您還這麼平靜？

李淵嘆口氣說：唉，世民這孩子野心大，如果把他留在身邊，他早晚也會算計我的皇位，說不定還會用甚麼惡劣的手段對付我，還不如讓他就在洛陽稱帝得了！

裴寂搖頭說：陛下您的想法是不對的，如果秦王在洛陽稱帝，他不會只滿足於東部地區的，等他穩定下來定然圖謀長安，到時候您是跟他打呢？還是把長安拱手相讓？如果真要打，以長安的兵力肯定沒法兒與秦王抗衡。再說，現在大臣們都在議論秦王的功勞，都說唐朝是他打下來的，由他帶領大家才能使唐朝走上輝煌，只要秦王來打，他們肯定是會做內應！

李淵感到為難，問：那你說怎麼辦？

裴寂想了想說：可以給秦王去信，就說讓他回來，馬上舉行封他為太子的儀式。等他回來就把他控制起來，以他想佔據洛陽發動暴動為由治他的罪。反正現在劉武周、王世充、竇建德他們都滅亡了，至於其他勢力，隨便派誰去都能解決掉，已經用不著秦王了。

李淵經過慎重思考過後，感到現在是時候了，該把李世民除掉了！為了不引起世民的懷疑，李淵並沒有派大臣去洛陽下這個通知，也沒有派別人去，而是對他最寵愛的德妃與張婕妤說：現

在洛陽已經歸屬我大唐了，洛陽比長安富裕得多，那裡有很多好東西，你們去挑些自己喜歡的，你們順便對世民說：讓他忙完了就回來，我要封他為太子！

張婕妤喜笑顏開：太好啦，太好啦，我還沒去過東都呢！

尹德妃也高興地說：我們看中的，就真的給我們嗎？

李淵點點頭說：當然，只要你們喜歡的就給你們。對啦，你們叫上長孫氏一塊兒去吧！讓她也去選些東西，再說她與世民這麼長時間沒見面了，肯定會思念的！

第二天，李淵就派出一支部隊護送著幾個妃子與長孫氏去洛陽了，接下來，他跟裴寂佈置捉拿李世民的事情。李淵的策劃是，裴寂帶著勇猛之士先埋伏在書房隔壁，到時候他把李世民叫來談話，然後找個機會出去，放勇猛之士進去把李世民給拿下！

裴寂說：陛下，秦王肯定不會束手待擒！

李淵冷笑說：動起手來，死傷也是難免的！

他想好了，到時候把李世民給砍了，就對外聲稱世民在書房襲朕，被侍衛給殺掉了！他相信沒有人會調查，甚至沒有人敢議論這件事情。到時候他給秦王修個墳墓，把他埋進去就完事了。從此，他就可以放心地當他的皇帝了！

第二十二章

頂級殺手

　　這段時間李世民的日子非常難過，因為他猶豫著是否在洛陽稱帝。如果稱帝，現在的機會太好啦！如果放棄，還不知道猴年馬月才能達成心願呢？就父親那種反覆無常的做事風格，怕是不會很快把太子之位傳給他的，說不定還會卸磨殺驢。李世民非常懷念劉文靜，如果老劉還活著，肯定是會毫無顧忌地鼓勵他做成大事！

　　李世民本來就夠煩，聽說長孫氏與幾個小後娘來了，就更生氣了。你們這時候來幹甚麼？把東都當成旅遊景點了？再說，你把幾個小後娘給我領來了，如果我要稱帝影響多壞！知道的是她們碰上這事了，不知道的還以為我是為了與老爸爭奪女人，才發生政變的呢！

　　他氣呼呼地來到接待室，也沒有給幾個後娘請安，對著長孫氏就吼上了：你來幹甚麼？你不知道這裡是戰場啊？我可告訴你，要是敵人把你抓去了，我是不會去救你們的！你們現在馬上回去，別在這裡給我添亂！

　　長孫氏說：父王讓我們來挑幾件喜歡的東西！

　　李世民瞪眼道：胡鬧，所有的東西都登記入庫了，怎麼可以隨便任你們挑選呢？

　　幾個妃子見李世民這臉不是臉、鼻子不是鼻子的，心裡不高興了。再怎麼說我們也是你的後娘吧？再怎麼說我們也是皇帝派

來的吧？再怎麼說你也得給我們留一小臉吧？你當著我們的面這麼訓斥媳婦，這是訓她嗎？這不是打我們的臉嘛！

張婕妤不高興地說，哎哎哎，秦王，你別對著長孫氏發火了，我們來並不是跟你要東西的，是替陛下通知你，讓你忙完了回去，把立你為太子的儀式辦了。通知我們下到了，姐妹們，咱們也別在這裡找沒臉了，馬上打道回府！真是的，要想到來這裡挨沒事兒，還不如在長安待著呢！

長孫氏把世民推出門去，對他瞪眼道：我說你在吼甚麼呢！

她顧不得跟世民多說，馬上回去跟幾個後娘解釋道：其實吧，世民並不是嫌咱們來，也不是不捨得讓咱們挑東西，東西又不是他的，他有甚麼捨不得的？他的意思是，洛陽剛剛打下來沒多久，還有很多鄭、夏的殘餘勢力經常偷襲唐軍，怕咱們出事！要是咱們在這裡出了事，他就沒法兒跟父王交代了，所以他就跟我急了！

妃子們聽了這話兒，這才氣順了些！

長孫氏把幾個嬌滴滴的小婆婆安排好後，來到李世民的房裡，把門閉上，嘆口氣說：世民，有甚麼話你不能跟我說啊？你說你當她們的面兒發這麼大的火幹甚麼？她們要是在父王面前說你的壞話，這對你的影響多大啊！

李世民哼道：我看到她們就噁心！

長孫氏說：行啦行啦，你個男人家跟娘們兒置甚麼氣啊？我問你，你在洛陽待這麼久不回長安，是不是有甚麼想法？我可勸你，現在唐朝雖然取得了東都，並不表明唐朝就沒有挑戰了。如果這時候你在東都稱帝，唐朝的凝聚力就會削弱，肯定會給強人留下可乘之機。再說了，就算你獲得最後的成功，也會留下千古罵名被後世唾棄！

李世民瞪眼道：你個婦道人家，管這麼多幹嘛？

長孫氏說：我管的是我的男人，是我孩子的父親！

李世民嘆口氣說：我正是因為有這樣的擔心，所以才遲遲不能決定！不過問題是，我把唐朝最大的威脅消除了，那麼父親就會認為我是他的最大威脅，他肯定會想辦法對付我。如果事情到了那種地步，我現在不稱帝就是最大的錯誤！

長孫氏說：如果所有的大臣都為你請功，父王就算想對你不利，也不敢了！我相信，你肯定能夠處理好這些事情。世民，記住，該是你的，別人是搶不去的，千萬不能操之過急！你現在要跟大臣們搞好關係，甚至可以跟突厥搞好關係，把環境創造好了，將來機會合適，你就可以舉成大事，我相信你有這個實力，但不是現在。

李世民問：你的意思是，現在我不能稱帝？

長孫氏點頭說：現在的時機還不成熟。你想過沒有？如果你在這裡稱帝，不但會失去長安的援助，父親肯定會派兵前來打你！而在東北地區，還有蕭銑，還有很多鄭、夏的舊部，他們就會乘機而起，那麼你前後受敵，必敗無疑！

李世民想了想點頭說：好吧，那我就聽你的，但願你的判斷是正確的！

長孫氏說：明天我們就回去，你可不能讓她們空著手回去！

久別勝新婚，夜裡的纏纏綿綿我就不說了，還是說說長孫氏這個偉大的女人吧！

長孫氏生於六〇〇年，至於她的出生地，可能是長安人（舊唐書），也可能是河南洛陽人（新唐書）。她出身於北朝的帝室十大姓，從小就努力學習天天向上，由於父親長孫晟早逝，同父

異母的長兄老是欺負她與哥哥長孫無忌，最後母親只得帶她回娘家住了。

她的舅舅高士廉看到李世民這孩子挺不錯，於是便把外甥女許配給他了。在長孫氏十三歲時，也就是六一四年，在舅舅高士廉的張羅下，嫁給了十六歲的李世民。

據說，長孫氏出嫁後因去看望舅舅，老高士廉的小老婆意外地看到長孫氏住的門前，站著一匹高有兩丈的大馬，嚇得她差點兒坐在地上。她把這個奇異的現象告訴了丈夫，老高也感到很奇怪，命人卜卦，得到《坤》變《泰》卦。按照卜者的解釋，說明這小娘子以後會母儀天下！

母儀天下——不就是皇后嗎？厲害吧！

她當然很厲害，當世民跟父親的關係越鬧越僵時，由於她在其中周旋平衡，化解了不少矛盾。後來，李世民當了皇帝後，她在貞觀年代不只把後宮管理得一片祥和，還影響著李世民取得了太平盛世的巨大成就！

那當然是後來的事情了，現在的長孫氏跟丈夫李世民纏綿過後，相互依偎著，梳理著當前的形勢，以及談論到他們的美好未來呢！

第二天，李世民打發人挑了些東西送給了幾個後娘，可是她們並不滿足，提出要親自去倉庫裡挑選東西。李世民並沒有同意，對她們說：那個倉庫以前是停死屍的，再說那些東西都是蒐集死人的東西，很多東西上面還有血跡呢，你們想去就去吧！

幾個後娘聽到這麼說，回道：真噁心，我們不要了！可是她們心裡卻記恨上李世民了，我們剛來你就給我們擺臉色，我們想去挑東西，你編出這麼噁心的故事來矇騙我們，真是該死！這些恨發展到後來，她們幾乎把李世民給害死，這當然是李世民在當

下並沒有想到的！

　　李世民終於把心愛的老婆與討厭的婦人們打發走了，他去倉庫裡挑出些好東西，派心腹偷著送給了突厥首領，又挑出些東西來，偷著送給了唐朝的大臣，還賞給了部下很多東西，為自己的安全打起了厚厚的防火牆！

　　當他把一切事情安排好了，這才班師回朝。

　　在離開洛陽的時候，他頻頻回頭去看那青灰色的洛陽城，他不知道這次回長安是對、還是錯？他更不知道的是，父親與裴寂已經策劃好了他的死亡陷阱。可是我們知道，李世民是不會在這時候死的，因為他還有很多事情沒做呢！

　　李世民沒有遭到迫害，這倒不是李淵突然發了善心，而是朝中的大臣沒等世民回到長安，就都上書讚頌秦王的功績，就連突厥的首領都發來了祝賀秦王征服東北部的信。他沒想到李世民的這次出征影響這麼大，就沒有膽量再殺掉他了。

　　不殺，並不是放棄，只能說是推遲了時間罷了！

　　在李世民帶著竇建德、王世充回到長安的那天，李淵帶著百官來到城門前迎接，見到秦王後對他大加讚賞，群臣也紛紛擠上去道賀。李世民顯得很謙虛，他對大家說：這哪是我自己的功勞啊！這是陛下的領導有方，這是全體將士們努力的結果啊！

　　這些話就像今天的官員們講話時慣用的場面話：在某某精神的指引下，在上級的正確領導下，在組織領導的具體指導下，在我們全體同志的努力下，終於取得了……

　　李淵在朝廷上表彰了解放東北地區的有功之臣，並舉行了盛大的慶功晚宴，親自與幾個主要將領碰杯，說了很多鼓勵的話。可是當他看到大臣們眾星捧月般圍著世民，不停地稱讚他的豐功偉績，心裡感到很不舒服。他假說酒量不行、身體不適，先回去

休息了。

第二天，李淵聽裴寂說，李世民跟群臣們聯歡了整宿，在天亮的時候才都散了，他更痛苦了。他現在很想把李世民除掉，可是又找不到理由，沒有理由，你怎麼把一個為唐朝做出突出貢獻的人殺掉呢？再說了，有著那麼突出貢獻的人，你去哪裡找殺他的理由啊！

在接下來處理王世充與竇建德的問題上，李淵態度堅決地說：這兩個人絕對不能留在世上，留著他們早晚是我唐朝的後患，馬上對他們執行死刑！

李世民說：父親，王世充在投降前跟我提過條件，那就是保證他家人的安全，以及他個人的部分財產，並讓我寫了保證書。在當時的情況下，我考慮到剛打敗竇建德，部隊受到重創，擔心不容易攻下東都，就答應了他的要求，如果把他殺掉，這就讓我失信於人，而我代表的是唐朝，這樣必然會影響政府的信譽！

李淵不高興地說：那我們也不能留著他！

李世民說：依兒臣之見，隨便給他安排個地方得了！

李淵搖頭說：最好的地方，就是讓他伺候煬帝！

李世民說：當初我答應了薛仁果，要保證他家人的性命，結果我沒保得住。如今我因為革命的需要，又答應過保住老王的家，又保不住，那我還有甚麼誠信可言啊！如果我沒誠信，將來如果唐朝遇到困難，我還怎麼帶兵去打仗啊！

李淵雖然打從心眼裡不想留下王世充的命，可是執意要殺，就是不給李世民面子了，好像是故意讓他難堪，於是就說：「好吧，王世充的事情另議，那就馬上對竇建德執行死刑。」見大家都沒有接下聯的，「我知道大家肯定是想勸我放過竇建德，因為他這人品質好，能征善戰！可正因為如此才必須把他除掉。否

則，肯定還會有很多人追隨他，就算他並沒有叛逆之心，可總也經不住別人老勸，最終還會是我們唐朝的麻煩！」

就這樣，把竇建德推到鬧市上砍了！

至於怎麼處理王世充？李淵感到非常為難，他委實不想放過他。不過他考慮再三，還是決定給李世民這個面子，不過他想到王世充曾經多次在煬帝面前說過他的壞話，曾把他給整得十分難看，今天不羞辱他一下哪成？

於是，他與裴寂很不甘心地來到關押王世充的大牢，指著他的鼻子說：王世充，你知道你有甚麼罪嗎？就你的罪過，誅你的九族都夠了！

王世充抹著眼淚說：陛下，秦王答應過在下，不傷害我家人的性命的！

李淵說：我是問你知道不知道自己的罪行？

王世充一把鼻涕一把淚地哭訴著自己的罪行，可是他心裡十分不服。我有甚麼罪？都是造反，不過你造得比我高明些！都是想當皇帝，不過你的運氣好罷了。如果我有罪的話，那你李淵就是罪大惡極！可是現在人家在外面他在裡面，這是硬道理，他只能不停地做自我批評，把自己說得罪大惡極，還要求李淵開恩。

李淵在上朝的時候對大臣們說：朕本想殺掉王世充的，可是秦王之前曾經答應過留他全家人的性命，我不能讓秦王落個不仁不義的名聲。現在我宣布，赦免王世充的死罪，但活罪不可饒恕，我決定把他全家下放到四川去！

退朝後，李淵悶悶不樂地回到後宮，坐在那裡喝悶酒，越喝越不是滋味，就想找個人來說說話，於是派人去把裴寂找來了。裴寂邊給李淵斟酒邊說：陛下，絕不能放過王世充，如果放他去了蜀地，他很可能發展勢力捲土重來，多麻煩啊！

「我也知道不能放，可是世民已經答應過他了！」

「放了他不一樣可以殺他？比如我們在半路上下手！」

「廢話，如果他在半路上被殺，大家還不懷疑是我幹的！」

「這就要看派誰去了，如果我們派一個與王世充有殺父之仇的人去殺他，就沒有人懷疑是陛下策劃的了，這不是一舉兩得嗎？」

李淵感到這確實是個好辦法，對裴寂說：你也知道你對大唐的貢獻可不多，如果這件事再處理不好出了問題，那就別怪我對你不客氣了。

老裴用力地點點頭說道：「陛下，您放心吧！」他從李淵那裡出來，小跑著去了獨孤修德家。

當初獨孤修德的父親，在越王楊侗手下當官，王世充篡位後，他想去投奔李淵，事敗後被王世充給殺了。當他聽裴寂說讓他在半路上幹掉王世充，就笑著搖搖頭說：老裴，我是很想殺掉王世充，可是我不想與王世充同歸於盡，別到時候我把人殺了，你們就說我違抗聖命，把我當成了犧牲品，那我不就倒八輩子楣了！

「你放心，我可以保住你的性命！」

「老裴，你又不是皇帝！」

裴寂看看門窗，小聲說：這就是陛下的意思！

獨孤修德聽說是總統的密令，他想：既然是上頭的意思，那我還有甚麼好擔心的！

在王世充離開長安那天，李淵帶著群臣把他送到城外。李淵就是這樣的人，他越想殺誰，就顯出越對那人好，當然裴寂除外！他在長安城外拍著王世充的肩說：老王啊，去到那兒有甚麼

困難就給我來信，我會盡力幫助你的！

　　王世充感動得淚流滿面，對群臣說：大家能夠跟隨這樣的明主是大家的福氣，可是我走得太遠了，沒這個福氣了。希望大家能夠緊密團結，追隨陛下，完成統一大業！他與大家告別後，帶著車隊慢慢去了，離長安越來越遠了！

　　他回想起自己的職業生涯，感到人生就像場夢似的，如今終於醒了！他感到能夠平安離開長安已經是萬幸了。他想去到四川後在家裡弄弄花，玩玩鳥，寫寫字兒，再教孫輩們讀讀書，了卻此生，此生也無悔了！

　　當他們的車隊經過一片樹林時，王世充聽到林子裡有動靜，就讓大家停了下來，他提著劍趕到隊伍前頭觀望。

　　這時，有幾百個蒙面人從林子裡呼嘯而出，把他們團團圍住了。王世充以為遇到山賊了，他舉著劍厲聲喝道：嚯，你們知道我是誰嗎？我就是東都的王世充，如果你們識趣的話馬上閃開道路，我會饒你們性命。

　　蒙著面的獨孤修德聽到這話笑了，都這種時候了，他老王還擺譜呢！他想：既然已成定局了，我也不跟你捉迷藏了，再說我也沒必要跟你玩這個！於是他把臉上的黑巾撕下扔到地上，對王世充笑道：老王，我想送你一程！

　　「你，怎麼是你？」

　　「不是我還是誰啊？」

　　「陛下下詔讓我前去蜀地養老，這你難道不知道嗎？」

　　「我知道，不過我想讓你陪我父親聊天去！」

　　「那已經是過去的事了，你又何必耿耿於懷呢？」

　　「殺父之仇，永不過期！老王啊，你就受死吧！」

　　王世充心中暗暗叫苦，如果是山賊的話他倒是可以應付，可

這是他的死對頭啊！他知道今天是沒法全身而退了，只得嘆口氣說：將軍，請放過我的家人，至於老朽，隨你處置便是了！如果這樣的話，老夫見到你的父親肯定是會向他賠禮道歉，會幫您孝敬他老人家的！

獨孤修德說：如果你說的是真心話，就先把劍扔到地上接受捆綁吧！

王世充沒別的選擇，只得把兵器扔到地上，跳下馬來，把手背到後面。獨孤修德讓手下把王世充給捆在樹上，然後下令道：一個活口也不能留！王世充聽到這裡眼珠子都快瞪出來了，他叫道：你這個小人，你這個挨千刀的！獨孤修德被他給吵煩了，湊到他的耳朵前小聲說：老王，實話告訴你吧，我是總統派來的！

聽到這裡，王世充感到眼前一黑，差點兒就暈了過去！他終於明白李淵到底是不會放過他的。他現在後悔輕信了秦王，主動投降，自尋死路！如果早知道有今天的後果，就是拼盡最後一滴血也不能投降。他現在能做的是眼睜睜地看著刀落在他的妻子、他寵愛的小妾、他孫子孫女的身上，濺出的血染紅了道路染紫了綠草！他的眼睛越瞪越大，脖子猛地伸了伸，一口鮮血噴到獨孤修德身上，頭耷拉下去沒動靜了。

獨孤修德抹抹臉上的血，向樹幹上蹭蹭，揮起刀來把王世充的頭給砍掉了，然後照著頭就像踢足球那樣給踢得滾了十多步，差點兒把士兵給絆倒了。那士兵舉刀去砍那頭，忽聽獨孤修德喊道：慢著慢著，找個袋子把王世充的頭給我裝起來！

與此同時，王世充的幾個兒子，在半路上也被人暗殺了！

當王世充被獨孤修德殺掉的事情傳到朝廷後，大臣們都很吃驚，他們向李淵進諫道：陛下，您金口玉言說過赦免王世充的罪行發配蜀地，可是獨孤修德藐視您的權威，公報私仇，把王世充

全家殺害了，請陛下對他嚴懲，以正我們大唐的法律！

「真有這回事嗎？」李淵吃驚道。

「是的，千真萬確！」

「這個嘛，獨孤修德為父報仇也是合情合理的嘛！」

「陛下，他冒犯聖威這可是死罪啊！」

「算啦算啦，朕就看在他以孝為先的份上，饒過他了！」

大臣們通過李淵的這種態度就明白，肯定是最高領導策劃的謀殺，從此再也沒有提起王世充與獨孤修德的事情，因為大家都不想為死去的人自討苦吃！

這樣，一起由最高層策劃的謀殺就這樣不了了之了，這就是潛規則，這就是封建王國無數冤案中的一例。

在這次謀殺中最受益的就是裴寂了，他收到獨孤修德送來的很多財物，這些財物當然都是王世充的家產。不過從此之後，大臣們對裴寂越來越煩甚至是怨恨了，因為大家都知道，在王世充被殺的頭天夜裡，裴寂跟陛下睡了一個晚上，這晚上的內容就是王世充的死因。

當李世民聽說王世充被殺，並且在被殺的前天，裴寂跟父王一起喝酒，知道是裴寂參與了這起謀殺。他雖然表面上沒有甚麼，但他把裴寂記在心上了。當李世民得到天下後，裴寂的命運就可想而知了！

李世民找到父親，很平靜地說：父親，兒臣已經沒有誠信了，想必父親肯定有！

李淵明白李世民是指太子的事情，他咳了幾響，用手背摁摁鼻子說：世民啊，為父這幾天有些偏頭疼，過幾天咱們再辦那件事成嗎？

李世民點點頭說：好吧，兒臣回去等您的消息。

在李世民走後，李淵心裡難受了，立世民為太子吧！他擔心世民離皇位越近，野心就越大，那麼他就越沒有安全感。不立吧？他曾當著蕭瑀與李綱的面說過要立世民為太子的，這段時間有很多大臣都上書催他辦理這件事情，可是他打從心裡又不想落實自己的諾言，便很是痛苦！

而就在這時，劉黑闥猛不丁跳出來，跳得比誰都高，勢頭比誰都猛，不斷地侵犯唐朝的地盤，李淵又找到推遲立李世民為太子的理由了，他找到世民說：我本想這幾天就給你舉行太子儀式的，你看他劉黑闥又跳出來了，是不是先把他給解決掉了？

「父親，好吧，我聽您的！」

「世民，我想好了，還得你帶兵去打這場仗！」

「父親，我不想跟大哥與元吉爭功了！」

「他們哪是打仗的料啊，唐朝離了你不行啊！」

就這樣，李世民帶領著部隊踏上了征程！李淵親自把他們送出長安，站在那裡目送著大軍漸漸地遠了，他心裡想的並不是戰爭的勝利與否，而是渴望世民在這次戰爭中死去！如果世民死了多好啊！就不用立他為太子，就沒人會威脅到我的皇位了……

第二十三章

掃尾工作

劉黑闥這傢伙是武城人，據說他年輕時勇猛而又狡猾，是個地痞流氓。至於他的職業生涯，可真有點兒複雜！比如他種過莊稼，當過菜農，還幹過土匪強盜，曾投奔過郝孝德、李密、王世充等人，也因此積累了豐富的生存經驗！

王世充曾任命他為騎兵隊隊長，他眼眶子高，根本就看不起王世充，常常暗地裡笑話他是傻帽（蠢蛋），也不太願意為他賣命。後來劉黑闥在守衛新鄉時，被李世績俘虜了。李把他當獵物送給了竇建德，老竇很拿著他當根菜，任命他為將軍，賜給他漢東公的爵位，讓他率騎兵四處偷襲，他總是能夠完成任務。

在竇建德被殺後，劉黑闥於公元六二二年正月自稱漢東王，改年號為天造，把都城設在洺州。他恢復了竇建德時期的文武官員，沿用了竇的法令行政，打著為老竇復仇的旗幟招兵買馬，在很短的時間內就擁有了一支強大的軍隊！

當劉黑闥得知李世民帶領大部隊前來打他了，他冷笑說：來得正好，我正準備打你呢！你就找上門來了。話雖然這麼說，但心裡還是害怕李世民這小子。畢竟這小子打敗過無數的領袖人物，肯定有兩把刷子的！當李世民來到他們的營地對面，劉黑闥命部隊一級警備，以逸待勞，沒有他的命令，絕對不能出擊。

唐軍自然耗不起了，他們跑這麼遠的路來，又沒有充足的糧草供應，耗時間久了就得挨餓。李世民想速戰速決，於是就想了

個辦法！他的辦法是帶主力部隊出其不意地繞到劉黑闥的後翼，等留守的軍隊叫戰時，埋伏在敵軍後翼的部隊，乘機衝進敵營解決問題。

老劉也是老革命了，是總結過劉武周、王世充、竇建德等人的失敗經驗，並把他們的失敗，當成自己的成功之母了。他早就料到李世民會採用這樣的偷襲方案，於是提前在營地周邊地帶佈上暗哨，那些暗哨看到唐軍大部隊向後翼移動，就火速地向劉黑闥彙報了。

老劉現在就有了兩個選擇，一是把唐軍的大本營給端了，二是提前在兵營後方埋伏上精兵，出其不意地狙擊唐軍。他感到把唐軍的大本營端了沒甚麼意義，到時候雙方各把對方的大本營給端了，就等於換防了。

老劉一點兒都不認為李世民的大本營比自己的好。於是他就採用了第二個方案，把主力部隊換到後翼，隱蔽起來，準備伏擊唐軍。

可憐李世民帶著隊伍來到指定的地點，還沒有喘口氣呢！就遭到了劉軍的痛打！由於他們長途跋涉又沒做好準備，這仗在沒打之前就已經輸了，打起來就更輸了。李世民只得帶著殘兵敗將狂逃，要不是尉遲敬德挺著長矛開路，怕是連逃都沒有可能！

經過這次慘敗之後，唐軍受了內傷，現在別說打人家，每天還得預防著人家來打你！以前是他們每天跳著高叫戰，現在劉黑闥的人每天跳著高來叫戰，他們又不敢迎戰了。李世民知道這樣拖下去必將全軍覆沒，為了找到制敵之法，他常常領著幾個人去周邊觀察地形！

當他發現不遠處有片窪地時，就渴望有條河。當他們登上高處，發現果然有條旺河，他就高興了。他親自與河流的主管地方

官會晤，讓他們組織人建壩蓄水。

「秦王，蓄水幹甚麼，沒有旱情啊？」

「等我把劉黑闥引到下方的窪地裡，你們開壩淹他！」

「明白啦，我馬上就去組織人手！」

李世民回到軍營後召開了指揮官會議，強調部隊的糧食不多了，以後要省著點兒。從此，每天給士兵們配發的糧食少了一半，大家都吃不飽，情緒非常不好，都要求撤軍。李世民見大家的情緒已經夠勁了，於是把原來劉武周的舊部將領叫來，讓他帶著幾十人去想辦法弄糧食，並說：弄不來糧食，我就把你們的頭給砍了！

這將領有壓力了，他帶著兵直接投奔了劉黑闥，並把唐軍缺糧缺草的事情說了！劉黑闥明白，是對唐軍發起總攻的時候了。

就在這時，偵察兵前來報信說：李世民帶著大軍正在逃離！劉黑闥對他的將軍們說：唐軍已經走投無路了，我們乘機追殺，必然徹底打敗李世民！

有人說：大王，唐軍會不會有甚麼陰謀啊？

劉黑闥說：他們都快餓死了，還能有甚麼陰謀啊？

他發動大軍前去追殺唐軍，一直追到那片窪地裡，劉黑闥就高興了，他想你李世民真夠豬的，打仗怎麼可以不觀察附近的地形呢？你不知道前面有條河啊？我今天就把你消滅在那條河邊畔，用你們的屍體餵魚蝦！

他對著大家喊道：衝啊衝啊，誰能殺死李世民，我賞他一車黃金！大家腦子裡裝著黃金，拼命地追趕唐軍。

當大軍進入窪地中心地帶，突聽傳來轟轟隆隆的巨響。大家頓時停下來四處張望，看到高處的黃水就像萬馬奔騰般向他們湧來！劉黑闥沒想到會發生這樣的事情，他帶領部隊快速前進，但

多半的兵力還是被淹了。劉黑闥迎頭又遭到了唐軍的狙擊，現在是前進不得，後退不得，他知道大事不妙了，只帶著二百人向突厥逃去！

李世民挑了個身體瘦弱的騎手，給他配上千里馬，讓他以最快的速度趕到劉黑闥的前頭，通知守在邊境的太子李建成，不能讓劉黑闥去突厥。

當李建成得到這個消息後，立刻派劉弘基去追擊劉黑闥。

劉黑闥被唐軍追趕，日夜狂奔，終於到達饒陽。他回頭看看隨行的人只剩一百多個了。大家都餓得頭暈眼花，看東西都是重影的，再也走不動了，有人提議先進饒陽住下，再做打算！

劉黑闥心想：雖然饒陽的諸葛德威是我的部下，可那是從前的事情了，現在我就剩這幾個人了，如果諸葛德威有甚麼野心我就倒楣了，我看還是不進去為好！

諸葛德威帶著幾個人來到城外，流著眼淚對劉黑闥說：主子，您來到部下的城前都不進去，這說明您並不信任我啊！請主子先進城歇息，咱們再想制敵之策！

劉黑闥說：就是因為我輕信，才落到現在的地步！

諸葛德威說：既然您不肯進城，那我給你們準備些食物！

劉黑闥點頭說：那你快去吧，我們吃完了還要趕路呢！

諸葛德威回到城裡，派人給劉黑闥送了水與食物。他就想了，唐朝把劉武周、王世充、竇建德都給消滅了，就劉黑闥這百十人能成甚麼大事啊？我何不把他給砍了獻給唐軍，說不定還能得到重用。這麼想過後，他馬上挑選了一千精兵，出城把劉黑闥給包圍了。

劉黑闥嘴裡含著飯，看看圍上來的騎兵，他吃驚地對諸葛德威說：德威啊，你這是幹甚麼？我不想進城，是怕給城裡招來禍

事呀！

諸葛德威說：你不進城這說明你不信任我！你不信任我，將來你就會想辦法除掉我，我為了自保只能把您解決掉，提著您的頭去投順唐朝！

劉黑闥嘆口氣說：讓我吃飽了，再抓我成嗎？

諸葛德威點頭說：吃吧，我也沒說讓你當餓死鬼啊！

劉黑闥邊吃邊哭著說：我在家裡種菜本來挺好的，誰能想到讓那些所謂的高雅賢士們，害得落到這樣的下場啊！他當然不肯束手就擒，突然把手裡的飯扔出去，騰身上馬，揮槍就往外突圍，諸葛德威指揮兵丁用箭把他給射死了，並把劉黑闥的弟弟等十多個人都給殺了。

諸葛德威把劉黑闥兄弟的頭割下來，投奔了李建成。

建成非常高興，賞給了他很多財物，請他喝酒，並對他說：我寫封信你帶著去見我父親，到時候就說劉黑闥率領大軍向突厥轉移，被我們阻截，經過一番浴血奮戰，終於把劉黑闥等賊人給消滅了。

諸葛德威明白建成的意思，就是想要把功勞說得大點兒，他想：這對我沒甚麼壞處，於是點頭說：太子，放心吧，在下一定把您的功勞說得明明白白的！

當李淵見到諸葛德威後，聽了他的彙報，看了建成的信，他高興地對大臣們說：都說建成沒有貢獻，這種看法是不對的。如果不是建成，劉黑闥就會逃到突厥，將來還會侵犯我們唐朝；如果沒有建成，突厥早就來打我們了，你說我怎麼忍心可以把他的太子之位割下來，再按到排行老二的世民身上呢？你們說這樣合理嗎？

李綱說：陛下，曾子殺豬的故事您知道嗎？

李淵非常不高興，他說：你怎麼可以把太子比做豬呢！

蕭瑀知道不站出來說句話，李綱就要倒楣了，他忙說：陛下，太子與豬沒有任何關係，不過，其中隱含的道理是相通的，那就是言必行，行必果，不能放空炮！

李淵更不高興了，他耷下眼皮說：朕說了一句話，你們有這麼多話堵朕，朕還有甚麼可說的？退朝啦！說完悶悶不樂地回後宮去了，回去後他就把水杯給扔到地上，還照著凳子踢了幾腳，恨恨地說：我早晚讓你們好看……

在消滅了劉黑闥後，他並沒有讓李世民班師回朝，而是讓他繼續清除不肯歸順的集團軍，比如蕭銑與杜伏威，一次性地把全國給統一了！

蕭銑與杜伏威可以算得上最窩囊的集團首領了，因為他們並不是被唐朝打敗的，而是被自己打敗的。其實每個失敗者都是被自己打敗的，因為你不夠強大，不夠智慧，不會審時度勢，你失敗了還能怨別人嗎？如果你厲害，失敗的就是別人了！

蕭銑這傢伙是南朝後梁宣帝的曾孫，他祖父很沒有眼光，背叛了隋朝投降了陳朝，沒想到陳朝被隋給滅亡了。他們只得又回到了隋朝生活，可想而知，日子很不好過。當楊廣登基之後，蕭銑因外戚的緣故當了羅川縣令。到了隋朝末期，在造反派們熱中於推舉李姓人當頭領的時候，岳州起兵的董景珍沒有隨大流，而是推舉了蕭銑！

說實話，這等於是把蕭銑給推到了未來的斷頭台上！

傻乎乎的蕭銑，在公元六一八年四月二十七日登上皇位，設置百官，完全按照梁朝的制度來推行。他的勢力發展得很慢，從來也沒有大的作為。他的心胸狹隘，疑心太重，而他手下的將領

們，都認為自己打出一片天功勞大，橫行霸道，殺人越貨，置國家法律於不顧！

蕭銑想辦他們可又怕辦砸了，不辦又怕他們沒法沒天了，於是就下令裁軍減員，全力發展農村基本建設！

他真實的目的並不是想成為農業大國，而是想削去大臣們的兵權，便於領導他們。他就沒有想想，在槍桿子出政權的時代，怎麼可以把將軍們變成農場的場主呢？

當李孝恭和李靖率兩千戰艦去打他的時候，他身邊才有一千多人，這時候想集合起大部隊肯定來不及了，最後他被困在江陵，對大臣們發了一通牢騷後開城投降了。

蕭銑被押到長安後，沒過三天，就被押到刑場上砍了頭！

說句實話，如果他在李淵革命時期投降，而不是選在解放時期，可能就像屈突通那樣得到重用，可是他沒有。想想蕭銑的家族，從爺爺輩上都在重大決策上失誤了，他豈能不被砍頭嗎？所以說，蕭銑死得很窩囊！

李淵為甚麼變得這麼狠，他不是挺有肚量的嗎？

其實李淵所謂的寬容與肚量都是表面現象，一個弱者表現出的態度都不是真實的態度。他在革命戰爭時期只有五千兵馬，缺人，如果有人投降的就殺，誰還敢來投奔他們啊？沒人投奔，還怎麼壯大隊伍怎麼造反？現在他佔據西北地區，勢力越來越大，吞併了很多集團，每年的軍費開支就是個大口子，已經讓他不堪重負了，再說養那麼多造反頭子幹甚麼？等到國家統一後，這些人怎麼安排？如果不安排重要的職位他們肯定有情緒，可如果把他們安排在重要的位置上卻又不放心！

所以說，李淵殺掉竇建德、王世充、蕭銑等人，這是有其戰略性的迫害。

蕭銑的遭遇已經夠悲慘了，還有個人比老蕭更慘，這就是杜伏威同志！

老杜死得很窩囊，因為是他自己躺在李淵的菜板上，還拿起刀遞給李淵說：您老人家把我給砍了吧！這當然是開玩笑，但真實情況跟這個差不多。

當初，老杜割據安徽和縣地區自稱總管。唐軍攻打洛陽時曾派人去招降杜伏威，杜懼怕唐朝的勢力就投降了，被李淵封為吳王。等劉黑闥被殺後，李淵懷疑他會造反，想要打他們，杜伏威為表明自己馴服，讓屬將輔公石留下統領兵將們，自己請求進入長安做人質。

沒過幾年，輔公石稱帝對抗唐朝，李淵就真的把當人質的杜伏威給殺了，並派大將李靖前去討伐，不久輔公石被當地武裝抓獲，送唐軍營中被處死，江淮地區也就宣告平定了。

這件事不能不說李淵做得過火了，你想啊？輔公石反叛跟杜伏威有甚麼關係，如果老杜想造反的話，能把自己押在唐朝嗎？這件事情的發生，進一步說明李淵對待俘虜的態度變了，變得殘忍了。沒辦法，戰爭本來就是殘忍的，是只講結果不講過程的生死遊戲！

不管怎樣，唐朝殺掉杜伏威後，已經基本統一了中國了！

我們說基本，是因為西部地區還有個梁師都，可以說，梁師都是李淵執政時代留下的大尾巴。李淵並不是不想把梁師都給消滅掉，而是梁師都依靠著突厥人，這點十分棘手，不好下手。

在李淵執政期間，他最頭痛的就是突厥人，就像頭疼李世民那樣！

他面對突厥的問題顯得很窩囊，所採用的策略除了忍讓就是輕微的抵抗。這沒辦法，在隋末唐朝，中原的各集團軍首領都曾

依附過突厥，紅著臉喊過人家大哥！這種悲哀的形成，可能是因為我國出了個孔子，他對大家說：我們要持中立態度，我們要從人家胯下鑽過去，鑽過去啦，你怎麼沒給人家行禮啊？他說：我們用羊的眼淚淹死狼，結果我們就老是挨欺負了。到了現在，我們終於知道羊的眼淚不好使，於是我們想要狼的精神，於是《狼圖騰》（編按·姜戎的暢銷小說）就火了。

李淵沒看過《狼圖騰》，他對待突厥的辦法就成了孫子外交！這裡說的孫子可不是《孫子兵法》的作者，而是把自己的位置與尊嚴放得很低，有時候為了顯示別人的高不得不蹲下來，因為這是抬高別人最省力的辦法！

正因為李淵老採用這種方式追求和平，被史學家與批評家們抱怨說，他是與世隔絕、懦弱、沒骨氣、無能，根本與李世民沒法兒比，就差點兒說他是垃圾了，其實即使說了也沒甚麼區別！

問題是，李淵一廂情願地向突厥人裝孫子，可效果並不好！

因為突厥人總認為唐朝的成立是他們幫助的結果，他們不停地向唐朝索要財物，越來越過分，每當唐朝不能滿足他們就說要侵犯唐朝。比如，東突厥曾勾結北方各叛亂者進犯唐朝，幸虧在公元六一九年進犯中國的前夕，始畢可汗死了，他的兒子年紀還小。始畢可汗的兄弟接班後，稱為處羅可汗，他也沒能夠長命，於公元六二〇年就去找他哥哥了！

可以說從公元六二三年至六二四年，突厥人幾乎沒有間斷過侵犯唐朝，這讓李淵感到很無奈，但從沒有想過要還擊，而是在上朝的時候問群臣，這樣下去怎麼行呢？必須得想個辦法了！

李世民提建議說：父親，讓大哥帶兵去把突厥給消滅掉。其實他這句話裡套著話兒，自從把東北平原給拿下來後，李淵以重重理由推遲立他為太子，後來竟然絕口不提了。

李淵又不傻，能聽不出來啊？他不高興地說：這都甚麼時候了，你卻還在這裡開玩笑！

「我大哥是太子，怎麼也得給他個揚名立萬的機會吧！」

「在我們晉陽起義時，突厥人確實幫助過我們，如果我們反過來打他，這肯定是說不過去的。再說突厥自從頡利稱雄以來，他們的實力越來越強大，我們想打敗他們並不容易。我們現在剛過了幾天安定的日子，我不想再惹事了！」

李世民說：我們不招惹他們，可是他們招惹我們啊！

李淵說：正因為如此，我們不是在想辦法了嗎？

李世民撇嘴說：既不敢惹人家，又不捨得給人家東西，還能有甚麼好辦法？

一天，李淵讓裴寂陪他喝酒，裴寂在酒桌上給他出主意說：陛下，為甚麼突厥人屢次侵犯我們關中地區，就是因為人口與財富都集中在長安的緣故，如果我們把長安燒掉，把都城搬到別的地方去，他們就不會這麼死盯著咱們打了！

這個辦法可以說是天下最臭的辦法，可是李淵卻感到很有道理，竟然真的派宇文士及越過終南山，去樊州、鄧州一帶勘察可以建都的地方，準備把都城搬過去。當合適的地方找到後，李淵召開了遷都專題會議。他在會上說：突厥人之所以不停地侵犯我們，就是因為我們的都城離他們太近了，我想把都城搬到遠離突厥的地方，大家可以談談你們的看法！

李建成說：好，我覺得這是個好辦法！

李元吉說：不錯，惹不起他們咱們還躲不起嗎？

裴寂說：陛下的決定是英明的，我舉雙手贊同！

蕭瑀等人雖然知道遷都並不能解決問題，但沒有人勸阻。因為他們知道現在皇帝不再是以前那個善聽諫言的皇帝了，你說遷

都不合適，如果李淵說：那好，那就不搬了，你帶兵去把突厥給我消滅了，你不就傻眼了嗎？

關鍵時候還得看李世民的，他站出來說：我覺得遷都是不對的，不但不能遷都，連想想都是不對的！

大家都吃驚地看看李世民，再去看看李淵，發現李淵的臉色很難看。

李淵問：你有甚麼想法，會後再跟我說不成嗎？

李世民說：戎狄侵犯中原從古至今都在發生，這已經不是甚麼新鮮事了。陛下憑著自己的聖明與英武創建新的王朝，統轄著中國領土，擁有上百萬的精銳兵馬，可以說是所向無敵，怎能因為胡人騷擾邊境就要遷都呢！這樣不只給全國的臣民留下羞辱，後人也會譏笑陛下的，所以遷都是不可行的，這是逃避的做法！

李淵說：道理我懂，但除此之外還有甚麼好辦法嗎？

李世民說：漢朝的霍去病不過是位普通的將領，他都不會向匈奴妥協，頑強地跟他們鬥爭，何況我還愧居藩王之位呢！希望陛下給我幾年時間，我肯定用繩索套在頡利的脖子上，就像牽隻羊兒那樣把他送到宮裡！如果我辦不到這件事，再遷都也為時不晚啊！

李淵瞇著眼睛點頭說：你講的有點兒道理！

建成見世民處處都在搶風頭，心裡就不樂意了，他冷笑說：當年，樊噲那小子率領十萬兵馬，在匈奴人中間縱橫馳騁，顯得很牛的樣子！秦王不會是像樊噲那樣牛皮哄哄的吧？如果你真牛，還用得著幾年時間，彈指之間就能把突厥人消滅掉！不過呢？我怕某些人不是去打突厥，而是去跟突厥暗中勾結圖謀唐朝罷了！

他的這些說法並不是沒有根據的，因為李世民確實多次賄賂

突厥，並因此得到了突厥的幫助把劉武周與宋金剛給殺了！在洛陽解放後，李世民暗中給突厥首領送了很多東西，還多次跟他們暗中往來。雖然李世民對這件事高度保密，但還是被李建成的太子黨徒給探聽了。自從他知道後，就跟父親交流過李世民的真實目的。

李世民見大哥揭他的老底，不由老羞成怒。他生氣的時候，那臉就會變得通紅（史書說的），現在，他的臉都快滴血了。他瞪著布滿血絲的眼睛說：太子殿下，你也不要在這裡說風涼話了，如果你還是太子，還是大唐未來的接班人，那你就做出幾件讓大家心服口服的事情來，比如你帶領部隊去把突厥人消滅掉。雖然我不是太子，但我還是為了朝廷的大業不怕犧牲，浴血奮戰，征服了東北部！請問大哥您太子爺老人家征服了哪裡？

建成梗著脖子說：你為甚麼那麼賣力？不就是想當太子嘛！

李世民冷笑說：太子不是坐享其成，而是責任，你懂嗎？

大臣們見兄弟倆掐起來了，感到這會開得有些難受，都低著頭盯著腳尖，只想早點兒散會回去。李淵見兄弟倆人當著群臣的面兒就爭權奪利，他氣憤地吼道：我不是還沒死嗎？你們就在這裡爭我的位子，是不是等不及了，是不是想跟煬帝那樣弒父奪位啊？我看你們就有這樣的想法。他說完甩袖而去，邊走邊說：一群不肖子女！

李淵回到後宮，打發人把幾個近臣叫到書房，跟他們繼續商談遷都之事！

裴寂還是堅持他的看法，他說：就我們現在的實力，根本無法與突厥抗衡，遷都是最有效的辦法。只要把都城遷到遠處，突厥就會死心了，而且不會再騷擾我們了。

蕭瑀實在憋不住了，他哑哑嘴道：我個人認為，遷都不能解

決任何問題。如果人家來侵犯我們就遷都，那我們搬到哪兒都會受制。就算搬到終南山，突厥人還是會找到咱們，到時候再去侵犯，我們搬到哪兒去？總不能躲進秦嶺裡吧！再說了，我們的都城無論搬到哪兒，都需要管理我們的地盤是吧？總不能躲進都城裡不出來是吧？突厥不來搶我們的都城，如果去搶我們的下屬城池，難道我們就不管了嗎？

李淵說：是啊，我也感到遷都並不能根本地解決問題！

蕭瑀說：關鍵是我們要加強國防建設！

李淵嘆口氣說：遷都的事先放放，看看情況再說吧！

雖然這起鬧劇結束了，但大家都對李淵的軟弱感到不安，他們私下裡議論，應該有個激進派的總統來領導唐朝，只有這樣，唐朝才可以變得繁榮富強，不懼外侵！

這些話傳到李淵的耳朵裡，他明白大家說的那個能夠勝任總統職務的人，就是李世民，他因此對李世民就更恨了。

到了公元六二五年四月份，西突厥的統葉護可汗派遣使者前來請求通婚，李淵感到西突厥離長安相距太遠，如果到時候發生危急，他們也沒法前來援助，通不通婚也沒有多大意義，可是不通吧？又怕得罪他們，他感到很為難，便問裴寂：怎麼辦？

老裴卻說：現在北狄正在強盛時期，依我看為了國家當前的利益，應當先跟遠邦建交，以便討伐近國。與西突厥通婚必然會讓頡利感受到壓力，等過幾年中原地區殷實了，足以抵抗北狄族的時候，再想辦法對付他們也不遲！

李淵聽信了他的建議，派高平王李道立前往西突厥國，完成了和親的程序。統葉護非常高興地說：好，以後我們就是親戚啦，有甚麼事你們儘管說吧！

當頡利可汗聽說唐朝與統葉護和親後，他非常生氣，馬上放

出話來，你們合是合，建議你們的合婚隊伍從天上飛過去，千萬別途經我的地盤，否則我就把你們的嫁妝砸個稀巴爛，把你們的新娘子給搶來當小老婆養著！

他越想越氣，你們敢隔著我建交，我打你們。

於是，在公元六二五年六月二十四日，頡利派兵侵犯靈州，攻勢非常猛烈！

面對突厥的強有力的侵犯，李淵首先想到的不是反侵略，而是派人前去跟頡利洽談，如果有甚麼條件就說出來！去的人再也沒有回來，李淵就知道不打仗不成了，於是派張瑾為行軍總管，率兵抵抗突厥。李淵突然想到，他李世民不是跟突厥有交情嗎？那好，我就派你去打他。於是他對蕭瑀說：你去問問世民，敢不敢去打突厥人？

「陛下，您直接下命令不就得了，何必再跟他商量呢！」

「老蕭啊，世民對我有成見啊！」

「您又沒有做錯甚麼，再說就算您做錯甚麼，他也不敢對您有甚麼成見！」

「還不是因為立太子的事嗎？當初我是說過要立他為太子，可是後來想來想去，感到這不合適啊，歷來都是長子為太子，我突然立次子為太子，怎麼跟天下人說明白這事呢？」

蕭瑀聽到這裡很想說：您這麼翻來覆去的早晚得出大事。甚麼叫歷來都是長子為太子，歷來有多少長子真正當上皇帝了？楊廣就是次子。再說了，你明知道長子為太子是天經地義的事情，當初為甚麼要向李世民許諾啊？你這麼大個皇帝，那張嘴就像鍋蓋，反過來正過去都能蓋鍋，這哪行啊？

這些話想想可以，當然不能說出來。

蕭瑀找到李世民，把總統的意思說了說，李世民滿臉的冷

笑，他說：老蕭，你對我說句實話，我父親作為一個皇帝，他出爾反爾，這合適嗎？

「這個！只怪老臣沒有能力，無法勸說陛下履行諾言！」

「我並不是非要當甚麼太子，我是說的這個道理！每次遇到困難的時候，就想到我了，每次日子好過了，就想方設法要對付我，你說他連親生兒子都要算計，對付大臣們的情況，就可想而知了！」

「秦王，您對大唐的功績夠大了，就是不去，大家也不會指責您的！」

「不，你回去對他說，我去！」

他之所以這麼決定，並不是沒目的，因為他知道父親是不會輕易把太子之位賜給他的，如果他想成為未來的皇帝，現在就必須開始做功課了。

李世民帶領軍隊來到駐地，並沒有跟突厥人玩命，而是派代表帶著很多貴重的物資前去跟突厥首領建交，並對幾個突厥首領表明，將來我掌握了天下，將同你們共享資源。

頡利可汗也給他回信說：只要你當了皇帝，我們就不侵犯唐朝了。你甚麼時候想當就吭個聲，需要我們幫忙，我們一定前去助你一臂之力！

正因為李世民與突厥人的友好往來，唐朝表面上看著安定多了，其實這種安定背後隱藏著更大的不安定，當條件成熟到玄武門事變時，就像熟透的濃皰那樣一擠就噴了，噴出的卻是血濃於水的兄弟之血。這種結果已烙在歷史上，是無法更改的了！

第二十四章

妃亂不可

正由於李世民與突厥人的祕密交往，唐朝的邊境比以前安定多了，總統李淵很久都聽不到邊關告急了，他感到趁著牙口還成得趕緊地享受勝利果實，否則以後就啃不動了。從此他每天與后妃們尋歡作樂，日子過得跟煬帝的揚州之樂都有得拼！

一天，李淵與裴寂喝酒聊天，談起在晉陽的那些光景，感嘆道：想想那時候的張妃多麼地富有青春氣息啊，可是現在都快變成小老太婆了！裴寂聽到這裡忙說：陛下，哪個皇帝的後宮不是美女如雲啊？可是您的後宮卻這麼冷靜，這哪成啊？

「是啊，都是些老面孔，看著都沒胃口了！」

「那是您不想看新面孔，想看不多得是！」

「在哪裡，在哪裡？」李淵來回轉著頭問：「我怎麼沒有看到？」

裴寂心想：怪不得他談起晉陽宮來沒完沒了，原來真實的意思是想要美人啊，你想要直接跟我說不就得了？這又不是甚麼新鮮事，瞧你繞來繞去的累不累啊？隨後他向各基層單位下通知，皇宮裡需要家政，讓他們海選美女！

當李元吉聽說老裴正給父親選美，感興趣了，開始與裴寂套交情，有時候也跟他去幫著當評委。一天，李元吉看到有位姓楊的姑娘，長得那模樣兒可真沒話說，怎麼看怎麼好，就私下裡對裴寂商量說：老裴，把那個楊氏給我吧，要不我睡不著覺！

302

「齊王，你領回去不更睡不著覺了！」

「我怕她跟著我父親，會影響他的健康！」

「讓陛下知道了，可能更會影響您的健康！」

「只要咱們倆人不說，沒有人會知道！」

「我也不想說，可是要是陛下問得緊了，我怕說漏了！」

李元吉就送給了老裴很多錢，而老裴又是個愛財之人，於是就讓李元吉把楊氏美人給領回家了。

這個楊氏就是貞觀年代的小楊妃，她有多麼漂亮我就不用廢話，反正元吉被殺後，李世民不顧倫理、不怕影響，把小楊妃納為自己的妃子。要說這個楊氏多麼可人，我也不想說，反正在長孫皇后去世後，唐太宗李世民竟要封她為皇后。那當然是以後的事了，現在的事情是，後宮裡突然增添了很多很多的美人，李淵的生活可過得非常的滋潤了！

這幸福的結果是在短短的幾年時間裡，就有十多位小王出生，還有N個小公主也面世了。我們知道無論李淵生多少孩子，住房問題，交通問題、工作問題等等，都不是問題，但問題是李淵因為過度縱慾，看上去更像老太婆了。

他本來就滿臉的皺紋，現在那張臉皮更沒法看了，像曬乾的橘子皮。不過他的健康倒是沒有甚麼問題。雖然健康沒問題，但他也不會超越自然規律，活起來沒完沒了，相信秦始皇他老人家沒做成的事情，李淵也不可能完成。

這些問題李淵沒有想過，可他那些年輕貌美的妃子們都在關心自然規律了，並圍繞著這個主題謀劃未來了。

她們想的問題是，如果老頭子兩眼一閉，我怎麼還能保住有地位有尊嚴的生活？我的孩子的前程怎麼辦？這麼說來，未來的新皇帝就顯得很重要了，因為他將決定她們母子或母女的生活品

303

質。從此，她們開始戰略性地判斷哪個王子會是新的皇帝！

可以說大部分后妃都看好建成，因為他是太子，太子是儲君，儲君是原則上的皇帝接班人。當然，也有幾個有眼光的妃子認為，建成無論從能力與威信上都不如秦王李世民，將來老頭子走了，建成肯定是爭不過秦王的！

在李淵的晚年，並不只妃子們開始考慮未來，同樣，朝中的大臣們也在謀劃前程了。他們現在必須要做出選擇要站到哪一隊裡。平時我們常說別站錯了隊，我們站錯了隊，可能只是失去提拔的機會，可是大臣們站錯了隊就很要命，他們必須準確地判斷出未來的皇位接班人，然後緊緊地靠攏。這就像押寶，如果押好了就能夠贏，押不好就輸得很慘！有多麼慘？遠的不說，楊勇黨羽的覆滅就是很好的證明！

大多數重臣都看好李世民，這人狠、功勞大、有能力，他雖然不是儲君，但誰都不敢說他就不能當皇帝，至於用甚麼法子當，李世民肯定是會有辦法的！

作為兩個最有條件競爭皇位的建成與世民，他們都相信天子是老天注定的，因為他們迷信。可是他們也很現實，都不太願意接受命運的擺布，都想競爭上崗。

競爭皇帝的崗位無論任何朝代，都是不免充滿血腥的，但他們必須要爭，因為歷史教訓告訴他們，如果你當不上皇帝，這是很要命的！

李世民在面對這個問題的時候，他有四個選擇：(1)是把建成給擠下去自己當上太子，這個好像不太能成功，因為父親不支持他；(2)是把建成殺掉自己當上太子，這個好像有些風險；(3)是直接把父親與建成砍了，一步到位，這個效果最好，但心理壓力比較大！

　　至於(4)嘛，是拿著板磚照頭上猛砸，把自己腦袋瓜給弄傻了，傻得拿著羊屎粒當巧克力豆吃，這樣就沒有生命危險了。他當然不想把羊屎粒當巧克力豆吃，他要當皇帝！

　　想當皇帝就得用腦子，他經過慎重考慮，決定先不採用非常規的辦法，按部就班地走上理想的皇位。他首先成立了文學館，養了許多人才，同時更加緊密地團結大臣，在最短的時間裡組建了自己的人際網絡。問題是，當你謀劃別人的時候，往往你同時也在被別人謀劃。

　　這就是弱肉強食中的「生存規律」。

　　李建成聽說世民搞甚麼文學館，他明白這館不是寫作文的，而是巧立名目，私養政客，與他為敵。如果任事情這麼發展下去，他的太子之位就真保不住了。建成心想：你弄些文人，我就用劍客來對付你，看誰猛？於是，他從全國招募了兩千多名勇猛之士，把他們駐紮在太子東宮內的長林門附近，稱之為長林兵，並對他們進行強化訓練，灌輸敢死隊的理念，時刻準備讓他們去把李世民給砍了。

　　他在硬體升級的同時還想升級軟體，因為他明白，無論他們兄弟之間怎麼明爭暗鬥，父親的傾向還是很重要的。父親是皇帝，他完全可以決定未來的接班人，而父親的皇帝又是那些漂亮的後娘們，這些後娘能夠左右父親的選擇。這就好理解了，只要把後娘們搞定，就等於把父親給搞定了！

　　李建成把目標鎖定在父親最寵愛的兩個妃子身上，這就是國色天香、千媚百嬌，能嗲死人的張婕妤與尹德妃。這兩個妃子總有辦法戰勝新面孔，把李淵留下來陪她們度過寂寞的夜晚，因此自然就有機會吹枕邊風。李建成準備了許多東西，在父親去狩獵的時候，或是去行宮裡小住的時候，偷著把東西送到兩個後娘的

手裡。

　　由於李世民大多時間都在忙國防工作，由於父親又總愛帶著那些新面孔去行宮裡遊樂，由於太子東宮與後宮相隔的牆上有個便門，李建成很容易就與幾個後娘把關係搞定了。他們能夠在很短的時間內把關係搞好，最主要並不是那個便門，而是這些後娘們明白跟未來的皇帝搞好關係很重要，因此他們有著互惠互利的合作精神！

　　問題是這些後娘們都比李建成小很多，還很漂亮，還很寂寞，生活標準很高，身體裡的荷爾蒙正旺盛，旺得冒泡！這樣的話，問題就出現了。

　　一天，李淵帶著尹德妃去行宮了，要在那裡住半個月，張婕妤內心就不平衡了，你帶個小妹妹去我不說甚麼，可是你為甚麼帶跟我級別相同的德妃去而不帶我去呢？你這是甚麼意思？

　　她想：你尹德妃抱老皇帝的大腿，俺就抱未來皇帝的大腿，看誰的未來不是夢。於是她就打發下人把建成叫來，擺了酒菜，跟他邊喝邊聊，顯得很不像母子。這熟女眼睛裡發出媚人的光芒，聲音嗲嗲膩膩地說：建成啊，知道你父親為甚麼不帶我去行宮嗎？

　　建成想了想說：去行宮有甚麼好的！

　　「因為我每次見到你父親都對他說你的好處，他煩我了！」

　　「母親您放心，等我當了皇帝後，就把您封為皇太后，管理後宮，您看著哪個不合適，想怎麼處置怎麼處置！可這個嘛，問題是我必須要當上皇帝！」

　　「你是太子，又有我幫你，一定能夠當上的。」

　　她心裡在想了，建成現在說封我為皇太后，並不說明將來一定要落實，如果讓他必須落實今天的諾言，那就得把關係搞到血

肉相連生死與共。因為她有了這樣的指導思想，於是開始挑逗建成，跟他碰杯喝酒，還端著讓建成喝，還用手摸摸建成的耳垂說：瞧你這耳垂也是有福之人！

李建成面對著美麗的後娘，喝著美酒，他感到有些酒酣耳熱，但他明白不能在後娘這裡涼快，在這裡涼快了很要命。可是後娘突然撫著頭說：我頭暈！於是就軟軟地暈在了建成身上。建成嚇得渾身哆嗦一下，那手就像大鵬展翅樣掙扎著！

「阿成，你把我抱到房裡，我要休息！」

「母親，這、這、不太合適吧？」

「那就把我扔到地上，拍拍屁股走人吧！」

李建成只好把軟軟的後娘抱起來，後娘摟著他的脖子，倆人歪歪扭扭走進睡房。建成把後娘放到榻上，可是後娘的手卻依舊摟住他的脖子不放，眼睛裡還熠熠地發著光亮，嘴唇撮起來尋找著同類。

建成心想：如果我與後娘把巴掌拍響了，她就是我的人了，會死心塌地幫我在父親那裡說好話，說李世民的壞話，如果把李世民給說死，我不就省事了？這一舉三得的事情啊，我為甚麼不做呢？我做！我操！

那一天，他們就很有激情地合作了⋯⋯

這種事情的開始，往往不會很快結束，一般會不厭其倦地重複！而在重複的過程中，兩人的關係已經不同尋常了，他們山盟海誓，她說：親愛的，我一定要幫你當上皇帝；他說：親愛的，我一定要把你封為皇后⋯⋯他說⋯⋯她說了很多山盟海誓！

寫到這裡，很多人可能會懷疑這事情的真實性，認為是我瞎編的，其實不是。建成與後娘的故事，在唐朝並不是多麼標新立

異，唐朝多次演繹過這種亂倫。沒辦法，因為李唐人有胡人的血統，吐谷渾、烏桓、鮮卑、突厥等少數民族便有父親、兄長死後把母輩、嫂子當妻子的風俗。所以唐朝的倫理問題是有理論支持的，也很嚴重，父納子妻、子承母歡、兄弟換位之類在唐朝都曾經發生過，比現在的西方國家都要開放。

其實唐朝比現在的歐洲還發達，所以開放些也是有可能的！

從此張婕妤更賣力地在李淵面前替建成說好話，說李世民的種種壞話。雖然李淵非常寵愛張婕妤，但並不表明就同意她干政，因為史書上早就強調過，後宮干政，政必亂！他瞪眼說：你如果再敢干預政事，我就對你不客氣！

「陛下，臣妾聽說朝中的大臣都在議論，說陛下您老了，沒法管理國家了，應該趕緊的把皇位讓給秦王，還說您是想把皇位帶進棺材裡，不想讓後浪推前浪！」

李淵瞪眼道：誰說的？我砍了他！

張婕妤撇嘴說：每個大臣都這麼說，你砍得過來嗎？

李淵狐疑地問：告訴我，你聽誰說的？

張婕妤說：你看你，人家不就是希望你心中有數嗎？

李淵冷笑說：行啦行啦，我知道你跟世民有仇。已經都是過去的事了，值得你這麼記恨他嗎？以後你好好地待在後宮裡做你本分的事情，不要再議論朝廷的事了，這對你沒有任何好處，如果你不聽話，到時候招來禍事，可別怪我沒事先提醒你！

那麼張婕妤與李世民，到底有甚麼仇？

一是她們去洛陽挑選些喜歡的東西時，李世民沒有達到她的要求，再就是，當初張婕妤的父親看中了李神通的一塊地，李神通就是不放手。張婕妤跟李淵膩歪著要，李淵派人去做李神通的工作，讓他把地讓給張妃的父親。李神通說：這是秦王賞賜給我

的，誰來要，我也不給！

張婕妤明白，只有自己吹枕邊風是不管用了，李淵肯定會往私仇上想，如果多聯繫幾個姐妹同時吹枕邊風，這風就大了。她找到尹德妃，拉著她的手說：妹妹，我們不能每天安於現狀，應該為我們的將來考慮考慮了！

「考慮甚麼，我們現在不是挺好嗎？」

「現在是挺好的，可是將來就說不定了！」

「姐姐，有甚麼事你就直接說吧？」

「我聽說，世民常常在酒後談起他的母親，談起來就淚流滿面，還說父親被咱們這些小妖精給迷惑住了，從來都不去祭拜他的母親。看來他是對咱們有恨，如果將來他當了皇帝，咱們就只有被打進冷宮的份兒了，咱們的親人也會受到牽連！」

本來尹德妃從沒有考慮過這個問題，如今她突然感到這是個問題了。

張婕妤又用同樣的辦法，把其他幾個姐妹也給糊弄了，於是她們合夥起來向李淵哭訴說，聽說世民常對著竇大姐的牌位哭，還說您每天寵著我們把大姐都給忘了。看來世民是怨恨我們服侍您啊！這要等您百年之後，他當了皇帝，非把我們打入冷宮或趕盡殺絕不可啊！

李淵最煩的就是聽人說某某當皇帝，因為他五十歲才造反，剛奪下天下才幾年啊，他還沒有當夠呢，他還感到自己的身體很好，再幹幾十年沒有問題！

他對妃子們吹鬍子瞪眼道：我說過世民接班嗎？我說過嗎？將來就算讓位也是由太子接班，能輪到他嗎？

張婕妤說：太子多善良啊，如果他當了皇帝肯定是會照顧我們的！

李淵生氣道：我不是還沒死嗎？

張婕妤嘆口氣說：我們也希望您長生不老，可秦始皇不是都沒做到嗎？

李淵吼道：你說完了沒有，說完了就滾出去！

張婕妤撇嘴說：別怪我沒提醒您，現在世民正暗裡拉攏群臣，私養門客，要是他的條件成熟了，說不定就像當初的楊廣那樣，那我們就變成宣華夫人了！

李淵聽到這話感到非常痛苦，他指著門口喊道：滾，滾，都給我滾出去！

當他冷靜下來，感到后妃們的擔心並不是多餘的，由於自己多次許諾把太子之位給世民，可是並沒有落實，世民肯定會恨我，如果條件成熟了，說不定真的會把我給幹掉了。

他私下裡對建成說：建成啊，你身為太子，如果想保住自己的職位，應該想想辦法了！

「父親，您不是皇帝嗎？您說了算啊！」

「如果大臣們都給我施壓，我就把你的太子之位給抹掉！」

聽了這番話，李建成明白父親默許他與世民抗衡，從此他開始肆無忌憚地發展自己的武裝力量！比如他派太子黨們下去網羅勇猛之士，並有目的有計畫地去賄賂大臣。讓李建成感到痛苦的是，很多重臣都不想參加他的太子黨，這讓他內心感到非常的不痛快。

第二十五章

暴動慘敗

王子們沒有一個是不想當皇帝的，當然，不能不說印度那個釋迦牟尼是個例外，但建成與世民都不是阿彌陀佛，他們都想成為至高無上的天下之王！老三李元吉當然也想過皇位這個問題，但他知道自己無論排行與功勞都差得遠，也沒必要再去爭了，每天都忙著吃喝玩樂！

反正無論哪個哥哥當皇帝，他也都是「皇弟」，反正哪個哥哥當皇帝，都不希望他有所作為，所以吃喝玩樂既享受又保險，他何樂而不為呢？

可是隨著一件事情的發生，讓他意識到不能置身局外了！這沒辦法，人命運的轉折有時候就因為某些小事兒，否則就沒有「一念之差」這種說法了。

其實這件事情很平常，只是李元吉多心了。

事情是這樣的，一天，李世民獨自在園林裡閒逛，可能思考甚麼問題。突然，他看到有位女子婀娜地站在小橋溪水旁，纖纖玉手捏著柳絲兒，癡癡地望著對岸的蔥蘢，身姿很是優美！

他走到女子跟前，發現這女人的樣子長得可是很正，就犯了男人都有的臭毛病，於是搭訕道：請問，你是誰家的姑娘啊？為何事而愁啊？需要幫助嗎？

那女子低下頭，羞澀地說：二哥，人家不是姑娘了！

李世民聽到美女喊他二哥，心想：這是哪兒的妹妹啊？隨後

他想到父親的孩子這麼多，明裡暗裡的也搞不清誰是誰，沒見過也是正常的，於是問：您的母親是哪位？

經過交流過後，李世民才知道這女子跟自己沒有任何的血緣關係，而是李元吉的妃子楊氏。世民一聽內心裡就不平衡了，他元吉有何德何能享此佳麗啊？可不平衡歸不平衡，畢竟是自己的弟媳，也不好跟她黏糊太久，也不好對她下鈎，於是就離開了。他邊走邊忍不住頻頻回頭，正好楊氏也抬頭看他，兩人的目光碰到一起哧啦躲開，然後哧啦又躲開，從此，李世民就深刻地記住她這個女人了。

楊氏看李世民的目的是比較單純的，她只是認為二叔那失魂落魄的樣子，感到有點好笑。到家後，她對元吉說：真是好笑，二叔把我當成姑娘了，當我報了身分後，他竟然羞得臉紅了！

李元吉吃驚道：他沒對你怎麼樣吧？

楊氏搖頭說：說了幾句他就走了，能怎麼樣啊？

李元吉卻不這麼認為，楊氏這麼漂亮，是個男人都會動心，世民肯定心動了，說不定調戲楊氏了。

隨後李元吉又往深裡想，李世民這麼眼饞我的楊氏，如果他當了皇帝會不會跟我搶啊？會不會為了楊氏把我給害死啊？為了女人這種事而死的王子，古代就發生過了！看來，想要無拘無束地享受榮華富貴，當皇弟還是不夠的，必須得當皇帝才成！

他遺憾自己以現在的位置謀求皇帝之位，困難度實在有夠大，除非建成與世民不小心暴病而死就好了，可是他們都健康得三棍子也砸不死，這個不實際！

李元吉圍繞著這個問題開始想，冥思苦想，終於想出了個好辦法。那就是跟某個哥哥聯手把另一個弄掉，然後他再把剩下的哥哥幹掉，那麼這個皇帝位置就是他的了。

李元吉明白，如果這麼做，選擇擁護哪個哥哥就很關鍵了！

他想：如果幫助李世民當上皇帝，以後想對付他就太難了，還是大哥建成比較單純些。於是他把目標鎖定在大哥身上，決定幫助建成把世民幹掉，然後再想辦法把建成也做掉，那麼，他就是皇帝了！

於是，他就在這樣的思想指導下找到李建成，說：大哥，我幫助你對付李世民，讓您盡快登上皇位！

李建成問：元吉，你為甚麼不去支持世民啊？

李元吉說：大哥，你還不知道吧？我跟世民有奪妻之恨啊！

李建成吃驚道：甚麼甚麼？我怎麼沒聽說過？

於是，李元吉就把之前發生的那件故事說了，當然不能說原版的！

修訂版的故事是這樣的——楊氏與侍女去園子裡玩被李世民給碰到了，李世民也不問是誰，抱住就求歡，楊氏說我是你弟媳婦，可是李世民還是沒鼻子沒臉地親了又親、摟了又摟，後來楊氏掙脫回去後，非要鬧著自盡不可！我想找世民拼命，又怕不是他的對手，所以呢，我想幫助您對付他，也算是為自己報仇了！

李建成並沒有懷疑這個故事，因為楊氏確實太漂亮了，別說是風流成性的李世民，就是他看到楊氏都產生過很綺麗的遐思。於是他很高興地說：好啊好啊，只要我當上了皇帝，那你就是我最好的皇太弟，我把天下最好的地區封為你的屬地！

從此，兩個人常常在一起探討對付李世民的辦法。

一天，李元吉接到政府的通知，說父親與世民要到他的府裡轉轉！李元吉馬上把建成找來商量，想乘機把李世民幹掉。李建成雖然沒有表示同意，但也沒有反對。於是，元吉把家裡的保全

宇文寶埋伏在內室準備刺殺李世民。可是後來建成又覺得父親在場不好下手，就把李元吉給勸住了。

事後，李元吉很不高興，他說：我是為了你才這麼做的，你還攔我！

「元吉，在父親面前，我們怎麼好殺世民啊！」

「父親在這裡怎麼了，一併殺了好了，明天你就是皇帝！」

「元吉，這話可不能亂說！」李建成吃驚道。

「無論用甚麼辦法，能達到目的的才是最好的辦法！」

聽了這句話，讓李建成很是心動，是啊！如果把父親與世民一次性地解決掉，自己不就是皇帝了？否則，就算把李世民殺掉也不保險。下面還有二十多個弟弟，說不定哪天父親心血來潮，把太子之位換給別人了！

從此，李建成進一步加強了東宮的武裝力量，從燕王李藝那裡調來三百騎兵，安置在東宮各個坊中，時刻準備著發動政變，並想過一步到位的問題。

由於他的動作太大，很多大臣們都知道了，他們就去向李淵進諫彈劾太子私養禁軍，有謀反之嫌。李淵雖然默許建成發展勢力，但他不能對大臣們說是我讓他做的！為了堵住大家的嘴，他在朝上對建成瞪眼道：建成，你為甚麼私養軍隊啊？

李建成當然不能說是私養，他說：父親，孩兒所以招納勇士，只是用來保護皇宮的安全，並沒有其他想法！

李淵說：可是有人說你想暴動啊！

李建成說：父親，這是誣陷，我現在已經是太子了，是法定的接班人，我為甚麼還需要暴動啊？暴動對我有甚麼好處？如果說要搞暴動的話，我認為是那些想奪太子之位的一幫人吧！

大家都明白李建成指的就是李世民！

　　李淵只是把可達志下放到基層去，沒有再追究李建成的責任，這事就不了了之了。事後他把李建成叫到臥室裡，語重心長地對他說：建成啊，真正做大事的人是不張揚的，你說你甚麼事都還沒做呢，就弄得滿城風雨，這哪是做大事啊，這是找麻煩！我希望你要注意了，如果再惹出甚麼事來，我可真保不住你了！

　　這番話，算是讓李建成牢牢地記住了，於是他做了一件不張揚的事情！

　　有一天，李淵想去仁智宮玩幾天，讓建成在京城坐班，由世民與元吉陪他前去。建成知道機會來了，抽機會對李元吉說：你要利用這個機會把世民給除掉。看現在的形勢，我們必須在今天就把事情給解決了！

　　李元吉點頭說：大哥，放心吧！

　　當去仁智宮的車隊花枝招展地離開長安後，李建成把爾朱煥與橋公山叫到內室，遞給他們一套盔甲說：你們馬上把這件東西給楊文送去，告訴他，馬上就要起事了，讓他時刻做好準備，聽我的號令！記住嘍，事關重大，你們的嘴可給我嚴著點兒，否則有性命之憂！

　　爾朱煥與橋公山帶著那件盔甲出城了，他們感到這套破東西無比的沈重，他們走得無精打采的，就像遛馬的速度，他們都明白這事風險太大了，如果成功當然好，他們都是功臣。可是一旦失敗，他們就完蛋了。人家太子畢竟是皇帝的兒子，最大的懲罰也就是貶為庶民，變成老百姓還是皇帝的兒子，一樣過著高於普通老百姓的生活。那麼，他們的後果就是被砍頭，說不定全家都得被斬草除根，就算不除根，家人背著叛臣賊子的名聲，活著也有壓力！

　　倆人都是這麼想的，可誰都不敢提出來，因為誰都不知道對

方也這麼想！

　　他們慢騰騰地往前走著，當來到一片樹林前，爾朱煥回頭看看隱隱約約的長安城門樓子，終於憋不住了，咂了咂嘴說：老橋啊，我怎麼右眼皮老跳，是不是有甚麼事要發生？

　　「是啊，我也感到心裡有些不踏實。」

　　「要不，咱們停下商量商量？」

　　「我也感到有必要，很有這個必要！」

　　兩人把馬騎到樹林裡，把馬拴在樹上，他們蹲在樹下嘰喳起來。爾朱煥說：咱兄弟們也沒外人，咱就說大實話吧！太子招兵買馬，大張旗鼓的沒有人不知道，可為甚麼秦王沒有甚麼反應呢？如果他有甚麼反應，這件事情就正常了，可是他並沒有啊！

　　「秦王做事就這種風格，越要幹大事越顯得平靜！」

　　「如果太子失敗了我們怎麼辦？我們的家人怎麼辦？」

　　「是啊！失敗了咱們就得被砍頭，家人的命保住保不住也說不定！」

　　他們商量來商量去，感到送盔甲這件事有內情，最後決定前去向總統告密，這樣倒楣鬼只有太子李建成了，他們就會變成功臣，李淵肯定會嘉賞他們，秦王也會欣賞他們。這麼便宜的事情不做，為甚麼偏要去冒這殺頭的風險呢？

　　事情決定下來後，他們快馬加鞭去追李淵前往仁智宮的隊伍，終於在豳州給追上了。他們奔到李淵隊伍的前頭，把禁軍們都嚇了一跳，馬上把槍端起來，喝道：你們想幹甚麼？是想造反嗎？他倆馬上跳下馬來，撲通跪倒在地喊道：陛下，臣有要事稟報，臣有天大的要事稟報啊！

　　李世民騎馬來到兩人跟前，問：甚麼事？

　　爾朱煥說：太子讓我們通知楊文暴動，還讓我們內外呼應！

李淵本來在車裡坐著，聽到這話從車上跳下來，跑過來問：甚麼甚麼，你竟敢胡言亂語，挑撥離間，來人啊，把他們拉下去砍了！

橋公山喊道：陛下，這是真的！

爾朱煥舉著那套盔甲喊道：這就是證據！

李元吉叫道：還愣著幹嘛？馬上把他們拉下去給砍了！

李世民把侍衛們攔住，對父親說：父親，我感到這件事情值得調查，等查清事實真相後，再下定論比較好！如果別人向您報信就要殺頭，以後就算真有甚麼事，也沒有人敢通風報信了！再說如果沒有這回事兒，他們來幹甚麼？他們是來送死的嗎？他們又不是傻瓜！

李淵拉長著臉說：好吧好吧，到仁智宮再說！

一路上李元吉都在氣憤建成，真是死狗扶不到南牆上，甚麼眼光，把這麼重要的事情託給兩個沒骨氣的人去做，這不是找死嗎？你還讓我殺世民，就這種情況下殺了他有甚麼用！而李淵心裡想的是——建成之所以這麼做也不是針對我的，他僅是為了對付世民。他這位老兄始終都鐵信建成還沒有弒父奪位的膽量，這才默許他發展武裝力量去對抗世民的。

他們來到仁智宮沒多大會兒，杜風舉就趕來彙報，說李建成謀劃造反。

事情發展到這種地步，李淵也沒法兒再幫建成說話了，他怒道：不像話，太不像話了！來人，馬上宣李建成來仁智宮面聖。當送信的人走後，李淵突然發現禁衛軍中有幾個生面孔，他的脖子頓時就縮短了。他偷偷地去觀察世民，發現他手握在刀柄上，站在窗前，盯著外面的風景，表情很是嚴肅。

317

李淵害怕了，他雖然不相信建成會弒父奪位，可是李世民一定敢！

話說建成接到父親的宣詔後，知道事情敗露，嚇得沒個人樣了，把手搓得咻咻響，結巴著問：怎麼辦？怎麼辦好呢？

徐師說：不能再等了，我們應該立即佔據京城發兵起事！

趙弘智說：我們不能把事情想得太簡單了，暴動最關鍵的是一舉把主要人物除掉，讓大臣與軍隊失去依附，就容易控制。如今陛下等人在仁智宮，如果我們這時候暴動，那麼長安就會變成一座孤城，到時候陛下號令天下的兵前來攻打我們，我們必然只有失敗一條路了！

李建成問：那你說該怎麼辦？

趙弘智說：卸下您太子的行頭，也不要帶人，去向主子承認錯誤吧！

徐師說：絕對不能去，如果去了，人被扣了，以後就沒有再翻身的機會了！

趙弘智說：去了可以向陛下辯解並非是政變，如果不去，那造反就成為事實，用不到明天，長安就會被圍得像鐵桶那樣，大家全都只有死路一條！

李建成猶豫再三，感到趙弘智說的並沒有錯，沒把父親與世民殺掉，奪下這城有甚麼用？大臣也不會聽他的，堅持下去最終也是失敗，還不如向老爸求情，反正事到如今，反悔有什麼用，先把老爸搞定，以後看情況再說吧！

於是，他帶著隨從出發了，由於精神恍惚，有幾次都差點兒被甩下馬來。他們來到北魏毛鴻賓遺留下來的城堡裡，建成讓大多數隨從在這裡原地待命，只帶了十多個人去了仁智宮。

他見到父親後，撲通跪倒在地，又咻咻地磕頭！

李淵瞪眼道：豈有此理！

建成爬起來猛地撞牆，幾乎都暈死過去！

李淵的怒氣仍然未消，吼道：把他關起來！

禁軍把李建成提溜起來押走了，李淵讓大家出去，他獨自倒背著手踱著步子，心裡在想：這個建成也太笨了，你怎麼做事都不用腦子呢？不過他明白，如果李世民做同樣的事情效果就不同了。他怕建成被別人乘機殺掉，又派殿中監陳福去看守他，並給他帶去了些飯菜，好吧，再加上一瓶小酒。

隨後，李淵派司農卿宇文穎速去傳召楊文！

宇文穎到達慶州後對楊文說：太子已經向陛下請罪，事情敗露了！楊文恨得把牙咬得咯巴響，這李建成太不成器了，遇到事兒就成麵條了。這時候他後悔得都要吐血了，自己這眼不成狗眼了嗎？追隨誰不好，為甚麼要追隨這個廢物啊！

他當然不肯去仁智宮見李淵，見他跟見閻王有甚麼區別？既然早晚都是死，那就死得像個爺們兒吧，我他娘的反了，殺一個夠本，殺兩個賺一倍！

就這樣，楊文真的就反了！

當李淵聽說楊文造反了，知道事情真麻煩了，只得馬上派錢九隴與楊師道前去鎮壓。李淵知道倒不是擔心摁不住楊文，而是感到隨著楊文的造反，就不好為建成推脫責任了。而就在這時，李世民前來找他說：父親，楊文這小子為甚麼造反，還不是因為太子，王子犯法與民同罪，依兒臣的意見，把與這起謀反有關的所有人都殺掉！

李淵搖搖頭嘆了口氣說：楊文的事情關係著建成呢，他畢竟是你的同胞哥哥，他從小就很疼愛你，凡事都讓著你，你應該都還記得吧？

李世民說：我與哥哥的同胞之情，並不能代替法律！

李淵說：「世民啊，楊文造反，恐怕響應他的人很多，你最好親自前去把他解決掉。等事情過後我就立你為太子！」看到世民滿臉漠然的表情，忙說：「你看這樣行嗎？到時候把建成封為蜀王。反正蜀地的兵力薄弱，如果以後他乖乖侍奉你，你就保全他的性命，如果他不肯服從你，你也容易捉拿他！」

他為甚麼對李世民說這麼軟的話？因為他來到仁智宮就發現不對勁了，裡面的很多禁衛軍都是生面孔。也許這些生面孔沒有甚麼背景，只是些普通的衛兵，只是正常的輪崗衛士，可是李淵寧肯相信這是李世民暗插的人，以防李世民乘機發動政變！

李世民苦笑著說：父親，您的話我聽過多次了！

李淵忙說：這一次我真的對建成失望透了，我說的可是心裡話啊！

李世民點點頭說：那好吧，我去！

在李世民帶兵走後，李淵感到這行宮裡不太安全，連夜率領警衛部隊從南面出山。他們走了幾十里路，太子東宮的官員們相繼趕來。李淵讓警衛們以三十人為一隊包圍他們。

直到第二天，李淵見事態平靜下來，這才又返回了仁智宮。

李元吉與嬪妃們開始替李建成講情，特別是張婕妤，她把清白與前途甚至是性命都押在建成身上了，不得不可著勁兒的替他求情。如果建成完了，她的投資就會血本無歸！她急切地說：陛下，建成所以這麼做完全是被世民逼的，他贈給楊文盔甲並不是讓他造反，而是想告訴他，如果事情有變，讓他趕過來支援！

元吉說：大哥多次對我說過，現在世民網羅大臣，暗中發展勢力，有暴動的跡象！世民暴動的真正目的是奔著皇位去的，他必然先對父親下手，所以大哥不得不發展武裝以防世民對您不

利，這怎麼是造反呢？肯定不是，絕對不是啊！

其實李淵也相信建成沒有膽量對付他，並相信他養兵蓄銳僅僅是想保護自己的太子之位。事情過後，李淵就沒有懲罰建成，還是讓他駐守京城，只是以兄弟關係沒有處理好責備了他，將全部的責任都推給了韋挺和杜淹，將他們下放到基層去了。

從此之後，李淵再也沒有提過讓李世民當太子的話。

李世民也沒有再問父親這件事，其實他早知道父親當時說那番話只是迫於形勢，並非真的對建成失望，也不是真想把太子之位傳給他。他現在不太相信躺在樹下睡覺也能得到兔子了，還是去打兔子來得實際一些吧……

第二十六章

政變風波

很多人都看過曾子殺豬的故事，說：曾子的妻子要上街，兒子哭鬧著要去，妻子哄他說：在家裡老實等著，回來就給你殺豬燉肉吃。孩子信以為真，等母親回來後哭著要吃豬肉。曾子回家見孩子哭鬧，問：怎麼了？聽說妻子許諾給孩子殺豬吃，他二話沒說就去磨刀了。

妻子說：我是哄孩子，怎麼真殺呢？

曾子很嚴肅地說：我們說了不算數，孩子以後就不會聽我們的話了。於是曾子就真的把豬給殺了，還把肉分給鄰居們吃！

李淵也多次向兒子世民許諾過，可是他不想殺豬，他想殺兒子。之前我們多次說過，李淵殺人是很講究技術含量的，一般會採用借刀殺人，殺人不見血，如果發揮好了，殺了人還讓大家叫好呢！他感到殺世民讓別人叫好有些困難，不過借刀殺人還是能夠做到的！

於是，他就策劃了一起打獵，準備把世民當獵物給整了！

他把建成叫來書房，非常嚴肅地對他說：「啊，明天我讓你們兄弟三人陪我打獵，你呢？回去準備準備去吧！」他拍拍建成的肩，意味深長地笑了笑，說：「打完獵呢！我看是得考慮把你的太子之位傳給世民了，因為你上次的事情影響太壞了，大臣們都給我施加壓力，我已經答應過世民立他為太子了。好啦，你甚麼都不要說，回去準備吧，準備得越充分越好！」

建成再傻也能聽出父親的意思，是讓他殺了李世民！

他回去後讓人把元吉叫來，跟他商量明天獵殺李世民的事情。建成說：這個機會太好了，在打獵的時候殺掉世民很方便掩蓋事實，比如就說他讓老虎給吃了，或者說在打獵的時候被禁衛軍誤傷了，反正怎麼說都成！

元吉說：到時候我給他一冷箭就解決問題了！

李建成雖然知道元吉的箭法挺好，但肯定沒有好過父親當年娶老婆射門板上的孔雀眼那麼準。如果失手，李世民肯定會反過來對付他們的。世民用的弓又長又硬，箭也老粗，射程遠，如果挨了這樣的重箭，那還不成了烤肉串了。按照我們現在的說法，你拿的是步槍，人家用的是火箭筒，根本就不在一個級別上！

他搖搖頭說：不行，不行，一旦失手，我們倆加起來都不是他的菜！

元吉說：大哥，那你有甚麼好辦法？你說出來啊！

建成有匹從西域弄來的野馬，他多次想馴服牠，第一次騎就被牠給摔下來扭了腰，第二次騎又被摔得屁股三天不敢著凳子。他的意思是，明天把這老虎樣的馬牽到獵場，激將李世民騎他。他相信李世民那逞能好強的個性，準會顯能。只要他騎上去，肯定是會被摔下來的，就算摔不死也得摔得暈頭轉向的，如此一來他們就可以乘機取他的性命！

李元吉感到這事兒有點兒不踏實，就要求先去看看那匹馬。

他們來到馬圈，李元吉見這馬果然不同凡響，比所謂的好馬都大一號。他走過去摸摸馬的脖子，那馬抬腿就踢在他的腿上，把他疼得抱著腿直吸溜涼氣！

「真他娘的厲害！」李元吉痛得齜牙咧嘴說道。

接下來，他們開始商量殺掉李世民的細節，以及殺掉後的措

辭！當他們把世民的死商量得很成熟了，又開始設想未來，未來就像花朵兒那樣綻放在他們臉上。李元吉聽到建成一口一個皇弟叫著，雖然嘴上應著，但心裡卻想：我為甚麼當皇弟？這算甚麼追求目標？我躺在地上看螞蟻上樹都是皇上的弟弟，何必冒這殺頭大罪去爭取本來就有的名分呢？等我把世民殺掉，我就把你建成給弄死，我來當這個皇帝！

在這麼敏感的時候突然舉辦這種狗屁活動，李世民自然不會等閒視之。

現在，他正跟幕僚們分析這次狩獵的性質，因為這太突然太異常了。自唐朝建立以來，父親就沒有同他們哥兒三個共同去打過獵，為甚麼突然組織這個活動，為甚麼在這種時候舉行這個活動？看來這次狩獵不是獵別的，而是獵我啊！

長孫無忌說：大王，明天你託病不去吧！

李世民搖頭說：如果不去，父親肯定認為我提防他，會急著想辦法對付我，那樣我們就更不容易應付了。我看這樣吧？明天我到獵場後，你們隨後就派人去向陛下彙報，就說突厥侵犯邊境，這樣就會破壞他們的計畫！

長孫無忌說：如果他們提前動手，大王哪應付得了？

李世民說：明天宇文士及跟我同去！

長孫無忌說：讓敬德、屈突通也跟你一同獵場去吧！

李世民也明白去的人越多就越安全，可是去的人多了，如果被誣陷成發動政變那就不好了。他所以讓宇文士及同去，是考慮到宇文士及雖然有點兒把式，但大家都知道他是知識分子。讓個文弱的知識分子幫他拿著打獵用具，應該沒有人會懷疑。就像高爾夫球場上背球桿的桿弟，從來都沒有選手會把他當作對手！

由於明天就要面對生死存亡的遊戲了，整個夜裡，李世民遲

遲不能入睡，就算睡著了，夢裡也是刀光劍影，鮮血飛濺，把他驚醒了。這個夜晚他睡得短斤少兩的，早晨起床的時候，眼睛裡布滿了血絲，眼圈也有些發烏。李世民起床後沒有食慾，但他還是逼著自己吃了兩大塊牛肉，因為今天需要力氣！

早飯後，李世民帶著宇文士及來到預定的地點，見父親與幾個寵愛的嬪妃、建成、元吉，還有百多個侍衛已經全副武裝地等了，他笑著說：喲，大家這麼早啊！

李淵耷著眼皮說：不早啦，咱們出發吧！

古代帝王家的獵場是官修的，在裡面放進動物供皇族打著玩。這跟去養魚池釣魚沒有甚麼區別，也沒有甚麼技術含量！他們來到樹林深處，李淵笑著說：很久沒有跟你們打獵了，你們兄弟三人今天比賽一下，看誰打的獵物多。誰打的多我重重有賞！他說完領著侍衛還有幾個寵妃去了。他不想親眼目睹自己的兒子相互殘殺，因為看著不勸架，這事傳出去有損他的聲譽。他回頭看到宇文士及跟在世民後面，心想：把這傢伙留在這裡肯定影響建成動手，於是喊道：小宇啊，他們兄弟比他們的賽，我們就不要摻和了，你跟我走吧！

宇文士及說：陛下，我還得幫著秦王提東西呢！

李淵說：到時候你幫他打獵，這比賽還有公平嗎？

李世民說：士及，你去吧，沒有關係！

李淵率領著人馬去遠了，李建成笑嘻嘻地對世民說：二弟，瞅見我這匹馬沒有，這才是真正的千里之馬，能夠越過幾丈寬的山河，你不是喜歡收藏馬嗎？如果你能騎上他走十步，我就把這匹馬送給你，元吉可以作證！

李世民順著建成的指向看去，發現不遠處的樹上果然拴著一

匹馬，這馬的毛色就像黑緞子那麼光亮，高頭，大胯，蜂腰，四條腿顯得特別修長，果然是千里之馬！他雖然知道建成可能不懷好意，可是他太喜歡馬了，於是就心動了。

他確實很喜歡馬，在他晚年為自己修墓的時候，曾命令閻立本畫了六匹馬，請名匠雕在石上。他還給六匹馬起了名字，並分別提了詞。

這可不是我瞎編的，那幾塊石頭還在，有兩塊藏在美國費城賓夕法尼亞大學的博物館裡，其餘的四塊現藏在陝西省博物館裡，只要我們有時間有點兒閒錢買了門票，就可以看到了。

也正由於李世民喜歡馬，想貪便宜，就上當了！

他說：大哥，這可是你說的？

李建成點頭說：這個你就不用再懷疑了！

李世民走到馬前，用手撫摸馬的脖子，那馬的頭甩得就像撥浪鼓似的，那蹄子亂踢，便知道這匹馬沒有馴服過。他想：那我今天就把牠馴服了讓你們看看。他當然不會想到，建成是準備等他摔下來時幹掉他，他現在只想用這匹馬拖延點時間，製造機會，等救兵前來！

世民解開韁繩，用力把馬拉開樹，騰身跳上馬背。

這馬就不給人騎，你自己有腿不會走路啊？為甚麼要讓我背著？牠尥起後蹶亂撲騰，把李世民給顛簸得就像牛背上的西部牛仔。牠見只是尥後腿是沒用了，突然把兩隻前腿提起來，身體幾乎騰起來了！李世民哪還待得住，從馬背上摔下來，在地上翻了幾個滾，但他立刻爬起來又去對付那馬。

李元吉冷笑了笑，摘下弓來準備射殺李世民！

可就在這時，建成與元吉聽到傳來一陣馬蹄聲，他們回頭見宇文士及又騎馬回來了，元吉只得把箭又放了回去，但他恨得牙

根兒都癢了！娘的，你早不回晚不回，就在這時候來壞我大事！

他對著宇文士及吼道：陛下不是讓你跟他去嗎？你敢違抗陛下的聖意是嗎？你是不是不想活了？說著抽出箭來就要射宇文士及，卻聽到李世民吼道：住手！

李世民揉著腰對宇文士及說：有人打算用這匹馬把我給殺掉，真是可笑。生死是由命運主宰的，豈是小人能夠害得了的。咱們走！

他們騎上馬奔馳而去，李元吉看著他們的背影，又把箭舉起來，卻被李建成給攔住了。李建成嘆口氣說：看來世民早有準備，想殺掉他不容易了！

李元吉問：他有甚麼準備？

李建成說：你沒看到宇文士及寸步不離啊！

李元吉說：如果這麼好的機會我們都不能成事，那我們乾脆也別弄這事了！

倆人無精打采地去找父親，看到只有三十多個侍衛保護著后妃子在那兒，父親已經去打獵了。倆人把張婕妤、尹德妃叫到旁邊，跟她們嘀嘀咕咕商量對付李世民的辦法。等李淵回來後，建成就趕緊湊上前去！

李淵心中暗喜，以為建成已經把事情做成了，可是聽到建成說：父親，世民這傢伙太不像話了，我好心好意地對他說，園子裡有猛獸，小心著點兒！你聽他說甚麼，他說他是天子之命，人都沒法奈何他，何況是幾隻小貓小狗？

李淵就皺起眉頭來，他皺眉頭並不是因為李世民說這樣的話，再說他也不相信李世民會這麼說，而是他氣憤建成沒有做成事情！

這時候，李元吉、張婕妤、尹德妃也湊過來說李世民的壞

話，李淵對他們瞪眼罵道：住嘴，你們這些沒用的東西！他倒背著手來回踱了幾個來回，越想越生氣，我給你們創造了這麼好的條件，你們都辦不成事，還要讓我親自下手，真是沒用！

他對侍衛說：你們去把李世民給我找回來。

等侍衛們騎馬去了，李淵心裡在想：今天我必須把事情解決掉了，否則，以後再沒有這麼好的機會了。

等李世民來了後，李淵瞪眼說道：世民，你甚麼意思？你竟然說你是天子之命，沒有人能動了你，你到底有甚麼居心？是不是等不及我死就想下手啊？我為甚麼不把太子之位傳給你，就因為你認為自己是天子之命，標榜功績，網羅群臣，蓄意謀反，搞得長安不安，搞得群臣們人心惶惶，再這樣下去，整個大唐都要被你給毀了！

李世民心中暗暗著急，如果再不來人相救，他就很危險了，他現在能做的是儘量拖延時間，他問：父親，我不知道您為甚麼對孩兒說這樣的話？

李淵冷笑說：世民，我對你的表現太失望了！

李世民說：父親，請您把事情說明，到底發生甚麼事了？

李淵吼道：來人啊，把秦王給捆起來！

禁軍衛士們呼隆把李世民與宇文士及圈起來，然後慢慢地縮小包圍圈子。

李世民心裡著急了，他喊道：慢著慢著，請讓我把這身秦王的行頭解下來，這樣你們就可以捆我了！他慢騰騰地摘下王冠，又把腰帶解開。

李淵看到他慢騰騰地像是在拖延時間，生怕有甚麼變故，他喊道：你們還愣著幹嘛，馬上把他給我逮住，如果他敢反抗，格殺勿論！

就在侍衛們想往李世民身上撲去時，他們聽到傳來呼隆呼隆的聲音！大家扭頭看去，只見從茂密的樹林裡竄出幾百人一起向他們撲過來。

李淵嚇得往後退幾步，結結巴巴地問：甚、甚麼人？侍衛們放棄了抓李世民，趕緊把李淵給圍在當中保護，怔怔地望著越來越近的人馬！

等隊伍近了，李淵發現竟然是尉遲敬德與屈突通，那火騰地就上來了，他正要發作呢！尉遲敬德與屈突通喊道：陛下，不好了，邊境急報，突厥大規模侵犯我們的邊境，邊防告急！

李淵聽到這裡就明白，今天的計畫徹底泡湯了，因為李世民早有準備，突厥侵犯邊境的事情，每天都在發生，這算甚麼新鮮事啊？不就像每天早上起來在遛狗的玩意兒！事情發展到這個地步，他只能走過去把王冠拾起來戴在了世民的頭上，又幫他繫好了腰帶，拍拍他的肩說：唉，一家人的事情好商量，咱們還是商量商量對付突厥的辦法吧！

李世民說：父親，既然您認為孩兒有罪，您就該把孩兒捆起來啊！

李淵說：我剛才不過是說氣話，我何曾真的要懲罰你啊！

李世民說：不知道剛才父親為甚麼突然發火？

李淵說：為父也是一時聽信了讒言！

李世民說：請父親把讒言之人拿下，審問他有何居心？

李淵說：好吧好吧，這件事由我處理就成了！

經過這件事後，李世民明白自己的形勢相當嚴峻了，因為父親策劃這起打獵，就是想把他置於死地！如果不是早有覺察，並做好了充分的準備，那就真變成獵物了！

他為了保險起見，派溫大雅前去守衛洛陽，密切聯繫各基層將領，隨時聽候命令。隨後，他派車騎將軍張亮與王保等人前往山東結交人才，並對他們說：在招納人才方面不要吝惜錢財，無論花多少錢，我都請會計部給你們報銷，你們即刻動身吧！

當李元吉聽說張亮去了山東地區，他馬上向父親彙報說：張亮去東北部招兵買馬，網羅人才，看來有謀反跡象了，如果不及時鏟除，肯定後患無窮啊！

李淵也沒有做調查，馬上下令把張亮給抓回來，交由李建成與元吉去審他，並對他們說：只要讓他交代出世民蓄謀政變的事情，就可以派兵把秦王府給拿下。

建成與元吉也明白，只要張亮供出李世民的政變計畫，事情就好辦了！可是，他們用地位、美女、金錢、鞭子、辣椒水老虎凳對付張亮，人家張亮是真正的漢子，視死如歸，就不肯出賣自己的信仰，把李建成與李元吉給氣得差點兒吐了血！

李世民聽說張亮被抓就害怕了，如果張亮經不起酷刑說出來，那事情就真的麻煩了！他急匆匆趕到父親那裡，質問道：父親，張亮去山東徵兵是我派他去的。最近山東地區不太平，我的目的就是要就地徵兵剿滅土匪，這樣做有錯嗎？

李淵說：你敢保證他不會造反嗎？

李世民說：這我就想不明白了，當初建成發動政變已成事實，您對他沒有做出任何的懲罰，還讓他守衛長安。孩兒我派人為了唐朝的安定去發動武裝，您就下令把他抓起來嚴刑拷問，這究竟是為甚麼？如果您對兒臣有甚麼看法，就直接說出來得了，兒臣可以改正，何必去為難那些無辜的人呢？現在突厥對我們國家虎視眈眈，我們在這裡一天到晚窩裡鬥合適嗎？您不感到內憂外患，唐朝就不會給搞垮了嗎？

李淵明白這話的意思是，你要是不把張亮給我放了，我阿民立刻就發動政變，就算我是雞蛋碰石頭也濺你一身黏糊，讓你好過不到哪兒去？他咂咂嘴說：噢，是這樣啊，那就把他放了吧，跟他說聲對不起囉！

李世民把遍體鱗傷的張亮接到府裡，請最好的醫生為他診治，並賞給他很多財物，當著大家的面表揚張亮這種寧死不屈的革命精神，鼓勵大家都向他學習，無論面對甚麼困境都不要變成麵條，不背棄自己崇高的信仰！

本來李世民想為張亮辦桌壓驚酒的，沒想到建成派人給他送來請柬，說最近兄弟們之間有些誤會，請他前去喝酒化解矛盾，團結協作，共同為唐朝的繁榮富強貢獻力量。幕僚們堅決反對李世民參加，並強調說：秦王，這肯定是鴻門宴！

李世民想了想說：他建成是不會在這種時候殺害我的，他知道我死在他的府裡很麻煩。再說，我如果不去，他就可以對大臣們說：我請世民喝酒他都不來，看來他是嫉恨我，為甚麼嫉恨我？就因為我沒把太子之位讓給他！我何必給他糟蹋我的機會呢？我必須要去！

長孫無忌說：要去就多帶些人！

李世民說：這倒沒有必要，不過我跟他喝酒感到噁心，等我過去一個時辰時，神通叔您就去找我，說有重要的事相商，我藉機告辭，那就更沒有危險了！他把刀摘下來，換上了便裝，就這樣去了東宮。

說實話，李建成本來認為李世民是不會赴約的，當他見李世民穿著便裝倒背著手來了，連把裝飾用的佩刀都沒有帶，不由感到吃驚，他馬上吩咐下人去趕快去外頭館子裡，趕快弄幾樣菜回來，然後小跑著迎了上去，笑著說道：二弟，我還以為你找不到

門了呢！

李世民搖頭說：你這裡又不是閻王殿，怎麼會找不到呢？

李建成把世民迎進房裡，等兩人就座後，建成嘆口氣說：世民啊！你小子從小就比我能，老是欺負我，我每次都讓著你，有甚麼好吃的都會留給你，可是長大了我就有些自私了，生怕你會奪我的太子之位。我越想越感到自己變態了，我怎麼可以變得這麼自私呢？我是大哥啊！只要你想要我就可以送給你。再說你的功勞是有目共睹的，本來就應該你來當。我沒有別的要求，只求二弟你以後當了皇帝後，留給我口飯吃就成了！

李世民說：大哥，小弟並沒有想當太子！

李建成笑著說：我知道你不想當太子，因為你想當皇帝！

李世民問：大哥，這麼說你不想當是嗎？

李建成哈哈大笑一陣，猛地收住笑說：我是太子，本來就應該當皇帝！

李世民冷冷一笑說：可是你當了皇帝後，是不是會給小弟一口飯吃呢？

建成嘆口氣說：咱們不談這個問題了，抽時間我們兄弟幾個到母親的墳前祭拜祭拜。說句實話，自我們來到長安後，好像從來都沒有再提過母親！

李世民說：我沒提，是我把母親的牌位安在家裡，每天早晚都拜。不像大哥您，現在拜的不是生身母親，而是那些年輕漂亮的後娘了！

這時候酒菜來了，建成說：咱們也別在這裡打嘴皮子官司了，還是喝酒吧！

李建成給世民倒了一杯酒，自己先端起來喝上，又倒滿杯子放到世民跟前。

李世民說：你這是何必呢？如果我不放心你的話，我就不會來了！

倆人喝著假情假意的酒，說著假情假意的話，李世民感到很累，他不想在這裡與建成瞎說相聲了，只盼著李神通能夠早一點過來。

李建成喝著喝著就哭了，撲通跪倒在世民面前，抹著眼淚說：世民啊，我是大哥，我從小就讓著你，你就不能讓我順利地當上皇帝嗎？如果我當了皇帝，東北地區就是你的，到時候你重立國號，咱們就是兄弟國，相互照應，共享天下，不是更好嗎？為甚麼要爭得頭破血流呢？如果爭來爭去，外邦乘機前來侵犯，到時候唐朝滅亡了，咱們就甚麼都不是了！

李世民說：咱們喝酒，不談那些事情了！

李建成把手裡的杯子扔到地上，抱著頭哭了起來！

李世民終於把李神通盼來了，他馬上站起來與建成告辭，也沒搭理建成的挽留，匆匆離去了。

回到家裡，世民回想建成的那種樣子，簡直快瘋了，一會兒說把太子之位讓出來，一會兒說我當了皇帝如何如何，看來真瘋了！他決定利用這個機會給大哥造點兒影響，讓大臣們知道建成現在多麼想當皇帝！於是，他讓下屬弄來一碗雞血，喝了兩口噴在床前，躺在床上對李神通說：神通叔，你馬上去見我父親，就說我從建成那裡喝酒回來吐血不止！

李神通點點頭，小跑著就去找李淵了，見到李淵哭道：陛下，不好啦，不好啦！秦王去太子府喝酒回來，就開始吐血，看來是中毒了！

「世民現在怎麼樣了？」

「現在躺在床上昏迷不醒！」

「讓御醫去看看吧！」

「陛下，您不過去看看嗎？也許這是最後一面了！」

「這個，好吧好吧，我過去！」

在去往秦王府的路上，李淵心想：如果世民這一次真死了就好了，他擔心建成不夠狠心，可能下的毒不夠量。當他來到世民的臥室，見房裡站著御醫與長孫無忌等人，便很平靜地問御醫道：這個，秦王怎麼樣了？

「稟告陛下，秦王喝了鴆羽泡過的酒！」

「有沒有生命危險啊？」

「臣現在還無法斷定，只能過幾天看情況！」

長孫無忌跪倒在李淵面前說：陛下，請您一定要嚴懲兇手，為秦王討個公道！

李淵點頭說：看病，先看病，以後的事情，以後再說吧！

躺在床上的世民聽到父親的語氣這麼冷淡，絲毫沒有關心他的性命，便明白父子之間的情分已經沒有了。他突然有種如釋重負的感覺，這樣也好，我以後策劃事情就不用再顧忌父子感情了。他見父親走到床前，一臉平靜的模樣兒，他突然抬起身子來，脖子一伸，哇地把滿嘴裡的鮮血噴在父親身上！

李淵嚇得倒退了幾步，看看衣服上的血斑，再看看李世民那模樣兒，心中暗喜，看來世民真的是沒救了，他說：哎喲喲，看來世民病得真夠重的！

第二天上朝的時候，李淵當著百官的面對李建成說：建成啊，秦王的酒量不行，你以後不要晚上跟他喝酒（史書上是這麼說的）。這話說得大有問題了，甚麼晚上不跟他飲酒了，那麼白天就可以嗎？就算他李世民海量，但用鴆羽或鶴頂紅泡的玩意兒

度數多高啊？誰能應付得了！

　　大臣聽著這話都不對勁兒，他們都低著頭，沒有敢吭聲。不過他們明白，一場新的戰爭開始了，城門失火，很可能會危及他們這些小魚兒的！

　　讓李淵感到遺憾的是，李世民吐了那麼多血並沒有死去，不但沒死，精神頭比以前更好了。這時候他才去追問建成：是不是真下毒了？聽說沒下毒，他回想李世民裝得那樣子，那往自己身上噴血的情景，感到不能再把世民留在長安了，否則，就不是向他身上噴血，而是要放他的血了！

335

　　他找到世民商量說：世民啊，提出反隋的謀略，平定國內敵人都是你的功勞啊！我本打算立你為繼承人的，可是想來想去，感到這不符合先例啊！建成年長，他作為太子已經久了，我不忍心削去他的職位，你看呢？

　　李世民說：父親，既然您知道不符合先例，為甚麼還說要立我為太子？

　　李淵無言以對，他呃呃嘴說：我看你們兄弟很難相容，讓你們都住在京城肯定會發生紛爭，這樣吧，你去洛陽吧！從此以後，陝州以東的地區都由你主持。你可以設置天子的旌旗，就像漢梁孝王那樣開創先例，這樣你應該滿意了吧？

　　李世民說：父親，我不想離開您的膝下。

　　李淵耷下眼皮說：反正天下都是一家人嘛，再說東都與西都相距不遠，我甚麼時候想你了可以去看你，就這樣吧。你準備好了就告訴我，我給舉辦個送別會！

　　李世民心想：這樣也好，我先去東都，等機會合適了，就把長安給奪回來！

　　當建成與元吉知道這件事後，他們不樂意了，如果把李世民

放到洛陽，擁有了土地與軍隊，以後就沒法兒控制他了。不如把他留在長安找機會把他給幹掉，一勞永逸。他們用密封的奏章上奏皇帝，聲稱李世民身邊的人聽說秦王要去洛陽，他們都高興得活蹦亂跳的，要是真把世民放過去就等於放虎歸山！

裴寂也跟李淵添油加醋說：密奏裡說的沒錯，世民在東都穩住了陣腳，肯定會積極圖謀長安！

李淵感到左右為難，派李世民去洛陽，誰都不敢保證他不會回來奪長安，但如果不派他去，留他在長安，那麼肯定會發生政變，到時候鬧得長安不得安寧。他考慮再三，感到還是抽機會把李世民幹掉，才能根本地解決問題！

他拿著那份密奏找到李世民，把摺子遞給他說：世民啊，有人懷疑你去洛陽會謀反，這對唐朝的政治穩定有影響啊，為了消除這種傳言，你就先不要去了，等過些時間再說吧！

李世民說：不去就不去，反正我也不想離開父親！

李淵心想：甚麼捨不得離開父親啊，是捨不得皇位吧？

他越發頭痛李世民了，可又想不出對付他的辦法，每天愁眉苦臉的。裴寂給他出主意說：以臣之見也別再考慮那麼多了，用強硬手段把秦王免了。他沒有了權力，自然也不會有人追隨他了。李淵感到確實是這個道理，只要世民沒有了秦王的名號，自然沒有人會追隨他了。於是，他把幾個近臣叫來一起商量。

陳叔達勸諫道：「陛下，您這樣做恐怕不妥，秦王為全國立下了汗馬功勞，沒有甚麼特別的錯誤是不能夠廢除的。何況他的性情剛烈，如果出甚麼事，陛下後悔還來得及嗎？」

他這番話的真實意思是，李世民立下汗馬功勞，如果把他給廢掉，肯定沒法對天下人交代。再說把李世民給逼急了，狗急跳牆要是鬧出點甚麼事兒來，那就該您上火頭痛了！

李淵聽了只得又把計畫取消了，從此他更加鬱悶了！

李元吉聽說父親為世民的事情犯愁，心想：你這個皇帝當得可真累啊，要是我的話，早就把秦王府給鏟平了。他找到父親說：您還猶豫甚麼？難道坐在這裡等著世民奪您的位嗎？您真的想當太上皇嗎？當初楊堅也想當太上皇可是他做了鬼！我敢說，世民為了當皇帝是不會在乎做沒爹的孩子的，也不在乎做獨生子！等他做了皇帝肯定會把兄弟都殺光的！

李淵說：元吉，難道你還有甚麼好辦法嗎？

元吉說：讓我帶兵把秦王府給鏟平了！

李淵說：元吉，你想過沒有，世民雖然多有野心，但是他為建唐所做的貢獻也是不可抹殺的，如果沒有充足的理由就殺掉他，既沒法與大臣們交代，也沒法兒與全國人民交代。再說了，他就老實讓你殺嗎？如果火拼起來，長安必然大亂，突厥必定乘機舉兵侵犯，如果真的發展到這樣，國家都保不住了，還有甚麼可爭的！

元吉說：怎麼就沒理由了？當初世民平定洛陽之後，您多次傳詔讓他回朝，可是他根本就不服從命令，還在那裡散發錢財布帛，樹立個人威信，這不是蓄意謀反是甚麼？再說了，想殺掉他何必擔心找不到理由呢？

「世民早已經警覺，必然有所準備，想殺掉他並不容易！」

「父親，您就這麼猶豫下去吧，早晚都得後悔！」

「好啦，你不要再說了，讓我考慮考慮再做決定吧。你去告訴你哥建成，沒有我的指示，萬萬不能擅自採取行動，一切以大局為重啊！」

第二十七章

兄弟相殘

那些追隨秦王的人都感到了危機，他們都明白，如果秦王不能競爭上崗，他們這些打下手的都得跟著完蛋。覆巢之下無卵，他們不想完蛋，而是想秦王當上皇帝，把自己變成新班子裡的核心成員！

房玄齡找到李世民的舅子哥長孫無忌，非常焦急地說：長孫兄啊，上邊的刀已經架到秦王的脖子上了，如果再不採取行動就會大禍臨頭！這件事情往大裡說關係著國家的生死存亡，往小裡說關係著咱們的安危啊！

長孫無忌嘆口氣說：阿房兄，我們還能有甚麼辦法呢？

房玄齡對他的這種態度非常不滿意，皺著眉頭說：都甚麼時候了，你還在這裡打啞謎，我實話跟你說了吧，我們必須勸秦王採用周公平定管叔與蔡叔的行動，以便安定皇室與國家，否則我們與秦王就要變成政治的犧牲品了！

其實長孫無忌早就有這種想法，只是他與秦王有親戚關係，如果說話不小心就會給秦王帶來麻煩。如今見房玄齡都講了，他高興地說：太好啦！其實我早就想這麼做了，只是不敢說。既然咱們有著同樣的想法，我現在就去找秦王，共商大計！

其實，李世民又沒感冒鼻塞，哪能聞不到火藥味啊？

他早就為政變做好了充分的準備，只是他對自己的要求高了些。那就是既能當上皇帝，還不能像煬帝那樣落下弒父奪位的壞

名聲！當他聽了長孫無忌的分析後，笑著說：既然老房也有這樣的想法，把他叫來，咱們一起商量商量吧！

房玄齡來到世民的房裡，就憤憤不平地說：大王的功勞遮天蓋地，應當繼承皇帝的偉大勳業，可是好像陛下並沒有這樣的計畫。現在所有的機會都表明上天將要寄大任於大王，希望大王早下決定，把屬於您的責任接過來！

「老房，你可真會開玩笑，甚麼機會啊？」

「大王，現在陛下、太子、齊王都逼著您繼承皇位，您難道不知道嗎？」

「老房，這些我都知道！可我現在需要考慮的是，究竟採用甚麼樣的辦法既能達到目的，還不至於落下罵名。否則，就算當上皇帝，也是個沒有品德沒有信譽的皇帝，將來還會影響執行力，甚至還可能會落下千古罵名，我真的不想這樣啊！」

「大王，難道我們就等著別人來宰割嗎？」

「這樣吧，你們去聯絡更多的大臣，極力爭取得到他們的支持！」

事情發展到這種地步，可以說，李淵的三個兒子已經把刀磨得錚明瓦亮，並時刻準備把它送進兄弟的身體裡，把人世間美好的機會留給自己！

李世民正在網羅大臣，而李建成也沒有閒著，他們正在考慮用最省力，最快捷、最有效的辦法把對手給除掉。要想達到這樣的效果，那就是暗殺。他們感到殺手的最佳人選是尉遲敬德。老尉與世民走得很近，也有把子力氣。有力氣很重要，否則只是把世民扎傷，還是會留下個大尾巴！最為關鍵的是，尉遲敬德可以很方便地從後面下刀子，而且還有時間多擰幾下！

為了讓老尉心甘情願為他做這件事情，建成與元吉準備了一

車金銀器物，在夜色的保護下，累得滿頭大汗推到了老尉家。建成說：老尉，這只是預付款，如果你能幫我們做一件事情，將來我當了皇帝就封你為王，屬地隨你挑選，怎麼樣，幹不幹？

尉遲敬德用腳踢踢那木車問：甚麼事，下了這麼大的血本？

李元吉湊上去小聲說：很簡單，出其不意地幹掉秦王！

老尉吸吸鼻子說：說句實話，我很想要這些東西，我曾編草棚當家，用破瓷敲去底當窗子，窮得都提不上褲子，錢對我來說太重要了！可問題是，以前我做了很多對不起唐朝的事情，秦王不但寬恕了我的罪行，又冊封我在秦王府為官，還視我如兄弟，我怎麼能恩將仇報呢？

李建成說：不幹沒關係，我們就當交個朋友！

老尉搖頭說：如果我與殿下交往，就是對秦王懷有二心，就是因貪圖財利，忘掉忠義之人！殿下為甚麼要跟這種人交朋友呢？我看還是算了吧！

第二天，老尉把昨天夜裡的事情向世民說了！

世民感慨道：我相信你的品德，別說是一車財物，就是財物堆得把天給捅破了，你也不會動心的！不過呢？我感到你應該接受那些東西，這樣就可以摸清他們的陰謀，不是一舉兩得嗎？如果你不接受，他們肯定會嫉恨你，很可能會對你下毒手！

「是啊是啊，我怎麼這麼傻呢？要不我現在就去跟他要？」

「現在再去，他們也不會信任你了，算了吧！」

「大王，太子已經下定決心要暗殺您了，您自己可千萬要小心了！」

「你也要小心，他們很可能會先對付你的，一定要小心！」

事情就像李世民想像的那樣，建成與元吉見收買不了老尉，

就想把他殺掉。因為殺掉他，就等於除掉世民的半個膀子，以後再對付世民就容易些！

李元吉花重金聘了幾個勇猛之士，讓他們暗殺老尉。勇士們連著三天夜裡潛進老尉的家裡想要下手，可是每次去都發現門窗四開，老尉躺在地上打著呼嚕睡得正香，這種充容與鎮靜，嚇得他們始終都沒有敢下手！

李元吉對李建成說：既然殺不了他，只能借老頭子的手除掉他了！

他們找到父親，說：父親，如果世民發動政變，那麼尉遲敬德肯定是最大的幫凶，絕對不能留著他。不如把他給抓起來，讓他交代出李世民政變的陰謀，這樣，就可以光明正大地發兵去打秦王府了！

「那你們不去抓，來我這裡幹甚麼？」

「我們是怕您不同意！」

「只要對國家有利我能不同意嗎？去吧！」

倆人回去後，組織了幾百個勇士把尉遲敬德抓起來，對他進行了嚴刑拷問，結果老尉除了往他們臉上啐唾沫的時候發出了點聲音外，再也沒有出聲，就算李元吉咬著牙用鞭子給他紋身，他都沒有哼聲！李建成恨得牙根兒都癢了，娘的，怎麼秦王府的人都那麼難啃，是不是世民給他們下了甚麼藥了？

他們去請示李淵，要把尉遲敬德殺掉！

李淵非常生氣，他瞪眼道：難道讓我去殺嗎？

「父親，您的意思是同意我們去殺掉他？」建成問。

「人在你們的手裡，你們還來問我幹甚麼？滾出去！」

建成與元吉離去後，李淵不停地碎碎唸，他想：建成與元吉真是太沒有用了，我的態度這麼明確了，你們還不果斷地把問題

給解決了，還要等到甚麼時候啊？

　　就在這時，李世民就風風火火地來了，瞪著血紅的眼睛叫道：父親，我想知道您憑甚麼把敬德抓起來，還要殺掉他？您可以說他造反，說他殺人放火，可是您得拿出證據來！如果沒有任何理由與證據就要殺人，那麼，唐朝就成為沒有法律的朝廷了，那麼長安就變成屠宰場。如果有人說我的壞話，那我的性命也就難保了！

　　「世民，我沒有抓尉遲敬德啊！」

　　「那就說明是太子他們私下隨便抓拿我的人了？」

　　李淵感到很為難，如果他把事情推到建成身上，看世民這樣子，極有可能立刻就去跟建成拼命，那麼長安就亂了！他對裴寂說：你馬上去看看，是不是建成把尉遲敬德給抓了？如果是，馬上把人給放了，胡鬧，真是胡鬧！

　　裴寂點點頭，小跑著出了門，然後就散著步往前走。他想：最好等他過去時，已經把尉遲敬德給殺了。就在這時，他聽到身後傳來了馬蹄聲，回頭發現是李世民追來了，他不好再散步了，於是便加快了速度。

　　李世民見裴寂走了這麼長時間，才走到這兒，氣得他差點兒把他給殺掉，雖然沒有殺，但還是揚起鞭子照著裴寂的屁股抽去，把裴寂給疼得差點兒跳起來，哭喪著臉說：秦王，您怎麼打我啊？李世民惡狠狠地說：裴寂，我告訴你，如果因為你去晚了導致尉遲敬德被殺掉，那麼我就讓你陪著老尉一塊兒上黃泉路！

　　裴寂聽到這裡，拔腿就跑，跑到東宮裡就大聲喊：陛下有令，放掉尉遲敬德！

　　建成與元吉從房裡跑出來，問：老裴，發生甚麼事了？

　　裴寂摸摸頭上的汗說：陛下有令，馬上放掉尉遲敬德！

元吉瞪眼道：為甚麼啊？

裴寂嘆口氣說：因為秦王去找陛下要人了！

李元吉對李建成說：大哥，跟著你幹真累，我說早把他給除掉，可是你呢？還想給他策劃個罪過，現在不用策劃了，真累，我他娘為甚麼非蹚這路渾水呢？我有病！

當尉遲敬德遍體鱗傷地回到秦王府，李世民親自為他上藥，然後對長孫無忌說：無忌，你把高士廉、侯君集等人叫到府裡來，我看必須要提前行動了，否則我們只有被動挨打的份兒。然後又對屈突通說：你馬上去聯繫李靖與李世績，爭取讓他們參加這次行動，這樣我們的把握就會更大！

老屈見到李靖後，把秦王的意思對他們說明了。

李靖吸溜嘴說：我最近身體不好，就不參加了吧！

老屈找到李世績把情況說了說，李世績嗍嗍牙花子說：老屈啊，我的小妾最近幾天就要生孩子，我離不開啊，對不起了！

當李世民聽說兩人都不肯響應，便氣憤地對老屈說：你回去告訴他們，讓他們表明是跟隨太子，還是跟隨我，如果他們想腳踩兩條船，到時候必然會掉進水裡淹死！

就在李世民緊鑼密鼓地謀劃著政變時，突厥鬱射設帶領數萬騎兵駐紮在黃河以南，進入邊塞包圍了烏城。李世民只得把政變推遲。如果在這種時候發生內戰，突厥人很可能乘機大規模進軍，那麼唐朝可能就毀在他手裡，這不是他想要的結果。他想的是把唐朝完完整整地接管過來，而不是把它給毀掉！

可是形勢的發展，並不允許他推遲行動！

因為李建成向父親推薦由元吉代替李世民率軍北征突厥，這實際上是奪取世民的兵權。李淵也明白這是削弱世民實力的最佳

時機，他在上朝的時候宣布道：朕決定，由齊王擔任自衛戰的總指揮，唐朝各府的兵力，齊王可以任意調撥。

李元吉說：父王，秦府的尉遲敬德、程知節、段志玄，以及秦府統軍秦叔寶等人富有作戰經驗，我想讓他們跟隨我去打反侵略戰爭。只要他們參與這次戰爭，我敢說：肯定會凱旋而歸，請父親下令！

李淵說：好啊，你看著哪個合適就要哪個！

李世民說：我的人還是由我來領導比較好！

李淵冷著臉子說：世民，你怎麼說話呢？甚麼你的我的，所有的兵力都是國家的，都要為了國家的安危而服從調遣，如果誰敢違抗調令，斬！你回去就通知他們，讓他們三天內到齊府報到，誰敢不從，朕就按法律辦他！

李世民就不好再爭論下去了，他總不能說：不能讓我的兵們去打突厥，我還要留著他們搞政變吧？

不過，這件事真把李世民給逼到絕境，逼上梁山了。他回到府裡，馬上派人把老尉、長孫無忌等人叫來，決定發動政變。可就在這時，問題又出現了，房玄齡與杜如晦說陛下不讓他們出門，沒有前來開會。

這讓李世民非常憤怒，當初是你房玄齡勸我發動政變的，現在又打退堂鼓，這鼓要是讓你給打響了，我還成甚麼事啊？他把自己的刀抽出來遞給尉遲敬德，狠著臉說：你跟無忌去一趟，如果他們想退出行動，就把他們的頭給我提回來。他們不是不想參加嗎？那我就用他們的頭去砸敵人！

老尉與長孫無忌帶著勇士來到房玄齡家，發現杜如晦也在，太好了，省得再去找他了。老房、老杜發現大家殺氣騰騰地來了，他們吃驚地站起來。長孫無忌冷笑說：老房，你可真不夠意

思，當初是你讓我跟秦王商量舉事的，可真到了事上你就打退堂鼓，我真懷疑你是太子黨！現在你必須給我一個明確的說法，否則，後果將很嚴重！

「不、不是，這跟太子沒有任何關係，是陛下派人命令我們的，不讓我們出門，並說隨時來府裡察看，如果看不到我們，就治我們欺君之罪！」

「廢甚麼話，你就說參加還是不參加吧？」

「真對不起了，如果我去了，陛下肯定會治罪於我的！」

尉遲敬德不耐煩了，把長孫無忌扒拉開，刷地抽出刀來，架到房玄齡的脖子上，瞪著銅鈴樣的眼睛吼道：你不想參加就不參加了？秦王說了，非讓你參加不可！你會不會說，我死了都不參加。你還不用說，就是你死了也得讓你們參加，我們用你的頭去砸敵人！

老房嚇得面色慘白，結巴說：去，去，我沒說不去，老杜，你快說句話啊！

杜如晦說：我們正在商量怎麼去呢！

尉遲敬德哼道：讓秦王駕著車來迎你們？

杜如晦說：甚麼也別說了，我們換身衣服就跟你們走！

事情發展到這種地步，馬上就要變天、要換皇帝了，難道天上就沒有一點兒預兆嗎？當然有了！在初三那天，金星再次在白天出現在天空正南方的午位。也正是因為有了這種天象，專門負責占卜的傅奕祕密地對李淵上奏章說：金星出現在秦王的地盤上，這表明秦王要擁有天下了啊（這當然是迷信）！李淵看著這奏章呆了很久，最後他派人把奏章送到秦府裡去！

他為甚麼要把這個送給李世民？目的就是為了告訴世民，現

在我已經知道你的陰謀了，你可不要做傻事兒，否則就是自取滅亡！可是李世民並不這麼想，他想的是，既然金星都出現在我的地盤上了，這說明我可以擁有天下了，還等甚麼？我馬上就行動！他把摺子扔到地上，立刻就去找父親了，對他說：父親，有件事情我必須稟告。

李淵皺著眉頭問：甚麼事，是不是想把我殺掉啊？

李世民冷笑說：建成與元吉淫亂後宮！

李淵騰地站起來，瞪眼道：你胡說些甚麼，你有甚麼證據？

李世民冷笑說：當然有，如果沒有確鑿的證據，我敢來說這事嗎？

難道李世民真有證據嗎？他當然有！我們知道，李建成每天都想辦法收買秦王府的人，李世民也同樣做著這樣的工作，並成功地把太子府的幾個人給收買了！

這就是唐朝版的無間道！

李世民經過線人得知，太子與齊王多次在皇帝去行宮時在後宮裡過夜，早晨才回府的。現在李世民期望父親讓他拿出證據來，那麼他就把證人拉出來，證明建成與元吉的淫亂，只要這樣，建成與元吉就死定了，就算父親再庇護他們，也得照顧一下自己的面子吧！但遺憾的是，父親並沒有讓他拿出證據來，只是說：你明天一早來上朝，我們再來處理這件事情！

那麼，李淵為甚麼不要證據了？

說白了他並不相信有這種事情發生，就算真發生了他也不可能追查下去，如果真查有此事，那他的綠帽子不是鐵了？而這綠帽子是兒子孝敬他的，這人就丟大了。當李世民走後，李淵恨得牙根兒都癢了，這龜兒子，你當初就用煬帝的妃子對付我，現在又用我的妃子對付你的兄弟，也忒毒了點吧？

他想打發人通知建成與元吉，今天晚上就採取行動把秦王府給端了，可是他感到派誰去都不合適，當然自己也不方便去，如果今天去了太子府，晚上秦王就被殺，大家肯定會懷疑他是幕後黑手。沒辦法，這就是李淵的辦事風格，他在殺人的時候，總是過多地去考慮理由，也正因為這樣，李世民才能活到現在。

他還是按照他的辦法去做的，他回到後宮，把妃子集合起來，很嚴肅地對她們說：世民說你們之間有人與建成與元吉有染，我已經跟世民說了，明天就上朝去處理這件事情。希望那個不檢點的人要有心理準備，如果真查有此事，我滅她九族！

其實他的真實目的是，讓妃子們去告訴建成與元吉，應該採取行動了。因為他平時多次聽妃子們幫著建成說話，她們肯定會把這件事告訴建成，那麼建成肯定會迫於壓力，馬上對秦王採取行動，而他們的武裝力量又大於秦府好幾倍，肯定會是贏家！

事情就像他想像的那樣，曾經與李建成打得火熱的幾個妃子害怕了，她們都聚在張婕妤的房裡問：怎麼辦？如果這事被查清了，她們可是犯了誅滅九族的大罪啊！張婕妤更是心急如焚，因為誰都知道她與建成走得最近，建成出事，那麼她也完了！

她很擔心今天晚上李淵會點她的枱過夜，為了以防萬一，她說：姐妹們，你們誰去告訴太子，讓他做好準備，千萬別承認有這種事情發生，否則都得被砍頭！

幾個妃子都不肯去，因為這時候往太子府裡跑，被人家看到就麻煩了。張婕妤看到她們低頭耷拉著耳朵的樣子，知道也指望不上了，便想自己去太子府裡送信，可又擔心陛下會在今天晚上點她的枱。可以說，在之前的任何晚上，她都在想辦法挽留李淵在她的房裡過夜，可是在這個晚上，她最怕李淵會來！

值得慶幸的是，李淵去了剛進宮的新人那裡，張婕妤便偷偷

地溜出後宮，順著那道便門去了太子宮，把世民告發淫亂的事情告訴了建成，並對他說：建成，你可要嘴嚴著點兒，無論陛下怎麼審問？萬萬不可承認，否則咱們都完了。你趕緊想辦法，我走了，如果讓別人看到我來這裡，沒影的事也有影了，何況咱們的事本來就有影兒！

李建成聽到這事後，他害怕了，大汗亮亮地瀑在臉上。

他馬上打發人把元吉叫來，說明了情況。

李元吉惡狠狠地說：那還等甚麼？今天晚上就把世民那個傢伙給解決了！

李建成搖頭說：問題是，世民既然告咱們，必定防備咱們，如果我們這時候採取行動，說不定會中了他的埋伏！我看這樣得了，明天咱們上朝看看情況再說。這種事情，沒有雙雙被摁到床上，我們也不會承認的！再說父王也許不相信這件事情才讓我們上朝，如果他相信的話，今天晚上就派兵來抓咱們了！

事實確實如建成想的那樣，李世民確實在做準備。他把長孫無忌、尉遲敬德、房玄齡、杜如晦、宇文士及、高士廉、侯君集、程知節、秦叔寶、段志玄、屈突通、張士貴等人聚集起來，對他們說：建成與元吉很可能今天晚上就來侵犯我們，你們埋伏在府外的巷道裡，打他們一個措手不及！

房玄齡問：秦王，如果他們不來怎麼辦？

李世民瞇著眼睛說：如果他們不來，你們在天矇矇亮時前去找常何，偽裝成禁衛軍埋伏在玄武門附近，見到建成與元吉上朝經過時，就把他們給除掉。記住，給敵人生的希望，就是對自己的生命不負責，一定要果斷！

房玄齡又問：常何是咱們的人嗎？

李世民點頭說：我已經跟他協調好了！

玄武門是出入皇宮禁城的主要通道，正因為這地方十分關鍵，是禁軍長年駐守的重要關口，目的是為了預防政變。因此李世民早就把禁軍首領常何給收買了，預備著發動政變之用！

在這個不平凡的夜裡，李世民獨自在房裡來回踱著步子，預測著明天可能發生的種種意外，以及應對的辦法……天漸漸地亮了，李世民見建成與元吉並沒有任何舉動，看來只能落實第二個計畫了。他剛換上制服準備上朝，內線送來消息說：皇上在天剛剛亮時就與妃子大臣們去海池（太極宮中的池名）遊船了！

李世民心中暗驚：父親說今天上朝處理事情，為甚麼這麼早就去遊船了？看來他根本就不想處理這件事，那麼建成與元吉也肯定不會去上朝了。這樣的話，把人埋伏在玄武門就沒用了，不但沒用，如果事情暴露的話，後果將不堪設想！

他騎上馬向玄武門奔去，想通知老尉他們馬上撤兵。

當他趕到臨湖殿附近時，抬頭卻見建成與元吉騎著馬走來，不由暗暗驚喜。他想：怪不得那星星出現在我的地盤裡，看來連上天都在助我啊！他坐在馬上等著建成與元吉走來，他知道走來的是兩個死人，因為他必須在這裡把他們解決掉！

就在這時，他發現建成與元吉勒轉馬頭往回飛奔而去，他邊追邊喊：哎，父親讓你們上朝，你們怎麼回去了？

其實，當建成與元吉來到玄武門附近就感到不對勁了，以往來到這裡，總能聽到禁軍們吵吵嚷嚷的，可是這個早晨太安靜了，靜得掉根針都能聽得見！當他們看到李世民在前面騎著馬等他們，就知道事情不好了，只好調轉馬頭逃跑。元吉回頭見李世民越追越近，他摘下弓來，搭上箭就向世民射去。

世民頭一低躲過去，還是窮追不捨！

史書上是說，李元吉連著向秦王射了三箭，都被李世民躲過

去了。

　　李世民也不能老躲啊！萬一躲不過去不就完了。他摘下自己的硬弓，搭上大尾巴的長箭，只見他眉頭一皺，嘴一歪，那弓吱呀一聲變成滿月，嗡地一聲，那箭搖頭擺尾直奔李建成去了，噗地一聲，太子建成就變成肉串了！

　　建成中箭後，生命的長度就只允許他回頭看了看李世民，整個人便從馬上跌下來重重地砸在地上。那匹馬咴咴叫著跑沒影了，李建成在地上爬了幾步，眼裡充滿了對生的渴求，他虛弱地喊道：元、元吉，救、救我！

　　李元吉連頭都沒回就竄了，我的命都怕保不住了，我哪有時間救你啊！李建成的眼睛越睜越大，脖子突然伸了伸，頭重重地砸在地上，那手抬了抬，垂到地上，手指挖了幾下土，就沒有動靜了。

　　李元吉把身子俯到馬背上，用弓猛抽馬屁股，那馬痛得差點兒跑瘋了！

　　他實想到可以逃回去，率兵前來與李世民對抗的，沒想巷子裡突然冒出了百十來人來，為首的就是尉遲敬德。他只得來個急煞車，差點兒把馬腳給搓掉了皮！他調頭就向不遠處的皇家公園逃去，他知道只要進了那片林子自己就安全了！

　　李世民緊緊地追在元吉後面，邊追邊不停地放箭，遺憾的是都沒有射中元吉，沒射中元吉，可是他射中了馬屁股，那馬突然騰空跳起來，把李元吉給掀下馬來。元吉在地上打了兩個滾，爬起來歪歪晃晃地跑著！

　　李世民把手裡的弓扔掉，刷地抽出刀來，他想把李元吉的頭給削了去，誰想到馬被樹枝絆倒了，把他給摔在地上昏了過去！

　　本來李元吉是可以逃掉的，可是他回頭見李世民被摔在地上

不動了，他突然停住了。因為他想：建成已經死了，如果我把李世民也弄死，這皇位就是我的了。這麼想過後，他又跑回去，猛地跳到李世民的身上，雙手掐住世民的脖子，嗯嗯呀呀地用力收縮！眼看著世民的眼睛越瞪越大，黑眼珠都快跑到額頭上了。

李元吉嗯嗯地用著力想掐出自己的前程來，突聽一聲炸喝，住手！

他回頭發現尉遲敬德近了，忙鬆開手向武德殿方向逃去。

尉遲敬德把手裡的長矛扔出去，摘下箭來邊追邊射，終於把李元吉給幹倒了！他快馬加鞭來到元吉跟前，又向李元吉的後背射一箭，這才跳下馬來，他用弓敲敲元吉的頭，沒有動靜，便過去把元吉背後支棱著的箭猛地拔出來，只見那血窟窿哧地噴出道血來，強強弱弱地就像放禮花！

他退後幾步，歪著頭看著，只見李元吉的身體抽搐了幾下，就永遠地老實了！

這就是李元吉追求理想的結果，如果他能夠安分守己，置身於紛爭之外，不想著當皇帝的話，那麼無論哪個哥哥當了皇帝，他都是名副其實的皇弟，一生榮華富貴。可是他卻選擇了做風險投資！沒辦法，欲望永遠在前面向你招手，引誘你為了它而做很多傻事！

世民從地上爬起來，來到元吉身旁，見元吉就像趴在一塊不規則的紅席子上，知道已經死透了。他深深地吁了口氣，對尉遲敬德說：皇上正在海池遊船，你馬上過去把他們控制起來。如果有大臣亂說話，或者膽敢反抗，立刻除掉。記住，千萬不要傷害我的父親與后妃們，也不要濫殺無辜！

「大王，為何不一步到位呢？」

「不行，我還需要他來控制局面！」

李世民走過去把元吉翻過來，發現他確實死了，然後又向建成走去。

　　當屈突通他們趕到後，世民對他們說：「你們馬上帶兵前去剿滅太子黨，不能放過任何活口！」

　　等老屈他們走了，李世民感到很累，他深深地嘆口氣，對留下來保護他的無忌說：「你，負責檢查建成與元吉，如果確實沒有問題，找個房子把他們放進去，再找幾個人看著！對啦，把他們身上的箭拔出來吧，挺難看的！」

　　他用手揉揉被摔疼的腰，邁著沈重的步子去了……

第二十八章

李淵退休

是六、七月的節氣，岸邊的楊柳依舊蔥綠，鳥兒在柔枝上打著韆鞦，唱得無比的婉囀。在碧波蕩漾的海池裡，停泊著一隻美麗的彩船，濕潤的風裡傳來箜篌、琵琶、橫笛的和樂之聲！我們把鏡頭推到船上，天哪，人家李淵這日子過得可真舒坦！

他被一群美麗芳香的女人和穿戴整齊、貴氣十足的大臣們圍著，手裡端著玉質的酒杯，臉上泛著微微的笑容。他把杯子抵到褐色的嘴唇上，杯裡的琥珀液輕輕地滑進嘴裡，在舌頭上擴散開！他輕輕地吧唧吧唧嘴，瞇著眼睛看看岸邊，在等著他期待了許久的結果……

李淵不是昨天對世民說：上朝處理後宮不雅之事嗎？為甚麼會出現在這裡呢？他當然不能處理，這事兒沒法處理！再說他並不相信會有這種事情發生！他相信的是建成與元吉接到通知後，肯定會去對付李世民，而且肯定能對付得了，他之所以這麼肯定，是因為他知道建成與元吉在京城的武裝力量多於李世民幾倍，李世民不死誰死？

他之所以會來這裡遊船，這是為李世民死後做準備的。如果你在辦公室裡，兒子掐起來就不好對天下人交代。他在這裡遊船就好說多了，等事情結束後，可以裝出很悲痛的樣子寫個報告，就說朕與愛臣寵妃正在遊船，秦王發動政變被太子與齊王強有力地鎮壓，在混戰中秦王斃命！然後痛心疾首地掉幾滴眼淚，就完

事了。

反正李淵是天下最好的演員，他知道怎麼演繹李世民的喪事！然而，李淵做夢都沒想到，他等來的結果並不是他所想要的那些畫面！

老尉身披鎧甲，提著長矛，帶領全副武裝的特種部隊來到岸邊，他盯著浩瀚的人工湖裡悠蕩的那艘彩船，臉上泛出了冷笑。

一陣風颳過來，從船上飄來的酒香脂粉味兒，把老尉嗆得打了個響亮的噴嚏，鼻涕拉出老長。他把鼻涕扭下來蹭到粗糙的柳樹幹上，再朝地上啐了口痰，然後把手裡的長矛用力往濕潤的地裡杵了杵，說：喊，讓他們上岸！

士兵們用了很大的勁兒，卻喊出了最小的聲音——「上岸了，上岸了！」

老尉嘲了嘲牙花子，挺著脖子，對著彩船喊道：別遊啦，別遊啦！老尉的模樣與聲音都能與三大男高音的帕華洛帝有得拼，喊驚了樹上的鳥兒，喊皺了一湖的綠水，把船上的歡聲笑語給震住了。

一時間，船上的人都回頭向岸上張望！

李淵看到來的是尉遲敬德，他的身子劇烈地晃了晃差點兒就掉進湖裡，是裴寂把他給抱住的。妃子們聽到尉遲敬德在那裡扯著嗓子喊叫，非常不友好，就像在喚狗似的，她們就不同意了，對李淵說：陛下，像這種長得醜陋又不懂禮儀的人，留著他幹嘛？馬上下令把他殺了吧！可當她們看到李淵的臉色煞白，大汗淋漓，滿臉癡呆相時，問他怎麼了？是不是病了？

李淵明知故問，今天作亂的是誰啊？你們來這裡幹甚麼？

如果放到以前任何時候，李淵說出這句話來，尉遲敬德肯定撲通跪倒在地，哪怕是地上有糞便也得跪。當然，如果放到以前

任何時候，尉遲敬德也不會出現在這裡，也不會梗著脖子用那麼粗暴的聲音說：「太子與齊王發動政變，秦王起兵誅殺了他們，秦王擔心暴亂分子前來挾持陛下，特派臣下前來擔任陛下的侍衛！」

妃子們聽到這裡嚇得沒人樣了，特別是與建成有私交的幾個，就像彩泥那樣軟在那裡，像發高燒似的哆嗦得厲害，可她們的心卻像北極那麼冷。她們甦醒過來，上前抓住李淵的胳膊搖著喊道：陛下，你快想辦法啊，再不想辦法，秦王肯定會把咱們都殺了，你快想啊！

李淵能有甚麼辦法，現在除了跳湖還有其他辦法嗎？

他猛地把張婕妤推開，差點兒把她給推進湖裡餵了魚。

他哭咧咧地說：「這、這個，沒想到，今、今天，發、發生，這、這種事情！」他的喉頭強勁地打兩個來回，深深地嘆了口氣，扭頭去看他的大臣，大臣們都成小臣了，萎縮在那裡像做了錯事的小學生面對老師一樣，他問：「愛卿們，你們看……朕該怎麼辦呢？」

裴寂低著頭盯著水面，鼻尖上的汗水就像屋漏。他甚麼都沒說，他知道現在說甚麼都是廢話，都對自己不利，說甚麼也控制不了局面啦！他現在正努力地反思，自己在以前得罪秦王的程度，衡量著還能不能活下去，能不能還有官做？

李淵焦急地問：你們倒是說話，這究竟怎麼辦？

蕭瑀勸李淵道：陛下，建成與元吉從來就沒有參加過反隋起義的策劃，在革命戰爭時期也沒有立下過甚麼功勞，在解放戰爭時期貢獻也很少。他們反倒嫉妒秦王的功勞大、威望高，策劃邪惡的陰謀，發動政變。如今秦王已經討伐了他們，秦王的功績可以貫通天下，如果陛下能夠立他為太子，將國家政務交給他來處

理，就不會再發生甚麼事情了。

陳叔達說：陛下，老蕭說的是當前最好的辦法了。

其實李淵也知道沒有別的辦法，他所以問，只是想找個台階下，如果上來就說把權讓給世民，你早幹嘛去了，多沒面子！

於是，就找了個下台階了，忙說：「好啊，好啊，這也正是我平素的心願啊！」俺娘嘁，他說完這句話，海池裡的水肯定漲高了十公分！

因為他這句話的水分，實在太大了！

他甚麼時候真想把太子之位授給秦王過？更何況是國家常務工作啊！如果他早把太子之位封給世民，就不會有今天的事情。你不想讓秦王當太子也沒關係，你也別老拿著這個果子欺騙人家啊！你誘惑了人家，人家動情了，你又打擊人家，別說國家總統，就是個民間女子這麼做都很容易出事，何況你是總統！

現在李淵最擔心的是自己的生命指數有多少，他關心這個，就像我們玩遊戲時關心生命的血量那樣！李淵感到自己的生存希望很不樂觀，因為李世民完全可以把他在這裡解決掉，然後這麼寫報告，先帝年老體弱，泛舟時暴病而崩；或者說船至湖中翻沈，溺水身亡！然後再說，陛下駕崩後，太子建成與齊王為爭奪皇位發生火拼，雙雙互砍重傷陣亡了。

李淵想到這裡感到心裡拔涼拔涼的，求生的本能讓他不得不用可憐兮兮的語氣說：敬德愛卿，這個我讓秦王當太子，代朕管理國家行嗎？

老尉當然不相信李淵這嘴，這張嘴對於秦府來說那就是愚人節！他的要求是，馬上發布文件，任命秦王為軍委主席，兼國務院常務總理。李淵心想：我下了這樣的通知，那我不就是傀儡皇帝了，可是我若不答應下來，那我就得立刻做鬼了。他只得說：

好好好，我馬上就發詔！

蕭瑀說：陛下，既然您決定讓秦王代理國事了，應該馬上派人去通知東宮將士，不要再做無謂的抗爭了，這樣下去，長安肯定是會大亂的！

李淵讓裴矩去太子東宮開導建成的將士，如果繳械投降，可以對他們寬大處理！

大家上岸之後，尉遲敬德讓他的手下往後退，站成半圓的包圍圈子。

李淵倚在一棵老朽的柳樹上，就像柳樹上的瘿！他無精打采地說：蕭愛卿，你，去把秦王叫來，我想跟他談談。他說完這句話，猛地用手捂住臉，脊梁咻咻地蹭著樹幹蹲下去，淚水順著他的指縫裡流出來，他的雙肩劇烈地聳動著，壓抑著湧動的悲憤！他心裡有些恨建成這個龜兒了，我給你創造過多少機會，你們的兵力比秦王府裡多多少啊？你們弟兄兩個對付一個，最終還都被人家幹掉了，你真是該死！你們死了也倒罷了，卻把我的立場給弄得這麼被動！

李世民隨著蕭瑀來了，他看了看父親那張灰暗的臉兒，把身子面對著湖面，望著蒼茫的天際，都是你們把我李世民逼急了！壓抑著自己的情緒。在臨來的路上，他就想過要指著父親的鼻子，數落他的過錯，可是他看到父親那可憐的樣子，就沒有說。他沒說，並不是不想說，而是他突然感到，不能讓大臣看到他訓斥父親，無論父親有多少錯誤，只要訓斥他就是不孝！

李淵邁著沈重的步子挪到世民跟前，苦笑著說：「世民啊，當我發現你們兄弟之間的矛盾後，最近這些天啊，幾乎產生了過隱居生活的想法啊！」他說完這句話，是那樣的無奈與無助，看

上去楚楚可憐！他深深地嘆口氣又說：「世民，如果你想怎麼我，就怎麼吧，只求你放過後宮裡那些可憐的女人，她們都是無辜的！」

李世民的眼淚頓時流了下來，放聲哭起來！他哭的原因很複雜，想想自己這麼多年來忍辱負重，想想親生父親與同胞兄弟每天都策劃他，想想在無奈之下殺掉兄弟軟禁父親，想想自己馬上就會變成皇帝了，他的心情當然複雜呀……

他抹抹眼淚，深深地嘆口氣，與大臣們陪著父親回宮了！

世民讓其他人出去，他要單獨跟父親說幾句話，他早就想說了，這些話把他給壓抑得幾乎崩潰了。等大家出去後，他把門關上，猛地轉過身來，用仇恨的目光盯著父親。李淵嚇得縮了縮脖子，身體有些顫抖。李世民用鼻子哼了一聲問：父親，我想問你，你知道今天為甚麼會發生這種事情嗎？

「不知道，我如果知道就不會是這種樣子了！」

「這是你逼我幹的，這是你逼我幹的，你知道嗎？」

「世民，我從來都沒有逼過你甚麼啊！」

「唐朝每遇到硬仗你都讓我去賣命，每次出征前你對我說：我把太子之位封給你，可是每次勝利後你就不提了。你還慫恿建成發展武裝力量，並多次策劃兒臣的性命，你說我不這麼做還能怎麼做呢？難道我把脖子伸上去讓你們砍不成？我現在讓您回到這裡，已經很重父子之情了，否則的話，我完全可以一步到位，而不是跟你在這裡廢話！」

「世民，你不會真想把我殺掉吧？」

「那就看你的態度了！」

「世民，我現在哪還有甚麼態度啊！」

「我希望您能夠看清現在的形勢，不要再做無謂的對抗，也

不要再有甚麼想法了！如果您想安度晚年，那就好好地配合我的工作，讓我順利地登上皇位，這樣於您於國家於民都是有利的。否則的話您會忽然暴病身亡，您駕崩之後，都沒臉去見我的母親，因為我母親肯定會唾棄你！如果您執意跟我作對，我還會把後娘們全部送走，讓她們到我母親那兒去當下人，您知道我能夠說到做到！」

「世民，我畢竟是你的父親啊，你怎麼可以這麼逼我呢？」

「這就是現實，這就是條件！」

「我配合，我配合，我沒說過不配合啊！」

李世民「哼」了一聲走出房門，看到平時那些優越得沒完沒了的女人們堆在那裡，縮著脖子，在哭天抹淚的！他走到後娘們的身邊，盯著張婕妤那張花容盡失的臉龐說：從今以後，如果你再敢議論朝廷半句，我就讓你們變成啞巴！我希望你們好好地去服侍我的父親，如果他去世了，我就用你們來陪葬！他的生命就是你們的生命，你們好自為之吧！

他回到辦公室後，感到很累，這是一種身心交瘁的累！

沒辦法，這畢竟不是跟異邦的敵人去玩命，現在他殺的是他的同胞兄弟，童年的那些美好生活，還在他腦子裡鮮活著，這些美好折磨著他。

他嘆口氣，閉上眼睛，開始思考接下來的工作，衡量這次政變之後唐朝的形勢。最讓他感到為難的是，怎麼才能善後這起政變？才不至於落下千古罵名！

就在這時，房玄齡前來彙報說：「大王，裴矩正跟太子黨談判！齊王府已經被控制，裡面的人該怎麼處置呢？」

李世民想都沒想就說：斬草除根，不留後患！

房玄齡點頭說：為臣明白了，我馬上前去通知程將軍！

李世民重新閉上眼睛，在想他應該想的問題，可就在這時，他的大腦裡突然浮現出了春天，小橋旁，柳條邊，那個女人婀娜地站在那裡，憂鬱的神情並不能掩蓋她的美麗……他猛地睜開眼睛，拔腿就往外跑，發現房玄齡已經不見人影了。他跳上馬狂奔而去，追到齊王府門前，大聲喊道：慢著慢著！房玄齡與程知節從院裡跑了出來問：大王，發生甚麼事了？

李世民問：執行了嗎？

程知節說：剛接到老房的通知，正準備執行！

李世民吁了口氣，臉上泛出了微笑！

「先等等吧，我有些事想問問！」他說著走進大院，見齊王府的所有人都堆在院裡，被挺著槍的勇士們團團圍著。他的目光很快地跳躍在那些淚臉上，終於在一堆淚臉中找到了楊氏，找到了那個多少次在他的夢裡擔任女主角的楊氏！只見她淚水漣漣，李花帶露，美得讓人生憐！他慢慢地走過去，盯著楊氏脖領後的那抹乳白，輕聲問：楊氏，我讓你陪葬元吉，你有甚麼怨言嗎？

楊氏點頭說：謝謝秦王成全！

李世民說：你為甚麼這麼說？

楊氏苦笑說：無論我怎麼說有用嗎？

李世民點頭，說：有用，你可以說！

楊氏回頭看看那些可憐的姐妹們，她說：既然秦王讓我說，那我求秦王放過我的姐妹們。她們跟我一樣，從來都沒有想要過皇家的生活，如今出現在這裡也是出於無奈！如果秦王要殺的話就把我一個人殺掉吧，我沒有任何怨言！

李世民沒想到她竟然說出這麼大義的話來，不由越發感到這女子可人了，他小聲問：我想把你給帶走，你可願意？

楊氏搖頭說：殘花敗柳，秦王不應該為我毀了你的聲譽！

李世民對程知節說：把女人們都放了吧，至於其他人，按原計畫進行。他說完扶起楊氏，慢慢向大門走去，邊走邊回頭對程知節擠擠眼，點了點頭，示意全部殺掉！

他牽著楊氏溫熱的小手來到馬前，掬住她的細腰，把她輕輕地放到馬背上，然後縱身跳上去，一手拉著繮繩，一手輕輕地扶著楊氏的細腰，向秦王府奔去。風把楊氏的亂髮揚起，癢著他的臉頰，他感到無比的愜意，他感到這女子是他政變最大的收穫，因為這個女人美得傾國傾城！

程知節看到秦王雙雙遠去了，苦笑著搖了搖頭，回到院裡對將士們說：開始吧，一個活口都不能留！將士們就像狂風掃落葉那樣捲向齊王府的人，頓時，哭聲、慘叫聲、咻咻聲，痛苦的呻吟聲，響成了一片。刀槍不停地落在那些人身上，鮮血就像禮花那麼噴射著。風裡彌漫著濃烈的血腥氣！

程知節與房玄齡走出院門，老程看著秦王帶著楊氏去的那條路，咂咂嘴說：老房，你為甚麼不勸秦王放棄呢？

「哎，那女子看著實在可憐，又如此深明大義，確實不應該死！」

「秦王這麼做，會影響他的聲譽，我們應該勸勸他！」

「我們需要考慮的是國家大事，至於秦王個人的私事，我們就不要再操心了！」

其實房玄齡也知道這件事對秦王影響不好，但他是不會提的，這就是他的性格。就算在貞觀年代，他身居要職，除了做他應該做的事情以外，從來都不關心別的！正是由於他這種專心致志、勤勞務實的作風，一直受到李世民的寵信。

話說李世民把小楊氏帶回家後，對妻子長孫氏說：老婆，好

好照顧她！

　　長孫氏抬頭見帶回來的是元吉的女人，心裡咯噔一下。說實話，她從來都不反對世民找女人，如果遇到賢惠漂亮的，她還會親自去給世民張羅。可是她對世民把楊氏弄來，就不同意了！

　　她把李世民拉到旁邊，皺著眉頭說：世民，你說你要哪裡的女人我不支持了，可是你怎麼可以把元吉的女人領到家裡呢？本來這場政變的影響就很不好了，你再把楊氏給弄來影響不就更壞了。要不這樣吧？送給她一些財物，找人把她送回娘家去！

　　李世民搖頭說：我要把她留下來！

　　長孫氏說：你要她就會遭受倫理上的譴責，你知道嗎？

　　李世民點頭說：我知道，可是我不在乎！

　　就在這時，他們聽到咚地一聲，扭頭發現楊氏昏死在樹下，頭上的鮮血直流。李世民跑過去把楊氏抱起來就往房裡跑，邊跑邊喊：快快，快傳御醫！他把楊氏抱進房裡，輕輕地放到床上，用手捂著她頭上的傷口不停地喊叫：御醫來了嗎，來了沒有？

　　御醫急匆匆地來了後，摸了摸楊氏的脈搏，用針把楊氏弄醒，給她開了幾副藥，這才顧得上抹抹額頭上的汗。

　　他輕輕地吁了一口氣說：秦王，沒有大礙了，只是皮外傷，好在沒傷著臉。李世民點點頭，目光盯在楊氏的臉上，發現她仍然閉著眼睛，淚水順著眼角流著。他愛憐地把她眼角的淚水抹去，痛苦地喊道：你為甚麼這麼做，為甚麼？

　　楊氏抽泣道：我，我不想讓你為了我毀了聲譽！

　　李世民嘆了口氣說：我既然敢把你帶回來，就不怕別人說甚麼！

　　長孫氏看到丈夫這模樣兒就像死了娘那麼悲痛，知道他是動真格的了。她了解世民的性格，如果他動了真格的事情，八匹馬

362

都拉不回來了。

　　她就沒有再說甚麼，而是坐在榻上握住楊氏的手說：妹妹，秦王能夠背著惡名把你帶回家裡，這就說明他真的是喜歡你啊，你應該用心地服侍秦王才對啊，怎麼可以把自己撞成這樣，瞧把秦王心疼的！

　　「我不值得秦王這麼做，我真的不值得！」

　　「行啦，妹妹，別再說傻話啦，只要你來到這個院裡，就是我的親妹妹，你可不要再做傻事了！」她抬起頭來對世民撇嘴說：「瞧把你心疼的，行啦，我會照顧妹妹的，忙你的去吧！」

　　是的，李世民確實心疼了。自從遭遇了那個春天的邂逅，他曾多次來到那個小橋旁回憶那個春天的景象。他每次見到元吉都會想起那個春天。他每當想到不能夠攜汝之手，就會感到無比的痛苦，可是誰能夠想到，他就在這個夏天裡，不僅得到了他想要的權力，還同時得到了心儀已久的美人。

　　江山美人，魚與熊掌兼得，這可是世間不常有的事情！

　　那麼有人要問了：楊氏到底有多麼漂亮啊？竟然把李世民迷成這樣？這個就不用解釋了，如果楊氏不漂亮，他會背著倫理的壓力把她弄到家裡，他會在長孫氏去世後，要把楊氏給立為皇后啊！不過那是後來的事情了，現在的李世民很忙，他還來不及去愛楊氏。他現在必須坐鎮指揮，盡快把太子黨給剿滅了，把長安的局勢穩定下來，按部就班地落實他的新政策！但是還有很多太子黨的主要成員在逃。

　　李世民下令說：就是挖地三尺也要把他們給挖出來！

　　他之所以這麼上緊地抓拿太子黨，主要怕他們在民間宣揚玄武門事變的內幕，給他弄出壞的影響！

　　尉遲敬德殺太子黨都殺得手軟了，他建議道：大王，罪過都

在兩個元兇身上，他們已經得到了應有的懲罰，如果殺太多的人怕是不太好吧？就放過他們吧！

李世民問：你敢保證他們出去不亂說？

老尉說：殺掉他們也捂不住大家的嘴啊，不如大方地把他們赦免了，以示大王的寬宏大量，這樣也許能夠彌補這起事件的不利影響！李世民聽了就沒有再殺，傳令下去，如果有主動投降的就不追究責任，官復原職，工資長一級。如果負隅抵抗，那就是自尋死路！

這道命令下達後，很多潛逃的太子黨員都歸順了秦府，因為他們不想過逃亡的生活。李世民現在終於可以履行諾言了，他赦免了主動投降的太子黨成員，給他們封官加薪，讓他們以自身的影響力去勸解其他在逃之人。

至此，玄武門事變的風波已平息，長安城又恢復了往常的平靜，只是街頭巷尾裡還有人扎堆，猜測著這起事變的原因。李世民讓房玄齡馬上編撰政變的故事，培訓了很多人，讓他們混雜在長安的百姓之間進行宣傳，並派官員收買說書唱戲的文化藝術團體與個人，讓他們向平民百姓進行宣傳已經編好的故事！

這時候李世民才對蕭瑀說：您看，應該讓皇帝下詔了！

蕭瑀以為秦王現在就想坐皇帝的椅子，他搖頭說：秦王，臣感到早了些，反正您已經控制了整個朝廷，等這件事的影響過後再登基，效果可能還會更好！

李世民笑了，他說：我明白這個道理，我只是想讓皇帝詔示天下，赦免天下罪犯，表明建成與元吉的叛逆之罪，宣布由我代理國事啊！

蕭瑀點頭說：秦王，我明白了，我這就去找太上皇！

他來到李淵的住所，看到李淵呆坐在那裡，人蒼老了許多，臉上的皺紋更密了，氣色也像抹了鍋灰！他輕輕地走到李淵跟前，低下頭說：陛下，臣來看您了！

李淵看到是蕭瑀，暗淡的眼睛頓時泛出光亮，他抓住蕭瑀的手說：蕭愛卿，這幾天我越想越感到不能任人宰割，你能不能把擁護我的軍隊召集起來，把發動暴亂的人鏟除掉？

蕭瑀搖搖頭說：陛下，沒有擁護您的軍隊了！

李淵眼中的光亮又暗淡下去，那頭慢慢地低下，絕望地嘆了口氣。蕭瑀把秦王的意思說出來，李淵抹抹眼裡的淚水說：「好吧好吧，秦王怎麼說，朕就怎麼寫！」

到了初七，蕭瑀又來到李淵的住處傳達了秦王的指示，李淵又發布詔書立李世民為皇太子，並表明從今天起，國家的各項事務，無論巨細，全由太子負責！

到了公元六二六年六月十六日那天，李淵對裴寂等人說：「看來朕應該加上太上皇的尊號了！」這倒不是他真想當太上皇，而是他當夠了傀儡皇帝了。所有的文件都是李世民擬文，而他就像傳達室的老李，他不想在傳達室工作了！

「玄武門之變」三天後，高祖只得承認現實，無奈地立李世民為太子。八月，高祖又不得不主動提出禪讓皇位。於是，李世民於當月在東宮顯德殿即位，尊高祖為太上皇。次年正月，改年號為「貞觀」。

〈全書終〉

國家圖書館出版品預行編目資料

唐朝那些事兒，景點 著 -- 初版 --
新北市：新視野 New Vision, 2024.01
　　面；　公分 --
　　ISBN 978-626-97656-5-2（平裝）

857.7　　　　　　　　　　　　　112017883

唐朝那些事兒

作　　者　景點
主　　編　林郁
出　　版　新視野 New Vision
製　　作　新潮社文化事業有限公司
　　　　　電話 02-8666-5711
　　　　　傳真 02-8666-5833
　　　　　E-mail：service@xcsbook.com.tw
印前作業　東豪印刷事業有限公司
印刷作業　福霖印刷企業有限公司

總 經 銷　聯合發行股份有限公司
　　　　　新北市新店區寶橋路 235 巷 6 弄 6 號 2F
　　　　　電話 02-2917-8022
　　　　　傳真 02-2915-6275

初　　版　2024 年 04 月